Alessandro Piperno

Inséparables

Le feu ami des souvenirs

TRADUIT DE L'ITALIEN PAR FRANCHITA GONZALEZ BATTLE

LIANA LEVI

Titre original :

INSEPARABILI
publié par Arnoldo Mondadori Editore
S.p.A., Milan, 2012.

Illustrations intérieures de Werther Dell'Edera.

Cette vie est un hôpital où chaque malade est possédé du désir de changer de lit.

BAUDELAIRE

Maintenant que j'ai remporté le Grand Chelem, je sais quelque chose que très peu de gens sur la terre ont la chance de savoir. La victoire ne fait pas autant de bien que la défaite fait mal.

André AGASSI

Première partie

ÇA Y EST !

Se fréquenter soi-même avec assiduité suffit pour comprendre que si les autres nous ressemblent, alors il ne faut pas leur faire confiance.

Filippo Pontecorvo se le répétait depuis toujours. Aussi n'était-il pas tellement surpris que sa femme, Anna, depuis qu'elle avait appris que le film d'animation de son mari – produit avec peu de moyens et sans grandes prétentions – était retenu dans la sélection Un Certain Regard du festival de Cannes, lui ait infligé en représailles la grève du sexe la plus rigoureuse qu'ait connue leur couple bizarre. Dommage que tant de clairvoyance ne l'ait pas soulagé ; elle aggravait même sournoisement son malaise.

Depuis un mois et demi déjà Anna organisait des piquets de grève belliqueux devant le siège prospère de leur intimité. Et bien que pour un type comme Filippo, avec un faible pour les rapports sexuels tourmentés de son couple, il se soit agi d'une véritable punition, un tel sabotage ne l'avait jamais autant mis en colère qu'en cet après-midi de mai. Dans la pénombre de sa chambre, il était occupé à préparer son barda en vue de son départ pour Cannes le lendemain. Sans raison apparente il ressentait une espèce de nausée, pire que s'il partait pour une mission en Afghanistan.

Dehors il pleuvait des cordes. À l'intérieur, Filippo avait la sensation de se noyer. Il cherchait depuis quelques minutes à se réconforter grâce à une technique qu'il avait lui-même mise au point, aussi éprouvée qu'inefficace. Faire un bilan bienveillant de sa vie, bilan qui, du moins dans l'esprit de celui qui l'établissait, aurait dû faire jaillir des hectolitres d'optimisme déraisonnable.

Voyons : il avait près de trente-neuf ans, un âge dangereux, mais plutôt appréciable. Il s'apprêtait à participer à une importante kermesse. Il disposait d'un nombre enviable de pantalons de para, souvenirs de la seule expérience lumineuse de son existence : sous-lieutenant de fusiliers d'assaut à la caserne de Cesano.

Bien qu'au regard des canons désuets de sa mère il n'ait presque rien fichu dans sa vie, Filippo n'était pas mécontent de lui. Il pensait même avoir imprimé à cette inertie une certaine distinction.

Épouser la fille d'un millionnaire avait été un coup de maître. Anna veillait à sa subsistance avec le même zèle que l'avait fait sa mère pendant longtemps. Pourtant, même si jouer les hommes entretenus ne l'humiliait pas plus que ça, il n'aimait pas que la plupart de leurs connaissances ne voient dans son union avec Anna qu'un mariage d'intérêt. La vérité c'est que Filippo avait commencé à aimer Anna Cavalieri bien avant de la rencontrer. Et c'était ce qui leur était arrivé de plus romantique à tous les deux.

Les femmes, encore un chapitre d'où tirer réconfort. Filippo n'était pas du genre de son frère Samuel, frigide et chichiteux, de ceux qui ont besoin pour coude rayonnages occupés par les DVD de Madame et les BD de Monsieur.

Aucun de ces choix de style n'avait été dicté ni avalisé par Filippo, précisément parce que la seule pièce qui lui tenait à cœur était la cuisine. Raffaele s'intéressait beaucoup plus à la teinte acide du réfrigérateur Smeg qu'à sa capacité. Et ça, Filippo ne pouvait le tolérer. Pour lui, ce qui rendait une cuisine digne de ce nom c'était un grand – que dis-je? –, un immense plan de travail central, qui donne envie de cuisiner pour un régiment.

Et il l'avait obtenu.

C'était à ce plan de travail adoré, vaste comme une place d'armes, que Filippo était en train de demander de l'aider à chasser son insatisfaction. Absorbé dans la préparation d'une douzaine de crostini, il coupait en deux quelques pains au lait. Les disposait sur un plat en les agrémentant de tomate, mozzarella, crème d'anchois, huile, poivre et basilic. De temps en temps il buvait une gorgée de Heineken au goulot. Il avait allumé la radio pour écouter une de ces émissions qui parlent de foot tout l'après-midi.

En glissant le plat d'un geste d'expert dans le four encastré, Filippo comprit que s'il se sentait si mal c'était la faute de Cannes. Et dire qu'il avait fait tant d'efforts pour que cette occasion ne modifie en rien l'idée de lui-même qu'il s'employait à se forger depuis toujours. Et pourquoi donc aurait-il dû la modifier? Œuvre de débutant typique, *Hérode et ses petits enfants* – le titre de son film – n'était que la chronique incohérente, maladroitement déguisée, de son expérience de coopérant humanitaire et de médecin de frontière, assaisonnée de glorieux bobards d'auto-valorisation. Le protagoniste était un type mal rasé en pantalon de para, extraordinairement semblable à la version hypertrophiée de son auteur. Il ressemblait moins à un médecin qu'à un super-héros qui se battait courageusement en essayant de remettre de l'ordre dans un tiers-monde sombre et halluciné où le Bien et le Mal se défiaient avec un manichéisme de BD. D'un côté des enfants sous-alimentés et brutalisés, de l'autre des adultes affameurs.

Les mille aventures de ce super-héros *sui generis* alternaient avec ses rêves apocalyptiques, un peu trop didactiques à mon avis, où s'accumulaient des infanticides célèbres, du sacrifice d'Isaac aux martyrs de Beslan. En outre, Filippo avait utilisé ce film pour se raconter avec autodérision et en faisant même apparaître brièvement son frère et sa mère dans un portrait attendri.

Tout ça pour dire qu'il lui faudrait attendre quelques décennies avant d'avoir à nouveau quelque chose d'intéressant sur quoi pontifier. Et comme l'amusement qui l'avait accompagné dans cette première œuvre s'y était pour ainsi dire épuisé, Filippo n'avait aucune intention d'en réaliser une deuxième, une troisième et ainsi de suite… L'idée d'entreprendre une carrière dont les premiers pas lui avaient trop coûté à son goût ne l'attirait pas du tout.

À quoi rimait d'infecter du germe de l'ambition le bien-être obtenu au prix d'une longue indolence ? À quoi rimait, après avoir atteint un degré de sagesse qu'au cours des millénaires des hommes beaucoup plus remarquables que lui n'avaient su qu'invoquer, d'envoyer au diable tant de savoir ?

À rien.

Alors mieux valait s'en tenir au programme électoral inusable : pas d'orgueil, pas d'ambition et, surtout, pas de dignité à défendre. Au fond, se répétait-il, il s'agissait d'un dessin animé, destiné à une catégorie mineure du festival. Un truc de rien du tout. Qui passerait inaperçu. Lui allait à Cannes pour s'amuser. Avaler une langouste aux frais du producteur, un tartare plein de sauce Worcester comme il l'aimait. Des films à gogo et gratis des plus grands maîtres de la terre. Il aurait l'autographe de Jodie Foster ou au moins d'un des frères Dardenne. Et si tu sais t'y prendre, mon grand, une belle partie de jambes en l'air. La Croisette pullule de paumées prêtes à tout ! Bref, même à cette occasion Filippo avait réussi là où la plupart des gens échouent : ne pas se donner trop d'importance.

Dommage que ses efforts pour ramener à de plus justes proportions ce qui lui arrivait aient trouvé un ennemi juré dans l'attitude d'Anna qui ces derniers mois, bien avant la récente grève sexuelle, avait multiplié les occasions d'affrontement et, à l'approche du départ de son mari pour Cannes, encore augmenté la ration quotidienne de mauvaise humeur et de boycottage.

Le souvenir de la façon dont Anna avait osé le réveiller ce matin-là lui faisait encore mal. Avant de sortir pour se rendre aux studios de télévision et jouer dans une énième série absurde, elle avait fait irruption dans sa chambre (séparée, depuis toujours, de la sienne) pour lui mettre sous le nez quelque chose qui ne sentait pas précisément bon en hurlant : « Ça, je l'avais encore jamais vu ! »

Réveillé en sursaut, Filippo avait découvert à quelques centimètres de sa bouche une sorte d'installation artistique, de celles qui ont un grand succès dans toutes les biennales du monde : un plateau de cuisine sur lequel cohabitaient, sans véritable harmonie, une croûte de parmesan rongée, une bouteille de bière pleine de mégots de cigares, une chaussure Adidas solitaire d'où pointait un paquet (vide) de biscuits Gentilini. Dans ce que n'importe qui aurait pu prendre pour une œuvre de Pop Art dénonçant les krachs névrotiques du capitalisme avancé, Filippo reconnut les restes de sa longue séance de télé de la nuit précédente.

En d'autres circonstances, il aurait peut-être revendiqué ce chef-d'œuvre avec autant d'énergie que Michel-Ange la paternité de son David. Mais le matin de bonne heure, pris au dépourvu, soumis à un réveil brutal, son sens esthétique était encore assez engourdi pour le pousser à juger cette œuvre d'art avec le regard prosaïque de sa femme. Eh oui, il devait l'admettre : du point de vue d'une épouse dénuée d'imagination et pleine de rancœur, ces reliques étaient réellement répugnantes. Toutefois il ne voulait lui donner aucune satisfaction après avoir été réveillé de cette manière. Il avait détourné la tête en refermant les yeux. Un geste qui l'avait mise encore plus en rage.

« Mon père n'a pas dépensé autant d'argent dans cette maison pour que tu la souilles par des saloperies. »

C'était la première fois depuis leur mariage qu'Anna osait lui jeter à la tête, implicitement certes, leur déséquilibre économique. La première fois qu'elle le faisait se sentir comme un parasite. Sans aucun doute la faute en était toujours et seulement à Cannes. Paradoxalement Anna se permettait de lui faire du chantage au moment même où le monde lui fournissait une possibilité (même lointaine) de s'émanciper d'elle.

Et dire, nom d'un chien, que c'était elle qui l'avait poussé à transformer en quelque chose sa vocation inconsistante d'auteur de BD. Elle qui lui avait fait tous ces discours sur le fait qu'un être humain ne pouvait pas vivre comme il vivait, enfermé chez lui à manger, dormir, regarder des programmes ineptes à la télé et cultiver à ses moments perdus une hypocondrie sédentaire. Qu'on ne vit pas comme ça. Ou au moins qu'on fait tout pour l'éviter. Bref, c'était elle qui avait trouvé la faille dans son inertie proverbiale.

Elle lui avait dit une fois : « Je ne te demande pas de devenir Matt Groening ou Alan Moore. Je te conseille seulement de t'amuser. Puisque tu ne peux pas te passer de dessiner, que tu n'as rien fait d'autre depuis l'âge de six ans, et que ceux qui s'y connaissent jurent que tu es bon… »

L'entreprise de persuasion ne s'était pas limitée à de vagues encouragements. Mettant à profit l'esprit d'organisation hérité de son père, et par l'intermédiaire de son agent funambule, Anna avait déniché un producteur disposé à investir dans le talent de son mari.

Mais alors pourquoi précisément maintenant – maintenant qu'elle avait fini d'exercer avec générosité son office de découvreuse de talents et de groupie de son mari, maintenant que grâce à son enthousiasme et son abnégation une porte s'était ouverte, maintenant que Cannes même lui donnait raison – elle ne trouvait rien de mieux que de fermer traîtreusement les rideaux du sexe et saisir tous les prétextes pour l'agresser ?

Le mystérieux contrepoids qui régule l'équilibre conjugal ! Bousculez-le et c'est la rupture.

Mais au fond, même le plus généreux des mentors peut sortir de ses gonds quand il se sent dépassé par son disciple. Et parlons de Cannes, les enfants. Un rendez-vous que Filippo, de son confortable fauteuil d'outsider, peut sans doute traiter avec détachement. Mais qui pour une petite actrice comme sa femme, qui sillonne le show-biz depuis l'âge de quinze ans, pour une revancharde de premier ordre qui tous les soirs avant de s'endormir rêve d'une scène qui lui permette de dépasser d'un bond n'importe quel succès jamais obtenu par son père, en laissant derrière elle la prison dorée des fictions télé, eh bien, pour quelqu'un de ce genre Cannes est la Terre promise (Cannes ne serait-elle pas Canaan d'ailleurs ?).

Et que lui y accède à la première tentative, entre un bâillement, un casse-croûte et un haussement d'épaules, entre un cigare, un Averna avec glace et une baise, ne fait qu'aggraver son humiliation et sa colère.

Mais regardez-le, avait dû se dire Anna, il est resté là toutes ces années, tapi dans l'ombre comme un gorille dans un zoo, et en plus à mes frais. Et maintenant que Sa Grâce daigne s'offrir au monde, voilà que le monde se met au garde-à-vous. Rien moins que Gilles Jacob. Vous vous rendez compte ? C'est à ne pas croire.

Il était près de dix-neuf heures vingt et pour un anxieux comme Filippo, Anna était effroyablement en retard. C'est dans ces moments-là qu'il l'aimait le plus : quand elle était en retard.

Soudain, à l'instant où il sortait les crostini du four, il désira Anna avec la même perversion désespérée que les adolescents souffrant d'une virginité dont, à les entendre, ils ne se libéreront jamais.

Avec quelle nostalgie il repensa à la première fois où il l'avait vue (du moins en chair et en os) : assise par terre en tailleur comme une petite Indienne, près d'une porte d'embarquement de l'aéroport de Francfort. Le vent chargé de neige sifflait avec une impétuosité cinématographique derrière la grande baie vitrée donnant sur les pistes. À en juger par sa tenue balnéaire, il était facile de supposer qu'elle revenait d'un voyage exotique. Avant même de la reconnaître, Filippo avait été surpris qu'elle soit si peu à sa place, par chaque millimètre carré de son corps. Ses longs cheveux soyeux de Polynésienne, ses tempes bronzées et battantes à moitié dissimulées par les branches de grosses lunettes noires, ses longs bras fins de petite guenon, ses tongs jaunes de hippy proprette qui exposaient des orteils dorés légèrement rétractés. Après tant d'années, Filippo se rappelait avec la même émotion chaque détail. Et aussi le moment où son admiration de connaisseur avait été supplantée par sa stupeur à se trouver devant quelque chose de familier et d'exotique à la fois.

Il avait déjà vu cette fille. Il ne savait pas qui elle était, comment elle s'appelait. Il ne pouvait pas s'imaginer être en présence de la fille névrosée d'un multimillionnaire, entrée depuis peu dans le monde fabuleux des fictions télévisées. Il avait conscience qu'il n'existe pas de pire manœuvre d'approche que de dire à une femme qu'on l'a déjà vue quelque part, tout comme il était certain de l'avoir effectivement déjà vue.

Quelque chose le mit sur la bonne voie. Filippo reconnut dans ce petit Taureau Assis les traits d'une danseuse maladroite. Allons, où l'avait-il vue ? Et finalement, l'illumination. Elle avait participé à *Non è la Rai*, un programme très populaire auprès des jeunes filles et des vieux baveux au début des années quatre-vingt-dix, dans un rôle de danseuse-chanteuse. Pour Filippo Pontecorvo il s'agissait d'un des programmes culturels les plus réussis de l'histoire de la télévision italienne. Une inspiration qui, comme toutes les trouvailles géniales, dégageait la grâce de ce qui est essentiel.

L'idée consistait à rassembler dans un immense studio un nombre inconsidéré de filles de treize à dix-huit ans. Non sans avoir vérifié au préalable que celles-ci étaient dépourvues de tout talent et toute vocation, pour le chant, et plus encore pour la danse et le théâtre. La seule chose qu'on leur demandait était de s'exhiber tendrement, impudiquement, face aux caméras. Et dans ce domaine elles n'avaient pas de rivales.

Filippo se rappelait leur nom avec émotion : Miriana, Teresa, Pamela, le couple mythique Antonella-Ilaria… Il se rappelait leur mauvaise élocution, leur démarche incertaine et désordonnée (ah, la sublime sensualité de l'imperfection !). Il se rappelait leurs larmes hysté-

24

riques, leurs propos sans aucune logique. Leurs faux sourires de complicité à l'intention de l'objectif qui laissaient deviner un esprit de compétition beaucoup plus humain, et impatient de se manifester par des gestes d'une mesquinerie et d'une méchanceté inimaginables derrière le jeu enrubanné de l'hypocrisie télévisuelle.

Quel rêve ! Quelle époque !

C'était là – dans ce décor de paradis islamique sensuel servi gratuitement aux spectateurs tous les jours juste après le déjeuner – que Filippo avait vu pour la première fois sa future femme, alors âgée de quinze ans à peine, en maillot une pièce.

Une seconde après l'avoir reconnue, Filippo avait regardé autour de lui avec la circonspection d'un prédateur pour vérifier si, dans les parages, mêlée à la cohue des voyageurs en transit, l'ombre d'un accompagnateur menaçait. Apparemment pas.

Le spectacle offert par la nature derrière la vitre inspirait une frayeur biblique. Il était trois heures moins le quart de l'après-midi, mais on se serait cru en pleine nuit. On ne distinguait plus que le nez du MD80 dans lequel ils auraient dû embarquer dans une petite heure. Celui-ci prenait de plus en plus l'aspect d'un dauphin perplexe qui vous regarde de l'intérieur d'un aquarium. Il était plus que probable qu'il ne décollerait pas. Qu'aucun avion ne décollerait ce jour-là de l'aéroport de Francfort.

Peut-être était-ce la raison de l'agitation incessante de la petite Polynésienne. Elle se levait, se rasseyait, changeait continuellement de position. Sortait les pieds de ses tongs. Torturait une petite bague d'argent à son index. Et surtout elle s'entêtait à tripoter son portable. Elle l'éteignait et le rallumait. Elle l'ouvrait, sortait la carte sim, la frottait sur ton T-shirt, la réinsérait. Rien à faire, ça ne marchait pas. Et ça l'exaspérait.

« Essayez avec le mien. »

Ainsi démarra Filippo en lui tendant un Nokia déglingué.

Elle, elle avait fait glisser ses lunettes noires de quelques millimètres sur son nez pour le dévisager avec les yeux les plus noirs et les plus méfiants qui se soient jamais posés sur lui.

Savoir parfaitement l'effet que vous produisez sur les hommes : était-ce cela qui rendait ce regard aussi circonspect ? Être abordée dans un lieu public était courant pour elle. Mais ce type devait être réellement désespéré. C'était la veille du jour de l'an. Tout le monde était nerveux à l'idée de devoir camper dans un aéroport surpeuplé la nuit de la Saint-Sylvestre. Et lui, il jouait la galanterie.

« Ce n'est rien. Il fait toujours ça, mais finalement il ne me trahit jamais. Je vous remercie », dit-elle en parlant de son portable dans des termes qu'elle aurait pu réserver à un petit ami.

Et Filippo avait compris que la chose à faire était aussi la moins audacieuse : reculer. Il était retourné à sa place, en s'interdisant catégoriquement de regarder la seule chose au monde qui l'intéressait à ce moment-là. Alors qu'il avait réussi à s'empêcher de lancer des petits coups d'œil intermittents à la fille, il avait entendu une voix contrite l'attaquer parderrière.

« Erreur. Cette fois il m'a trahie. Si ta proposition tient toujours… On devrait venir me chercher. Et je n'arrive pas à téléphoner. »

Filippo avait remarqué avec plaisir qu'elle était passée entre-temps du « vous » au « tu ». Sans se faire prier, il avait tiré de sa poche de pantalon le portable refusé quelques minutes plus tôt. Elle le lui avait arraché des mains d'un geste rapace de droguée en manque. S'était éloignée de quelques pas. Avait composé le numéro à une vitesse impressionnante. Et avait donné encore une fois aux passagers du vol AZ459 Francfort-Rome une preuve palpable de la précarité de son état émotionnel. Elle s'était mise à aller et venir à la hauteur d'un comptoir de l'American Express décoré d'un petit arbre de Noël rabougri. Elle balançait la tête comme un Juif en prière. Elle parlait trop fort puis baissait la voix d'une façon tout aussi vertigineuse. Il était évident que le quelqu'un qui devait venir la chercher la réprimandait. Elle pleurnichait, se justifiait comme une fillette de huit ans. Mais en même temps elle montrait son petit caractère, en attaquant et en encaissant avec la hardiesse d'un boxeur professionnel. Le tout, semblait-il, au prix d'une grande dépense d'énergie physique et psychologique. De temps en temps, se sentant visiblement coupable, la petite Polynésienne lançait un regard à son bienfaiteur, levait l'index comme pour dire : « Excuse-moi, encore une seconde… »

Il s'en était écoulé, des secondes, avant qu'elle revienne et lui rende son portable d'un air coupable.

« J'ai peur de te l'avoir déchargé.

— J'ai le chargeur dans mon sac.

— Toi aussi tu vas à Rome ?

— Si ça continue je n'irai nulle part.

— J'ai l'impression que moi non plus.

— C'est pour ça que tu t'énervais au téléphone ?

— Mon père. Il est toujours pareil. Parfois je crois que la seule chose qui l'intéresse c'est de me faire sentir que je suis une incapable.

— Qu'est-ce que tu as fait de mal ?

— Aucune idée. J'ai craint un instant qu'il veuille me rendre responsable même de cette saleté de tempête.

— Maintenant je sais au moins à qui en vouloir.

— Tu sais, c'est le genre de type qui ne se trompe jamais. Il ne voyage que lorsqu'il fait beau.

— Il voyage beaucoup ?

— Énormément.

— Qu'est-ce qu'il fait ?

— De l'argent.

— Beau métier !

— Gagner beaucoup d'argent est la chose qu'il réussit le mieux, à part me faire des reproches et s'occuper des prévisions météo.

— Trois excellentes occupations, je trouve.

— Pas tant que ça. Le problème c'est que la confiance en toi que te donne l'argent peut être vraiment gênante pour ceux qui t'entourent.

— Théorie intéressante. Qui explique du reste pourquoi je suis accro au Prozac, répondit-il pour donner un coup de fouet à la conversation.

— Pourquoi ?

— Parce que je n'ai pas un sou.

— C'est vrai ? »

À présent qu'elle avait ôté ses lunettes et les avait accrochées à son décolleté – laissant ses yeux pour ainsi dire à nu –, Filippo se demandait si les verres teintés ne lui servaient pas précisément à protéger l'honnêteté dérangeante de son regard. Des yeux qui semblaient faits pour enregistrer en temps réel tout glissement imperceptible du psychisme avec la précision d'un sismographe. À présent, par exemple, ils exprimaient quelque chose qui oscillait entre joie et empathie.

« C'est vrai quoi ?

— Que tu es accro au Prozac ?

— Je te parais du genre à faire de l'esprit sur un sujet pareil ?

— Comment savoir de quel genre tu es ? Je viens de te rencontrer… Alors, tu prends du Prozac ou pas ?

— Pas seulement du Prozac. Tu vois ce sac ? C'est une vraie pharmacie. Antidépresseurs, stabilisateurs de l'humeur… Une vie réglée par les harmonieux principes actifs de la pharmacologie. Les cachets du bonheur. Je ne sais pas comment font les gens pour vivre sans.

— Tu sais que tu parles d'une drôle de façon ?

— Ça t'ennuie ?

— Non, au contraire, ça m'amuse, mais c'est bizarre, agité.

— Ne m'en veux pas. C'est la faute du Prozac.

— Arrête, tu te moques de moi. Tu n'as pas l'air de quelqu'un qui abuse du Prozac.

— Et toi tu n'as pas l'air de quelqu'un qui sait quel air ont ceux qui abusent du Prozac.

— Comme tu te trompes… En tout cas, le pantalon militaire ne me paraît pas très adapté à ce rôle. Si tu permets.

— Maintenant c'est toi qui te trompes. Le Prozac est œcuménique, démocratique. Il fait des adeptes partout, y compris chez des hommes beaucoup plus forts que moi. Il paraît que Sylvester Stallone ne peut pas s'en passer.

— Je ne sais jamais si tu parles sérieusement…

— Je te jure, je viens de lire une interview de lui dans le magazine de la Lufthansa. Un magazine sérieux, teutonique. Ces gens-là ne mentent jamais ! Il paraît que Stallone ne monte pas dans un avion sans ses petits cachets. Il les appelle comme ça. Tu ne trouves pas ça attendrissant de la part d'un homme comme lui ? Tu l'imagines gonflé aux stéroïdes et aux anabolisants alors qu'il est accro au Prozac. Tu sais, c'est un véritable soutien pour des gens comme moi de savoir que même dans les hautes sphères… »

Il n'existait naturellement aucune interview où Sylvester Stallone ait confessé une dépendance. Mais Filippo traversait certainement une mauvaise période. La virulence particulière de sa dernière crise d'hypocondrie l'avait poussé quelques semaines plus tôt à prendre l'avion, s'envoler pour Tel Aviv et s'installer chez Joshua Pacifici, un cousin du côté de sa mère qu'il connaissait mal. Quel personnage ce Joshua ! Il disposait de ressources énergétiques infinies. Pendant la journée il était guide touristique pour riches Juifs américains, et le soir DJ dans une boîte de bord de mer. Ç'avait été une joie pour Filippo de se laisser porter par la force vitale hyperactive de Joshua. Tout comme avait été stimulant de vivre de l'intérieur une expérience israélienne. Il avait vérifié sur le terrain combien se réveiller chaque matin dans un endroit qui peut être réduit en cendres d'une seconde à l'autre par une bombe atomique modifie instantanément le point de vue : face au risque nucléaire, même une maladie mortelle autodiagnostiquée perd tout son éclat. Dommage qu'il ait suffi qu'il atterrisse à Francfort pour que le fatalisme bénéfique acquis sur la Terre des prophètes aille se faire voir.

À ce moment-là, on annonça un nouveau retard considérable qui fit pester tous les passagers en attente et accabla la fille.

« Toujours la même histoire. C'est ma malchance habituelle. Imagine un peu : je me suis disputée avec mon copain, je l'ai lâché en Argentine alors qu'il criait que si je m'en allais il ne voudrait plus jamais me revoir… tout ça pour passer le nouvel an avec mon père. Je n'ai jamais passé un nouvel an sans lui. Quelque chose me dit que si je ne le fais pas il pourrait lui arriver malheur ! Je suis un peu sorcière. Je sens certaines choses à l'intérieur de moi… »

Filippo ne répondit pas. Il la laissa continuer à délirer. Il passa en revue les occasions romantiques offertes par le fait d'être piégé dans un aéroport la nuit de la Saint-Sylvestre avec une fille aussi séduisante que nerveuse.

« Je peux t'emprunter une dernière fois ton téléphone ? » lui demanda-t-elle de plus en plus inquiète.

Alors Filippo put assister une nouvelle fois à la scène où elle perdait les pédales en téléphonant à son père. Elle parlait sur un ton exagérément animé, comme si c'était le dernier coup de téléphone de leur existence. Heureusement, cette fois-ci, après avoir raccroché, elle était de bien meilleure humeur. Son père l'avait tranquillisée. Il lui avait conseillé de trouver où dormir. L'aéroport de Francfort disposait forcément d'un service hôtelier. Elle et Filippo avaient fait le tour des hôtels dans les parages et naturellement ils les avaient trouvés pleins. Vers sept heures du soir, ils s'étaient dirigés de nouveau vers la porte d'embarquement. L'aéroport ressemblait à un campement. Désormais résignés à passer la nuit de la Saint-Sylvestre sur place, les gens festoyaient avec quelques bouteilles de fortune achetées au duty free.

Depuis qu'Anna (oui, elle avait dit s'appeler ainsi) s'était faite à l'idée de ne pas partir, et avait donc cessé de s'agiter, elle avait commencé à parler sans discontinuer de son père, du rapport morbide qui la liait à cet homme charismatique et étonnamment riche. Poussée par un désir de compétition ou par le réconfort de se trouver face à un membre du même clan, Anna parla de tous les médicaments qu'elle avait dû absorber au cours de sa jeune vie, et de comment elle les détestait, contrairement à son compagnon d'infortune. Elle alla jusqu'à lui parler de ses internements psychiatriques. Elle paraissait heureuse de n'épargner aucun détail à cet interlocuteur de hasard. Filippo se demanda si elle se comportait ainsi parce qu'elle était sûre de ne jamais le revoir. S'il jouait le rôle classique de l'inconnu rencontré dans un compartiment de train à qui vous révélez les secrets les plus inavouables.

De temps en temps, au milieu de ce déluge de révélations intimes, Anna lui posait quelques questions. Filippo répondait rapidement. Anna fut particulièrement satisfaite d'entendre qu'il vivait encore avec sa mère. Elle était entourée d'hommes qui cherchaient l'indépendance et l'émancipation de leur famille d'origine. En voilà un qui n'avait pas honte d'aimer sa maman au moins autant qu'elle, Anna, aimait son papa. Filippo remarqua qu'il n'y avait rien qu'il puisse dire de lui sans qu'elle s'en empare instantanément pour se mettre aussitôt à raconter une anecdote qui la concernait. Une particularité dialectique exaspérante, mais quelle importance ? Anna était si belle.

À minuit, installés dans un coin près du comptoir de l'American Express, ils trinquèrent avec deux bouteilles de bière. Dehors la tourmente n'avait pas l'air de se calmer. À l'intérieur l'air était tiède et délicieusement vicié. Anna finit par s'assoupir. Alors, faute de pouvoir lui faire ce qu'il aurait tenté de faire s'ils s'étaient trouvés dans une chambre d'hôtel, Filippo se contenta de tirer de son sac du papier et des crayons. Et il commença à la dessiner de profil, de face, de trois quarts, tout entière. En train de rire, le regard triste ou la mine boudeuse. Il ne fit rien d'autre de toute la nuit, puis ce fut à son tour de s'endormir.

En se réveillant en sursaut à l'aube, Filippo était attendu par deux choses imprévues. Un beau soleil d'hiver qui répandait ses rayons tièdes sur les pistes entièrement recouvertes de neige. Et Anna qui examinait ses dessins. Filippo craignit un instant qu'elle ne soit en colère. Qu'elle lui demande d'expliquer ce qui pouvait être considéré comme le prélude à un harcèlement. Mais il s'aperçut tout de suite qu'Anna était aussi radieuse que la lumière au-dehors. Elle s'était aussitôt mise à le remercier. Continuant à lui répéter que c'était l'hommage le plus tendre qu'elle ait jamais reçu.

Sept ans s'étaient écoulés depuis leur premier réveil ensemble et toutes ces petites comédies entre eux. Il s'en était passé des choses depuis. Filippo en savait plus à présent sur Anna qu'il ne le désirait. Et pourtant il aimait repenser à ces dessins. Grâce à eux, Anna l'avait aimé comme elle ne réussirait jamais plus à l'aimer. Et désormais il en savait aussi le pourquoi : rien, jusqu'à ce moment-là, n'avait autant comblé le narcissisme insatiable d'Anna que la rencontre avec son dévoué portraitiste personnel. Il n'était donc pas tellement surprenant qu'elle l'ait finalement épousé, ce portraitiste.

Où s'était-elle fourrée ? Il était déjà sept heures et demie !

La pluie tombait avec une telle violence qu'elle faisait plier les branches craquantes des magnolias. Un signal d'alarme lointain, déclenché par l'orage, n'en finissait pas de hurler, de plus en plus excité. Par la fenêtre entrouverte arrivaient des rafales d'un parfum humide de printemps violenté.

Toujours plus angoissé, Filippo essaya d'appeler Anna sur son portable. Rien. Éteint.

Au même instant, le téléphone fixe retentit. Filippo fut certain que c'était elle. C'était Rachel, sa mère. Qui semblait avoir ce talent particulier d'appeler ses fils précisément quand ils attendaient l'appel de quelqu'un d'autre. La déception causée par cette ponctualité maternelle intempestive se transformait d'ordinaire chez le fils concerné en un désir légitime de l'expédier ou, si nécessaire, de la malmener.

« Trésor ?

— Maman, qu'est-ce qu'il y a ?

— Je voulais seulement savoir si tu avais besoin que je t'accompagne à l'aéroport demain matin.

— Non, merci. Mon avion est à huit heures. Je dois y être une heure avant. Pour m'accompagner il faudrait que tu campes dehors cette nuit.

— Je t'assure que ça ne me coûte pas. À cette heure-là il n'y a personne sur la route.

— Mais à moi oui. Je ne veux pas te faire lever à l'aube.

— J'aime me lever à l'aube.

— Maman, je t'en prie…

— Anna t'accompagne ?

— Tu sais bien qu'Anna n'aime pas revenir seule de l'aéroport.

— Et pourquoi ?

— Pourquoi les rouges-gorges ont la gorge rouge ? Anna est comme ça.

— D'accord, mais tu n'as pas besoin de te mettre en colère. Alors comment y vas-tu ?

— Qu'est-ce que j'en sais, je prendrai un taxi.

— Tu as gagné le gros lot ? »

Filippo savait avant même de prononcer le mot « taxi » qu'il allait provoquer la réaction indignée de Rachel. Mais sur le coup il n'avait pas su quoi inventer d'autre. Le taxi était sur la liste noire des éléments de confort fantaisistes et interdits qui comprenait d'autres biens de grande consommation tels que les boissons et les cacahuètes dans les minibars de chambres d'hôtel, ou le pop-corn et les confiseries vendus dans les cinémas à l'entracte.

Ce devait être à cause du lavage de cerveau subi pendant son enfance que Filippo céda à l'impulsion de mentir à sa mère comme un écolier.

« C'est la production qui paie, pas moi.

— Ils ont de l'argent à gaspiller ?

— C'est idiot, maman, pense un peu aux chauffeurs de taxi. Ce ne sont pas des Aga Khan. Eux aussi doivent boucler leurs fins de mois.

— Et ta valise ?

— Quoi ma valise ?

— Tu l'as faite ?

— J'étais en train.

— N'oublie pas les sachets de Buscopan. Il ne manquerait plus que…

— Écoute, maman, je dois y aller.

— Qu'est-ce que tu mettras pour la soirée de gala ?

— Quelle soirée de gala ?

— J'ai lu qu'il y aurait une soirée de gala.

— Pour qui tu me prends ? Sean Penn ? Personne ne m'a invité à aucune soirée de gala. J'y vais, je dis deux conneries et je reviens.

— Tu te sens plus adulte quand tu dis des gros mots ?

— Je me sens plus adulte toutes les fois que nous ne nous parlons pas pendant au moins deux jours de suite…

— Emporte au moins ta cravate et tes mocassins… On ne sait jamais.

— Je sais que tu me voudrais pomponné comme la lopette.

— Je n'aime pas que tu l'appelles comme ça. À propos, tu lui as parlé ?

36

— À qui, à la lopette ?

— Je t'ai dit de ne pas l'appeler comme ça... La seule chose que je ne pourrais pas supporter une fois morte c'est que vous ne vous entendiez pas. Si vous vous mettez à vous disputer comme les fils du notaire quand je ne serai plus là, je viendrai la nuit vous tirer par les pieds...

— Bon, arrête, là c'était un joli butin à partager. Avec toi j'ai l'impression que nous sommes mal tombés. Ça n'a pas de sens de s'égorger pour des miettes. »

Ce commentaire fut suivi d'un court silence. Rachel était-elle offensée ?

« Il me semble que ton frère ne traverse pas une bonne période.

— Dans quel sens ?

— Je ne sais pas trop. Il est toujours énervé. Tu ne veux pas essayer de lui parler ? Ça me ferait plaisir que tu l'appelles. Il dit que tu ne lui téléphones jamais... »

Tandis que Rachel essayait de lui injecter sournoisement sa dose quotidienne de sentiment de culpabilité (il était assez improbable, en effet, que Semi se soit plaint d'une négligence téléphonique, d'ailleurs tout à fait fausse, de la part de son frère aîné), l'attention de Filippo fut attirée par le cliquetis de clés reconnaissable entre tous qui parvenait de derrière la porte d'entrée.

« Excuse-moi, maman, Anna est arrivée. Nous nous parlerons demain.

— Bien, rappelle-toi de m'envoyer un message quand tu auras atterri.

— À demain, maman. »

Il regarda de nouveau sa montre. Une heure et demie de retard. Filippo, une bière dans une main et dans l'autre le dernier crostino mâchouillé qui avait survécu à sa furie boulimique, alla accueillir Anna. Il savait qu'il devait résister à l'envie de lui faire des reproches et de lui demander la raison d'un retard aussi inconsidéré. Quand elle fut enfin devant lui il resta de marbre.

Une héroïne tragique se tenait dans le décor de l'entrée. Ne pensez pas à Médée ou à Clytemnestre, je vous prie, mais à quelqu'un de plus contemporain, à mi-chemin entre la jeune gitane triste qui demande l'aumône au feu rouge et l'adolescente maghrébine qui a échappé de peu à un naufrage. Anna n'avait jamais atteint une telle intensité dramatique, pas même dans le téléfilm sur la fille repentie d'un homme de la Camorra. Ses longs cheveux noirs dégoulinaient comme une gouttière, mais elle paraissait ne pas s'en soucier. Que lui était-il arrivé ? Filippo eut du mal à ravaler un de ses commentaires aigres en même temps que la dernière bouchée. Quelle corvée d'avoir affaire à l'histrionisme maladif de sa femme. Monter de temps en temps sur le deltaplane de ses hauts et de ses bas névrotiques pouvait constituer une expérience stimulante, parfois même joyeusement téméraire, mais y vivre chaque jour que le bon Dieu fait provoquait une nausée insupportable.

« On peut savoir où tu étais ? » fut ce qu'il réussit à lui demander de plus gentil.

« Je viens de me disputer avec Piero. »

Puis Anna laissa l'orage commenter ses paroles avec un grondement guerrier de tonnerre lointain. Et elle ajouta aussitôt après : « Définitivement cette fois. »

C'était la troisième dispute « définitive » qu'Anna avait eue ces dernières semaines avec Piero Benvenuti. Son agent. Et pas seulement le sien, mais aussi d'un tas d'animateurs télé qu'il qualifiait pompeusement d'« artistes », bien que pas un seul n'ait jamais tenu un pinceau.

Piero était un mélange troublant, et en fin de compte amusant, de cynisme et de sentimentalisme. Un talentueux courtier en théâtreux sans talent. Quelqu'un qui se dépensait avec compétence pour ses protégés, afin de leur décrocher les contrats les plus avantageux et les scènes les plus populaires, mais qui, en raison d'un irrémédiable déficit d'empathie, avait du mal à comprendre la forme particulière que la vanité prenait chez chacun d'eux.

Pourquoi, tôt ou tard, arrive toujours le moment où l'animateur surpayé de jeu télévisé se découvre la passion du théâtre ? Où la starlette, remarquée pour son immobilité de statue, se laisse tenter par le démon de la danse ? Pourquoi tous, dans ce monde de merde – dont Piero se considère comme une espèce de génie de la lampe –, décident-ils de vouloir être ce qu'ils ne sont pas ? L'insatisfaction chronique de ses artistes n'est pas moins mystérieuse et irritante que l'ingratitude qu'ils finissent tous par manifester à la longue envers le destin, et surtout à l'égard de ce génie diligent, créateur d'images, mais pas omnipotent. Et bien que Piero se soit fait à l'idée, réconfortante au fond, que l'impossibilité d'être satisfait est le vice propre aux artistes (une sorte de déformation romantique sans laquelle ils n'en seraient pas), il continue néanmoins à souffrir chaque fois qu'un de ses protégés déverse sur lui sa frustration d'incompris.

Cet après-midi-là, Piero avait dû beaucoup souffrir vu la teneur des accusations qu'Anna avait sûrement portées contre lui. Filippo assistait depuis des semaines au spectacle de la colère grandissante de sa femme contre son agent. Visiblement, plus Anna prenait conscience de ce que Piero avait su faire pour Filippo et de tout ce qu'il n'avait pas su faire pour elle, plus elle enrageait.

Et dire qu'entre elle et Piero ç'avait été tout de suite le grand amour. Leur collaboration professionnelle avait commencé à peu près un an avant que Filippo et Anna se marient. Et si à cette époque Filippo n'avait pas eu déjà une bonne connaissance des processus psychiques de sa future épouse et des comportements qui en découlaient, il aurait pu craindre pour son mariage qui approchait. Rien d'étonnant. Anna fonctionnait ainsi. Elle tombait amoureuse de quelqu'un à l'improviste. Et l'intensité dramatique avec laquelle elle réussissait chaque fois à le faire était stupéfiante. Pendant cette période ç'avait été le tour de Piero, son nouvel agent. Qu'il existe au monde un homme dont les centres d'intérêt convergeaient aussi magiquement avec les siens suffisait à lui donner l'illusion que dans cette vallée de larmes pouvait se réaliser l'union parfaite dont parle Platon.

Elle passait au moins trois heures par jour au téléphone avec lui. Elle ne lui cachait rien et exigeait de Piero une transparence tout aussi impudique. Et Piero, manquant moins en cela aux principes déontologiques qu'à la prudence qu'impose le bon sens, avait fini par lui confier toutes ses misères conjugales. Carla, son épouse, ne l'excitait plus. Elle était désormais comme une sœur. Une sœur d'ailleurs terriblement jalouse…

Pauvre Piero, comment aurait-il pu imaginer qu'Anna divulguerait ses confidences les plus intimes dans ses plus improbables rencontres amicales ? Eh bien oui : ses problèmes sexuels avec sa femme étaient devenus le sujet de conversation favori d'Anna, outre le prétexte qui lui permettait durant les longs repas avec ses amis non seulement de ne pas toucher aux plats mais de ne même pas lever sa fourchette.

Vous n'aviez pas le temps de vous asseoir à table qu'elle entonnait son refrain : « Imaginez que Piero, mon agent… » Après avoir exposé le problème, elle attendait de chacun un commentaire au moins aussi savoureux que le jambon auquel elle n'arrivait pas à toucher.

Bref, Piero devait-il laisser tomber cette harpie ou la garder auprès de lui ? Anna, comme par hasard, optait pour la séparation. Et tendait à se sentir déçue chaque fois que quelqu'un, qui par ailleurs n'avait jamais vu Piero, lui disait qu'il valait mieux ne pas se mêler de certaines affaires privées et que de toute façon il était bon de soutenir l'intégrité des vieux couples consolidés.

Les raisons pour lesquelles Filippo supportait tout ça n'étaient pas très compliquées. Disons pour commencer que les emballements d'Anna l'arrangeaient, parce qu'elle avait tendance à faire de son nouveau protégé son confident privilégié. Filippo était sûr que sans le cordon sanitaire efficace représenté par son ami intime du moment, sa vie de mari distrait et hédoniste aurait couru un grave danger. Il y avait aussi la vieille question de la dignité et de la bienséance. Filippo adorait se voir comme celui que certaines choses n'intéressent pas. Les convives de la soirée s'imaginaient qu'Anna avait une liaison avec l'homme mystérieux dont elle ne pouvait s'empêcher de parler ? Lui, qui mangeait en silence et à l'écart, passait pour le cocu content ? Merde ! Filippo n'aurait guère eu de difficulté à expliquer à la bande de philistins avec lesquels Anna l'obligeait à dîner combien il trouvait excitant de s'amuser avec l'image piquante de cet homme sec et nerveux en train de sauter sa femme.

La lune de miel entre Anna et son agent avait coïncidé avec un événement douloureux : la mort soudaine de madame Benvenuti, la maman vénérée de Piero. Bien qu'Anna n'ait vu la dame en question qu'une seule fois et ne l'ait pas trouvée très sympathique, c'est peu dire qu'elle s'était montrée inconsolable. À l'enterrement, sur les bancs d'une petite église pittoresque sur une place de l'île de Ponza, une de ces journées de février obscurcies par un ciel encore plus tempétueux que ne l'était la mer, nombreux étaient ceux qui, dans l'assistance, avaient pensé que Piero n'était pas fils unique et que la jeune fille séduisante qui s'était évanouie au deuxième rang était une sœur secrète écrasée par la douleur. Il aurait été difficile d'expliquer aux innocents habitants de l'île qu'Anna Cavalieri vivait la mort de tout parent avec une grande intensité, comme la répétition générale de la catastrophe qui tôt ou tard emporterait son père. Filippo savait très bien que pour comprendre l'attitude de sa femme il fallait faire la part du facteur exhibitionnisme

– très présent dans la vie de tout acteur professionnel, et donc aussi dans celle d'Anna. Le message que celle-ci voulait adresser au monde était que quel que soit le drame qui se déroulait, elle était la plus autorisée à s'en sentir la protagoniste éprouvée.

Ce n'est pas un hasard si sa haine pour l'épouse de Piero avait atteint son comble précisément dans les jours qui avaient suivi l'enterrement. À en croire Anna, la façon dont celle-ci avait lu les passages de l'Évangile en faisant comme si le désespoir l'empêchait de continuer était réellement indécente. Et puis Piero lui avait dit autrefois que Carla avait toujours détesté sa belle-mère. Et que chaque fois qu'il allait voir sa mère, sa femme se fâchait. Alors comment se permettait-elle à présent de jouer les affligées ?

Filippo n'avait pas pu s'empêcher de regarder Anna avec effarement : comment pouvait-elle accuser Carla d'avoir simulé, au regard de sa propre attitude ? Sans compter qu'elle en avait bien davantage le droit ! Mais même à cette occasion Filippo avait préféré se taire.

Jusqu'à ce que Piero subisse inévitablement, comme tous ses prédécesseurs, un effondrement de son prestige auprès de sa très exigeante partenaire. Quand Anna avait pu mesurer le degré d'infidélité que seul un agent célèbre aurait pu se permettre avec autant d'impudeur, et quand, par ailleurs, elle avait compris que Piero ne quitterait jamais sa femme, elle avait commencé à dire du mal de lui (évidemment en public). Après tant de flatteries énamourées, tant de louanges, la déception faisait irruption.

Et pourtant elle l'avait prévenu : s'il restait marié à une femme comme Carla il allait décliner. Et regardez-le maintenant. Il était presque méconnaissable : tellement superficiel, tellement vulgaire ! Seule l'affection qu'elle éprouvait encore pour lui l'empêchait de changer d'agent. Même si la dernière nichée de starlettes qu'il avait prise imprudemment sous son aile l'avait vraiment mise dans tous ses états. L'idée de faire partie de la même écurie que ces minettes dilettantes était pour elle une telle mortification ! À laquelle Anna avait néanmoins réussi à s'habituer. Les choses ne se seraient jamais précipitées si Piero n'avait pas pris tellement à cœur la situation de la plus improbable de ses dernières acquisitions…

En effet, comment définir autrement que comme inestimable le travail que Piero avait effectué sur Filippo ? Il avait été le premier à qui Anna ait soumis un échantillon de l'énorme matériel artistique incohérent et maniaque accumulé par son mari pendant toute sa vie. Elle le lui avait mis entre les mains un soir après le dîner. Piero faisait partie des invités d'une de ces fêtes d'été sur la terrasse à l'occasion desquelles Anna aimait s'entourer de ses amis excentriques et de ses ennemis prestigieux. Fêtes qui n'étaient réussies que lorsque Filippo, poussé par une complaisance impromptue, daignait préparer des banquets inoubliables. Eh bien, le soir en question, le chef s'était surpassé.

À la fin du dîner, alors que les invités commencent à se volatiliser, Anna confie le dossier à Piero.

« Ils sont de Filippo. Jettes-y un coup d'œil s'il te plaît. Ils sont bons. »

Piero éclate de rire. Non seulement parce qu'il est bourré, rassasié et défoncé, mais parce que s'il y a une chose dont ses principes de classement ne lui permettent pas de douter c'est que Dieu le Père n'a pas pu doter l'auteur du merveilleux festin d'un quelconque talent autre que culinaire. Admettons-le : quelqu'un qui sait préparer de tels spaghettis aux crevettes roses et à la boutargue ne devrait pas désirer faire autre chose. C'est pourquoi Piero, en acceptant d'Anna le carton de croquis, ne peut s'empêcher de manifester la suffisance hautaine qu'il est d'usage de réserver à la bande de dilettantes, bien souvent apparentés à un de ses artistes, qui s'adressent à lui à un certain moment pour obtenir un rôle que, tout bien considéré, ils ne méritent pas.

Ce que Piero ne peut pas savoir c'est que Filippo pense plus ou moins comme lui dans cette affaire. Qu'il n'a jamais cru un seul instant que ses BD puissent servir un autre maître que celui qui les a conçues, même s'il dessine depuis toujours et ne peut pas s'en empêcher. Mais surtout, ce que Piero ne peut pas savoir, c'est que l'idée de lui soumettre ces dessins ne vient pas de leur auteur. Lequel dort depuis déjà trois heures dans sa petite chambre solitaire, regrettant d'avoir cuisiné pour tous ces cons. (Seigneur, comme ils le dégoûtent les amis de sa femme !) L'initiative est d'Anna. Une initiative risquée. Une véritable violation. Peut-être le seul acte qui pourrait pousser le mari le plus angélique du monde à perdre sérieusement les pédales.

Les quarante-huit heures employées à se désintoxiquer du poison qu'il avait dans le corps avaient suffi à Piero pour changer d'opinion sur Filippo et ses dessins avec le revirement le plus spectaculaire qui soit.

« Ma chère, ton mari est un génie ! » avait-il dit à Anna après avoir passé les dernières heures (celles de la purification) à parcourir les « chefs-d'œuvre » de Filippo. Attention, il n'y connaissait rien. N'exagérons pas, il ne lisait plus de BD depuis l'âge de quatorze ans. Il n'avait pas d'expérience dans ce domaine. Il savait seulement qu'il ne pouvait pas s'arrêter de les regarder. Elles le faisaient rire et pleurer, l'indignaient et le captivaient. Qui aurait dit que l'énergumène en T-shirt blanc et pantalon militaire pouvait être aussi spirituel ? Que l'individu grincheux dont on ne parlait que pour le talent avec lequel il avait réussi à mettre la main sur un des partis les plus somptueux en circulation et pour son pain de viande aux fèves pouvait avoir connu tant d'aventures ?

« Ton mari est vraiment allé dans tous ces endroits ? Comment il a fait pour voir autant de choses ? En Afrique, en Australie… Et tous ces enfants… comme il les a dessinés, ces enfants ! Mon trésor, ces enfants te fendent le cœur, comme Bambi, davantage que Bambi ! Tu te rends compte ? Il y a déjà tout là-dedans, une histoire qui se tient, un roman ! »

Certes, Piero ne savait pas encore bien de quelle manière promouvoir les dessins de Filippo, mais il était sûr d'une chose : il allait agir.

Il avait agi. Et comment.

Il s'était lancé dedans la tête la première. Et depuis il n'avait pas cessé de dégoter de nouvelles idées pour garantir à Filippo et à ses créations un public de plus en plus large, du moins potentiellement. Qu'on se le dise, c'était Piero qui avait eu l'idée d'en faire un film. (« Mon cher, le roman graphique pue le ratage à un kilomètre ! ») Pourquoi se contenter d'un roman graphique pour branleurs boutonneux quand on a là tout ce qu'il faut pour un film ?

Vu son expérience, Piero avait balayé sans difficultés les objections de son nouveau pupille, qui, à peine remis de l'engueulade avec sa femme coupable de lui avoir subtilisé les dessins pour les confier à un inconnu, ne perdait pas une occasion d'exprimer à son agent sa peur de ne pas être à la hauteur d'une telle entreprise. Piero était celui qu'il fallait pour vaincre toutes les incertitudes de son protégé récalcitrant. Cette modestie lui faisait honneur, lui répétait-il durant les longues conversations téléphoniques dont ils avaient pris l'habitude. C'était un signe de sérieux, d'aptitude à se contrôler, à ne pas se monter la tête, mais qui dénotait aussi sa maturité artistique, etc.

La rhétorique de Piero, son éloquence, son baratin enthousiaste si contagieux et optimiste, surpassant les pronostics les plus favorables, avaient conquis ce cynique de Filippo. Qui avec le temps avait appris à se pardonner la crédulité et la vanité qu'il n'aurait jamais pardonnées aux autres, et il avait commencé à avoir confiance en lui.

Le reste n'était que l'histoire des derniers mois, qui allait atteindre son zénith le lendemain (après quoi s'amorcerait probablement le déclin) à la présentation d'*Hérode et ses petits enfants*, premier film de ce parfait inconnu, Filippo Pontecorvo, dans la sélection Un Certain Regard à Cannes.

Dommage que pendant tout ce temps le pilier du projet fou, la première créatrice d'images, promoteur de son mari, ait trouvé le moyen de s'énerver. Les deux seules choses auxquelles Anna arrivait désormais à penser étaient l'abnégation fantasque avec laquelle Piero s'était dépensé pour son mari et le traitement ordinaire qu'il lui avait réservé à elle.

« Mais pourquoi tu n'as pas pris un taxi ? » lui demanda Filippo pour retarder le plus possible le moment où elle lui révélerait le motif de sa dispute avec Piero.

« J'en ai pris un. Mais ensuite je suis restée ici en bas à discuter avec Piero et je ne me suis pas rendu compte qu'il pleuvait.

— Comment ça tu ne t'en es pas rendu compte ? Regarde-toi, tu es…

— Il a osé me proposer pour l'année prochaine encore un de ces… »

Anna faisait sûrement allusion à un téléfilm, mais elle était tellement bouleversée qu'elle ne parvenait pas à le dire.

« Je lui répète depuis des années que je veux en finir avec cette merde. Que je mérite un rôle sérieux dans un film sérieux avec une production sérieuse.

— Excuse-moi, mais si cette fois tu n'as pas envie de le faire, ne le fais pas !

— Eh, bien sûr, pour lui c'est facile de parler. Notre artiste sait comment préserver son intégrité. Tu m'expliques comment nous allons vivre si moi aussi j'arrête de travailler en avançant des raisons artistiques ? »

S'il n'avait pas été allergique aux questions de principe, Filippo aurait peut-être pu s'offenser. Mais la seule chose qu'il parvint à faire fut de s'approcher un peu plus d'Anna, lui prendre des mains son portable trempé, devenu presque inutilisable, et s'apercevoir qu'elles étaient bouillantes.

« Mon Dieu, tu es brûlante.

— Je crois que j'ai de la fièvre. »

Le mélo prenait des airs de plus en plus XIXe. La voici, l'héroïne pâle, amaigrie, bouleversée, et maintenant fiévreuse. Alors dites-le, dieux du ciel, si vous ne voulez voir rien d'autre que le pauvre homme dans l'abstinence faire ce qu'il n'a jamais pensé pouvoir faire dans sa vie : prendre sa femme de force. Sérieusement ? Il n'y avait jamais pensé ? À dire vrai il y avait pensé, et comment. Sous forme de pures rêveries masturbatoires, mais pas seulement : parfois même quand ils baisaient. Qu'y faire si les poignets si fins d'Anna, ses pieds théâtralement fuselés, chaque millimètre carré de son corps – qui adressait constamment un cri d'alarme protestant de sa fragilité à celui qui avait des oreilles pour entendre – agissaient sur lui avec plus de force que tout Viagra ou Cialis ? Et qu'y faire si, surtout ce soir-là, il n'y avait vraiment rien dans la Pocahontas trempée et tremblante de froid et d'indignation devant la porte de l'entrée qui n'ait représenté pour Filippo une provocation sexuelle irrésistible et une sournoise invitation à sa brutalité ?

« Allons, viens ici. Déshabille-toi, sèche-toi, mets-toi au lit, pendant ce temps je te prépare quelque chose de chaud.

— Non, arrête, laisse-moi, fit-elle avec un frémissement de dégoût. Je reste un moment seule ici. »

À pas feutrés, sans se soucier du sillage d'eau sur le sol, elle se traîna jusqu'à un des canapés hors de prix couleur noisette de Piemonte dont l'architecte s'était assuré avant de les choisir qu'ils étaient juste assez inconfortables. Et elle se laissa tomber. La tension dans le salon allait parfaitement à l'encontre de l'orage au-dehors qui semblait soudain avoir lâché prise. C'était comme si sa femme l'avait fait entrer chez eux.

Depuis qu'elle s'était jetée sur le canapé, Anna ne cessait pas de sortir le talon trempé de ses ballerines pour l'y réintroduire aussitôt à toute vitesse. Elle saisit une longue mèche de cheveux et la tordit comme si elle posait pour Degas. Filippo savait que ce silence ne lui était pas naturel. Elle n'aimait pas se taire. Ou, plus précisément, elle n'y parvenait pas. Encore quelques instants et elle irait se cacher dans sa chambre, où elle se livrerait à la longue série de coups de fil à la poignée de confidents qu'elle importunait habituellement en délirant sur tout ce qui n'allait pas dans sa vie.

Mais pas ce soir, il ne lui permettrait pas de disparaître. Il en était tellement sûr qu'il était même prêt à l'écouter.

« Alors, explique-moi. Qu'est-ce qui cloche dans cette nouvelle proposition ?

— De toute façon tu n'en as rien à faire.

— Bien sûr que si.

— Non, ça t'ennuie tout de suite. Tu te mets à bâiller et je ne le supporte pas.

— Je te promets de ne pas bâiller cette fois-ci. »

Filippo découvrit bien vite combien il est difficile de tenir certaines promesses. Anna parlait depuis quelques minutes en accumulant les faits avec une certaine surexcitation, et il n'en pouvait déjà plus. Cette fois ce n'était pas simplement de l'ennui, mais aussi du découragement. Il n'y avait rien dans l'exposé plaintif d'Anna sur les défaillances de son agent qui ne résonne à son oreille comme un sinistre : « Je n'arrive pas à croire que tu sois sur le point de partir à Cannes. Non, je ne peux pas accepter l'idée que tu vas faire ce que je désire depuis toujours. Non, je ne parviens pas à croire que c'est grâce à mon agent ! »

Quel désastre.

Tu te bats toute ta vie pour éviter que certaines choses t'arrivent à toi. Tu te prélasses dans l'inertie pendant des années pour ne pas te retrouver un jour englué dans la mesquinerie féroce de la compétition humaine. Et à peine te donne-t-on un petit quelque chose à faire que ta propre femme se retourne contre toi. Le plus drôle c'est qu'elle ne te déteste pas pour ce que tu as obtenu mais pour ce que tu pourrais obtenir. Pour l'occasion que tu as gagnée. Et c'est vrai, tu n'as pas grand mérite. Tu as l'honnêteté de le reconnaître. Ces dessins ne sont pas mal, mais n'exagérons rien… Quand même, tu ne mérites pas moins ça que ceux qui s'en tirent beaucoup mieux que toi !

C'est ainsi que Filippo, au bout de quelques minutes passées à acquiescer comme un psychanalyste aux prises avec son patient le plus excessif, fit ce qu'il n'aurait jamais cru possible en cinq années de mariage et une de fiançailles : il se jeta sur elle. Et il le fit avec l'énergie d'un homme excité qui a des intentions coupables à l'égard d'une femme à peu près désarmée.

Il ne le fit pas tellement parce que ça lui parut la chose à faire, mais parce qu'il sentit qu'il ne pouvait pas en être autrement. Il le fit pour la faire taire, afin qu'elle change de sujet. Il en avait assez de sa mesquinerie et trouvait vraiment ignoble qu'elle le haïsse pour un succès qu'il n'avait pas encore. Il le fit parce qu'il avait envie de le faire depuis des mois. Et parce qu'elle n'avait jamais été aussi désirable. Il le fit parce qu'elle avait de la fièvre et qu'il s'était imaginé l'état d'anéantissement dans lequel cette tendre petite guenon serait précipitée les jours suivants : le cou brûlant, l'odeur de médicaments et de biscuits diététiques, les draps défaits, la sueur paludéenne… Il le fit parce qu'il comprit un instant ce qui passe par la tête du plus bestial des violeurs.

Mais surtout il le fit à ses risques et périls, et naturellement sans entretenir la moindre illusion sur le succès de son entreprise. En effet, le fiasco fut complet, de même que fut absolue la sanction immédiate, théâtrale et indignée.

« Lâche-moi ! Je t'ai dit de me lâcher. Tu me dégoûtes. Tu es un pervers.

— Excuse-moi, trésor », dit-il en lâchant aussitôt prise ; c'est ainsi que le numéro du satyre allait s'achever honteusement.

Mais il était trop tard à présent. Elle était debout et lui criait des horreurs. Et lui était planté là, faisant attention à ne pas la toucher et ne pas s'approcher ; il essayait de la calmer, sans cesser de se justifier. Mais il ne pouvait penser qu'à tout ce que ça allait lui coûter en termes d'abstinence sexuelle.

Quelques minutes plus tard les deux époux respectaient une distance de sécurité. Anna s'était calmée, mais n'avait pas l'intention de différer la discussion.

« Tu ne vois pas dans quel état je suis ? Pas même mes larmes ne te font te sentir coupable ?

— C'est que je ne sais pas pourquoi tu pleures.

— Comment ça pourquoi ? Mon mari vient d'essayer de me violer !

— Ne dis pas ça, voyons.

— Et qu'est-ce que je dois dire alors ?… Et puis tout le reste. Ma carrière est un tel échec. Et en plus je me sens assaillie, laide, grosse…

— Mais tu n'es pas grosse, trésor. Tu es maigre comme un clou.

— Je n'ai pas dit que j'étais grosse, j'ai dit que je me *sentais* grosse. Si ça continue, je risque une nouvelle hospitalisation. Mais qu'est-ce que ça peut te faire. Tu ne cherches qu'à me tourmenter.

— Je ne te tourmente pas. Je te valorise.

— Je n'en obtiendrais pas mieux d'un violeur professionnel.

— Je le fais pour ton amour-propre.

— Laisse mon amour-propre tranquille ! hurlat-elle en essuyant ses larmes d'un geste mélodramatique. Mon amour-propre et moi ne nous fréquentons pas depuis un bout de temps… Et puis je te connais. Tu te contentes de peu, toi.

— Tu dis ça comme si c'était un défaut. Tu devrais me remercier. Avec tous ces eunuques qui te tournent autour…

— Tu vois ? J'avais raison. Tu n'arrives pas à m'écouter. Tu ne t'intéresses ni à ce que je suis ni à ce que je fais…

— Comment peux-tu dire ça? Bien sûr que je m'intéresse à ce que tu fais et ce que tu dis…

— Mais dès que je me mets à te parler de mes ennuis tu t'impatientes. Tu t'agites. Ou alors tu te mets en colère. C'est terriblement mortifiant.

— Tu trouves mortifiant que ton mari te désire?

— Je trouve insultant que tes envies choisissent de se manifester au moment le plus inopportun.

— Le plus inopportun? Le plus inopportun, merde. Voilà près de deux mois que…

— Non, ne commence pas à crier. Tu sais que j'ai peur quand tu cries. Je sais que c'est ce que vous faites dans votre famille. Vous vous dites des choses terribles. Vous vous criez dessus. Vous vous sautez à la gorge. Vous n'accordez aucune importance aux paroles… »

Filippo se sentit soudain agacé par sa propre indulgence. Qu'est-ce qui lui prenait? Au lieu de continuer à encaisser, pourquoi ne faisait-il pas valoir ses droits, comme il l'avait toujours fait d'ailleurs? Où étaient passés ses sarcasmes? Pourquoi ne trouvait-il pas une façon brillante de lui dire qu'il en avait plein le dos de sa paranoïa? S'il y avait une chose qui l'avait toujours rempli d'orgueil c'était l'attitude avec laquelle il s'opposait aux caprices de sa femme. Oui, parce que contrairement au modèle masculin de son époque Filippo Pontecorvo traitait sa femme à l'ancienne.

Qu'en était-il ce soir-là de l'ancienne manière? Se pouvait-il qu'Anna, à force de se refuser, lui ait chamboulé le caractère? Ou bien Filippo cherchait-il à se faire pardonner ce qu'elle appelait déjà pompeusement sa « tentative de viol »?

« Bon, me voilà, je suis là, on se fout de tout le reste, je t'écoute… Et je te promets de garder mes mains à leur place. »

Et en effet, il était arrivé à l'écouter et à garder ses mains à leur place pendant un moment. Quand il était excité, l'écouter n'était finalement pas si difficile. Au contraire, d'une certaine façon, dans ces moments-là, Filippo était pendu à ses lèvres. Non qu'il ait été attentif au sens littéral de chacun de ses mots, mais il ne la quittait pas des yeux.

Elle s'était remise à parler de ses séries.

D'accord, expliquait-elle à son mari, elles avaient un fort taux d'audience. Elles payaient bien. Elles garantissaient une notoriété impensable pour la majorité des acteurs sérieux. La barmaid qui lui servait son ginseng tous les matins à la buvette d'en bas avant qu'elle aille aux studios la traitait comme si elle avait été Julia Roberts. Mais répondre aux critères de la barmaid n'était pas moins dégradant que les rôles que lui attribuaient les réalisateurs et les producteurs.

Tout ça à cause de son père. Elle n'avait aucun doute là-dessus. Elle se sentait poursuivie par ce grand préjugé. On ne la prenait pas au sérieux parce qu'elle était jolie, qu'elle avait travaillé à la télé depuis les premiers temps de son adolescence et parce que son père était tellement important qu'il se révélait encombrant. Dieu sait combien ce père avait nui à sa carrière. Par ailleurs, bien qu'il ait connu tant de gens, il n'avait jamais levé le petit doigt pour l'aider. C'était contraire à ses principes. Si seulement il avait essayé, s'il avait essayé d'aider sa fille, sa carrière d'actrice n'aurait pas été aussi minable.

« Tu recommences avec ce "minable". Pourquoi "minable" ? » lui demanda son fan le plus irréductible depuis les temps lointains de *Non è la Rai*, à présent brisé par l'excitation.

« Tu as une idée du quotient intellectuel des gens qui regardent ces trucs-là ?

— Je te signale que tu es en train de m'offenser.

— Et voilà ! Avec toi on ne peut jamais parler sérieusement… »

Mais qu'y faire s'il était tellement enthousiaste de ces séries ? S'il ne manquait pas un seul épisode ? Pas même les rediffusions de l'après-midi ? Oui, Anna avait peut-être raison sur un point. On lui donnait toujours les mêmes rôles.

Les années passent, mais ils continuent à lui offrir imperturbablement des rôles de gamine : la fille pleine d'intuition du commissaire héroïque et ombrageux, la novice qui sert de mascotte aux religieuses détectives, la petite fiancée du partisan qui se fait trucider au quatrième épisode par des nazis glabres et hystériques et qui grâce au ciel réapparaît au sixième (dans les flash-back d'un flou artistique de sa chère maman désespérée) en jupe courte de collégienne ingénue.

Quelle merveille !

Ce qui échappait à Anna c'était que Filippo partageait la passion de ses séries, et des rôles qu'elle interprétait, avec un tas d'autres cochons en circulation. Il n'y avait pas de newsgroup sur Internet consacré à Anna Cavalieri que Filippo n'ait rejoint avec enthousiasme au cours des années, même si, hélas, c'était sous une fausse identité. Il existait un fan-club pour chaque détail anatomique de sa femme : un pour son angélique petit cul d'éphèbe de la Renaissance, un autre pour le je-voudrais-bien-mais-je-ne-peux-pas de ses seins de fillette de douze ans, il y avait les fétichistes de ses mains, le parti de ses pieds, une confrérie qui, depuis qu'Anna avait sacrifié sa belle chevelure pour une coupe à la garçonne adaptée au rôle de la novice, avait décidé de ne plus payer la redevance à la Rai... Une bande de dépravés qui passaient leur vie (probablement aussi triste et sté-rile que celle de Filippo) à mettre sur Internet des détails de photos tirées de revues ou des extraits de téléfilms où notre héroïne donnait le meilleur d'elle-même. Ces images étaient toujours tristement floues, et pourtant, bien qu'il soit difficile de l'expliquer à quelqu'un d'extérieur, c'était précisément leur mau-vaise qualité qui les rendait aussi équivoques, aussi intimes et aussi émouvantes.

Certes, la position de Filippo vis-à-vis de ses petits camarades de jeu était compliquée, bien que résolu-ment privilégiée : lui connaissait par cœur ce que ces internautes anonymes désiraient ardemment. Mais malheureusement il n'était pas en mesure de l'avouer. L'idée que tant d'hommes bavaient sur sa petite femme le bouleversait d'émotion, une émotion qu'il devait hélas garder pour lui. Il était parfois tenté de partager avec ses compagnons de toile les petits films privés qu'il avait tournés en cachette avec son por-table depuis qu'elle avait inauguré sa grève du sexe. Ils seraient devenus fous en voyant la courte prise non autorisée, d'une durée de trente-sept minutes, où Anna Cavalieri somnole sur le canapé vêtue seule-ment d'un T-shirt minuscule à rayures blanches et violettes et d'une petite culotte à se lécher les babines. S'il avait partagé cette vidéo avec ses petits copains ils lui auraient probablement offert une sorte de présidence honoraire. Mais il était tout aussi prévisible qu'il aurait perdu Anna. Et je peux vous assurer que seule cette perspective tragique l'avait empêché, du moins jusque-là, de faire cet inestimable cadeau à l'humanité.

« Il faut peut-être seulement que tu voies les choses d'un autre point de vue, ma petite. Tu es une professionnelle. Qui fait son métier le mieux possible. Ce que tu fais ne te plaît pas, mais tu le fais bien. C'est vrai, tu pourrais faire beaucoup plus si on t'en donnait l'occasion. Personne actuellement n'est disposé à te la donner. Mais pense à tous ceux qui t'aiment, à toutes celles qui voudraient être à ta place. Le fait que tu travailles depuis tant d'années t'a peut-être donné l'impression globale d'être au point culminant de ta carrière, mais c'est faux. Tu es très jeune. Qui sait combien d'occasions… »

Ainsi pontifiait le vieux sage. Qui avait sans doute oublié la leçon la plus terrible qu'on apprend peu après le mariage : il y a des moments où on a beau s'efforcer d'adresser à son conjoint les mots les mieux intentionnés, les plus tendres et les plus persuasifs, ils se révèlent toujours les moins appropriés.

« Pourquoi tu ne comprends jamais rien ? »

Les dernières paroles prononcées par Anna avant qu'elle ne coure s'enfermer dans sa chambre.

Une quarantaine de minutes plus tard, à la nouvelle sonnerie du téléphone, Filippo espéra de tout son cœur que c'était sa mère. Il avait un tel besoin de rudoyer quelqu'un !

C'était le père d'Anna.

« Bonsoir, Filippo. »

Rien à dire : son beau-père était vraiment bien élevé. Et le plus beau dans tant d'éducation était que, sans la moindre affectation, il montrait toujours une certaine gravité.

« Bonsoir.

— Écoutez, Filippo, je suis désolé de vous déranger à cette heure… C'est que… Je viens de parler avec Anna il y a quelques minutes, elle paraissait bouleversée. »

Filippo craignit un instant que son beau-père – qui s'était distingué jusque-là par son aptitude à veiller sur la vie de sa fille sans jamais envahir celle de son gendre – ne l'ait appelé pour lui faire des reproches.

« Elle m'a dit que vous vous étiez disputés, mais naturellement ce ne sont pas mes affaires… Filippo, je vous avoue que je suis inquiet et je voudrais vous demander… Avez-vous remarqué par hasard quelque chose de bizarre chez Anna ces derniers temps ? »

Autant demander à un astronaute en orbite dans l'espace si par hasard, de là où il se trouve, il n'aurait pas aperçu quelque corps céleste.

Filippo fut tenté de confier à cet expert magnanime ses propres souffrances de mari repoussé. Tout en cherchant une phrase capable de témoigner de son appréhension de mari empressé.

« Disons qu'aujourd'hui elle est rentrée un peu plus trempée que d'habitude. » Il ne trouva pas mieux ; une de ces phrases qui seraient comprises au sens littéral

mais qui semblaient brillamment suggérer des signifi-
cations métaphoriques cachées.

« Je comprends ce que vous voulez dire », répondit
le père d'Anna.

Mais en réalité, pour remplir au mieux son rôle de
père, monsieur Cavalieri avait dû renoncer depuis bien
longtemps à la prétention légitime de comprendre
quelque chose, en se laissant dériver dans les torrents
tourbillonnants de l'irrationnel.

Au cours d'une enfance turbulente, Anna avait
tout fait pour lui compliquer la vie. Et dire qu'en ce
temps-là il était convaincu d'être bâti pour affronter
n'importe quel défi. Il fut contraint de changer d'opinion : il n'y avait aucun moyen de gérer de façon maté-
rielle une fille aussi instable émotionnellement. Depuis
le début, Anna n'avait rien épargné ni à elle-même ni
à son preux chevalier de père. Une véritable calamité
pour un individu dont les principes étaient l'argent
et les choses banales, au point de considérer comme
inconcevable tout mal qui n'ait été directement lié aux
questions primaires : nourriture, logement, travail (et
sexe, mais ça, mieux vaut le mettre entre parenthèses).
On aurait presque cru qu'Anna faisait exprès de se
comporter à l'opposé du genre de fille qu'un père
comme lui, avec le paquet d'argent qu'il avait accumulé, croyait avoir mérité. Et néanmoins les difficultés
de sa petite, indéchiffrables pour lui, l'avaient désespérément attaché à elle.

Bien des années plus tôt, il avait failli sauter à la
gorge du psychiatre prétentieux qui lui avait annoncé
comme si de rien n'était que sa gosse de onze ans
devait être internée. Monsieur Cavalieri avait dû

se contrôler. Ne serait-ce que parce que le matin même il s'était interposé entre sa fille et la fenêtre par laquelle elle avait décidé de se jeter. Imaginez le traumatisme de devoir apprendre d'un grand ponte de mes deux – après que celui-ci l'eut gardée une semaine en observation sous sédatifs – que la petite Anna avait peut-être commencé à dérailler quand elle avait entendu son père au téléphone appeler sa secrétaire « trésor ».

« Qui vous a dit que c'est ça le problème ?

— Anna, naturellement.

— Mais docteur, je vous assure que ça n'avait rien d'ambigu, s'était hâté d'expliquer monsieur Cavalieri tout honteux. Je connais Ines depuis trente ans. Et de temps en temps je l'appelle comme ça. Mais je vous assure…

— Vous n'avez pas à vous justifier de vos habitudes intimes.

— De quelles habitudes intimes parlez-vous ? Je vous ai dit que…

— Et je vous répète que là n'est pas la question.

— Et où est la question, docteur ? Dites-le-moi, je vous prie…

— La question est que vous devez prendre acte que votre fille n'est pas en mesure de supporter l'idée de devoir partager votre affection avec quelque femme que ce soit.

— Et ma femme alors ?

— Laissez votre femme tranquille.

— Et pourquoi je devrais la laisser tranquille ?

— Vous devez comprendre, monsieur Cavalieri », et là, la voix du grand ponte avait introduit une note

de dérision, « que votre femme n'a aucune importance dans cette histoire. »

Combien de fois Anna avait répété à Filippo la
phrase prononcée avec tant de précision par le premier médecin qui l'avait hospitalisée.

Votre femme n'a aucune importance dans cette histoire.

Dieu seul sait comme elle adorait cette phrase.
Comme elle correspondait à tout ce qu'elle avait toujours voulu s'entendre dire : sa mère n'avait qu'un
second rôle dans le mélodrame œdipien infini dont
Anna était la protagoniste incontestée.

« Je peux vous demander si Anna a mangé ce soir ?
Et si oui, quoi ? » dit monsieur Cavalieri.

Nous y voilà, se dit Filippo contrarié. Le sujet indigeste de l'anorexie se profilait à l'horizon.

Il eut la tentation de faire appel par provocation au fameux enfant du tiers-monde, celui qu'on
évoque chaque fois qu'on veut culpabiliser un gosse
qui manque d'appétit. Mais il y avait autre chose :
une dizaine d'années auparavant, il avait participé à
un projet de lutte contre la dénutrition des enfants
bengalis. Il aurait voulu dire à monsieur Cavalieri :
voilà le seul désordre alimentaire dont je peux me
charger.

Puis il eut envie d'orienter sarcastiquement la
conversation sur la délicieuse recette de boulettes de
viande au céleri et aux cèpes qu'il avait expérimentée
ce soir-là pour se libérer de la sensation d'oppression
provoquée par son énième dispute avec Anna.

Là encore il préféra surseoir. Et il se servit des
boulettes pour inventer un mensonge guère vraisemblable.

« Vraiment ? Elle a mangé des boulettes de viande au céleri ? demanda monsieur Cavalieri incrédule. Mais elle est végétarienne.

— Vous connaissez votre fille. Vous savez comme elle est versatile.

— Mais elle a toujours dit qu'elle ne digère pas les protéines animales… »

Filippo était certain qu'Anna digérait beaucoup mieux les protéines animales qu'il ne digérait les interrogatoires de son beau-père sur le régime alimentaire de sa femme.

« Filippo, vous ne vous moquez pas de moi, n'est-ce pas ? Vous ne plaisanteriez pas sur un sujet pareil ? »

Il perçut soudain l'intimidation implicite que pouvait contenir le ton de voix de cet homme. Mais bien sûr, on ne gagne pas autant d'argent sans utiliser toute la cruauté dont on est capable. La modération n'est que la tenue de fête de la férocité. Et dire qu'en l'entendant parler au téléphone avec tant d'humilité on n'aurait jamais imaginé que monsieur Cavalieri avait fini dans la liste des « Italiens dont nous sommes fiers » établie par un grand quotidien milanais, accompagnée d'un article qui retraçait dans ses grandes lignes l'aventure de ce self-made-man extraordinaire. Son idée de départ avait été d'introduire une semelle anatomique, qu'il avait fait breveter, dans les coquettes chaussures italiennes dont les Anglo-Saxons sont fous sous toutes les latitudes. Tout avait commencé comme ça. Et à présent il n'y avait aucun centre-ville, aucun aéroport, aucun débouché commercial de la planète qui ne porte la griffe de Cavalieri.

« Je vous en prie, Filippo, rassurez-moi. Dites-moi que vous veillez sur Anna tout comme je l'ai fait durant tant d'années, disait monsieur Cavalieri avec anxiété. Tranquillisez-moi. Montrez-moi que l'état d'Anna vous préoccupe autant que moi. »

À quelques heures de son départ pour Cannes, en pleine nuit, Filippo n'arrivait toujours pas à s'endormir. Il était dans sa chambre, devant son ordinateur, et chattait avec d'autres idolâtres d'Anna Cavalieri insomniaques et désespérés.

C'est alors, pendant qu'il tapait un commentaire enthousiaste sur les photos qui accompagnaient une récente interview accordée par Anna au magazine *Glamour*, que l'objet de ces clichés sur papier glacé et de ces rêveries nocturnes collectives s'était matérialisé dans son dos. En traître. Et s'était mis à l'invectiver.

« Non, non, non… ça me fait peur. »

Filippo avait rabattu l'écran de son portable d'un geste décidé. Le seul vêtement que portait Anna était une des vieilles chemises bleues qu'il n'utilisait plus. Elle lui arrivait aux genoux. En regardant sa femme qui disparaissait dans cette chemise Filippo avait éprouvé une tendresse brûlante, tout en sentant qu'il pouvait afficher tout le flegme qu'il n'était pas parvenu à montrer pendant leur dispute quelques heures plus tôt. Cet air de suffisance impudent qui la mettait en rage.

« Qu'est-ce qui te fait peur, trésor ?

— Filippo, s'il te plaît, dis-moi que ce n'est pas vrai. Dis-moi que ce n'est pas mon mari qui regarde mes photos sur Internet. Dis-moi que ce n'est pas à moi que ça arrive.

— OK, si c'est ce que tu veux entendre : *Ce n'est pas à toi que ça arrive !* »

Elle l'avait regardé avec haine. Parce que rien ne l'exaspérait davantage que son refus d'adhérer à son propre registre mélodramatique.

« Tu dis que ça ne marche pas entre nous. Que je te fuis et te repousse. Mais comment crois-tu que je me sens en voyant ça ? Tu crois que c'est facile à gérer pour quelqu'un qui a un rapport aussi difficile à son corps ? Pour une femme affligée de cette espèce de narcissisme pervers ? Qui ne supporte pas de voir ses photos, même pas celles qui sont encadrées sur le bureau de son père ? Pour quelqu'un qui… »

C'est ton problème, ma petite. Précisément maintenant que tu aurais le droit de te fâcher vraiment, maintenant que tu pourrais te permettre une scène à tout casser, tu ne trouves rien de mieux que de te lancer dans des élucubrations, te psychanalyser : et le rapport à ton corps, et tes photos, et ton narcissisme, et ton père… quelles conneries !

« Pourquoi tu ne dis rien ? Comment crois-tu que je me sens ? Essaie de te mettre à ma place !

— Alors voyons un peu. Mettons-nous à ta place. J'entre dans ta chambre, je te trouve à moitié nue en train de regarder tout excitée les dernières photos de moi et leurs commentaires avec une centaine d'autres filles bavant d'excitation. Eh bien ma petite, pour moi, c'est le paradis. Tu vois bien, tu as beaucoup de chance…

— Je ne crois pas, Filippo, que j'arriverai à surmonter cette chose-là facilement. »

Au volant de sa Ka déglinguée rouge sale, Filippo jetait des regards de plus en plus anxieux au magazine français qui célébrait son succès en couverture.

Il avait appris précocement à se méfier du bonheur. L'exemplaire des *Inrockuptibles* qu'il avait acheté le matin à l'aéroport Charles-de-Gaulle aurait dû faire de lui l'homme le plus heureux du monde. Et pourtant, déjà en le prenant sur le présentoir, il avait éprouvé une sensation d'incongruité et de danger.

Ce n'était donc pas si absurde que juste au moment où tout le monde le réclamait il n'ait rien trouvé de mieux que de se diriger bien tranquillement vers la maison de sa maman. Comme si – après avoir obtenu un succès tellement retentissant qu'il en gardait encore le ronflement dans les oreilles, rachetant d'un seul coup une vie partagée à égalité entre laxisme, hypocondrie et désenchantement – Filippo n'ait eu d'autre choix que de retourner là où tout avait commencé.

Bien que rentré tout juste de Paris – la ville où *Hérode et ses petits enfants* faisait un tabac incompréhensible –, Filippo avait déjà réussi à se disputer avec Anna. Laquelle, depuis la dernière altercation la veille du départ de son mari pour Cannes, était passée de la fureur à un laconisme téléphonique de plus en plus dolent.

Arrivé directement en taxi de l'aéroport ce jour-là, il avait été surpris de la trouver à la maison, comme si elle l'attendait. Pourquoi n'était-elle pas aux studios ?

En outre elle semblait de bonne humeur, et même heureuse de le voir. Peut-être lui était-elle reconnaissante du fait qu'il ait évité soigneusement, ces derniers temps, de la tenir au courant de ce qui lui arrivait. Autant, deux semaines plus tôt, il avait été content de lui annoncer que finalement il n'avait pas gagné la Caméra d'Or à Cannes, bien que les bookmakers l'aient donné vainqueur la veille, autant, au cours de son passage triomphant à Paris, il s'était gardé de lui lancer à la figure l'importance de son succès.

En le voyant, Anna lui avait jeté les bras autour du cou avec le geste théâtral d'une petite fille qui accueille son papa de retour d'un long voyage. Puis, de plus en plus frétillante, elle lui avait demandé s'il ne voulait pas prendre un bon bain. Dans ce cas, elle allait le lui préparer.

« Ta mère m'a offert de fabuleux sels de bain de la mer Morte, avait-elle ajouté de plus en plus joyeuse.

— Je te remercie. C'est exactement ce qu'il me faut. »

Peu après, tandis que parvenait de la salle de bains le bruit régénérant de l'eau qui coulait, Anna s'était blottie sur le lit contre Filippo, qui s'était déjà assoupi.

« Allons, ne dors pas, raconte-moi. »

Filippo lui avait raconté le strict nécessaire. Et ce qui suffisait néanmoins pour donner une idée du grand changement qui allait bouleverser sa vie, *leur* vie !

« À propos, lui avait-elle dit, tu as parlé avec Piero ?

— Il m'a appelé hier soir et ce matin. Je n'ai pas eu envie de répondre.

— Pourquoi ?

— Tu ne trouves pas que quelquefois il en fait trop ?

— Il est seulement content. Très content. Il dit partout que tu es un génie. Qu'il l'avait tout de suite compris.

— Tu sais ce qu'il voulait ?

— Je crois que oui. »

À ce qu'il semblait, Piero voulait lui dire qu'ils étaient invités à dîner chez Bernardo Bertolucci. Le Maître avait vu le film de Filippo à une projection privée et avait été tellement frappé qu'il souhaitait rencontrer l'auteur. Son agent avait contacté Piero qui à son tour avait essayé (en vain) de transmettre l'invitation à Filippo.

« Tu te rends compte ? Bernardo Bertolucci qui veut nous connaître ! »

Filippo avait affiché un sourire de circonstance. Plus que de rencontrer Bernardo Bertolucci il était content d'avoir Anna près de lui, sur le lit. Ça n'arrivait plus depuis si longtemps. Elle portait un cardigan de laine sur un de ses T-shirts moulants et des leggings couleur bronze. Son petit oiseau des îles avait toujours tellement froid ! Filippo désirait d'autant plus protéger Anna des intempéries.

« Ce serait pour quand ?

— Ce soir.

— Pas question.

— Pourquoi ?

— Pas ce soir, trésor, pardonne-moi. J'en suis incapable. Tu ne sais pas ce que je viens de vivre. Je ne rêvais que de me barricader un peu chez nous avec toi. Qu'est-ce que tu en dis ? Restons ici, un bon bain, un petit dîner et si Dieu le veut…

— Je t'en supplie, allons-y.

— Mais pourquoi tu y tiens tant ?

— C'est bien, c'est important. C'est un honneur.

— J'en ai eu plus qu'il n'en faut des honneurs. Je suis écœuré des honneurs.

— Je t'assure que l'insuccès est beaucoup plus écœurant. Et puis je t'avoue que pour moi aussi… ça pourrait être une opportunité. »

C'est plus ou moins après avoir entendu cette remarque, prononcée d'ailleurs sur un ton humble, que Filippo avait fait mine de s'indigner. Et attrapé la balle au bond pour se lever, enfiler ses chaussures et se diriger vers la porte.

« On peut savoir ce qui te prend ? » lui avait-elle demandé en le suivant jusqu'au salon.

« J'ai tout compris.

— Qu'est-ce que tu as compris ?

— Tes cajoleries, le bain, les sels de la mer Morte. »

Et il avait claqué la porte derrière lui.

À présent, dans sa voiture, il était en mesure de reconnaître que son trait de génie avait été pour le moins un prétexte. À la fin, Anna n'avait rien dit. Il était clair qu'elle brûlait d'envie d'aller dîner chez Bertolucci. Que dans le cas où il aurait refusé d'y aller elle se serait mise à déplorer son indolence, son manque de générosité, sa maudite misanthropie. Mais, au moins sur le moment, Anna n'avait exercé aucune pression, et ne lui avait infligé aucun de ses chantages conjugaux du genre « Tu ne fais jamais rien pour moi ».

Si Filippo n'était pas parti, peut-être en seraient-ils arrivés là, mais il fallait bien admettre que jusqu'ici Anna avait filé doux.

Pourquoi avait-il réagi de cette façon ? Et pourquoi courait-il se réfugier avec armes et bagages dans le quartier général maternel qui, quarante ans après, était toujours là, à l'endroit habituel, accueillant et inexpugnable, au numéro huit de l'îlot trois de l'Olgiata ?

Filippo était en proie à un désir isolationniste qui pouvait rappeler vaguement celui qui tant d'années plus tôt avait poussé Leo, son père, exposé à une renommée résolument plus honteuse que celle de son fils, à aller se cacher dans le sous-sol de la maison, se soustrayant ainsi à la vue du monde pour le restant de ses jours.

Les hommes Pontecorvo ont manifestement un faible pour certaines réclusions volontaires théâtrales ! Mais pourquoi en rajouter ? À quoi avait-il besoin d'échapper ? À quoi bon mettre sur le même plan ce qui deux décennies auparavant avait détruit la respectabilité du professeur Pontecorvo (accusé d'avoir molesté une fillette de douze ans) et ce qui lui arrivait à lui : un succès inattendu qui allait lui apporter (dans l'ordre) de l'argent, du cul et l'estime de soi ?

Ça n'avait aucun sens.

Filippo était le premier à le savoir. Tout comme il savait que cette comédie était destinée avant tout à sa conscience mélodramatique et, seulement dans un deuxième temps, à son public. Considérant qu'il en avait désormais un, il était heureux de lui offrir le drame de l'artiste désintéressé pour qui la gloire est une tuile.

Il faut préciser que cette gloire – toute fraîche et encore inemployée – avait couronné un narcissisme qui malgré les apparences ne s'était jamais accommodé de la dure réalité de trente-neuf ans d'échec. Allez savoir pourquoi, il lui semblait à présent qu'il n'y avait pas eu un seul jour de sa vie où il n'ait consacré quelques minutes à contempler sa propre grandeur velléitaire. Même à présent que les Français l'avaient remarquée, bien qu'il ait aimé se montrer stupéfait et timide, Filippo se demandait pourquoi ils avaient mis tout ce temps à s'en rendre compte.

Il avait pourtant envie d'ajouter quelque chose à l'interview intérieure qu'il s'accordait à lui-même depuis qu'il était monté en voiture : de même que lorsqu'il n'était personne il ne cessait de se répéter quel bol il avait de n'être personne, depuis qu'il devenait quelqu'un il prenait plaisir à se traiter d'imposteur.

À quelques kilomètres de l'Olgiata, Filippo rêvait aux jours qui l'attendaient chez sa mère. Détente, repas, cigares, whisky et beaucoup, mais alors beaucoup, de télé. Il savourait à l'avance le moment où il allait sortir d'une vieille cachette les cassettes vidéo de quelques épisodes de *Non è la Rai*, pour les utiliser de la seule manière nostalgique dont on pouvait encore le faire.

Et tout ça pendant que sa mère lui tournerait autour consternée, qu'Anna jouerait l'offensée quelque part et que les Français n'arrêteraient pas de l'encenser. Le grand avantage d'avoir réalisé une œuvre à succès c'est de savoir que vous avez beau paresser honteusement elle trime à votre place toute la sainte journée comme un fidèle majordome.

Filippo avait pu mesurer l'importance d'un tel succès le dernier soir à Paris quand, poussé par une curiosité nocive, il avait entré son nom sur Google, le juge le plus autorisé de la réputation universelle. Il était resté abasourdi devant les cinq cent quarante-trois mille résultats. C'était fantastique de savoir qu'il y avait là-dehors un tas de gens qui tapaient son nom sans le connaître personnellement. Comme si tout à coup ce nom signifiait quelque chose.

En outre, il avait pris l'habitude depuis quelques jours d'éteindre son portable et de le rallumer deux heures plus tard pour voir combien d'appels et de SMS il avait reçu dans l'intervalle. L'activité de sa messagerie avait visiblement augmenté de manière exponentielle. La plupart des personnes qui essayaient de le joindre étaient de ces prétendus mentors, qui voulaient s'entendre remerciés pour la clairvoyance qui les avait fait parier sur lui. C'est pourquoi chaque fois, après avoir parcouru la liste des messages, il éteignait dédaigneusement son portable. Filippo savait que si la défaite est orpheline le succès a mille pères.

À l'entrée de l'Olgiata, devant la barrière à rayures rouges et blanches qui le séparait du lotissement où il était né, Filippo s'adressa au garde assermenté en prenant le masque hypocrite de l'inconsolable, comme s'il voulait faire la répétition générale de la comédie qu'il allait offrir à sa mère. Clairement imperméable à son charme, l'homme se borna à lui demander :

« Où allez-vous ?

— Chez ma mère. Je suis Filippo Pontecorvo. »

Chose curieuse, en entendant son nom ce type n'avait pas écarquillé les yeux. Évidemment il ne lisait pas *Le Monde*. Évidemment il ne faisait pas partie des cinq cent quarante-trois mille internautes à ses pieds !

Filippo avait cru bon d'ajouter sur un ton condescendant : « Vous savez, j'habitais ici autrefois. » Comme s'il n'avait pas parlé à un petit bonhomme hirsute qui sous son uniforme laissait entrevoir un crucifix et un débardeur, mais à une des très jeunes groupies de Lyon ou de Grenoble qu'il était sûr d'avoir à présent.

À vingt à l'heure, sur les routes sinueuses du lotissement qu'il connaissait sur le bout des doigts, Filippo aurait voulu jouir dans une rêverie olympienne du vert, des ronces, des fleurs, des palissades… Mais la nostalgie prit le dessus.

Quel privilège énorme de pouvoir grandir dans un endroit pareil. Des hectares de paradis terrestre à l'usage de dizaines d'enfants excités. Un climat de tribalisme permanent qui sans la tutelle discrète des adultes aurait pu dégénérer en oligarchie enfantine féroce.

À la fin des années soixante-dix, l'Italie était redevenue soudain un endroit dangereux. Le pays n'avait pas vécu une guerre civile aussi sanglante depuis l'époque lointaine de la Seconde Guerre mondiale. Et pourtant, là-dedans – à l'intérieur des frontières de cette oasis – les choses se passaient d'une manière tout à fait différente : la vie s'écoulait avec légèreté. Le seul antagonisme concevable était celui, généralement loyal, affiché par la phalange de garçons occupés à se défier dans des parties de ballon que je n'hésite pas à qualifier de légendaires.

La génération dite du baby-boom avait produit une surpopulation juvénile. Aucun couple n'avait moins de deux enfants. Filles et garçons, sœurs et frères, cousines et cousins. Ce qui était bien c'était que Semi et lui n'avaient pas laissé toute cette liberté leur échapper. Mieux, ils en avaient profité. Jusqu'à ce que la sale histoire de leur père, survenue de la façon la plus inattendue et la plus rocambolesque, vienne détruire l'équilibre qui avait toujours réglé leur jeune existence, Filippo et Semi avaient eu l'enfance dont tout le monde rêve. Ensuite…

Ensuite ç'avait été une tout autre histoire.

En voyant son fils aîné se faufiler dans le salon comme un voleur par la porte-fenêtre avec une mine d'enterrement, Rachel eut presque un choc.

« Mon amour ? »

Le saltimbanque fut heureux que son numéro éculé du fils fugitif fonctionne toujours aussi bien sur son impressionnable public habituel. Filippo n'avait même pas répondu que l'expression de Rachel passait de la frayeur à l'appréhension, pour s'arrêter enfin à l'abattement résigné qui allait accompagner les prochaines heures : le baluchon militaire que son grand garçon avait avec lui signifiait que la scène qui se jouait était une nouvelle fuite devant le fardeau du mariage. Un acte qui pour une femme aussi vieux jeu que Rachel Pontecorvo représentait le geste séditieux par excellence, trop répandu dans la génération de ses fils.

Heureux garçons, toujours prêts à esquiver les difficultés de la vie adulte et prendre les raccourcis les plus frivoles. S'il n'avait tenu qu'à Rachel Pontecorvo, une sorte de cour martiale aurait été instaurée depuis belle lurette pour juger les crimes commis par les hommes et les femmes de son époque contre le Sens des Responsabilités. Adultères, séparations, enfants qu'on se dispute, divorces, lettres d'avocats, pensions alimentaires, appartements achetés imprudemment grâce à des prêts à taux variable que le traître finissait toujours par céder à son conjoint trahi pour récupérer son immaturité perdue, en n'obtenant, de fait, qu'une vie misérable à passer dans un studio pour célibataire fauché.

N'était-ce pas là le grand drame de son époque ?

Rachel vivait suffisamment avec son temps pour savoir que dans quatre-vingt-dix-neuf pour cent des cas le sexe était en jeu. Et bien qu'elle n'ait pas aimé se considérer comme une prude, elle avait toujours montré à l'égard de l'éros le détachement qui l'empêchait de comprendre la signification dramatique du terme « pulsion », surtout s'il était associé à l'adjectif « incontrôlée » (tellement méprisable à ses yeux).

Ce n'était pas sa faute si aux droits invoqués par les uns et les autres (droit au travail, droit au plaisir, droit d'avoir un enfant même si la nature a décidé que vous ne pouvez pas en avoir, même si désormais, à votre âge vénérable, le mieux qui puisse vous arriver est d'être la grand-mère de votre petit diable), elle avait toujours préféré la pratique obstinée des devoirs. Rien ne la faisait enrager autant que ceux qui n'étaient pas prêts à se sacrifier au nom d'un engagement à respecter. Eh bien, quel meilleur entraînement que la vie conjugale pour améliorer son inclination au sacrifice ? Se laisser décourager par les premières difficultés (mais aussi par les onzièmes) était la preuve d'un tel manque de caractère que lorsqu'elle la voyait s'incarner dans un de ses fils elle en éprouvait une déception si lancinante qu'elle préférait la garder pour elle. La laisser décanter dans l'obscurité ou la filtrer au moyen de petits boycottages comme ne pas téléphoner pendant trois jours d'affilée au fils puni ; des gestes scandaleux dont elle était d'ailleurs la seule à se rendre compte et donc à souffrir.

La vérité est qu'elle ne se sentait pas assez intelligente pour tenir tête à ses fils. Ces deux-là étaient trop forts pour elle. Les défier ouvertement signifiait se fourrer dans une impasse dialectique où l'attendaient de grands mots prétentieux (moralisme, conformisme, hypocrisie) qui, évalués avec un peu plus de distance, se révélaient une injure à son intelligence et à la qualité de son éducation.

Mais ce jour-là l'affrontement était inévitable. Bien que depuis le mariage de son fils cinq ans plus tôt avec cette *shoté*[1], ç'ait été au moins la quatrième fois que lui et son maudit barda débarquaient chez elle à six heures du soir, Rachel, à l'évidence, n'avait encore pas réussi à s'y habituer.

« Tout est fini ! » soupira Filippo en se laissant tomber dans le fauteuil Frau aux bras écaillés.

Il semblait que ce vieux fauteuil et la façon de se jeter dedans quand la situation est sans issue ne soient pas les seules choses que Filippo ait héritées de son père, mais aussi, bon Dieu, la manie de dramatiser.

« Allons, trésor, tu sais que je ne comprends jamais si tu parles sérieusement…

— Mais non, ma vieille, il ne s'est rien passé. Je suis seulement fatigué d'être marié à une psychopathe… J'attends que ça lui passe.

— Mais pourquoi vous ne vous parlez pas ? Pourquoi au lieu de partir chaque fois comme un fou tu n'essaies pas au moins de… »

---

1. « Givrée » en argot juif romain.

Il mentit pour régler immédiatement le conten-
tieux.

« Avant tout, une précision : je ne suis pas parti.
Elle m'a mis dehors.

— Je ne te crois pas.

— Ne me crois pas. Mais la maison lui appartient,
tu le sais. Tout est à elle. Ils peuvent disposer de moi
comme il leur plaît. Elle et son père. Ils m'ont acheté
aux enchères.

— Ne dis pas ça. »

Quelque chose avait vibré dans la voix de Rachel.
Le fait que la famille de sa belle-fille soit aussi épouvantablement plus solvable qu'elle l'humiliait profondément. Mais au nom d'un bien supérieur elle se
ressaisit et reprit la discussion.

« Je connais les défauts d'Anna, mais…

— Maman, tu la détestes.

— Ne dis pas de bêtises. Je ne déteste personne.
Penses-tu…

— Tu la méprises… Et compte tenu de ses per-
formances des derniers mois j'ai peur que tu aies raison…

— Comment peux-tu imaginer que je puisse jamais
mépriser la femme de mon fils.

— Et si j'avais épousé un des fils de Saddam
Hussein ? Le premier mariage gay de l'Irak libre ?

— Tu as fini de faire l'imbécile ? C'est vrai, il y a
un tas de choses que je ne comprends pas chez Anna
mais seulement parce qu'elle est très compliquée… Je
sais aussi qu'elle n'est pas assez insensible pour chasser son mari rien que parce que leur maison est à son
nom.

78

— Je te jure. Elle n'arrêtait pas de m'agiter l'acte notarial sous le nez.

— Je t'ai dit d'arrêter avec ces bêtises !

— Pense ce que tu voudras.

— Tu le sais, trésor, il y a des moments où les mots dépassent notre pensée.

— Tu comprends pourquoi je viens ici ? Parce qu'au moins on peut toujours compter sur toi pour dire la banalité qu'il ne faut pas au bon moment… »

Rachel encaissa l'injure avec une stupeur douloureuse comme si son fils l'avait giflée froidement. D'ailleurs s'il y avait un défaut qu'elle était prête à reconnaître la première, c'était une certaine susceptibilité. Une déformation de caractère qu'elle s'employait à corriger au début de chaque mois de septembre (son mois préféré), mais que chaque fois en octobre elle devait reconnaître à contrecœur comme le pivot de sa structure émotionnelle.

Cette fois l'urgence la poussa à remettre sa fâcherie à des jours meilleurs. Filippo, lui, qui connaissait certainement cette femme mieux qu'il ne se connaissait lui-même, avait compris une seconde avant de terminer sa phrase que son sarcasme avait dépassé quelque peu les limites de la patience de sa mère. C'est pourquoi, moitié par sentiment de culpabilité, moitié par calcul opportuniste, prenant un ton de voix plus doux, avec de légères inflexions plaintives, il se hâta d'ajouter :

« Si tu savais, cette folle… »

Mais Rachel ne voulait pas en savoir plus sur cette folle de belle-fille que sur n'importe quel autre fou en circulation. Rachel était le contraire de l'indiscrète. C'était l'ennemie jurée des ragots ; le monde était un endroit trop compliqué et trop pervers pour l'intéresser vraiment. Ce qui explique aussi pourquoi elle ne poursuivit pas son petit interrogatoire. Pour exprimer tout ce qu'elle avait en elle il lui suffit de s'approcher du vieux fauteuil Frau et de caresser la nuque de son fils.

À cet instant les yeux de Rachel disaient que malgré tous ses efforts elle ne parvenait pas à considérer Filippo comme ce qu'il était devenu mais comme ce qu'il avait été : un petit garçon difficile qui avait besoin d'attention. Elle n'aimait pas le voir dans un état pareil, de même qu'elle ne supportait pas de le voir habillé de cette façon. Mais enfin ! Ce pull en V déformé qui laissait voir un T-shirt déchiré, le pantalon de para, les Adidas sales… Il avait l'air d'un mercenaire en permission. Il avait encore un si beau visage, son enfant de presque quarante ans : les joues roses, les yeux bleus, les traits d'un angelot. Alors pourquoi ne se rasait-il pas ?

Filippo, habitué au langage du corps maternel, saisit à son tour un de ses avant-bras dodus d'un geste expert de boucher qui soupèse devant un client une belle pièce de contre-filet. Dommage qu'au lieu du précieux morceau de viande il ait manipulé une pâte molle dont la surface faisait surtout penser à l'épiderme d'un poulet plumé.

Depuis combien d'années Filippo cherchait dans ces bras une vérité qui le plus souvent se révélait obscure ! Finalement, alors qu'il désespérait, les bras de sa mère lui avaient parlé. Et leur message avait retenti haut et clair pour les sens de Filippo. Ils parlaient d'un déclin organique irrévocable. De rien d'autre que ça. De la seule chose qu'il ne pouvait vraiment pas lui pardonner en ces jours de gloire. Une éventualité qu'il avait prise en compte, certes, mais qui, comme toutes les choses naturelles quand elles se manifestent dans ce qu'elles ont d'inéluctable, devenait perfidement embarrassante.

Il devait y avoir dans son esprit d'homme adulte une espèce de filtre à travers lequel il voyait sa mère enchaînée au seuil infranchissable des quarante ans. Un âge magnifique pour les mères, magnifique pour les femmes : les derniers feux de la féminité conjugués aux maximum de vigueur et d'efficacité. Mais le fait est que Rachel, bien qu'elle ait tout fait pour ne pas le laisser voir, n'avait plus quarante ans depuis longtemps. Et on aurait dit qu'au cours du quart de siècle écoulé depuis elle n'avait rien trouvé de mieux que de s'assimiler aux dames aux cheveux bleutés que l'euphémisme contemporain hypocrite classe dans la catégorie trompeuse de « femmes mûres ».

À présent que lui-même approchait de l'âge vénérable de quarante ans, voilà qu'il comparait tout naturellement la façon dont face à un succès imprévu il pataugeait dans une irrésolution marécageuse, tandis que sa mère, dans la splendeur de la quarantaine, avait réussi à se tirer, par son énergie, de la mer déchaînée où les circonstances l'avaient jetée.

Je parle des mois où la respectabilité de Leo Pontecorvo avait été mise en pièces par une répugnante affaire judiciaire, face à laquelle le pauvre Leo s'était montré d'une inanité totale. Et même si Rachel – durant la longue crise – avait laissé son mari pourrir au sous-sol comme un morceau de gorgonzola, elle s'était comme réveillée d'un enchantement depuis le jour de la fin août où une bande d'énergumènes en gants de caoutchouc avaient emporté son cadavre.

Alors oui, elle avait montré à ses fils ce que signifiait avoir des couilles. Une démonstration de virilité vraiment précieuse au regard de l'exemple donné par leur père les derniers mois. Il faut dire que Filippo et Semi étaient trop jeunes et traumatisés pour apprécier l'habileté de tueur en série avec laquelle leur mère avait fait disparaître toute trace pouvant attester de l'existence de Leo Pontecorvo.

Pour commencer, elle avait parqué ses fils chez des amis. Puis, profitant de leur absence, elle avait conçu et mis en route sa grande œuvre : remettre sur pied l'organisme familial en chassant jusqu'au souvenir de la tumeur qui l'avait rongé.

La première à en faire les frais avait été la Jaguar de son mari. La berline d'un élégant bleu France était passée aux mains d'Herrera Del Monte, le pittoresque avocat qui tout en n'ayant pas réussi à tirer Leo du pétrin jouissait encore auprès de lui, et donc de ses héritiers, d'un crédit considérable.

Puis était venu le moment des mesures d'austérité draconiennes : licencier Telma, la bonne ; supprimer, au moins temporairement, le tennis et la natation pour les garçons ; s'interdire tout caprice personnel : coiffeur, massages, crème antirides, chaussures, théâtre, cinéma.

Pour faire face aux plus grosses dettes, Rachel avait entrepris des démarches auprès d'une banque pour hypothéquer un des deux appartements que son père lui avait laissés et elle lutterait jusqu'à la mort pour ne pas le vendre parce que, comme disait une admirable tautologie de ce père exigeant : « Si tu vends, ça n'est plus à toi. »

Une fois réglée une bonne partie des dettes, le problème avait été de payer ponctuellement le remboursement mensuel de l'hypothèque tout en garantissant à ses enfants (sinon à elle-même) un niveau de vie proche de celui auquel ils étaient habitués.

C'est plus ou moins à ce moment-là que son esprit d'entreprise avait acquis une aura légendaire, en tout cas aux yeux de ses fils. Tout d'abord elle avait ressorti du fond d'un tiroir le parchemin attestant qu'elle avait passé en son temps sa thèse de médecine avec mention. Ensuite elle avait téléphoné à Max, un vieil ami de son mari, chef d'un service de cardiologie, pour savoir si elle pouvait encore exercer sa profession. En bonne bûcheuse qu'elle avait toujours été, elle avait réussi le difficile examen d'admission en gériatrie. Pendant les quatre années de spécialisation elle était arrivée à vivre en administrant ce qui restait après règlement des dettes, en arrondissant ses revenus avec de petits travaux occasionnels.

Grâce à son diplôme, elle avait été engagée dans une maison de santé pour personnes âgées et avait ouvert peu après, dans le sous-sol même où son mari était mort, le cabinet de gériatrie qui depuis vingt ans s'occupait des petits vieux du quartier. Cette période si difficile pour les Pontecorvo avait coïncidé avec les années de lycée de Samuel.

Quand les garçons étaient tous deux parvenus à l'université, le train de vie de la famille – même s'il était loin de l'aisance étincelante assurée autrefois par Leo – s'était stabilisé sur le modèle d'un ménage bourgeois confortable.

Avec cette preuve de vitalité débordante avait commencé la seconde vie de Rachel Pontecorvo et de ses fils. Voilà la sorte de Wonder Woman que sa mère avait été quand ses bras parfumés se tenaient encore !

Et pourtant, bien que par déformation professionnelle Filippo ait eu une certaine pratique des super-héros, lorsqu'il pensait à sa mère dans les années qui avaient suivi immédiatement son veuvage il ne réussissait pas à la voir autrement que dans sa tenue habituelle : pantalon et twin-set d'une chaude couleur automnale.

N'était-ce donc pas celle du super-héros ?

C'était comme si Rachel avait tout fait pour que son héroïsme soit le moins prétentieux possible, en l'épurant de la rhétorique qui rend les costumes de Spiderman ou de Captain America tellement mal commodes et tapageurs. Toutefois, le super-pouvoir sur lequel elle pouvait compter était moins universel et moins extraordinaire que celui des deux stars solitaires de la BD. Et il consistait sans aucun doute dans un don d'ubiquité serviable. Bien que Rachel ait été littéralement noyée de travail pendant ces années, Filippo ne se rappelait pas une seule occasion où elle n'ait pas répondu « présent » à une des fréquentes demandes d'aide de ses fils. L'agence Rachel Pontecorvo, comme le service d'étage de certaines grandes chaînes hôtelières, fonctionnait vingt-quatre heures sur vingt-quatre. D'accord, ça n'était pas toujours parfait (vous connaissez quelqu'un qui le soit ?), mais vous pouviez *toujours* compter dessus.

Filippo se souvient encore de la nuit où, rentrant d'une fête dans une ferme de la campagne toscane, sa voiture, chargée de quatre autres copains aussi éméchés que lui, était tombée en panne. Pas un de ces fanfarons à moitié ivres pour prendre une initiative. Et naturellement, à trois heures du matin, sur une route perdue dans les bois, en plein mois de février, aucun n'a le courage de révéler à sa petite maman et son petit papa que le programme de la soirée prévoyait une fête à deux cents kilomètres de Rome. Une véritable légèreté pour cette bande de conducteurs novices.

« Si j'appelle mon père, il me massacre ! » dit l'un. « Ne m'en parle pas. Il vaut mieux que je me trouve un endroit où me cacher jusqu'à mon dernier jour », intervient un autre. Même le type qui a sur lui un des premiers portables sur le marché, ce Motorola rudimentaire que son père lui met dans les mains chaque fois qu'il doit sortir, même lui n'a pas le courage de se servir de ce machin pour ce à quoi il est destiné.

Ça retombe donc sur Filippo. C'est lui qui appelle Rachel, qui la réveille, qui lui fait une peur bleue. Et elle ne se perd pas en reproches. Sûrement pas. Dans le souvenir de Filippo, l'instant d'après, la voilà qui sort du brouillard dans sa vieille Land Cruiser mythique.

Elle donne aussitôt des instructions aux garçons (trop cérémonieux à son goût) pour qu'ils poussent la voiture de son fils dans une petite clairière. Elle viendra la récupérer avec un de ses petits bonshommes de confiance. Puis elle les embarque tous dans sa voiture – ces morveux ! – et les raccompagne chez eux un par un. Mon Dieu, maman, comme j'ai été fier de toi cette nuit-là. Tous ces jeunes cons avaient encore leurs deux parents. Mais ils te regardaient comme si tu étais quelqu'un de spécial, quelqu'un d'unique. Quand je pense que leurs pères étaient des hommes influents, et que leurs mères avaient un vrai talent pour dépenser l'argent des maris.

Après avoir ramené ses amis chez eux, Rachel s'était arrêtée au bar habituel près de l'entrée secondaire de l'Olgiata. La clarté d'une aube d'hiver incertaine avait du mal à s'insinuer dans le brouillard, même si celui-ci se levait peu à peu. Pendant qu'il dévorait son croissant brûlant et savourait son cappuccino bouillant, Filippo s'était senti envahi par la tiédeur que seule apporte la fatigue quand elle s'accompagne du bonheur. Il était sur le point d'aller se coucher. Pendant ce temps sa mère allait remplir ses engagements pendant quinze heures d'affilée, sans une pause, au risque de faire six ou sept fois dans la matinée les trente kilomètres qui séparaient Rome de l'Olgiata.

Quel avait été le prix de toute cette disponibilité ? Tout à coup, en massant les bras de sa mère, Filippo se posa la question : et si toutes ces obligations ne s'étaient pas simplement imprimées sur ses bras, comme dans le célèbre roman où les actions méprisables du protagoniste sont brutalement enregistrées par un vieux portrait caché dans un grenier ?

L'idée l'effleura un instant que le prix payé par Rachel, gravé dans sa chair comme un tatouage voyant, était le plus élevé de tous. Qu'après la mort de Leo elle n'avait pas seulement dit adieu à sa vie confortable de dame riche, mais aussi aux occasions érotiques discrètes qui auraient pu s'offrir à une charmante veuve quadragénaire.

Voilà comment la sexualité de sa mère – la pensée classique dans les méandres de laquelle aucun fils ne voudrait s'aventurer – emplit l'horizon émotionnel de Filippo. Curieusement, il lui semblait que c'était la première fois de sa vie qu'il y pensait. Comme si devant les bras qui n'avaient plus rien de consommable et qui pourtant ne lui avaient jamais paru aussi précieux, Filippo avait pris conscience du fait que sa mère avait aboli le désir dans sa vie bien avant qu'il ne s'éteigne en elle. Et le plus bizarre c'est que Filippo n'arrivait pas à décider si cette abolition était digne d'éloges, ou si elle n'avait été que le plus pervers des choix de Rachel.

Il est certain que, dans ce domaine aussi, la vie de Rachel ressemblait à celle d'un super-héros. Dévouement inconditionnel à la cause, abstinence, chasteté, solitude, l'autre moitié du lit glacée et vide comme une tombe.

N'est-ce pas le minimum que nous exigeons de Wonder Woman ?

Faute de pouvoir comprendre si la pitié furtive qui l'avait saisi se portait sur lui-même ou sur les pauvres bras maternels, Filippo coupa court.

« Bref, tu m'offres l'hospitalité ou je dois décamper ? »

Alors seulement il remarqua, entassées en désordre sur la petite table d'acajou parmi d'autres babioles rachelesques, les coupures de presse qui avaient célébré les jours précédents le succès absurde de son grand garçon en France.

Ainsi ses exploits étaient parvenus jusque dans ces
contrées reculées ? Mais oui. Et à en juger par ces
coupures, ils avaient dû provoquer une pagaille non
négligeable dans l'écosystème de cette très discrète
Cornélie. Curieux que Filippo s'aperçoive à présent
seulement que les derniers jours tout le monde avait
exigé de lui des rapports détaillés sur ce qui s'était
passé en France, sauf sa mère. La timide Rachel n'avait
pas eu le courage de demander quoi que ce soit.

Même Semi lui avait téléphoné d'un de ses coins
improbables.

L'appel était arrivé quelques heures plus tôt. Filippo
venait de monter dans le taxi qui allait le ramener de
l'aéroport chez lui quand son portable s'était mis à
vibrer de façon hystérique et l'écran s'était éclairé
d'un SEMI PORT.

« Mais c'est notre lopette ? » avait hurlé Filippo en provoquant un bougonnement indigné du chauffeur. Lequel aurait peut-être été plus indulgent si seulement il avait su que le langage obscène était à ce point nécessaire à Filippo et Samuel Pontecorvo pour communiquer. Échanger des insultes et des vulgarités, telle était la manière virile avec laquelle les frères n'en finissaient pas de s'aimer depuis des temps immémoriaux !

« Imagine un peu, j'étais en train de chier bien tranquillement en feuilletant un journal en cyrillique auquel je ne comprends rien, quand j'ai vu ta belle tête de nœud qui me souriait sur la page des spectacles…

— Et alors ?

— Je veux que tu me racontes par le menu tout ce qui s'est passé la semaine dernière. Plus exactement, depuis que tu as posé le pied à Charles-de-Gaulle jusqu'au moment où Carla Bruni t'a taillé sa pipe académique. »

Aussi bien Samuel qui l'avait dite que Filippo qui l'avait assimilée savaient que le copyright de cette formule – « Je veux que tu me racontes par le menu » – appartenait à leur père défunt. Vous aviez eu une bonne note à l'école ou marqué un but avec la tête dans le premier match du championnat scolaire et Leo exigeait de vous un récit riche et détaillé de ce qui s'était passé, en s'en remettant toujours à ces premiers mots : « Je veux que tu me racontes par le menu. »

Filippo et Samuel ne parlaient jamais de leur père. C'était une loi non écrite à laquelle ces deux orphelins d'âge mûr obéissaient scrupuleusement depuis vingt-cinq ans. Le seul lieu où Leo continuait d'exister était dans certaines tournures de phrases, certains vocables particuliers, certaines constructions syntaxiques fantaisistes dont il avait l'habitude d'abuser, et que ses fils avaient enregistrés et modelés à l'usage de leur communication codée. Au fond, le riche catalogue de citations – tirées de livres, de films et de dessins animés – qui constituait le centre névralgique de l'intimité de Filippo et Samuel Pontecorvo était assez vaste pour contenir aussi les tics de langage de Leo.

Y avait-il un moyen plus efficace pour garder leur père en vie sans le nommer ?

Le fait est que, là, dans le taxi qui le ramenait chez lui, piégé dans le vacarme de la circulation romaine, au téléphone avec son frère et en communication télépathique avec un père qui n'existait plus depuis des siècles, Filippo avait été submergé par le raz-de-marée de l'anxiété rétrospective. C'était comme si soudain, après des jours de chaos et d'impuissance, il avait pris conscience en un instant de l'énormité de ce qui lui arrivait. Comme si jusque-là il avait accueilli le tohu-bohu suscité en France par son long-métrage avec un détachement de somnambule.

Filippo venait à peine d'apprendre qu'il n'avait pas obtenu la Caméra d'Or quand le service de presse du distributeur l'avait convoqué à Paris : après son exploit à Cannes, le magazine *Les Inrockuptibles* voulait lui consacrer sa couverture. Une occasion qu'il ne pouvait pas manquer. Notre somnambule, quoiqu'il ait enregistré toutes ces nouveautés avec un certain écœurement, s'était précipité à Paris.

Mais malgré sa bonne volonté, pas un seul instant durant son séjour parisien triomphal Filippo n'avait réussi à se libérer de la sensation irritante d'avoir bénéficié d'une erreur sur la personne, dont la victime était un homme certainement plus méritant que lui.

C'est bien lui le joli cœur qui occupe la suite junior de l'hôtel de Sers, où de sa baignoire rococo il jouit d'une vue mièvre de Paris ? Lui, l'homme important transporté en Audi A5 le long de boulevards ensoleillés ? Lui, le cinéaste emprunté qui, sur l'estrade installée devant l'écran d'un grand cinéma de la ville, ne sait pas où mettre ses mains devant l'ovation d'au moins cinq cents Parisiens ? Lui, le séducteur qui, à la veille de son retour, reçoit dans sa chambre la visite de Charlotte, l'interprète binoclarde qui l'a assisté pendant son séjour et qui sans coup férir lui déboutonne le pantalon pour lui prodiguer une pipe gentillette avec vue sur la tour Eiffel ?

Oui, sûrement. Ce devait bien être lui. Mais alors pourquoi les sensations les plus vives à avoir survécu à ce tour de force étaient-elles le goût fumé du club sandwich commandé en pleine nuit pour soulager son angoisse et le sentiment d'avoir échappé à un danger qui l'avait envahi quand il était monté dans l'avion ?

Bref, il avait fallu Semi pour que les souvenirs des derniers jours s'enflamment miraculeusement en suscitant en lui un sentimentalisme démesuré. Qu'aurait pensé papa de tout ce bazar ? Dieu seul sait comme il se serait amusé et comme il en aurait été fier. Paris qui couronne son fils. Paris, la ville où Leo avait vécu, la ville qu'il avait tant aimée… Existe-t-il de raison plus vertueuse d'avoir du succès que de faire pleurer son père d'orgueil ? Existe-t-il de motif plus légitime de s'émouvoir que de savoir que le père qui aurait tant aimé jouir de votre succès n'est plus depuis un quart de siècle en état de se réjouir de quoi que ce soit ?

Des interrogations pitoyables du même ordre l'assaillirent dans le salon de Rachel en y voyant rassemblés les entrefilets qu'elle avait découpés en son honneur et qui iraient probablement enrichir le gros dossier dans lequel madame Pontecorvo conservait tous les événements importants qu'avait connus l'humanité depuis qu'elle était au monde. Filippo fut soudain pris d'une tendre pitié pour Rachel.

« Autrement dit, trésor, il est temps d'appeler Anna ! Vas-y, je te fais le numéro. »

Rachel était la femme avec laquelle Filippo avait vécu le plus longtemps. Il avait quitté le nid à vingt-huit ans. Alors il savait parfaitement que les jours passés avec elle seraient scandés par ce genre de jérémiades et d'exigences. Ce ne serait que « vas-y-appelle-Anna-je-te-fais-le-numéro » et « voyons-je-te-prie-de-ne-pas-faire-l'enfant ». Mais pour le moment ça lui était égal.

Ce geste pathétique de Rachel, conserver les coupures de journaux, joint à la discrétion avec laquelle elle avait évité de faire allusion à ce qu'elles signifiaient, l'avait convaincu qu'il était bien au bon endroit : en effet, il n'y avait au monde aucune autre créature vivante qui aurait pu le rassurer davantage que sa mère sur le fait que non, en dépit de ce que disaient ces Français qui exagéraient avec leurs *formidable, génial, drôle, prophétique**, il ne valait encore rien du tout.

---

* Tous les termes en italique suivis d'un astérisque sont en français dans le texte.

Jusqu'à ce qu'un samedi au début de l'été, aux premières lueurs de l'aube, Anna vienne le chercher. Comme prévu, Rachel se montre pour le moins coopérative avec sa belle-fille. Elle apporte le café à son fils dans sa chambre. Allume la lampe de chevet. Filippo se demande un instant si ce n'est pas l'heure d'aller à l'école.

Pendant ce temps sa mère remplit son sac de chemises et de sous-vêtements propres et repassés. Après avoir arraché Filippo au lit superposé historique qu'il partageait autrefois avec son petit frère, et après l'avoir fait s'habiller, elle l'accompagne tel un condamné à mort jusqu'à la voiture de sa femme, garée devant la grille, tout en lui servant son sempiternel discours de la couronne sur ses devoirs et responsabilités. Comme si elle s'adressait davantage à un chef de gouvernement accusé de haute trahison qu'à un fils aux prises avec une crise conjugale.

Anna traîne dans l'allée. Elle porte un horrible pantalon fuseau à rayures horizontales qui fait ressortir sa maigreur et de grosses lunettes noires guère différentes de celles qu'elle avait dans un aéroport enneigé un jour de l'an mémorable. Filippo devine que contrairement à lui Anna a passé des nuits tourmentées. S'il choisit de se taire c'est parce qu'il craint que quoi qu'il dise, à moitié endormi, ce puisse être utilisé contre lui quand il sera réveillé. La seule phrase qu'il parvient à articuler est : « Qu'est-ce qu'on fait de ma voiture ? » C'est Rachel qui répond : « Ne t'inquiète pas, trésor, je ferai en sorte que tu la récupères dès que possible. »

Filippo ne sait pas s'il préfère le parfum qui flotte dans la voiture d'Anna ou le paysage que lui offre la fenêtre. La tête appuyée contre la vitre, il s'abandonne au tableau épique de la campagne romaine à son apogée. Ce devait être par une matinée de ce genre que Turnus et Énée s'étaient battus à mort. Un édredon moelleux de brume bleue d'où pointaient par magie des chênes verts séculaires et des maisonnettes de pierre.

Quand Filippo se réveille il n'est pas chez lui. Mais sur le parking d'un motel. Le motel Ranch, pour être précis.

« Qu'est-ce qu'on fait ici ? »

Sa femme taciturne ne répond pas.

Il est clair que le portier efflanqué à l'accent slave a reconnu Anna. Dans des circonstances normales, ce serait terriblement flatteur pour elle. Mais ce matin elle a autre chose en tête. Elle a l'intention d'offrir à Filippo ce qu'elle garde pour elle depuis trop longtemps. Bien qu'il se trouve dans un motel minable de banlieue, il suffit à son mari de voir comment elle enlève son fuseau d'un geste précipité pour se sentir de nouveau chez lui. Dès cet instant, ce ne sont plus que d'émouvantes retrouvailles.

Avant tout, l'égoïsme. Dans ces moments-là l'égoïsme enfantin d'Anna atteint des sommets inconcevables. Elle se concentre entièrement sur elle-même. Vous vous rappelez ces filles un peu vieux jeu qui s'efforcent de vous donner du plaisir d'une façon (disons-le) assez pathétique ? Eh bien, Anna est incapable d'un pareil altruisme. Elle se comporte comme un petit animal vicieux à la recherche de la position qui lui convient le mieux. Inutile d'expliquer à quel point certaines de ses improvisations sauvages peuvent être

94

enthousiasmantes. La petite ne veut pas être distraite et sa recherche de la perfection est rendue encore plus titanesque par son instabilité proverbiale. Elle change sans cesse de position. En vous contraignant à des sauts de la mort. Néanmoins, comme c'est la fille bien élevée d'un père tout d'une pièce, elle aime les positions traditionnelles. Quand vous êtes au-dessus d'elle (à la façon du célèbre missionnaire), elle se pelotonne comme un bébé qui a froid, et c'est le signal de l'abandon complet.

Pour ne pas dire l'instant de l'orgasme. D'ailleurs « instant » n'est pas le mot juste. Il s'agit de pas mal de secondes. Une légère vibration qui semble provenir d'un centre névralgique inaccessible et qui gagne peu à peu chaque centimètre de son corps. Le grondement grave et lointain qui annonce le raz-de-marée. C'est là que vous sentez vraiment comme elle est fragile et sensible, la pauvre petite. Il faut dire qu'à la fin elle n'émet aucun son particulier. À cette occasion, et celle-là seulement, elle a honte. Allez savoir pourquoi elle est aussi embarrassée pour exprimer verbalement le degré de son plaisir. Ce serait merveilleux si dans ces instants grandioses son visage prenait la même expression extatique que celui de la novice dans la série sur la religieuse détective quand elle ressent la présence de la Vierge dans sa cellule. Mais en réalité elle ressemble davantage à celle de la fille du commissaire quand elle pense que son père, enlevé par la Mafia, s'est fait liquider. Oui, il y a quelque chose de poignant dans la façon dont Anna se laisse aller. Un saint Sébastien qui accueille les flèches venues de tous côtés avec un véritable fatalisme.

Et si vous sortez indemne du formidable spectacle de son orgasme, si vous arrivez à ne pas en avoir un à votre tour devant cette bouleversante exhibition de discrétion et de délicatesse, eh bien alors le meilleur arrive pour vous. Parce que, autant Anna s'est occupée de ses affaires avant de jouir, autant une seconde après elle se montre zélée à votre égard.

Après l'égoïsme vient pour elle aussi le moment de l'altruisme. Un instant après s'être approprié sa portion syndicale de plaisir, elle est prête à se dépenser pour vous. Ce qu'elle ne peut vraiment pas concevoir c'est que vous ne veniez pas dans sa bouche. Je sais qu'il ne s'agit pas de quelque chose de très original. Je sais qu'il n'y a pas de vidéo sur la toile qui de nos jours ne célèbre cette pratique que les Japonais adorent. Mais ça ne fait que prouver combien Anna vit avec son temps.

Et tout serait vraiment parfait si son esprit de compétition habituel n'intervenait pas. L'ennui c'est que ce doit être elle qui vous fait jouir. Autrement dit, sa bouche et ses mains. Gare à vous si vous essayez de vous aider vous-même. Elle considère ça comme un outrage à sa féminité et une insulte à son amour-propre ! C'est elle qui doit y parvenir. C'est à elle d'escalader toute seule cette montagne. Et c'est à ce stade – dans ces moments décisifs – qu'elle donne la mesure de sa nervosité : elle vous la remue et vous la suce avec toute la fougue de son corps. Au risque de vous maltraiter, de vous faire mal. Et son élan est tellement incontrôlé qu'il se prolonge parfois bien au-delà de votre orgasme… Jusqu'à ce que vous l'arrêtiez d'un geste délicat.

L'épilogue est des plus imprévisibles. À la différence de quatre-vingt-dix-neuf pour cent des femmes,
Anna ne demande pas à être cajolée ou rassurée. Elle
ne vous demande pas une preuve parodique d'une
tendresse qu'à ce moment-là vous n'éprouvez pas du
tout. En fin de course Anna est aussi rassasiée et dépri-
mée que vous. Il ne lui reste qu'à s'en aller en trotti-
nant comme un cow-boy qui s'enfuit après avoir sauvé
la ville – vers une nouvelle aventure solitaire dans la
lumière impitoyable du coucher de soleil.

Mais pas dans la chambre sordide du motel Ranch.
Ce jour-là Anna resta à côté de Filippo. Avec un excès
de zèle apprécié elle ne s'éloigna que le temps d'aller
prendre dans son sac un bon cigare Cohiba, de ceux
que son père offrait à son gendre après le repas.

« Service d'étage, dit Filippo amusé.

— Tu es un être tellement primaire », répondit Anna
très contente d'elle. Et c'étaient les premiers mots
qu'elle lui adressait depuis qu'ils s'étaient retrouvés.

« Dis-moi un peu. Pourquoi tu me déçois toujours,
en tout, sauf dans ces circonstances terre à terre ?

— Ma force, répondit poliment Anna comme si
elle s'apprêtait à parler du sujet qu'elle connaissait le
mieux, c'est qu'à la différence de beaucoup d'autres
femmes moins névrosées que moi je n'ai pas de tabou.
Et je n'en ai pas pour une raison très simple : parce
que je n'accorde aucune importance à mon corps.
Parce que mon corps n'existe tout simplement pas
pour moi.

« À quinze ans j'ai eu des relations sexuelles avec
le meilleur ami de mon père. Je sortais à peine de ma
deuxième hospitalisation et il allait se passer un bon

bout de temps avant que je reprenne entièrement possession de mon corps. Tu connais l'histoire, non ? J'avais compris que le moment était venu de me faire hospitaliser quand un matin, avant d'aller en classe, en me regardant dans la glace je n'avais vu aucun reflet. Une frayeur ! Tu n'as pas idée. Je m'étais mise à hurler. En tout cas, l'hospitalisation, les traitements, les médicaments m'ont aidée. Mais pas au point de me rendre entièrement le corps qui m'avait été enlevé par une espèce de sortilège.

« Je dois avoir compris alors que ne pas avoir de corps peut parfois être un avantage. Par exemple, ça t'évite tout désir de le préserver. Et c'est peut-être pour ça que je me suis livrée à un homme de l'âge de mon père. Si tu ne sens pas que ton corps existe, tu peux faire preuve de beaucoup de docilité et de perversion. C'est ce qui est arrivé avec l'ami de mon père. Il pouvait faire de moi ce qu'il voulait. Ça me semblait même impoli de lui refuser quelque chose.

« Tu sais, comme beaucoup d'hommes d'expérience, c'était un malade de mes fesses. Pour lui, l'arrière-train était vraiment tout. Une religion. Le cul d'une fille de quinze ans. C'était tout ce qu'il voulait. Bon, il ne me restait qu'à lui tourner le dos et lui souhaiter la bienvenue, sans faire trop d'histoires. Et tu sais quoi ? J'ai toujours trouvé touchant cette façon dont vous les hommes vous désirez certaines parties précises du corps des femmes. Vous êtes comme des enfants. Vous refuser ce que vous désirez le plus c'est comme refuser à son fils son jouet préféré. Une cruauté dont je ne suis pas capable ! »

Ces paroles avaient servi de viatique à une période de la vie de Filippo Pontecorvo qui s'annonçait porteuse de bonheur. La dernière semaine de juin de cette bizarre année 2010, l'épidémie française avait pour ainsi dire traversé le tunnel du Mont-Blanc pour contaminer les rédactions des rubriques Culture & Spectacles des journaux influents du pays, et Filippo n'avait pas cessé de recevoir des grappes de SMS qui le félicitaient globalement pour on ne sait trop quoi, attendu que le film ne sortirait en Italie qu'à l'automne et que donc personne n'avait encore pu le voir et l'évaluer.

Mais ce n'étaient sûrement pas ces témoignages absurdes d'admiration qui avaient rendu aussi déroutant pour Filippo le plaisir de son séjour chez lui. C'était de constater que la personne dont les hormones avaient été le plus déboussolées par le chambardement qui l'avait assailli était Anna. Qui après avoir mis fin à sa grève du sexe dans une chambre d'hôtel sordide n'avait plus fait de caprices.

Bien que Filippo n'ait pas hésité une seconde à profiter de la disponibilité charnelle imprévue de son épouse, il préféra ne pas trop s'attarder sur la nature opportuniste de ce changement de cap. De même que dans les semaines précédentes il avait digéré (tout en opposant quelques vigoureuses protestations) les refus toujours plus insupportables d'Anna, il profitait à présent de l'aubaine de sa générosité, désespérant que ce nouvel état de choses puisse durer ne serait-ce que jusqu'à la fin de l'été.

Et peut-être précisément parce que le sexe était l'unique domaine que les deux conjoints n'avaient jamais osé polluer avec les scories de leurs névroses respectives, Filippo avait l'impression que ça n'avait jamais aussi bien marché entre eux. Alors il avait eu l'illusion que ce pouvait être l'été de la tranquillité.

En effet, au début il s'était révélé ainsi : l'été de l'attente qu'un succès annoncé se transforme en succès ovationné. L'été où Filippo essaie pour les amis de sa femme des recettes novatrices vraiment savoureuses et où ceux-ci ne le traitent plus comme s'il était le chef cuisinier appointé mais un grand artiste qui aime cuisiner. L'été où Filippo découvre que l'idée d'avoir réalisé quelque chose est galvanisante.

Et puis un mardi de début juillet, un coup de téléphone.

Anna avait répondu. Au salon, Filippo revoyait pour la dixième fois l'épisode des *Simpson* où Krusty le clown, regrettant de n'avoir pas fait sa bar-mitzvah, se fait aider par Bart et Lisa pour se réconcilier avec son père rabbin intransigeant. En prenant l'écouteur Filippo avait encore un sourire d'admiration amusé pour le génie de Matt Groening et sa propre chance de le connaître, quand il entendit la voix de son producteur lui dire :

« Écoute, mon grand, tu as deux minutes ? Je dois te parler de quelque chose de sérieux. »

Alors Filippo se retira dans la pièce exiguë qu'il avait pris l'habitude d'appeler « mon bureau » depuis qu'il était quelqu'un d'important.

« Qu'est-ce qui se passe ?

— Ce que je vais te dire est extrêmement délicat, Filippo. Mais promets-moi de ne pas t'inquiéter, ça n'est probablement rien. Alors pas de conclusions hâtives…

100

— Arrête les préambules et dis-moi ce qui se passe.

— Il arrive de France de drôles de rumeurs.

— Quelles rumeurs ?

— Il paraît que des jugements impitoyables sont apparus ces derniers jours sur certains sites Internet islamistes à propos d'*Hérode.*

— Tu parles d'éreintages ? C'est pour ça que tu as une voix funèbre, parce qu'après tant d'approbations les premières descentes en flèche arrivent ?

— Non, Filippo, je ne parle pas d'éreintages. Je parle d'intimidations. Ou, pour être franc, de menaces.

— Des menaces ? Contre qui ?

— Contre toi, c'est clair. Et dans la foulée, contre nous qui t'avons permis d'atteindre un public aussi vaste.

— C'est quoi, une blague ?

— Malheureusement non. La nuit dernière je n'ai pas fermé l'œil.

— Et tu ne m'appelles que maintenant.

— Je voulais être sûr. Je ne voulais pas t'alarmer pour rien.

— Donc ça veut dire que maintenant tu as de quoi m'alarmer.

— En réalité je ne pense pas qu'il y ait quelque chose de vraiment inquiétant. Ça n'est qu'ennuyeux. Je suis même convaincu que tu ne cours aucun danger.

— Tu n'as pas la voix de quelqu'un de convaincu.

— Je te l'ai dit, je n'ai pas fermé l'œil. Ce matin j'ai fait toutes les vérifications nécessaires. J'ai parlé avec le distributeur, avec les autorités françaises, j'ai même contacté un traducteur pour comprendre la teneur des menaces.

— Et… ?

— Ils sont en pétard, Fili. Vraiment en pétard. La bonne nouvelle c'est qu'il s'agit apparemment de sites marginaux, inconnus des autorités pour la plupart. Donc cette histoire pourrait n'avoir aucune suite. Mourir sur place.

— Ou bien c'est moi qui pourrais mourir.

— Voyons, n'exagère pas. Je ne dis pas ça. Au contraire, je voulais te rassurer, nous contrôlons la situation. Nous travaillons pour que cette information ne sorte pas dans la presse. Tu sais comment ça marche : la pire chose, dans certaines circonstances, c'est la publicité.

— On peut savoir pourquoi ils m'en veulent ? »

Ce qui avait tant perturbé ces excités c'étaient trente secondes de film, quelques images. Les millions de fans d'*Hérode et ses petits enfants* se rappellent sûrement les scènes qui ont fait l'objet de débats enflammés dans la presse et sur les plateaux de télé. Des scènes inoffensives, susceptibles cependant de s'attirer les foudres des intégristes… sur lesquelles le narrateur de cette histoire, n'ayant pas le courage de Filippo Pontecorvo, préfère surseoir. Il arrive que l'omerta soit la meilleure assurance sur la vie.

« Je les ai revues au moins dix fois ces trente secondes. Mais je n'arrive vraiment pas à comprendre.

— Ça me paraît de la folie totale. Une folie de merde ! » hurla Filippo.

Il n'écoutait plus son producteur depuis un moment. Il était furieux. Il ne savait pas quoi détester

102

le plus : l'obscure folie homicide qui, allez savoir pourquoi, voulait mettre fin à ses jours, ou la manière miel-
leuse dont son producteur manifestait son inaptitude
en débitant des propos pleins de bon sens éclairé.
L'idée l'effleura que ce type connu pour sa cupidité
en était même heureux. Quelle magnifique occasion
de publicité. Vraiment pas mal : un Salman Rushdie
flambant neuf qui avait germé dans son jardin là où il
n'avait même pas semé.

Filippo repensa ensuite aux images incriminées,
celles pour lesquelles il y avait des gens qui voulaient lui faire la peau. Quand on pense qu'il avait
failli les supprimer. À la fin de la dernière projection, peu avant la sortie, il s'était demandé si ces
trente secondes n'étaient pas trop prétentieuses.
Elles racontaient un rêve du protagoniste. Un étalage
d'exotisme érudit. Mais finalement, avec la vanité du
débutant, il avait décidé de les conserver. Il faudrait
reconnaître un mérite à la vanité : elle trouve toujours
des moyens créatifs de vous faire regretter de lui avoir
fait confiance.

« Nous avons peut-être encore le temps de nous en
débarrasser, dit-il spontanément.

— De quoi ?

— De ces trente secondes.

— Tu sais, je n'osais pas te le demander. Mais…
oui, ce serait une bonne idée. Une preuve de bonne
volonté. »

Filippo ressentit encore une fois la contradiction
entre l'intime conviction du producteur et ses propos
conciliants. Il pouvait gaspiller ses réserves inépui-
sables de pommade mais ça ne changerait pas la réalité :

les jeux étaient faits. Désormais ces trente secondes étaient vues et commentées. Les couper n'avancerait à rien. Le plus grand don de Dieu au fondamentaliste est de l'avoir créé obtus ; le plaisir est justement là, dans le fait de se conformer à certains principes inexorables. À tout prix. Cet infidèle a voulu se faire remarquer ? Il s'est écarté du droit chemin ? Il va bientôt voir de quoi nous sommes capables.

Quand Filippo raccrocha, la maison avec laquelle il avait fait la paix ces derniers temps se manifesta de nouveau sous sa forme la plus sinistre. Il aurait donné n'importe quoi à ce moment-là pour avoir une épouse normale. Une femme bien et équilibrée en qui avoir confiance et par qui se laisser réconforter. Un ventre moelleux où poser ses joues hirsutes. Hélas, c'était Anna qui était là. Et Filippo avait besoin de tout sauf d'assister aux manœuvres grâce auxquelles elle allait cette fois s'approprier cette histoire. La folie des intégristes lui suffisait. Ajouter folie à folie ne paraissait pas une bonne idée. Non, il ne lui dirait rien.

Il retourna dans le salon. Il prit la télécommande du DVD. Appuya sur Pause. La bar-mitzvah manquée de Krusty le clown n'était plus drôle. Au contraire, entendre parler de cérémonies juives et de pères inflexibles par des petits hommes jaunes le déprimait profondément.

Il éteignit la télé.

Il fallait qu'il s'invente quelque chose pour surmonter cet état d'angoisse. Il alluma son ordinateur portable sur la table. Il alla sur Google. Et dans les minutes qui suivirent il essaya tout pour arriver aux sites islamistes qui en avaient après lui. Il en dénicha même un qui faisait la transcription des noms propres de notre alphabet dans l'alphabet arabe. Il composa son nom. Obtint une écriture énigmatique qu'il colla dans la barre de recherche de Google. Cliqua. Un certain nombre de sites apparut (huit cent trente) dans cet étrange alphabet. Il visita les quinze premiers. Quelle frustration de voir son propre nom dans un alphabet inconnu, entouré de surcroît de beaucoup d'autres signes menaçants. En un instant la toile – monde magique aux frontières indéfinies –, qui encore quelques heures auparavant lui avait semblé un lieu si bienveillant, lui apparut comme une jungle poisseuse et inviolable, un million de fois plus vaste que la forêt amazonienne, où les lois de la coexistence que les hommes s'étaient données avaient été abolies par le clic simultané de milliards de doigts.

Cet endroit, le pouvoir de cet endroit, faisait réellement peur.

C'était donc ce que lui offrait l'été qui aurait dû célébrer son triomphe : encore et toujours le prix à payer ? Dieu du ciel, il avait été idiot de ne pas le prévoir. Pourquoi s'étonner ? Il n'y a pas de cadeau pour lequel on ne vous présente l'addition à la fin. Comment avait-il pu l'oublier, lui, le fils de cette janséniste de Rachel Pontecorvo ?

C'est ainsi que Filippo trouva finalement quelqu'un sur qui se venger. Il ne pouvait pas s'en prendre aux tueurs qu'il aurait bientôt sur les talons, ni à son producteur, ni à Anna. Mais à Rachel oui, il pouvait s'en prendre à elle. Et comment. Filippo comprit d'un coup les raisons de ceux qui le menaçaient. Quand vous êtes frustré, il est essentiel de trouver quelqu'un à qui en vouloir à mort. Ils s'en prenaient à lui. Lui s'en prenait à sa mère. Ce qui n'était pas nouveau : à quoi servait Rachel sinon à concentrer sur elle la colère de ses fils ?

« Tout est la faute de maman », pensa Filippo. Et il se sentit aussitôt mieux.

Deuxième partie

LA NAVETTE DU CIEL

Le minimum à attendre d'un hôtel affichant autant d'étoiles à l'entrée est que parmi les commodités garanties (produits de beauté Hermès, draps de satin, vue zen) il y ait aussi un endroit où dormir à poings fermés.

Comme dans votre enfance.

Mais quelque chose avait dû aller de travers pour que Samuel Pontecorvo, à cinq heures du matin – après avoir été embarqué trois heures dans quelque chose qui ressemblait vaguement à la veille et presque pas du tout à l'inconscience réparatrice –, se retrouve dans les toilettes en proie à une angoisse sans précédent.

Pouvait-il enfiler un pantalon, descendre dans le hall et protester contre la mauvaise qualité de son sommeil ? Les concierges avaient eu beau faire preuve de toute leur aimable hypocrisie britannique, les premiers jours, cette fois ils le prendraient sans doute pour un fou.

Il farfouilla quelques secondes dans son nécessaire d'où il tira une petite boîte désastreusement vide. L'épuisement de sa provision de Pasaden ne fit qu'alimenter sa crise d'anxiété. Semi avait un tel respect pour cette drogue légalisée qu'il avait appris au cours des années qu'une partie du plaisir à la consommer régulièrement consistait à en contrôler ses approvisionnements et à en gérer sa dépendance. Savoir qu'elle était là, à portée de bouche, était presque mieux que l'avaler. Elle lui avait été prescrite par un médecin (un siècle plus tôt) pour apaiser les séquelles d'une déception amoureuse. « C'est une molécule japonaise, peut-être un brin vieillotte, mais qui marche toujours. » Vieillotte mais qui marche toujours ? Et comment ! Semi avait continué à la prendre même quand l'infidélité de la traîtresse avait cessé de le tourmenter depuis longtemps.

Malheureusement, ces dernières semaines, il avait eu plus d'une raison d'en abuser. Et à présent que chaque cellule de son corps demandait à être consolée il se trouvait dépourvu de sa panacée habituelle. Avec la dépravation du toxicomane il se mit à lécher avidement les petites alvéoles de l'emballage. Mais le seul effet produit par ce geste incontrôlé fut qu'il se sentit encore plus ridicule et plus fêlé.

Du calme, il suffit de rester calme. Se remettre les idées en place.

Voilà : normal qu'à cette heure, en plein manque de Pasaden, la matière grise s'embourbe dans des clichés déprimants comme celui qui vient d'être évoqué ! En fait, la lucidité était la dernière chose dont Semi avait besoin. Mieux valait mille fois oublier tout ce qui s'était passé deux jours plus tôt que rester là à l'analyser avec soin. Même avec une bonne dose d'ironie, il n'y avait pas moyen de conférer à l'événement un caractère tolérable. Seigneur ! Si un type à l'haleine pestilentielle qui pointe son pistolet sur vos testicules n'est pas une impasse, alors dites-moi ce qui en est une. Il est vrai que vous ne pouvez pas savoir à quel point ça fait peur de se retrouver avec un pistolet sur les couilles avant que ça ne vous arrive. Et à présent que Semi le sait, il suffit qu'il y repense pour que ses intestins frémissent dans un méprisable spasme de colique.

La précaution superstitieuse de s'asseoir sur le siège des toilettes lui donna la sensation illusoire d'avoir retrouvé son calme. Il faisait rudement chaud là-dedans (pensez donc, à sept cents livres la nuit). Le grondement de la douche qui viole le silence de la nuit résonne toujours comme un sacrilège. Ou sinon comme un acte d'une indélicatesse impardonnable. Du moins c'est ainsi qu'en jugea Semi en pensant que de l'autre côté du mur, dans le même grand lit où quelques instants plus tôt s'était livrée une bataille entre lui et ses plus sombres présages, dormait Silvia. Pauvre amour, laissons-la se reposer. Hier elle était exténuée.

Semi se demanda si la pitié que lui inspirait la fille qui l'avait rejoint à Londres pour le week-end, et avec laquelle il était depuis près de quinze ans, ne révélait pas la forme satisfaite et hypocrite de son autocommisération. Ou si, plus simplement, dans un accès de pharisaïsme, il avait du mal à ne pas plaindre Silvia pour ce qu'il lui avait fait, et continuerait vraisemblablement de faire : mensonges, trahison, proposition de mariage réparatrice, pour commencer. Et tout le reste.

En sortant des toilettes, il heurta du pied la table roulante sur laquelle se décomposaient les restes du dîner hâtif de la veille, qui exhalaient une odeur équi-

111

voque de confiture de framboises et de ketchup desséché.

Pour Silvia et lui ces tables dressées représentaient depuis trop longtemps le point culminant d'une vie errante et simili-conjugale. Curieux. Semi avait toujours pensé que, pour un couple qui se respecte, le Moment par excellence devait être celui où il la pénètre à la minute même où elle est sur le point de venir. N'était-ce pas le romantisme conjugal auquel il était juste d'aspirer ? Se pouvait-il que pour eux toute la joie d'être ensemble aboutisse à l'irruption des chariots grinçants qui transportent la bonne nourriture aseptisée et répugnante des hôtels multi-étoilés ? Et que ce crissement de roues remplace l'orgasme partagé ?

Semi savait que tout était de sa faute. La seule faute de Silvia était de s'être adaptée, dans sa docilité, au rythme et aux manques d'un futur mari qui ressemblait chaque jour davantage à un fichu eunuque.

Mais lèche-la donc ! C'est ce que ferait un homme véritable à ce stade de l'histoire. Tu ne réussis pas à la baiser ? Eh bien, prouve-lui au moins que pour toi le fait qu'elle soit une femme t'intéresse. Vas-y, lopette, ne reste pas planté là : dégage les couvertures, déplace délicatement le slip minuscule qui te sépare du trésor et offre-lui le réveil qu'elle mérite ! Fais ce qui doit être fait, ce que tu ne fais pas depuis trop longtemps. Bien sûr, elle sera peut-être effrayée au début, elle jouera les indignées pendant quelques instants ; si tu n'y prends garde elle pourrait même donner des coups de pied ; mais, une fois la gêne surmontée, elle te laissera arriver à destination.

112

Pour d'absurdes raisons, elle t'aime. Tu dois bien la récompenser, non ?

Je sais que ça n'est pas facile, vous ne le faites plus depuis trop longtemps. Si on y réfléchit bien, vous l'avez même si rarement fait que tu crois te rappeler chaque occasion, une à une. À vrai dire, ce dont tu te souviens le mieux c'est la sensation de soulagement joyeux qui t'a envahi chaque fois que tu es arrivé au bout. L'ennui, mon petit, c'est que si les gens baisent ça n'est pas pour arriver au bout. C'est pour profiter le plus longtemps possible du temps qui sépare le moment où on se déshabille de celui où on se rhabille. Les gens normaux ne pensent pas à un coït accompli comme à un danger auquel ils ont échappé.

En se déplaçant prudemment dans le noir, Semi atteignit la grande fenêtre protégée par une tenture imposante. Il l'écarta à peine – meurtrière de faible lumière dans la mer de velours funèbre – et jeta un coup d'œil dehors. À cette heure-là, Ganary Wharf, le quartier high-tech de l'East End au bord de la Tamise, révélait son caractère de science-fiction. Le ciel était couleur de myrtille mûre. Un énorme chaland glissait sur le fleuve, chargé de tonnes de déchets industriels saupoudrés du sucre glace de la neige fondue.

Si Semi avait été seul, à cette heure il aurait déjà allumé les lumières et la télé. Il aurait exorcisé ses idées noires avec un peu de tapage. Il serait resté sous la douche pendant une vingtaine de minutes. Et qui sait, il aurait peut-être même trouvé le courage de se jeter par la fenêtre.

Et dire que c'était lui qui avait insisté un mois plus tôt pour que Silvia le rejoigne à Londres. C'est qu'en ce temps-là (il avait effectivement envie de dire « en ce temps-là », comme si un siècle s'était écoulé depuis) son magnifique investissement dans un stock de coton ouzbek, même s'il s'était un tantinet compliqué, restait plein de promesses.

Aussi avait-il insisté. Ils allaient se voir en zone neutre. Son avion de retour de Tachkent atterrissait à Londres. Il l'y attendrait. Ils avaient beaucoup de choses à fêter : leurs quinze ans ensemble, leur mariage proche, et une affaire qui allait payer tous les

114

frais qui les attendaient s'il arrivait à la mener à bien. Pour lui faire plaisir, elle avait déserté l'anniversaire du patron du cabinet juridique où elle travaillait. Pour une fille active et ambitieuse comme Silvia ç'avait dû être un grand sacrifice. Et pour quoi ? Pour un énième week-end romantique. Une récompense excessive et prétentieuse !

Depuis le jour où, environ trois ans plus tôt, exaspéré par un travail de plus en plus risqué et usant, il avait lâché son poste de senior advisory manager à la Citibank de New York, et afin de rentrer définitivement en Italie, avait accepté l'offre d'un négociant en coton de le rejoindre en tant qu'associé minoritaire dans une entreprise florissante, les voyages au bout du monde de Samuel Pontecorvo s'étaient multipliés. Même s'il pouvait passer ainsi beaucoup plus de temps avec Silvia, Rachel et Filippo qu'à l'époque où il vivait à New York, il n'y avait pas moyen d'éviter tous ces voyages sur la « route du coton » tel un nouveau Marco Polo.

D'ailleurs, Jacob Noterman, son associé-mentor, avait été très clair sur ce point dès le début. « Ça n'a aucun sens de faire le commerce du coton comme la plupart de mes collègues qui suivent les variations du marché assis devant un écran. Ce travail se fait sur le terrain ! À l'ancienne ! Il faut aller là où naît le produit. Apprendre les techniques. Traiter personnellement avec ces fils de pute. Les regarder dans les yeux, sentir la puanteur de leur haleine et tout le reste… »

Les discours de ce genre avaient trouvé un terrain fertile chez le jeune homme qui avait passé les dix dernières années de son existence à interpréter des données sur son ordinateur, élaborer des scénarios virtuels, vendre et acheter du vent. Bien sûr, le prix à payer pour cette nouvelle vie aventureuse c'étaient les temps morts dans les aéroports, les gares, les hôtels, les taxis. Sans parler des retards accumulés, des imprévus météorologiques, des grèves, des contrôles de sécurité, des alertes à la bombe, des bagages perdus…

Avec le temps, Semi avait appris à rendre cette inévitable routine un peu moins exténuante. Il s'était mis à mépriser les voyageurs occasionnels et à faire tout le contraire de ce qu'ils auraient fait. Il était désormais capable de préparer un petit bagage fonctionnel que même l'hôtesse à terre la plus arrogante n'aurait pas pu lui interdire en cabine. Il avait une idée assez précise des compagnies aériennes et des chaînes hôtelières à choisir et à éviter. Il repérait au premier regard le genre de bar d'aéroport où il valait mieux ne pas commander un Manhattan.

Dans les moments d'agitation, Semi se sentait un globe-trotter héroïque du vingt et unième siècle, l'individu dynamique et fonceur qu'il avait toujours rêvé d'être. Mais dans les moments de calme, il craignait de n'être que la version contemporaine du commis voyageur, à peine moins pathétique que ses prédécesseurs.

C'était pour limiter autant que possible ces inconvénients que depuis quelque temps Semi demandait souvent à Silvia de le retrouver à mi-chemin. Pour rendre leurs voyages encore plus inoubliables, il avait pris l'habitude de compléter de sa poche le budget alloué par l'entreprise pour réserver des hôtels de la catégorie du Four Seasons où ils passaient la nuit.

Seul élément vraiment déprimant, il semblait à présent à Semi – juste avant six heures du matin, assis dans l'éternel fauteuil ergonomique de l'éternel Four Seasons feutré – qu'il ne lui restait de ces voyages exorbitants qu'une terrible confusion. Il avait l'impression que tous les hôtels se ressemblaient de façon troublante, et les villes encore davantage. En y repensant, Semi avait du mal à isoler l'odeur de graillon de Shanghai de celle de Singapour, de Hong Kong ou de Tokyo ; il ne pouvait pas non plus se rappeler ce qui distinguait le Waterfront de Vancouver ou de Stockholm de celui de Londres, sur lequel il se penchait à présent avec angoisse...

Quelque chose lui disait que si – à la fin de leurs longues journées dans une nouvelle ville, après avoir dîné dans un restaurant de qualité, pelotonné sur le grand lit préparé par une gouvernante efficace – il avait donné à sa future épouse ce qu'il lui devait et qu'elle méritait, eh bien, ce seul exploit rendrait rétrospectivement beaucoup plus mémorable tout leur séjour dans cette localité. C'est vrai, s'il avait eu davantage de respect pour la nature, tout ne serait pas si embrouillé dans sa tête.

Ce qui l'amena à conclure mélancoliquement qu'au bout du compte, si deux jours auparavant le pistolet qui avait menacé ses testicules avait tiré, ça n'aurait pas causé un grand dommage.

Au contraire, ça aurait résolu un sacré problème.

Le tintement d'un SMS se révéla plus déchirant que le coup de feu qui n'avait pas eu lieu. Qui cela pouvait-il être, à cette heure ? Compte tenu du nombre d'opérateurs téléphoniques auxquels Semi avait dû s'en remettre ces dernières semaines, peut-être s'agissait-il d'un message retardataire parvenu enfin à destination ? Il avait toujours considéré l'activité frénétique de son portable comme la preuve qu'il aimait la vie, et que cet amour était partagé. Le fait qu'il tremblait à la seule idée de vérifier l'identité de l'expéditeur en disait long sur la tournure que son existence avait prise récemment. L'hypothèse la plus encourageante restait que la compagnie téléphonique anglaise lui souhaitait la bienvenue avec du retard. Toutes les autres oscillaient dans l'intervalle dangereux qui sépare l'anxiogène du terrifiant.

Non, ça ne pouvait pas être Ludovica. Elle ne se le permettrait pas. Encore moins si tôt. Elle savait que ce week-end appartenait à Silvia. Elle était attentive à ces choses-là. C'était étonnant mais, contrairement à tant d'autres filles dans la même situation, elle avait un respect quasi religieux pour sa rivale. Un respect guère différent de la discrétion de Semi à l'égard de Marco, le petit ami de Ludovica. C'est pourquoi il arrivait souvent que les simples rencontres clandestines entre un homme de trente-sept ans presque marié et une jeune femme de vingt et un sentimentalement engagée ailleurs se transforment en un jeu surréel entre deux amoureux traqués et deux fantômes aux aguets.

Aussi bien Semi que Ludovica savaient que s'ils n'expulsaient pas au plus vite les ombres justicières de Silvia et Marco de leur relation ultrasecrète et névrotique leur divertissement n'atteindrait jamais le zénith souhaité. Mais ils savaient aussi que la présence de Silvia et Marco faisait partie du jeu, en garantissant, pour ainsi dire, une longévité dramatique à une liaison qui, bien qu'elle n'ait que quelques mois, semblait exister depuis toujours.

Quand au cours de leur dernière rencontre à l'endroit habituel il lui avait annoncé son mariage avec Silvia sur un ton officiel et non sans une satisfaction sadique, Ludovica, au lieu de lui lancer à la figure son décaféiné noisette, était restée impassible. Puis elle avait dit : « Je suis contente pour toi… je veux dire pour vous deux. » Et Semi n'y avait pas senti le moindre sarcasme. Il avait redouté un instant qu'elle ne le félicite. Il avait mis quelque temps à comprendre que le ton modeste et digne sur lequel Ludovica avait prononcé la phrase « Je suis contente pour toi » aurait mieux convenu pour exprimer ce qu'elle avait probablement en tête, à savoir « Je m'y attendais ». Elle avait dû le penser avec toute la spontanéité dont elle était capable. C'était ce que disaient ses yeux, qui s'étaient forcés à ne pas se baisser, et sa main qui, histoire d'agripper quelque chose, avait saisi l'anse de la tasse de déca mais sans parvenir à la soulever.

Était-ce à cause d'un fatalisme inné que Ludovica avait encaissé un coup de ce genre avec autant de bonne grâce ? Qu'elle ne s'était pas mise en colère ? Parce qu'elle était la première à savoir que tout était déjà écrit ?

Il était écrit que Semi ne quitterait pas Silvia après toutes ces années, pour ne pas lui briser le cœur ; et que Ludovica ne quitterait pas Marco pour les mêmes raisons. Et non seulement c'était écrit, mais c'était aussi ce qu'il fallait faire. C'était la conduite que les spectres trahis de Silvia et Marco exigeaient de leurs partenaires adultères et pénitents. La raison pour laquelle Ludovica n'était pas surprise que Semi ait demandé à Silvia de l'épouser au moment précis où il avait découvert qu'il était indissolublement lié à une autre était qu'il avait le comportement déraisonnable et automutilant qu'elle, Ludovica, aurait pu adopter la première.

Ludovica avait dû sentir immédiatement que Semi, en demandant à Silvia de l'épouser à ce moment-là, après avoir si longtemps tergiversé, n'avait fait que confirmer solennellement que son amour pour Ludovica resterait à jamais un amour impossible. C'est étrange que Ludovica ait compris tout ça avant Samuel. Et avec son attitude conciliante elle avait peut-être voulu qu'il comprenne que ce qu'il venait de lui faire ressemblait beaucoup à ce qu'elle aurait pu lui faire elle-même.

Parmi les nombreuses raisons pour lesquelles cette gamine avait réussi à le séduire aussi implacablement, en touchant des cordes secrètes qu'aucune avant elle n'avait su même effleurer, il y avait son don pour exprimer – toujours au bord du ridicule sans jamais y tomber – un sentimentalisme aussi délicieux qu'anachronique.

Où l'avait-il pêchée celle-là ?

Quand elle était apparue dans sa ligne de mire il n'avait eu aucune difficulté à la reconnaître. Elle se tenait à l'écart, dans le petit hall du musée de la Bande dessinée de Lucca, appuyée gauchement à une statue de Dingo, avec lequel elle partageait l'air de ceux qui ne se sentent pas à leur place. Tout en elle l'avait touché : la forme créole de ses yeux, la douce crinière noire attachée qui donnait l'impression d'être sur le point de se répandre. Elle était habillée comme Semi rêvait qu'une femme s'habille, c'est-à-dire comme les femmes ne s'habillent plus depuis longtemps. Il y avait quelque chose de colonial dans son pantalon en lin de la même couleur ficelle que ses chaussures, ainsi que dans sa chemise blanche légèrement échancrée à la Robespierre, sur laquelle tombait négligemment un gilet d'un turquoise un peu moins vif, mais du même ton, que l'écharpe de soie nouée autour de son cou.

C'était comme si une héroïne des comédies musicales dont Semi raffolait s'était incarnée à l'endroit le plus inattendu. Une de ces jeunes femmes en technicolor qui vivent dans des mansardes en carton-pâte et qui, lorsqu'elles doivent exprimer enthousiasme ou contrariété, se mettent à chanter et danser accompagnées par des orchestres invisibles.

Essayez d'imaginer la surprise de Semi en voyant la fille de ses rêves se détacher de Dingo, avec qui elle forme un assez joli couple, et venir vers lui d'un air pour le moins embarrassé. Dommage que ce ne soit pas lui qui produise chez elle tant de crainte révérencielle. C'est la personne qu'accompagne Semi. Filippo.

Les deux frères sont à Lucca. Semi n'a pas voulu laisser Filippo tout seul dans une manifestation qui s'annonce comme une corvée inutile. Un adjoint à la Culture (sans doute la catégorie humaine la plus pathétique qui soit), après avoir lu les chroniques qui rendaient compte du succès de Filippo Pontecorvo en France, avait cru bien faire en lui organisant une rencontre publique au musée de la Bande dessinée de

Lucca un samedi de la fin juin. Filippo avait accepté l'invitation parce qu'il n'avait pas encore eu le temps d'apprendre à dire non.

Il ne s'était pas présenté âme qui vive. Sauf l'étrange fille qui, en les voyant, montre le même embarras ravi que si elle venait de tomber sur Walt Disney en personne et ses comparses.

Juste derrière elle, voilà que déboule l'adjoint, haletant, consterné. Il avance des prétextes pathétiques sur d'improbables grèves de chemin de fer, des festivals de blues simultanés, des erreurs du service de presse… Mais on devine qu'au fond de lui il en veut à ses concitoyens. Encore une fois ils ont dû préférer la plage à une de ses initiatives destinées à leur enrichissement intellectuel.

« Mademoiselle est enthousiaste. Nous parlons depuis longtemps d'*Hérode et ses petits enfants*. Pensez donc, elle l'a déjà vu deux fois. Mademoiselle travaille pour… Excusez-moi, pour quel journal avez-vous dit que vous travailliez ?

— En fait je travaille pour un site.

— Un site ?

— Oui, un site. Il s'appelle *Artecomunque.it* », avait-elle précisé de plus en plus sur des charbons ardents, visiblement désespérée par le nom tellement invraisemblable du site en question. Ç'avait dû être le moment le plus difficile. Et pas seulement pour elle. Le mot « guigne » présidait irréfutablement à la rencontre de ces quatre individus dans un musée de province assiégé par une canicule féroce.

« Je m'appelle Ludovica Giacometti. Oui, comme le sculpteur. J'ai vu votre film à Paris, vous savez.

Ç'a été une des choses les plus incroyables que j'aie jamais vues. C'est moi qui ai demandé à la rédaction d'*Artecomunque* de vous interviewer. Ils ont été enthousiastes… Alors, je suis là… Ne vous inquiétez pas, vous verrez que lorsque le film sortira vous serez harcelé par des gens bien plus autorisés et influents que moi. »

Après avoir fourni tous ces renseignements sur elle et sur son travail elle avait rougi. Et Semi s'était demandé pourquoi cette rougeur. Regrettait-elle d'avoir employé un verbe ambigu tel que « harceler » ? Ou s'était-elle aperçue qu'elle avait confirmé implicitement que ce qui allait s'achever avant même d'avoir commencé était pour le moins un désastre ?

Et puis il y avait sa voix, qui semblait se battre avec elle-même pour se caler sur des modulations moyennes, ni trop aiguës ni trop graves. Ce n'était pas seulement une question de ton, mais aussi de volume. Le début d'une phrase pouvait être prononcé d'une voix de stentor et se perdre ensuite peu à peu dans un murmure. C'étaient en général les dernières syllabes qui en faisaient les frais. Plus elle parlait et plus elle perdait confiance en elle. Ça, c'était de la timidité. Une pièce d'antiquité. D'autant plus que ce n'était pas un professeur pâle à lunettes et aux joues creuses qui en était affligé mais une fille belle et élégante qui à en juger par la délicatesse de sa peau pouvait avoir vingt ans tout au plus.

C'est alors que Semi s'était senti en devoir de voler à son secours.

« Et si on allait manger un morceau ?

— Quelle excellente idée ! avait renchéri l'adjoint.

— Mes parents m'attendent pour le déjeuner, ils ont une maison par ici… » avait dit la gamine, mais on voyait qu'elle brûlait d'envie d'être de la partie.

« Excusez-moi, et votre interview ? » avait demandé l'adjoint qui, tremblant à l'idée qu'il ne reste aucune trace de l'événement qu'il avait organisé, n'était pas prêt à laisser lui échapper le compte rendu de mademoiselle Trucmuche pour le site Machinchouette.

Quelques minutes plus tard ils se trouvaient à la terrasse d'un restaurant, protégés par une petite armée de parasols blancs, assis autour d'une table couverte d'une de ces exaspérantes nappes à carreaux.

De nombreux mois avaient passé depuis. Et Semi ne se rappelait plus une seule des questions savantes et pertinentes que Ludovica Giacometti avait adressées à Filippo. Il ne se souvenait que de l'interview officieuse à laquelle le frère de l'interviewé avait soumis la journaliste pendant et après le déjeuner.

De l'interrogatoire fragmenté que Samuel lui avait infligé il ressortait que Ludovica Giacometti devait être la fille (unique d'ailleurs) de quelqu'un de très important dont une réserve innée et cultivée par son éducation l'avait empêchée de révéler l'identité. Elle vivait à Milan avec ses parents. Et il était clair que la maison dans la campagne toscane, celle de Milan et celle de Paris du côté de la rue du Bac (qu'elle avait été obligée de mentionner) n'étaient pas les seules que les Giacometti possédaient dans le monde.

Si cet été-là Ludovica n'avait pas bougé de leur retraite toscane (où elle avait passé tous les mois d'août d'une enfance qu'elle voyait beaucoup plus lointaine qu'elle n'était), c'était parce qu'elle devait terminer d'urgence sa thèse sur les relations difficiles entre Vasari et Pontormo. Semi avait remarqué qu'en prononçant le nom de Pontormo elle avait levé les yeux au ciel et fait une petite moue, peut-être en signe de respect, ou pour prendre ses distances vis-à-vis d'un artiste du prétendu maniérisme toscan, pour lequel elle entretenait le genre de vénération que le bon ton déconseille de montrer.

Semi s'était aperçu qu'elle se laissait aussi aller à ce tic pittoresque quand elle parlait du film de Filippo et des modèles dont, à l'entendre, il avait tiré son inspiration. Malgré tous ses efforts pour le cacher, c'était visiblement une fan de BD. Et de façon plus éclectique et plus consciente que Filippo. Tout comme il était évident qu'elle s'était rendu compte (bien avant son auteur) qu'*Hérode et ses petits enfants* était une œuvre d'une originalité extraordinaire.

Toutes ces compétences avaient fait supposer à Semi que Ludovica avait une vie terriblement solitaire. C'est fou, une fille aussi belle, aussi jeune, aussi riche… qui reste le nez dans les livres. Une fille qui selon sa feuille de route universitaire est manifestement en avance et qui pourtant ne décroche pas, même en été. Au contraire, elle redouble d'efforts pour que cette période s'achève de façon à la fois épuisante et incertaine : être diplômée le plus tôt possible. Une fille qui en juin 2010 pense qu'il ne peut rien exister de plus pressant que d'achever une thèse en histoire de l'art. Tellement déterminée qu'elle se retire à la campagne pour ne pas s'autoriser les distractions auxquelles son âge, sa condition et ses résultats universitaires lui donneraient droit. Parce que ce qu'elle tient le plus à découvrir c'est pourquoi Vasari, dans la seconde édition de ses célèbres *Vies*, s'en prend tellement à un type solitaire et introverti comme Pontormo. Ce que Ludovica meurt d'envie de découvrir c'est ce que Pontormo a fait à Vasari pour le mettre dans une telle colère.

Et on comprend qu'elle soutient Pontormo, pas seulement parce qu'il était objectivement bien meilleur peintre que Vasari (et peut-être le meilleur de sa génération), mais aussi parce que l'introversion névrotique du pauvre artiste solitaire était très touchante. Elle veut à tout prix découvrir le secret de cette névrose. Elle est convaincue qu'il y en a un. Au moins autant que Semi est convaincu que dans l'obstination de Ludovica à s'interroger sur Pontormo il y a quelque chose de terriblement tordu.

Semi pense à toutes les filles comme elle qui en ce moment même s'amusent sur un trois-mâts dans la rade de Formentera. Parce que c'est sur le pont de ce genre de bateaux que les filles comme elle se donnent rendez-vous en juin. Là qu'elles sont et qu'elles méritent d'être.

Dieu sait combien de ces filles il avait rencontrées à Londres au milieu des années quatre-vingt-dix au cours des trois ans où, tout juste diplômé, il avait préparé son MBA. Alors oui il les avait vues à l'œuvre. Au mieux de leur forme. Des toutes jeunes filles aisées qui avaient vécu jusque-là dans leurs familles, et qui se déchaînaient comme si tout à coup était arrivée la récréation tant attendue. Pendant que Semi fréquentait assidûment son master pour apprendre un métier qui allait lui garantir la prospérité, du moins dans son intention, il avait vu ces filles mettre un zèle tout aussi louable à ne pas laisser échapper la moindre occasion de débauche.

Le fait est qu'à Londres, en 1996, l'adjectif « débauché » avait perdu son aura de transgression, ne serait-ce que parce que là où le libertinage devient norme aucune atteinte aux prétendues bonnes mœurs ne peut être considérée comme une infraction. C'est pourquoi aux yeux de Semi se laisser aller à des excès téméraires tenait moins de la rébellion contre la morale victorienne que d'un nouveau conformisme. Sexe. Alcool. Stupéfiants. Relations homosexuelles. Entassement en discothèque. Échangisme. Tout ça était la pratique à laquelle il était conseillé de se tenir si on ne voulait pas passer pour le dernier des ringards. Oui, Semi en avait vu arriver à Londres de ces filles – toutes mignonnes et proprettes, pleines d'intentions vertueuses, décidées à tirer le bénéfice professionnel maximum de leur stage dans une banque ou un cabinet d'avocats –, habiter avec des amies à Chelsea, à South Kensington, à Belgravia, et perdre les pédales en moins de temps qu'il ne faut pour le dire. En qualité de vétéran de la ville il en avait même aidé quelques-unes à s'installer. Ce qui lui avait causé plus d'un ennui.

Quand par exemple un ami proche lui avait demandé si par hasard il ne pouvait pas aider sa fiancée à trouver à se loger du côté de Notting Hill, Semi s'était révélé très efficace dans le rôle d'agent immobilier, mais pas autant dans celui de chaperon. En effet il n'avait pas eu le courage de raconter à son ami que depuis qu'elle avait atterri à Londres sa future épouse avait abandonné non seulement toute inhibition mais aussi toute précaution pour cacher sa nouvelle audace.

La fille s'appelait Gaia Cittadini. Et c'était une de ces blondes à la peau couleur de miel qui avaient envahi autrefois les couloirs du lycée de Semi. Lequel avait assisté avec une certaine gêne mêlée d'inquiétude à la dégénérescence progressive des habitudes de Gaia qui avait atteint son comble lorsqu'elle avait joué avec sa colocataire australienne à qui, le samedi, taillerait le plus de pipes au plus grand nombre d'hommes. Voilà comment Londres avait transformé en quelques mois une jeune fille romantique comme Gaia Cittadini !

Et ensuite ? Qu'était-elle devenue ? Où en était-elle dix ans plus tard ? Elle faisait la foire ? Elle était peut-être devenue une maquerelle de haut vol ? Une toxicomane au stade terminal ? Mais pas du tout. C'était comme si la bohème n'avait pas laissé de trace. Visiblement, la mauvaise habitude londonienne de 1996, contrairement à la même un siècle plus tôt, ne présentait aucun risque et ne laissait aucune marque visible ni sur le corps ni sur l'esprit. Toutes les pipes que Gaia avait généreusement prodiguées n'avaient pas donné un pli pervers à sa bouche. Gaia Cittadini était à présent maman. Cette reine du sexe oral vivait avec son solide mari et leur blonde progéniture dans l'appartement le plus bourgeois du quartier le plus bourgeois de Rome, et elle menait une existence guère différente de celle que les femmes de sa famille avaient toujours connue.

Quelques années plus tard à New York, quand Semi avait été engagé dans une banque d'affaires après son master, il avait pu constater que tout Downtown Manhattan avait été colonisé par une armée de clones de Gaia Cittadini, pas moins avides de s'éclater que ne l'avait été l'original londonien. La seule différence était que ses épigones n'étaient pas des Européennes mais pour la plupart des Américaines. Avec toute l'hypocrisie que comporte le fait d'être américain.

En y repensant, Semi se sentait fier d'avoir résisté, durant ses années londoniennes puis new-yorkaises, à la fascination malsaine de ces filles bourrées d'argent et d'intolérance, et si incroyablement disponibles. Rien à dire, sa sobriété avait eu quelque chose d'héroïque. Aucun autre homme à sa place n'aurait tenu. D'ailleurs, autour de lui ils succombaient tous. Tandis que la plupart de ses amis qui vivaient encore à Rome passaient leur vie à tromper leurs compagnes à l'heure du déjeuner, lui, bravement, avait toujours réussi à rester fidèle à Silvia, même quand ils étaient séparés par tout un océan et au moins six fuseaux horaires.

Semi aimait se dire que cette preuve de caractère venait de son intuition que, dans deux métropoles et à une époque d'une telle promiscuité, rien n'était plus scandaleux que la fidélité. De même qu'il aimait se raconter que c'était le respect sacré de la « ruée vers l'or » commencée dès sa première année d'université qui l'avait poussé à rester concentré, même et surtout dans un contexte où la distraction semblait à tous une nécessité inéluctable.

Le hic c'est qu'en se glorifiant de sa trempe d'homme fidèle Semi se mentait à lui-même. La triste vérité (il y en a toujours une en toile de fond !) c'est que tout revenait à ses problèmes sexuels. Lesquels, contrairement à ce qu'il avait l'habitude de s'avouer, avaient commencé avant que Silvia n'entre dans sa vie, et donc avant qu'il n'aille étudier à Londres puis travailler à New York. L'époque heureuse de sa sexualité sur laquelle il aimait fabuler était précisément une fable. Il n'y avait pas eu d'époque où les intermittences capricieuses de son appareil reproducteur n'aient été une cause de mortification pour Samuel Pontecorvo et sa partenaire du moment. Samuel avait une expérience directe de l'humiliation qu'apporte le fiasco érotique, exactement comme certains anorexiques connaissent la répugnance provoquée par le plat le plus appétissant. Et il ne savait que trop ce que signifiait avoir au-dessous de soi une fille malade de désir et d'être incapable de la satisfaire.

L'impuissance. Quel dieu fantasque de la mythologie grecque a inventé un supplice de ce genre ? Il s'agit d'une chose qui remet tout en cause, pas seulement une question triviale telle que sa virilité mais jusqu'aux fondements de l'amour-propre et du fameux respect de soi.

Alors admettons-le : c'est pour ne pas se retrouver à bredouiller des justifications pathétiques (dans une langue étrangère de surcroît) que Semi s'est tenu à bonne distance du délire sexuel qui sévissait à Londres et à New York dans les années où, du moins d'après sa date de naissance, sa puissance sexuelle aurait dû atteindre le point culminant au-delà duquel il n'y a que la déchéance.

130

C'est ainsi que, très vite, la distance vis-à-vis des filles, sa fidélité forcée à Silvia, tout ça se transforme en autre chose. Et devient subrepticement de l'hostilité. Il ne les supporte pas, ces filles. Sans doute parce qu'elles lui rappellent qu'il est incapable de s'en servir. Elles ont le pouvoir de l'exaspérer. Et c'est sans doute parce que, malgré tout, Semi ne cesse de les désirer. Serait-ce le véritable châtiment des impuissants ? Que le désir soit toujours là, immobile et intact ? Il ne cède pas. Au contraire, il ne fait que s'alimenter, échec après échec, abstinence après abstinence. Il va de pair avec une sensation de dérision permanente. D'où il tire sa sève et son inspiration. Et il devient chronique.

Eh oui, car les impuissants, quoi qu'on en dise, ne sont pas moins excités que les personnes qui ont une vie sexuelle tout à fait satisfaisante. Les impuissants sont comme les diabétiques : la nature leur a ôté la possibilité de se nourrir de certains aliments délicieux, mais grand Dieu, il ne leur en a pas épargné le désir. Bien au contraire, il l'a sacralisé, ce maudit désir ! Tout bien considéré il n'y a rien qui déraille dans la plomberie de l'impuissant. Les impuissants sont capables d'érections vertigineuses et d'enthousiasmes sexuels bruyants. Je parle des impuissants que je connais. Dont le principal problème est précisément celui-ci : quand arrive le moment de mettre les érections vertigineuses et les enthousiasmes bruyants au service de la nature, quelque chose se bloque fatalement. Quelque chose que je ne saurais situer anatomiquement. Dans la bite ? Dans le cœur ? Dans le cerveau ? Je n'en sais rien. Je sais seulement que lorsque l'impuissant se trouve en présence des colonnes d'Hercule de l'intimité féminine quelque chose ne marche pas comme il faudrait. L'impuissant passe la main, comme un joueur de poker mécontent d'avoir touché une quinte flush royale, ce qui les condamne lui et sa partenaire à un embarras insupportable. C'est pourquoi j'ai envie de dire que l'impuissance est avant tout un problème de synchronisation. L'impuissant n'est pas quelqu'un qui n'y arrive pas dans l'absolu. C'est quelqu'un qui n'y arrive pas au bon moment.

Et c'est précisément le genre d'embarras que Semi ne veut pas éprouver ni infliger à quiconque durant ses années londoniennes et new-yorkaises. La seule personne à laquelle il continue de l'infliger avec détermination et presque oubli de soi c'est Silvia (peut-être parce qu'avec elle les jeux sont faits, ou que l'être humain le plus démoralisé a parfois besoin de se faire des illusions). Ainsi, chaque fois que Semi retourne quelques jours à Rome, ou que Silvia le rejoint à Londres ou à New York, c'est immanquablement le même scénario pénible pour le jeune couple.

« Tu sais ce qui m'ennuie le plus ? » lui avait demandé Silvia d'une voix douce la dernière fois que Semi avait essayé de faire son devoir, avant que d'un commun accord, et tacitement, ils posent une pierre tombale sur la question du sexe.

À cette époque-là il vivait encore à New York. C'était en mai et Silvia l'avait rejoint aux États-Unis après avoir gagné son premier procès important. Semi avait sorti du garage sa Suv Lexus. Avec laquelle les deux tourtereaux étaient allés dans un Bed & Breakfast caché dans les bois à quelques centaines de mètres de la plage d'East Hampton. Et tout s'était merveilleusement passé, du moins avant qu'ils ne se mettent au lit.

Ils étaient arrivés tout de suite après le déjeuner, l'heure idéale pour profiter d'un après-midi étincelant. Ils s'étaient baignés dans une piscine bien chauffée. Après la douche et une petite sieste avec laquelle Silvia avait cherché à alléger le poids du décalage horaire, ils étaient allés dîner chez Uncle George, un petit restaurant du coin. Ils s'étaient tapé une clam chowder crémeuse, un plat de crabes, et avaient descendu une bouteille de sauvignon.

Au lit, comme prévu, les problèmes avaient commencé.

Dieu sait pourtant si Semi s'était préparé à ce rendez-vous avec le destin. Il avait pris toutes les précautions qui s'imposaient. Depuis une semaine il ne se masturbait plus. Et à propos de masturbation, cette fois il avait hésité à engager l'affaire seul aux toilettes, afin de se présenter à Silvia avec son outil prêt. En outre, et tenant compte des expériences passées, Semi avait fait en sorte que la chambre soit complètement dans le noir et qu'il ne puisse pas voir le regard de Silvia plein de doute ironique et affectueux. Naturellement, Semi avait la bouche en feu puisque quelques heures auparavant il avait arrosé sa soupe de sauce au piment (« c'est bon pour l'érection », lui avait dit un ami).

Bien entendu, aucun de ces exorcismes ingénus n'avait donné le résultat espéré. Espéré? Non, ce n'est pas le mot qui convient. L'impuissant n'espère pas. L'impuissant est désespéré par nature. Et certains disent que ce manque d'assurance est sa véritable condamnation. Bref, comme prévu, rien n'avait marché selon les augures. Et le scénario imposait à présent au jeune couple d'allumer la lampe de chevet et d'aborder le sujet pour la deux centième fois.

« Tu sais ce qui m'ennuie le plus ? » avait commencé Silvia en veillant à ce que sa voix ne trahisse aucune hostilité. « Ce qui m'ennuie le plus, Semi, c'est que tu penses à moi. Tu devrais au contraire penser à toi. Ne crois pas les idioties qu'on écrit dans les magazines. Pour s'amuser au lit il faut être égoïste. Tandis que toi tu ne fais que penser au fait que c'est pénible pour moi. Mais ça ne l'est pas, Samuel. Je peux m'en passer. Les femmes peuvent s'en passer. Je voudrais juste que tu me fasses m'amuser autrement. Que tu ne renonces pas tout de suite. Mais pour toi, c'est baiser ou rien. Amusons-nous d'une autre façon. Laisse-moi faire.

— Pourquoi toujours me répéter les mêmes conneries ? Ça ne serait pas plus convenable de se taire ? » Il avait sorti la tête de sous l'oreiller. Encore une fois Semi allait chercher à rejeter sur elle une responsabilité qui n'était pas la sienne, la pauvre.

« Ce ne sont pas des conneries. C'est la vérité.

— Je me demande simplement pourquoi tu perds encore ton temps avec moi.

— Ça n'est pas du temps perdu. Je t'aime, et tu sais qu'il y a plus de dix ans que nous sommes ensemble ?

— Dix ans ? Dix ans de ça ? Merde, tu es une héroïne. Sainte Maria Goretti.

— Arrête, enfin, nous avons eu nos bons moments.

— Pour sûr. Je t'ai fait passer les plus belles années de ta vie adulte à côté d'un homme qui finit ses soirées la tête cachée sous l'oreiller tellement il a honte.

— Tu m'as fait passer dix années magnifiques. Et tu ne vas pas le croire, mais il y a des couples qui ont des problèmes à l'opposé des nôtres. La secrétaire de mon patron m'a avoué l'autre jour que le soir elle doit faire semblant de dormir. Son amant ne la laisse pas en paix.

— Merci, voilà qui me console.

— Je ne suis pas là pour te consoler. Je ne suis pas ta consolatrice. J'espère au moins m'être taillé un rôle plus passionnant dans ta vie.

— Silvia, tu veux que je te dise? Trompe-moi. Couche avec qui te chante. Tu en as le droit. Même le Vatican te donnerait la permission. Ça n'est sûrement pas à moi de t'expliquer qu'il existe un terme juridique pour désigner les hommes comme moi. Nous n'accomplissons pas notre "devoir conjugal". Tu comprends? C'est un devoir. Pas un droit. Pas une chance. Pas un plaisir. C'est un devoir. "Votre honneur, ça n'est pas ma faute si je l'ai trompé. Son refus du devoir conjugal m'a exaspérée." Tu es une grande avocate, je suis sûr que tu t'en sortirais bien dans une situation de ce genre...

— Je t'en prie, mon chou, ne commence pas avec tes sermons. Essayons pour une fois d'affronter la situation sérieusement et raisonnablement !

— Tu veux dire que je l'affronte de façon frivole et déraisonnable? La différence entre toi et moi c'est que toi tu peux trouver quelqu'un d'autre, tandis que mon handicap, pour autant que je sache, est permanent.

— Ton handicap? Mais quels grands mots aujourd'hui ! Allons, ne reste pas là à philosophailler. C'est le moment d'agir. Tu sais, je suis comme ça. Si j'ai un problème, je l'affronte... Problème? Action !

— Alors tu vois bien que c'est un problème. Et pour toi aussi !

— Mais bien sûr que c'est un problème. C'est évident que c'est un problème. Si ça n'en était pas un tu ne te sentirais pas aussi mal et je ne m'inquiéterais pas autant pour toi.

— D'accord. Et à ton avis quelle serait la façon raisonnable d'affronter la vacherie d'une bite qui se lève toujours sauf quand elle le devrait ?

— Eh bien, avant tout s'interroger sur quelques faits. Par exemple, qui a dit qu'elle est obligée de se lever quand, comme tu dis, "elle devrait le faire" ? Qui a dit qu'elle doit le faire ? Le problème est peut-être qu'elle n'aime pas faire ce qu'elle doit. Que c'est une anarchiste. Une libertaire. Une anticonformiste… Quelqu'un comme toi.

— Je te préviens que je suis le seul autorisé à faire de l'anthropomorphisme avec mon attirail. À lui prêter des sentiments humains et des choix conscients. Tu devrais te contenter de le recevoir de temps en temps.

— Tu sais, nous en avons tellement vu lui et moi que je le considère presque comme un frère.

— Un frère d'infortune.

— C'est ça, quelque chose dans le genre. Pour moi c'est quelqu'un de la famille. Aussi bien lui que moi nous avons conclu que c'est toi le problème. C'est toi le trouble-fête. C'est cette tête qui ne fait que penser, qui ne se laisse pas aller. Pourquoi tu ne nous laisses jamais seuls ?

— Je suis heureux que vous vous entendiez si bien tous les deux. Si ça dépendait de moi je me le décrocherais et je te le remettrais. Et vous pourriez enfin partir en voyage de noces.

136

— Laisse-le là où il est. C'est essentiel pour moi qu'il reste avec toi. C'est ça qui est amusant. La symbiose.

— S'il y a une partie de mon corps avec laquelle je ne me sens pas en symbiose c'est bien celle-là. Elle a toujours fait exactement le contraire de ce que je voulais. Elle ne m'a rien épargné. On dirait que ça lui plaît de me mettre dans l'embarras.

— Tu sais ce que disait Kennedy : ne pense pas à ce que ta bite peut faire pour toi. Pense à ce que tu peux faire pour ta bite.

— Ça n'est pas tout à fait ce qu'il disait.

— Il me semble que si. Et lui s'y connaissait en bites. »

Les longues gloses sur les insuffisances de Semi s'achevaient d'habitude sur une plaisanterie de cet ordre. Silvia et lui parlaient de son pénis comme d'un enfant capricieux à corriger, d'un enfant indolent et indiscipliné qui ne faisait pas ses devoirs et refusait de boire son Ovomaltine le matin. Et le tout était scellé par une longue étreinte frustrante où tous deux finissaient par s'endormir.

Mais pas ce soir-là dans les Hamptons. Ce soir-là ils avaient senti qu'il fallait ajouter quelque chose. Faire un pas en avant. Aussi dramatique que ça puisse paraître.

« Donc, voyons un peu. Qu'est-ce que je devrais faire pour lui ? avait demandé Semi.

— Laisse-le respirer. Ne le stresse pas. Tu le traites comme une maman anxieuse. Laisse-le découvrir le monde. Vivre ses aventures.

— C'est une invitation à l'adultère ? »

(Nous en étions là ?)

« J'y ai beaucoup réfléchi… si ça pouvait t'aider, pourquoi pas ? Il mériterait peut-être de prendre un peu l'air après toutes ces années. »

Ainsi, si au début de la conversation il était décidé à la convaincre qu'elle avait le droit (garanti par la loi) de le tromper, à la fin c'était elle qui le rassurait sur le fait qu'au fond il avait le droit (garanti par le bon sens) de tenter l'expérience avec d'autres femmes. Semi s'était senti triste et déçu. Ce qui s'était présenté sous les apparences modestes d'un geste amoureux lui avait paru une sorte de consécration d'un désamour irréversible. Exactement. Si Silvia l'invitait à aller voir ailleurs, ça signifiait qu'il avait perdu à ses yeux tout prestige érotique. Ce qui, il est vrai, compte tenu des préliminaires, était parfaitement compréhensible, et néanmoins intolérable. Silvia s'était toujours montrée très possessive ; une des raisons pour lesquelles elle avait souffert de leur longue séparation était précisément sa jalousie. Il s'était senti un homme désirable qu'elle voulait garder pour elle. Mais cet homme était mort. Ou bien elle avait simplement compris qu'il n'avait jamais existé. Et pour Semi, c'était le coup de grâce. Il pouvait tout supporter, sauf l'indulgence de Silvia dans ce domaine. Par ailleurs, si elle se montrait aussi indulgente avec l'homme qui était dans sa vie depuis si longtemps, il était plus que probable qu'elle se soit déjà accordé cette même indulgence. Plus que probable qu'elle l'ait déjà trompé. C'était ce qu'aurait fait n'importe quelle femme dans la fleur de l'âge ayant eu la malchance de tomber sur un sous-homme comme Samuel Pontecorvo. Pourquoi l'hypothèse que Silvia pense à le tromper ne l'avait-elle jamais effleuré ? Bien sûr c'était possible. Mais les hommes sont comme ça. Ils trouvent toujours peu plausible, voire carrément absurde, l'idée d'être trompés.

Cette invitation à la tromper, que Silvia avait peut-être utilisée comme une diversion, avait laissé une trace beaucoup plus profonde qu'elle n'aurait pu l'imaginer. Pour la première fois depuis qu'ils se connaissaient Semi avait eu un accès de haine à son égard. Ce n'était pas un hasard si depuis ce soir-là dans les Hamptons – quatre ans plus tôt –, il n'avait même plus essayé de la toucher.

Et s'il ne pouvait pas savoir ce que Silvia avait fait de l'invitation hypocrite que lui avait adressée son homme impuissant, il savait bien ce que lui avait fait de celle de Silvia.

Très longtemps après leur conversation dans la petite chambre du Bed & Breakfast d'East Hampton – quand il ne vivait plus à New York depuis des années et avait changé de ville comme de travail pour s'installer dans une résidence commode du quartier Buenos Aires à Milan –, Semi s'était soudain rappelé les paroles de Silvia et l'invitation explicite qui avait clos leur discussion. Et fort de cette invitation laissée si longtemps au grenier, il avait pris son heure de récréation.

À présent que cette heure est devenue un semestre de clandestinité tourmentée et de basses tromperies, Semi désire seulement qu'elle se prolonge indéfiniment. Et le plus bizarre c'est qu'il a commencé à l'espérer dès son premier rendez-vous avec Ludovica.

Elle avait proposé qu'ils se retrouvent dans un bar de Brera, de ceux qui après dix-sept heures se remplissent de trentenaires bruyants exhibant impunément des nœuds de cravate gros comme des balles de tennis. À seize heures il était pratiquement vide.

Quand il était arrivé, pile à l'heure du reste, Ludovica était déjà là un livre à la main, mais il ne l'avait pas tout de suite repérée. Il avait choisi une table isolée. En voyant la fille il était allé vers elle. Elle s'était levée avec l'empressement d'une petite écolière à l'entrée de la maîtresse. Encore une fois, Semi avait été enthousiasmé par sa manière de s'habiller : un pantalon marron en coton épais et une veste en velours à grosses côtes couleur caramel, sur un col roulé en mérinos d'un bleu ciel diaphane. Les chaussures étaient les plus surprenantes, tellement semblables à celles que lui-même, à peine arrivé de son bureau, arborait ce jour-là : un modèle Church, mais, contrairement aux siennes, en chamois tête-de-nègre.

Si quelqu'un avait entendu leur conversation sans les voir, il aurait pu penser aux quelques mots échangés entre un vieux professeur et sa jeune assistante après un séminaire. La voix de Semi avait une inflexion mi-ironique mi-paternelle, tandis que celle de Ludovica était hésitante. Chacune de ses affirmations ressemblait à une question. Et les questions étaient posées avec un tel manque d'assurance affolé qu'elles devenaient presque inaudibles. Elle s'obstinait en outre à le vouvoyer. Une autre bizarrerie qui l'amusait, l'excitait et l'offensait à la fois. Pourquoi le faisait-elle ? Par timidité ou pour déclarer d'emblée qu'il n'y avait aucune ambiguïté dans leur rendez-vous ? Mais s'il n'y

140

en avait pas, alors pourquoi avoir choisi une table à l'écart près des toilettes ?

Il faut dire que Semi avait décroché ce rendez-vous en se servant d'un motif qui puait le prétexte à un kilomètre. Comme pendant le déjeuner à Lucca elle avait parlé à Filippo du premier numéro des *Quatre Fantastiques* de Marvel, qu'elle avait réussi à se procurer à grand-peine, Semi, qui se fichait des BD, avait saisi l'occasion pour lui envoyer un SMS, dès le voyage de retour, en lui demandant si par hasard elle ne pourrait pas le lui montrer. Avant même d'avoir une réponse il lui avait écrit de nouveau pour lui expliquer qu'il vivait lui aussi à Milan ; au cas où elle retournerait en ville pour quelques jours, ils pourraient se voir. Ludovica avait mis une semaine à répondre à ces premiers SMS ; et elle n'avait accepté de le rencontrer qu'à la fin du mois d'août. Mais ensuite Semi avait dû attendre trois semaines de plus avant qu'ils ne se revoient.

À présent elle était là, dans une tenue extraordinaire, et elle n'arrêtait pas de se tortiller sur sa chaise, en proie à une gêne qui frôlait la paranoïa. Puis elle avait tiré de son sac le numéro soigneusement recouvert de cellophane et l'avait posé sur la table. Samuel lui avait demandé :

« Je peux ?

— Mais certainement, faites donc !

— Si tu continues à me vouvoyer je vais devoir le faire moi aussi.

— Oui, je sais. Vous avez raison », avait-elle répondu en baissant la tête en signe de reddition, comme si le ton moqueur de Semi l'avait profondément mortifiée.

— Vous savez que lorsque ce numéro est sorti… continua Ludovica en prenant l'album avec un air excessivement professoral.

— Rien à faire ! Tu n'y arrives pas. Bon, ça veut dire que je vais devoir t'appeler "mademoiselle".

— Je vous en prie, ne le faites pas.

— Je crains d'y être obligé. Si tu n'arrêtes pas…

— Je ne le fais pas exprès. J'ai beaucoup de mal à tutoyer les gens.

— Tu vouvoies aussi tes amis ?

— Non, pas eux, quel rapport ?

— Et tes amis sont très différents de moi ?

— Je n'en sais rien.

— Bien, alors disons que je suis un de tes amis. Sinon… »

Semi s'était rendu compte qu'une note légèrement distante s'était glissée dans sa voix. Comme si cette fille si fine et si cérémonieuse lui inspirait des sentiments d'une agressivité insensée. Et loin de lui déplaire, ça l'amusait.

À ce moment-là ils avaient été interrompus par un serveur à l'aspect rougeaud et crevassé d'alcoolique invétéré, grands favoris blancs, sourcils broussailleux.

« Je peux vous servir quelque chose ? » demandat-il à Ludovica avec la déférence affectueuse que les vieux serviteurs réservent aux princesses.

Il était évident pour Semi que le serveur la connaissait depuis toujours. Qu'il l'avait vue grandir, ou quelque chose du même ordre.

« Madame va bien ? demanda le serveur en parlant visiblement de la mère de Ludovica.

— Elle est à l'étranger.

— Saluez-la de ma part quand elle reviendra.

— Bien sûr, Roberto, je la saluerai.

— Qu'est-ce que je vous sers ?

— Un café, répondit Samuel.

— Pour moi, un décaféiné allongé avec une goutte de lait froid. »

Comme pour justifier sa commande exigeante Ludovica ajouta : « J'adore le café. Je pourrais vivre de café, mais malheureusement je souffre d'une inflammation chronique de l'œsophage et il m'est formellement déconseillé… C'est bien ça l'ennui : j'aime à la folie les choses qui me font du mal. »

Cette considération était allée se loger dans la région la plus vigilante de la conscience de Samuel. Il l'avait emportée chez lui, cette phrase, il y avait pensé et repensé. Il avait même dormi avec elle pendant quelques nuits d'affilée. « J'aime à la folie les choses qui me font du mal. » Une grande et belle phrase, vraiment. Une phrase révélatrice.

Au cours de leurs rencontres suivantes – même endroit, mais à l'heure du déjeuner –, Semi n'avait pas pu s'empêcher de penser à cette phrase chaque fois que Ludovica le vouvoyait par erreur pour se corriger tout de suite après, ou chaque fois qu'elle commandait quelque chose d'exceptionnellement élaboré afin d'éviter les aliments nocifs pour elle : ail, asperges, fromages, charcuteries. Ludovica appartenait à la première génération de jeunes obsédés par leurs intolérances alimentaires. C'était tout de même curieux qu'une fille aussi pudique expose sans aucune retenue ses déficiences physiques, tout comme il était insolite

143

qu'elle interroge sans cesse son corps, en respectant ses exigences et ses réactions.

Déjà à leur premier rendez-vous ils avaient vite cessé de parler de BD. Ludovica avait compris après quelques échanges que Semi n'y connaissait rien. Et bien loin de la décevoir ça lui avait fait un plaisir immense, comme si démasquer une fois pour toutes la nature de cette première invitation avait titillé son narcissisme.

Au cinquième rendez-vous Semi était arrivé en retard. Et comme il avait oublié son portable à la résidence il n'avait pas pu la prévenir. Lorsqu'il était entré en courant il avait vu Ludovica à la table isolée habituelle ; elle était en duffle-coat couleur rouille comme si elle venait d'arriver ou qu'elle allait partir. Elle avait l'air d'une petite fille punie. Cette fois, au contraire de toutes les autres, elle n'avait même pas fait le geste de se lever. Les cernes qu'elle avait toujours sous les yeux paraissaient encore plus bleus, comme si elle avait pleuré.

« Je pensais que tu ne viendrais plus », avait-elle murmuré.

La jupe-culotte qui lui arrivait aux genoux accentuait l'impression d'écolière en punition.

« Pourquoi n'aurais-je pas dû venir ?

— À cause de ton frère.

— Mon frère ? Que vient faire mon frère là-dedans ?

— Je pensais que maintenant que tout le monde parle de lui je ne te… »

À l'évidence, Ludovica s'était interrompue en se rendant compte de l'extravagance de ce qu'elle allait dire. Mais Semi savait où elle voulait en venir. À présent qu'*Hérode*, sorti en Italie depuis deux semaines à peine, pouvait s'enorgueillir des recettes impressionnantes d'un blockbuster, le frère de la nouvelle superstar allait se permettre tous les manquements et toutes les grossièretés. Y compris ne pas aller à un rendez-vous sans même prévenir. Voilà ce que Ludovica avait pensé sans avoir le courage de l'exprimer complètement. Curieuse façon de concevoir les rapports humains. Et pourtant, à présent que Semi commençait à la connaître, tout à fait caractéristique de Ludovica.

Elle semblait venir d'un monde qui exagérait tellement l'importance du mérite et de la compétition que le succès y avait acquis une autorité quasi répressive. Semi se demanda si un esprit de compétition aussi féroce lui avait été inculqué par des parents qui l'avaient trop poussée à être à la hauteur de ce qu'ils lui avaient donné ou, au contraire, des parents qui après lui avoir donné tout ce qu'on peut donner à un enfant n'en attendent rien.

Les deux éventualités auraient pu expliquer pourquoi tout en étudiant pour exercer un jour une activité aussi peu rémunératrice que la critique d'art elle faisait tout pour passer le plus vite possible une thèse aussi absorbante qu'elle considérait, tragiquement, comme au-dessus de ses forces. Ça expliquait en outre pourquoi elle idolâtrait ses parents, ses enseignants, quiconque exerçait une autorité sur elle. Quiconque pouvait la féliciter ou la punir. Semi se demanda si là n'était pas la raison pour laquelle, chaque fois qu'il se montrait distant avec elle, elle semblait s'attacher à lui d'une façon encore plus morbide. Et si finalement ce n'était pas vraiment ce qui poussait Ludovica à le vouvoyer. Peut-être n'avait-elle pas besoin d'un interlocuteur mais d'une sorte de divinité. C'était peut-être son secret.

Par exemple, dès après leur premier rendez-vous, Ludovica s'était mise à lui envoyer un SMS de temps en temps. Semi avait remarqué que lorsqu'il lui avait répondu avec du retard parce qu'il était occupé elle lui avait aussitôt écrit : *Quel soulagement. Je pensais que tu ne voulais plus me voir.* Pourquoi réagir avec autant d'affolement à un retard de quelques dizaines de minutes ? Comment une fille comme Ludovica pouvait-elle être écrasée par une telle terreur de l'abandon ? Qui l'avait mise dans cet état ? Et pourquoi ce comportement était-il pour Samuel encore plus séduisant s'il se pouvait que sa façon si particulière de s'habiller, de parler, de commander au restaurant ? Et même que sa beauté ?

Semi aimait parfois l'imaginer à sa table de travail en train de réviser sa thèse, lunettes sur le nez et crayon à la bouche, vérifiant toutes les dix secondes son portable pour voir s'il lui avait répondu. Allez savoir pourquoi cette image le galvanisait.

« Tu es fier de lui ? demanda-t-elle.

— Qui lui ?

— Ton frère.

— Naturellement j'en suis fier.

— Ta mère est contente ?

— J'imagine que oui. »

Semi n'aimait pas le tour que prenait la conversation. Toutes ces questions sur son frère. L'idée l'effleura que

Ludovica ne le percevait comme un individu investi d'une autorité que parce qu'il était le petit frère de Filippo Pontecorvo (l'adjectif « petit » ne lui avait jamais paru aussi mortifiant qu'à ce moment-là). Et comme il ne supportait pas l'idée d'avoir des pensées malveillantes envers son grand frère il reporta toute son agressivité soudaine sur cet être sans défense qui avait le tort de l'avoir mis face à sa mesquinerie.

« Écoute, dit Semi, j'ai un avion pour Tel Aviv dans quelques heures.

— Je sais, tu me l'avais dit. Mais ça laisse encore un peu de temps,

— Pas tellement. Tu sais comment sont ces gens, tu dois être là au moins trois heures avant.

— Même pour toi qui es…

— Qui suis quoi ?

— Tu sais, ce que tu es.

— Je ne sais pas. Dis-le-moi.

— … juif.

— Tu vois ? Ça n'était pas si difficile. De toute façon, ils s'en fichent que tu sois juif. Attention avec les Juifs. Il peut toujours y avoir quelque part la haine de soi. »

Samuel savait que Ludovica aimait le fait qu'il soit juif. Et qu'il y avait dans le monde un tas de femmes prêtes à vous aimer rien que parce que vous êtes juif. Et par voie de conséquence, un tas d'hommes qui se redécouvraient soudain des ascendances juives. Un jour Filippo lui avait raconté qu'au début il avait dit à Anna qu'il avait milité dans les forces spéciales israéliennes. Et le plus incroyable c'était qu'elle y avait cru, et qu'il en avait tiré un avantage sexuel extraordinaire.

« Excuse-moi, tu es arrivé en retard et maintenant tu dis que tu dois partir tout de suite.

— Parce que je dois passer prendre ma valise à la résidence. Appeler un taxi.

— Je t'accompagne.

— Toi ?

— Mon garage est tout près. On prend ma voiture. Je ne suis pas une grande conductrice, mais pas une nulle non plus. Je roule un peu lentement, mais qu'est-ce que ça fait ? Et si tu n'as pas confiance tu peux toujours prendre le volant.

— Non Ludovica, il ne vaut mieux pas. L'aéroport de Malpensa est très loin. Ça ne me plaît pas que tu rentres de nuit. » Et c'est alors que Semi avait eu envie d'ajouter, sans y avoir pensé avant :

« Et puis tu sais, je ne suis pas sûr que ça vaille vraiment la peine de continuer à nous voir… »

Ludovica avait blêmi.

« Pourquoi tu dis ça ? Qu'est-ce que je t'ai fait ? Il s'est passé quelque chose ? Ce que je t'ai dit n'était pas un reproche. Je te jure. C'était seulement pour te faire comprendre… Oublie ce que j'ai dit. Oublie ma proposition. Si tu ne veux pas, je ne t'accompagne pas. Ça me paraissait gentil, mais si tu ne veux pas… »

Tandis que Ludovica conduisait sa Polo vert anglais en direction de l'aéroport avec la gaucherie de quelqu'un qui n'a pas pris sa voiture depuis longtemps, Semi était encore abasourdi par lui-même et par son amie. Pourquoi lui avait-il dit qu'il ne voulait plus la voir, que c'était la dernière fois, alors qu'en réalité il ne le souhaitait pas vraiment ? Et pourquoi elle, au lieu de l'envoyer au diable, avait-elle eu une réaction aussi angoissée ? C'était comme si le déséquilibre entre eux s'était encore accentué d'un coup. C'était donc si facile ? Il suffisait de la menacer pour la dominer ? Semi s'était senti un pouvoir terrible.

« Que dirait Marco du fait que tu m'accompagnes à l'aéroport ?

— Marco ne sait pas que tu existes.

— Pourquoi tu ne le lui as pas dit ?

— Tu l'as dit à Silvia ?

— Non, je n'en ai pas eu l'occasion.

— Précisément. Moi non plus.

— Donc Marco ne sait pas que j'existe ? Intéressant, vraiment intéressant.

— Pourquoi intéressant ?

— Ça me donne un bel avantage stratégique sur lui.

— Vous n'êtes pas en compétition…

— C'est ce que tu crois. »

Ludovica s'était laissée aller à un sourire qui révélait à quel point elle aimait qu'on se batte pour elle.

« Ainsi tu caches des choses à Marco ?

— Pas délibérément, mais ça arrive.

— Dis-moi un autre secret. Quelque chose que Marco ne sait pas mais que tu peux me dire à moi.

— Rien ne me vient à l'idée.

— Allons, un secret que tu ne lui avouerais pas. Je suis sûr qu'il y en a un. Quelque chose de beaucoup plus scabreux que de m'accompagner à l'aéroport.

— Ma vie n'a malheureusement rien de scabreux.

— Je ne te crois pas. Tout le monde a un secret scabreux.

— Si tu me dis le tien, je te dis le mien.

— Tu es sûre de vouloir le savoir ?

— Sûre. Et sache que je sais tenir mes promesses. Si tu me dis le tien, je te dis le mien.

— OK. Alors le voici... Je ne suis pas un grand amant.

— Et qu'est-ce que ça veut dire ? Tu parles d'un secret à la gomme !

— Tu veux dire que c'est du domaine public ? »

Ludovica avait ri.

« Non, je ne veux pas dire que c'est du domaine public. Mais que c'est une donnée relative. Que ça n'est pas à toi de te donner des notes. Je pourrais affirmer de moi tout le contraire que ça ne signifierait rien.

— Tu dis ça seulement parce que tu n'as pas envie de m'avouer ton secret scabreux. Tu m'as menti.

— Mais absolument pas. Si tu tiens à le savoir. OK, alors prends ça : je suis une maniaque sexuelle.

— C'est très bien pour Marco. » Il était stupéfait et aussi quelque peu offensé. Comme toutes les personnes qui ont des problèmes sexuels, Semi n'était pas très indulgent avec ceux pour qui le sexe est une saine obsession.

« Marco ne le sait pas. Je pense qu'il le devine. Mais il ne le sait pas.

— La conversation devient intéressante. Comment peut-il ne pas le savoir ? Ça veut dire que tu le trompes ?

— Je ne l'ai jamais trompé.

— Tu parles comme une héroïne de roman. Comme si vous aviez derrière vous quarante ans de vie conjugale.

— Pas du tout. Je le dis sereinement : je suis avec lui depuis des années et je ne l'ai jamais trompé.

— Alors en quoi se manifeste ta manie ?

— En quoi ? » Et là, Ludovica avait attendu quelques secondes avant de répondre. « Seule.

— Dans quel sens, seule ?

— Pourquoi m'obliger à t'expliquer une chose aussi embarrassante ? »

Et maintenant, essayez d'imaginer la merveilleuse surprise de Semi quand il découvre qu'il existe en ce monde une fille de vingt et un ans, belle à couper le souffle, élégante et éthérée comme une héroïne de comédie musicale, dont l'attachement frôle désormais la dévotion, qui partage avec lui un amour tout aussi insensé et morbide pour la masturbation. Une fille qui, s'il n'avait tenu qu'à elle, ne baiserait que mentalement. Au point de préférer se donner du plaisir toute seule plutôt que de l'exiger de son vigoureux petit ami de vingt-cinq ans.

Essayez de vous mettre à la place de quelqu'un comme Semi qui rencontre quelqu'un comme Ludovica au moment de sa vie où il a abandonné l'espoir d'une telle rencontre. Une fille avec qui échanger ses morbidités.

Un miracle. Une révélation. L'âme sœur à portée de la main. Semi est bluffé. Semi est au septième ciel. Semi n'arrive pas à y croire.

Naturellement il l'avait raté, cet avion pour Tel Aviv. Mais il en avait pris un bien plus dangereux pour un voyage cent fois plus excitant. Ludovica et lui avaient fini dans une chambre d'un Sheraton près de l'aéroport. Et l'incroyable c'est qu'ils n'avaient pas eu de rapport sexuel. Aucun. Pas comme les adultes à leur première rencontre. Disons seulement que dans un contexte aussi intime ils s'étaient libérés d'une myriade de caprices et avaient poursuivi leur interrogatoire mutuel. Ludovica lui avait expliqué que ce qu'elle aimait le plus avec Marco était de la lui prendre dans la bouche. Et que rien ne l'excitait davantage au monde que de le sentir là. Alors Semi avait essayé avec une délicatesse extrême de lui demander de le faire aussi avec lui. Elle avait refusé et il n'avait pas insisté.

En compensation elle lui offre mille autres détails sur l'histoire de sa vie intime. Elle commence à se masturber à l'âge de quatre ans. Et n'arrête plus depuis. Elle se souvient comme d'une immense mortification des réprimandes de sa nounou parce qu'elle s'abandonnait trop à certaines pratiques solitaires. Et de comment, par simple instinct de survie, elle avait dû inventer un moyen discret de le faire sans que cette vieille bigote s'en aperçoive. Et de comment il lui arrive de le faire aujourd'hui encore (avec la discrétion apprise sur le terrain) quand Marco dort.

Les révélations ne s'arrêtent pas là. Elle lui dit aussi que c'est difficile avec Marco parce qu'il a des idées beaucoup plus spartiates en matière de sexe, auxquelles elle doit se soumettre de temps en temps mais sans ardeur particulière… Et le plus beau c'est que toutes les explications égrenées par Ludovica s'étaient accompagnées ou, plutôt, s'étaient comme intégrées au cours des rencontres ultérieures à certains comportements à la fois incohérents et conséquents.

À ce stade j'aimerais appeler comme témoin la voiture de Semi, du moins celle qu'il possédait à l'époque (une BMW Z4, le parfait véhicule de la tapette arriviste). Car seule cette voiture pourrait raconter les menuets érotiques exténuants et réitérés auxquels elle a assisté. Une espèce de danse, guère différente de certains arts martiaux raffinés dont le secret réside dans le fait de se provoquer et non de se toucher. Un art martial qui les rend fous, qui les entraîne jusqu'à la frontière qui sépare le désir de la frustration. Une douleur, donc, une douleur qui leur plaît à tous les deux. Parce qu'il a trouvé la femme qui ne lui demande rien. Et elle, l'homme qui ne lui demande rien.

Les voilà, ces Adam et Ève stériles qui se débattent dans le plaisir qu'ils ne sont pas capables de se donner mutuellement, dans une BMW garée dans une rue transversale à quelques pâtés de maisons de la résidence où Semi habite depuis près de trois ans. Qu'ils se trouvent dans cette voiture au risque que quelqu'un les surprenne occupés à leurs cochonneries égocentriques et qu'ils ne se soient pas terrés plus prudemment dans la résidence de Semi ou, comme la première fois, dans un hôtel, en dit long sur leur hypocrisie et leur plaisir pervers à retarder éternellement le moment d'arriver à la fin.

Mais qu'importe la fin quand vous êtes un fondu des préliminaires ? Je me demande si de nos jours ce n'est pas l'horizon extrême de la dépravation. Peut-être est-ce l'inhibition, et non son contraire, qui fait de nous des êtres réellement dissolus. Il est vrai qu'il n'existe pas de façon plus efficace d'honorer le désir que de le mortifier en ne cessant de le provoquer. Pour quelqu'un qui n'est pas dans cette voiture c'est difficile de suivre un tel raisonnement. Et de comprendre à quel point la duplicité et l'hypocrisie peuvent être excitantes pour ces deux pervers.

Si elle aime tellement prendre celle de Marco dans sa bouche, pourquoi refuse-t-elle d'accorder un traitement analogue à l'homme dont elle dit ne plus pouvoir se passer ? L'homme avec qui elle échange au moins une centaine de SMS quotidiens ? Le premier homme à qui elle dit bonjour le matin et le dernier à qui elle souhaite bonne nuit avant de s'endormir comme un enfant ? L'homme qui se masturbe devant elle et devant qui elle ne peut qu'en faire autant ?

Ludovica pense-t-elle vraiment que Marco accepterait de bonne grâce ce qui se passe dans cette voiture rien que parce qu'elle refuse à son amant le petit service oral qu'ils évoquent continuellement ? Est-elle vraiment assez folle pour croire à une histoire de ce genre ? Ou peut-être ne s'agit-il pas de ça. Peut-être n'est-ce pour Ludovica qu'une simple question de principe. Et donc, comme toute question de principe, obtuse et irrationnelle. Pourtant Semi sait bien que ces deux caractéristiques de Ludovica font partie du plaisir céleste d'être avec elle. Que Ludovica n'existe pas sans ses formidables œillères et son irrationalité déroutante. Ses règlements. Ses névroses. Ses incapacités. Ses interdits. Tout ce qu'elle ne peut pas faire et tout ce qu'elle doit faire. Il n'est rien de tout ça que Semi ne trouve merveilleux. C'est pourquoi il ne parvient pas à se détacher d'elle, ni à s'en lasser. Ou du moins, c'est une des raisons.

Semi a compris de son expérience mûrie sur le terrain que l'amour agit sur lui comme certaines chansons du hit-parade, qui à la première écoute vous donnent l'illusion d'une révélation. Vous êtes tellement sûr de l'authenticité de l'enchantement de ces petites chansons que vous n'hésitez pas à les réécouter, dix fois de suite si nécessaire, pourquoi pas, tant elles paraissent faites pour ne jamais vous lasser. Elles vous surprennent chaque fois que vous les repassez. Jusqu'à ce que quelque chose commence à se gâter. Que l'enthousiasme commence à vaciller. Qu'un miracle fâcheux se produise. Ce qui jusque-là vous paraissait si frais vous semble tout à coup opaque, ennuyeux jusqu'au dégoût. Comment est-ce arrivé ? Vous n'en savez rien. Mais vous savez que c'est arrivé. Et c'est un sale coup. Sale coup nécessaire, peut-être, ne serait-ce que parce qu'il laissera leur chance à d'autres chansons aussi belles et aussi éphémères, mais un sale coup qui vous rend cynique.

Durant ses trente-sept ans de vie, il lui était arrivé de tomber amoureux une poignée de fois. Et le scénario n'avait pas varié d'une virgule par rapport au premier. Comme si la grande danse de l'amour et du désamour devait s'épuiser chaque fois dans les mêmes passages obligés.

Il est donc normal que Semi se demande si le sentiment persistant qui les lie, Ludovica et lui, ne provient pas de la nature distante de leurs rencontres sexuelles. Peut-être n'arrête-t-il pas de penser à elle précisément parce qu'elle ne le prend pas dans sa bouche, et peut-être pense-t-elle sans cesse à lui parce qu'il vient de demander la main d'une autre. Et peut-être a-t-il demandé à une autre femme de l'épouser précisément pour qu'elle ne se lasse pas de lui, ou en représailles parce qu'elle ne le prend pas dans sa bouche. Et peut-être que, bouleversée qu'il ait demandé la main d'une autre, se décidera-t-elle à le prendre dans sa bouche. Et ainsi de suite, à l'infini…

Et pourtant, en dépit de toutes ces complications caractérielles, Ludovica n'a jamais manqué jusqu'ici à sa loyauté irréprochable et à sa bonne éducation. Semi apprécie la diligence (encore sa tendre étroitesse d'esprit !) avec laquelle elle respecte le pacte qui existe entre eux. Quand Semi est avec Silvia ou Ludovica avec Marco, la communication entre les deux amants doit s'interrompre instantanément. En effet, la sérénité du couple officiel doit être garantie par un « silence radio » plus que militaire. Le rompre serait tellement grave que jusqu'ici aucun des deux ne se l'est permis.

Certes, la dernière fois qu'il avait entendu Ludovica quelques jours plus tôt, devant la porte d'embarquement de son vol pour l'Ouzbékistan, elle était manifestement troublée, mais elle ne pouvait en aucune façon avoir transgressé cette règle inviolable. C'est pourquoi Semi attrapa finalement son portable après n'avoir que trop tergiversé.

Le ciel de Londres n'était pas moins livide que le fleuve. Semi serra son portable. Il regarda le message qui avait risqué de réveiller Silvia. Il disait : *Je te cherche depuis quatre jours tu ne réponds pas appelle-moi nous devons parler !*

Le style était tellement unique qu'il n'était même pas nécessaire de vérifier l'identité de l'expéditeur. L'expression péremptoire, la ponctuation parcimonieuse, le ton imperturbablement comminatoire, l'heure folle et indélicate… tout laissait deviner que les doigts furieux qui l'avaient tapé appartenaient à la main de Jacob Noterman, le négociant en coton pour qui Semi travaillait depuis presque trois ans.

La teneur du message disait sans équivoque que Jacob savait. Il savait le bordel que son protégé avait causé en Ouzbékistan. Il savait à quel point il était plus improbable de jour en jour qu'ils en sortent indemnes. Il savait les sommes vertigineuses que cette affaire qui avait mal tourné allait lui coûter. Et s'il le savait, beaucoup d'autres devaient le savoir dans le milieu. D'autant mieux que, s'agissant d'un milieu relativement restreint (le commerce mondial du coton est entre les mains d'une centaine de personnes qui se connaissent et font des affaires entre elles), Jacob devait avoir surtout compris qu'à ce stade la crédibilité de Semi, son jeune associé minoritaire de confiance dans la Noterman & Fils, le cheval sur lequel il avait imprudemment parié, était sur le point d'être réduite en miettes.

Et ça devait l'avoir mis dans une colère noire.

Jacob était le père d'Eric, le garçon avec lequel Semi avait partagé l'appartement new-yorkais de Downtown pendant les huit ans où il avait travaillé à la Citibank.

Quoique le bruit ait couru que Jacob Noterman avait disséminé autour du monde une progéniture nombreuse et variée, le seul fils légitime que les circonstances lui avaient donné, né de son second mariage avec une Milanaise désœuvrée, ne correspondait nullement à ce que Jacob aurait aimé considérer comme le fils idéal. Il s'agissait du gentil et mollasson Eric. Un oisillon blond dont l'organisme était pourri par des ambitions artistiques velléitaires et un cocktail mortel d'alcool et de Spécial K (qu'en vieux gourmet il adorait mélanger avec la cocaïne).

Semi l'avait connu à Londres, l'année même où Eric allait partir pour New York. Quand Semi était entré à la Citibank et avait exigé de s'installer à Manhattan, Eric l'avait pris comme colocataire. Et ç'avait été une bonne affaire pour tous les deux. Semi le vertueux ne pouvait rien envier à Eric le débauché. Et vice versa. C'était un grand avantage. Car ça tuait dans l'œuf tout risque de rivalité et assainissait (en la normalisant) toute incompréhension éventuelle. Eric n'aurait imité pour rien au monde le mode de vie de son colocataire romain. Se lever tous les jours à six heures du matin ? Porter costume gris, cravate, chaussures noires ? Se fourrer dans un métro fétide pour arriver avant tout le monde aux bureaux de la Citibank de Midtown ? Et rester là-dedans jusqu'à la nuit si nécessaire ? Vous voulez rire ? Non, cette abnégation n'était pas pour Eric.

Quant à Semi, il ne connaissait pas de plus grand contraste qu'entre sa notion du bien-être et de l'accomplissement et l'état d'étourdissement halluciné dans lequel tombait Eric grâce à l'absorption de toute cette kétamine. Ce qui n'empêchait pas l'un de comprendre les raisons de l'autre. Eric voyait bien que son ami était complètement engagé dans la ruée vers l'or entreprise depuis l'époque de l'école, quand il avait commencé à collectionner des bulletins trimestriels de plus en plus impeccables. Eric savait que Wall Street représentait pour Semi ce que le Klondike avait représenté pour Oncle Picsou : le point de départ d'une irrésistible ascension.

De même, Semi savait qu'Eric avait un compte à régler avec le capitalisme. Non qu'il ait lu Marx ni aucun de ses épigones entreprenants. Mais seulement parce que haïr le capitalisme était un excellent moyen de s'en prendre indirectement à son père. Ce n'était pas un hasard si le prétexte le plus fréquent qui poussait Eric à s'abrutir lui était offert par Jacob.

Bien avant de le rencontrer face à face, Semi avait pu évaluer l'influence néfaste que cet homme fort et vantard était capable d'exercer sur son délicat héritier. Les coups de téléphone de Jacob à Eric laissaient dans l'air une odeur lourde d'humiliation infligée et de mortification subie. Chaque fois que Semi, en rentrant le soir dans le petit appartement de Sullivan Street, trouvait Eric assis dans un coin près du réfrigérateur, la tête contre le mur, il comprenait que son ami venait de recevoir un appel fleuve de son père qui avait dû lui rebattre les oreilles avec son absence d'estime et son mépris.

Quand Jacob passait par New York (environ tous les trois mois), il convoquait son fils chez Ruth's Chris, un restaurant de Midtown dont il adorait les steaks. Trois ou quatre jours avant leur rendez-vous, Eric entamait un programme personnel en général inefficace pour se désintoxiquer. Ainsi il arrêtait du jour au lendemain (ou du moins il essayait) de boire et de se droguer.

« Mon père a une espèce de test antidrogue intégré, disait-il à Semi. Il suffit qu'il me regarde en face pour savoir combien de merde j'ai dans le corps.

— Je t'assure qu'il n'y a pas besoin de ce super-pouvoir », commentait Samuel, sarcastique.

Comme je le disais, ces nettoyages improvisés n'avaient pas toujours l'effet escompté. Dans le meilleur des cas, ou quand Eric réussissait à être raisonnable, la lucidité qu'il y gagnait le précipitait dans un état de prostration absolument désastreux pour affronter un repas avec son père. Dans le pire, au contraire, Eric, exaspéré, finissait par se droguer juste avant de sortir, et quand il arrivait au lieu de rendez-vous il était presque inévitable que Jacob lui adresse des mots d'une dureté extrême.

« Disparais de ma vue. Ici je suis connu et respecté. Tu ne veux pas qu'on pense que je traîne avec des toxicomanes. »

Compte tenu du sombre portrait qu'Eric lui avait dressé de son père, Semi avait éprouvé une sorte de déception esthétique quand il s'était finalement retrouvé face à lui. Il n'avait rien de si remarquable ni de si monstrueux. C'était un homme. Un parmi tant d'autres. Surtout dans cette ville. Rien ne le distinguait d'autres robustes exemplaires de sa génération, qui avaient passé leur vie à collectionner les succès et un nombre hétéroclite de joujoux tels que grands crus ou vieilles voitures.

Il parlait couramment l'anglais incorrect et dur d'un Alsacien qui l'a appris sur le terrain à l'âge adulte. Semi s'était bien gardé de dire à Eric que Jacob lui avait plu. Sans doute parce qu'il avait un faible pour les arrogants et ceux qui abusent de leur pouvoir. Surtout si les puissants en question semblaient vivre à seule fin d'alimenter et rassasier (d'un seul et même geste) des appétits pantagruéliques. La sympathie qu'il éprouvait pour cet homme tenait aussi à sa conforma-

160

tion physique. Il y avait quelque chose de férocement simiesque dans l'allure de Jacob Noterman, quelque chose qui paraissait donner raison aux darwiniens les plus invétérés. Semi était certain que les robustes omoplates de ce monsieur étaient recouvertes d'une épaisse toison. C'était d'ailleurs incroyable que des chevilles aussi fines puissent supporter le poids d'un torse profilé et grand comme une volière. Et à propos d'insolite, il était vraiment difficile que des yeux aussi ironiques, des lèvres aussi gourmandes et une peau dure comme une selle de cheval puissent coexister dans un seul visage.

Le costume anthracite était sûrement fait sur mesure, vu que les manches recouvraient entièrement des bras de gibbon, tellement longs que les mains frôlaient les genoux. Semi s'était demandé si c'étaient ces membres hors norme et pendants qui donnaient à la démarche de Jacob la cadence rythmique de celle d'un joueur de basket. Ou si sa façon de rouler des mécaniques n'était pas tout simplement une expression gymnique de son arrogance.

Semi avait constaté encore une fois combien la nature peut être cruelle envers certains pères et certains fils. La dissemblance entre Eric et son père était si parfaite que par un étrange paradoxe elle semblait confirmer son étroite consanguinité avec le gros singe satisfait. Seul un fils véritablement têtu avait pu bénéficier du miracle de se distinguer aussi radicalement de son père. Au cours des années, Semi avait eu beaucoup d'amis encombrés de pères comme Jacob Noterman, au point de croire parfois qu'il n'en existait pas d'autre type. Et il avait appris qu'ils avaient beau apparaître aux yeux de leurs fils terrorisés comme des montagnes mystérieuses et inexpugnables, en réalité ils n'étaient le plus souvent que des pères, c'est-à-dire des individus dépourvus par la nature de capacité d'empathie et d'attention bienveillante.

Oui, Jacob Noterman faisait partie de cette catégorie de pères comme Eric faisait partie de cette catégorie assez répandue de fils faibles. C'était ce qui les rendait fascinants, et aussi leur problème, leur condamnation. Semi en avait eu l'intuition dès qu'il les avait vus face à face.

La première rencontre entre Semi et son futur chef avait été favorisée par une lubie typique d'Eric.

« Accompagne-moi », lui avait demandé celui-ci un soir en faisant irruption dans sa chambre. Semi était étendu sur son lit, vêtu seulement d'un boxer à carreaux. Il se frictionnait la tête avec une serviette éponge. Il venait à peine de rentrer du bureau. Il pleuvait à torrents, et il avait reçu une telle quantité d'eau qu'il n'en boirait plus jamais. Il avait du mal à croire que son colocataire débauché lui demande de l'accompagner à son rendez-vous trimestriel chez Chris avec son père.

« Sûrement pas.

— Je t'en prie. Viens avec moi. Il dit toujours qu'il veut te connaître.

— Tu plaisantes.

— Non, Semi, je ne plaisante pas. Aujourd'hui je n'y arrive pas. Chaque fois que je m'habitue à son absence, c'est un traumatisme de le revoir. Et il ne me facilite pas les choses. Tu sais pourquoi il m'emmène toujours dans ce putain de restaurant ?

162

— Pourquoi ?

— Parce que je suis végétarien. Et ça, il ne peut pas le supporter. Alors il me provoque. Il m'accable de reproches, il m'humilie, tout en dévorant ces horribles bouts de viande graisseuse et en mastiquant sous mon nez comme un animal.

— Il ne t'est naturellement jamais venu à l'idée qu'il peut tout bonnement aimer les steaks. Pour toi, tout ce que fait cet homme, y compris manger un plat de viande, doit forcément être une provocation

— Et voilà. Tu vois ? Je suis parano. C'est pour ça que tu dois m'accompagner. Pour surveiller ma paranoïa. Je t'en prie, je t'en conjure. Je ne peux pas l'affronter tout seul. Pas aujourd'hui, merde. Ça fait quatre jours que je ne bois même pas une bière. Je vais craquer…

— Je n'arrive pas à croire que tu me le demandes. Tu as une idée du temps qu'il fait là-dehors ?

— Arrête, qu'est-ce que ça te coûte ? Comme tu n'es pas son fils il peut se montrer intéressant et sympathique, ou au moins, pittoresque, je t'assure. Tu verras, il ne fera que t'expliquer que les Chinois sont top et que nous sommes dépassés… »

La prophétie d'Eric s'était réalisée. Jacob avait su être vraiment intéressant et sympathique avec l'invité inattendu de son fils. Et peu importe qu'il l'ait été à la façon dont savent être intéressants et sympathiques les hommes comme Jacob Noterman. En en faisant trop. En parlant trop. Ce qui compte c'est que la soirée s'était révélée agréable pour tous les trois. Pour Semi, qui avait fait la connaissance d'un homme stimulant. Pour Jacob, qui avait pu s'exhiber devant un public

163

tout neuf. Et pour Eric, qui, parce que son père était distrait par un invité d'ailleurs apprécié, avait échappé au déversement habituel et surabondant d'insultes et de reproches.

Semi avait compris que la raison pour laquelle Jacob allait toujours manger chez Chris était caractéristique des hommes comme lui : tout le monde l'y traitait plus en patron qu'en client important. C'était un de ces restaurants new-yorkais dont la décoration semble inspirée de l'intérieur d'un vieux galion de la marine britannique. Cette impression était accentuée par les lumières chaudes et diffuses, comme dégagées par une centaine de bougies. Semi fut surpris que les serveurs, dont la courtoisie était tempérée par un dédain viril de type irlandais, s'adressent à Jacob avec un « Mister Noterman » déférent au lieu du surnom beaucoup mieux adapté aux circonstances d'« amiral Nelson » ou « commodore ». Pour vous donner une idée de la grandeur ambiante, je vous dirai que même le menu avait les dimensions d'un vieux manuscrit de la Renaissance.

Dans le choix de leur plat, père et fils avaient montré encore une fois combien ils étaient différents. Jacob, en se gardant bien de consulter le menu, avait commandé un cocktail de crevettes et son énorme pièce de bœuf sur le ton péremptoire de celui qui n'aurait pas pu commander autre chose. Eric, au contraire, après avoir manipulé l'encombrant menu pendant près de cinq minutes, et supporté le tambourinement impatient des doigts paternels, avait opté pour une salade d'avocat toute molle.

Puis le spectacle avait commencé.

La première chose que fit Jacob pour impressionner l'ami de son fils fut d'annoncer comme si c'était la chose la plus naturelle du monde qu'il allait déjeuner le lendemain avec Ralph Lauren. Ensuite il savoura l'effet sensationnel produit par ce nom sur le visage de son jeune invité. Lequel se garda bien de décevoir son attente.

« Vous êtes vraiment un ami de Ralph Lauren ?

— Je connais Ralph depuis presque cinquante ans. Le peu qu'il sait du coton, c'est à moi qu'il le doit. Nous étions deux gamins en ce temps-là. Il était beau, poli, timide, très ambitieux. Il avait des idées un peu confuses sur les affaires, mais très envie d'apprendre. On peut tout dire de lui sauf qu'il n'a pas réussi. Tu sais combien il encaisse, rien qu'avec les sous-vêtements ? »

C'était une question typique de Jacob Noterman. La troisième qu'il posait depuis qu'ils s'étaient assis à leur table. Sa spécialité était de vous poser des questions dont vous ne pouviez pas connaître la réponse. Semi se demanda si cette particularité lui servait à conférer plus d'emphase théâtrale aux informations qu'il allait vous donner ou s'il s'agissait d'une technique (d'ailleurs grossière) pour vous prendre en défaut sur une chose qu'après tout vous n'étiez pas tenu de savoir. Semi répondit avec simplicité : « Je n'en ai pas la moindre idée, monsieur Noterman.

— Ne m'appelle pas "monsieur". Appelle-moi Jacob… En tout cas, si tu tiens à le savoir, ce fils de pute encaisse un demi-milliard de dollars par an. Et pourtant, malgré l'empire qu'il s'est construit, c'est quelqu'un qui continue à écouter les bons conseils.

Surtout s'ils viennent gratis d'un vieil ami qui a la bosse des affaires. C'est pour ça qu'il a besoin de me voir de temps en temps. Et il faut dire que je ne refuse jamais. »

Ce qui est troublant chez les hommes comme Jacob Noterman c'est que le triomphalisme avec lequel ils parlent de leur talent pour les affaires semble avoir contaminé tout ce qu'ils pensent sur quelque sujet que ce soit. Ils considèrent que le fait d'avoir si brillamment réussi dans leur métier les autorise à se prononcer sur le savoir humain tout entier. Il l'avait d'ailleurs avoué lui-même : il ne reculait jamais s'il y avait un avis à donner. C'est peut-être pour ça que son tic de langage préféré était : « Non, je ne suis pas d'accord avec vous. » Et en vous le disant au moins cinq ou six fois au cours d'un seul repas il ne voulait certainement pas vous offenser ou vous dénigrer. Il voulait seulement vous expliquer comment étaient les choses. Il voulait que vous vous rendiez compte que quoi que vous puissiez penser sur un sujet il en savait plus long que vous. Même à propos des cours de la Bourse, une matière non moins incontrôlable et mystérieuse que la tectonique des plaques, Jacob Noterman se prononçait avec une évidence dévastatrice.

Et rien ne l'attendrissait davantage que quelqu'un comme Samuel Pontecorvo : un gamin qui, rien que parce qu'il avait fait de bonnes études, rien que parce qu'il travaillait depuis quelques années dans une banque d'affaires, rien que parce qu'il enfilait tous les matins son complet gris et ses chaussures noires pour passer sa journée avec d'autres gamins en complet gris et chaussures noires, se sentait assez fort pour vous expliquer à vous, qui étiez dans la course depuis toujours, comment se porterait le marché d'ici à la fin du monde.

Semi ne tarda pas à comprendre que bien que Jacob Noterman ne soit pas le Satan qu'Eric lui avait décrit à plusieurs reprises, ç'avait dû être réellement difficile d'avoir affaire depuis ses premiers jours sur terre à un homme aussi intéressé par ses propres opinions et si peu par celles des autres. Un père qui ne sait dire que non. Un père avec qui vous n'avez jamais une chance. Un père qui s'impatiente chaque fois que vous essayez d'exprimer une autre opinion que la sienne.

Semi s'était pris à penser que cet excès de virilité dans ses convictions était vraiment anachronique. Plus personne au monde ne se vantait autant de ses exploits et n'avait une aussi haute considération pour sa propre personne. Tant d'enthousiasme pour soi-même était presque de la grossièreté à notre époque. Pourtant, son énergie était précisément du type paroxystique que Semi avait rêvé de trouver à tous les coins de rue de New York mais qu'il avait rarement rencontré.

Quand un des serveurs agiles avait planté devant Jacob sa nourriture préférée, Semi avait cru reconnaître une correspondance mystérieuse entre l'énorme parallélépipède de viande bovine qui continuait à frire dans le beurre et la face rougeaude du vieux négociant en coton qui en avait vu autant qu'il en avait vécu.

Il ne faisait aucun doute que le spectacle mis en scène ce soir-là par Jacob était entièrement destiné à Semi. À l'évidence, Semi lui avait plu. Ah ! Enfin un ami de son fils qui lui plaisait. Pas les goys habituels mi-pédales mi-pseudo artistes dont s'entourait Eric. Mais un brave garçon juif avec la tête sur les épaules. Quelqu'un de normal qui mangeait de la viande comme les gens normaux, habillé correctement (avec seulement un peu trop de recherche), les cheveux coiffés et les ongles propres. Un garçon gentil, bien élevé, respectueux de l'autorité et surtout (qualité à ne pas sous-estimer) excellent auditeur.

Jacob avait apparemment apprécié d'autant plus ces dons qu'ils lui avaient aussitôt semblé l'alternative parfaite aux défauts de son Eric, à son style de vie incohérent et dissolu. Rien qu'en pensant aux sommes que son fils lui avait fait dépenser pour ce diplôme inutile de Columbia. Mise en scène et techniques de montage. Quelle putain de matière c'était « Mise en scène et techniques de montage » ? Qui pouvait être assez crétin pour faire dépenser autant d'argent à son père pour apprendre tout sur la mise en scène et les techniques de montage ? Mais bien sûr, son emplâtre de fils. Cet imposteur.

Qui pourtant cette fois n'avait rien fait de travers en amenant à sa table un ami comme il faut. Avec qui il pouvait parler de tout, et en particulier d'économie globale. Qui écoutait avec un réel intérêt ses élucubrations sur Ralph Lauren et sur les Chinois.

Depuis ce premier repas, pas une seule fois Jacob n'était passé par New York sans exiger que son fils vienne dîner chez Chris avec Semi. Le fait est que parmi les nombreuses qualités qu'il s'attribuait figurait celle de comprendre les gens à la première rencontre. Si un jour le marché du coton ne lui apportait plus aucune satisfaction, il pourrait se recycler en tant que chasseur de têtes. Il vendrait aux Chinois cette extraordinaire faculté. Il se sentait infaillible. Jacob avait une si haute estime de lui-même et de son intuition que lorsqu'il posait les yeux sur quelqu'un avec bienveillance il ne parvenait même pas à imaginer pouvoir être déçu. Comme si la confiance démesurée qu'il avait en lui prenait le dessus sur sa méfiance congénitale et bien ancrée vis-à-vis de son prochain.

C'est pourquoi, lorsqu'il avait eu l'idée d'ouvrir un siège milanais et avait exigé que son fils abandonne ses rêves de gloire pour aller travailler avec lui à Milan, il s'était souvenu de Semi. Il l'avait convoqué à son restaurant habituel. Il avait fait en sorte qu'Eric ne soit pas présent et lui avait fait une proposition.

Officiellement, Jacob allait mettre une partie de l'entreprise entre les mains de son fils. Dans les faits, Eric allait devoir partager le pouvoir avec Semi. Il s'engageait en outre, quand il prendrait sa retraite, à céder à Semi le nombre d'actions nécessaire de la Noterman & Fils pour l'associer à égalité avec Eric. Il n'était pas mécontent qu'un jour, quand il ne serait plus là, un ami de confiance comme Samuel Pontecorvo prenne soin du même coup de son bon à rien de fils et de son affaire prospère. Jacob le savait, il ne pouvait pas offrir d'emblée à Semi ce que lui garantissait une banque d'affaires. Mais il lui donnait la possibilité de gagner beaucoup d'argent à long terme en achetant et vendant une vraie marchandise, lourde, parfumée. Il allait pouvoir mettre sur pied quelque chose à lui. Il pourrait gérer des fonds qui lui appartiendraient, dont il connaîtrait la provenance. Plus de vent, petit, mais des affaires comme autrefois. Et Semi ne devait pas croire qu'il s'agissait d'un business moribond. Certes, l'industrie textile était en crise. Mais seulement pour ceux qui n'avaient pas le sens de la stratégie. Seulement pour ceux qui n'étaient pas disposés à se remuer les fesses et à aller chercher les affaires là où elles fleurissaient.

La Noterman & Fils n'avait rien à craindre. Les gens ne cesseraient jamais de porter des chemises en coton et de dormir dans des draps en coton. Le commerce du coton était éternel. Il suffisait de s'adapter aux nouveaux marchés. Les Chinois, petit. Tu devras t'habituer à traiter avec les Chinois. Et Jacob était certain que personne ne pouvait le faire mieux qu'un garçon aussi ambitieux que Samuel, quelqu'un qui malgré sa jeunesse avait acquis une grande expérience... Etc.

Ce n'était pas l'offre que Semi attendait depuis longtemps. C'était même celle que, quelque temps auparavant, il aurait déclinée avec un sourire condescendant. Mais entre-temps quelque chose avait changé. Et Semi n'aurait pas su dire si le changement historique survenu à la Bourse était plus ou moins important que celui qui s'était amorcé en lui.

À la suite de la crise économique sans précédent de 2008, un cataclysme qui avait balayé en une seule journée un colosse comme Lehman Brothers, on respirait un air malsain. La récession avait menacé des millions d'individus désarmés et sympathiques, Samuel l'avait compris en voyant par exemple que du jour au lendemain dans les restaurants à la mode (Indochine, Cipriani...), où jusque-là il fallait réserver une dizaine de jours à l'avance, il y avait toujours des tables libres.

Devenu senior advisory manager depuis peu, Semi avait l'impression qu'il s'agissait plus d'un leurre que d'une promotion. Sa paranoïa lui disait qu'un tel poste à responsabilités lui avait été offert parce que d'autres, plus qualifiés et plus avisés, l'avaient refusé. Ou alors, ce qui l'avait rendu apte à un poste aussi stratégique était peut-être ce qui jusque-là l'avait désavantagé professionnellement, à savoir son caractère facile, ce qu'on aurait pu qualifier avec mépris de souplesse. Une qualité pas très bien vue dans son milieu, mais qui à un moment où un peu de saine diplomatie était nécessaire pouvait, disons, se révéler utile.

Certains soirs, avant de se coucher, Semi avait l'impression quelque peu troublante d'être un naufragé solitaire sur un radeau dans la tempête du siècle. Il travaillait dans la section comptes particuliers Amérique du Nord de la Citibank (quelque chose comme être le jouet de la tempête) et s'occupait de gestion du patrimoine. Ce qui signifiait avoir affaire à de gros clients, importants, très exigeants et féroces. La pression qu'il devait supporter devenait visiblement au-dessus de ses forces. Les deux dernières années l'indice Standard & Poor's avait chuté de plus de quarante pour cent. Un massacre. Et Semi avait la sensation que chaque point perdu par ce maudit indice lui arrachait une couche de peau et un an de vie.

Avec son intuition, Jacob avait vu juste, il avait mis le doigt sur le point sensible : Semi en avait plein le cul des titres, obligations, dérivés, et surtout de ces saletés de CDO, ABS, subprimes qui ressemblaient de plus en plus à du papier hygiénique usagé. Il n'en pouvait plus de rassurer des millionnaires affolés avec des arguments tellement généraux et fallacieux qu'ils n'auraient même pas convaincu un adolescent ingénu, alors imaginez ces requins affamés de chair humaine. Il était fatigué de devoir répondre quotidiennement à son country manager, un Hollandais d'une férocité inimaginable. Fatigué de devoir aiguillonner jusqu'au sang les conseillers personnels qui dépendaient de lui afin qu'ils essaient de sauver ce qui pouvait l'être. En se réveillant le matin rongé par l'anxiété, après des nuits peuplées de cauchemars numériques, Semi avait eu plus d'une fois l'impression vaniteuse que le destin du marché global lui était confié entièrement.

Non, ça n'était pas une vie. Du moins ça n'était pas ce qu'il avait imaginé si souvent avant d'arriver à New York.

C'était comme si l'euphorie qu'il respirait depuis le jour où il avait débarqué à New York, fraîchement muni de son master et plein de la volonté de se distinguer, avait laissé place à une panique permanente. L'impression de force et de perspectives que lui avait inspirée les premiers temps la vue matinale du Citigroup Center – le gratte-ciel blanc qui se détache dans Midtown, fringant et imposant, et dont le sommet ressemble à un immense couteau à beurre ébréché – avait été remplacée par une sensation de vertige vaguement menaçante, que Semi n'arrivait pas à chasser de toute la journée. Il lui arrivait de plus en plus souvent de se réveiller à trois heures du matin et de jeter un coup d'œil sur les cours d'ouverture des Bourses européennes sur son ordinateur portable laissé prudemment allumé. Et d'être pris de crises de désespoir.

Non, ça n'était pas une vie. D'autant moins qu'il n'avait aucune garantie de sortir indemne du séisme. Son ancien chef, un type de New York, celui que Semi avait remplacé, avait été licencié du jour au lendemain. Parce qu'il avait fait une erreur jugée inacceptable par ses supérieurs. Mais avaient-ils idée, ces chefs, du nombre de décisions qu'on était contraint de prendre tous les jours ? Ne comprenaient-ils pas que dans une telle conjoncture l'erreur était physiologique et structurelle ? Mais bien sûr qu'ils le comprenaient. Sauf que ça leur était égal. Et que le plus important était de protéger leurs fesses et se décharger de leurs responsabilités sur leur subordonné direct. À ce stade, l'abnégation n'avait plus rien à faire. Tout était une question d'absence de scrupule et de chance. Un terrain d'affrontement sur lequel Semi le Combattant ne se sentait pas à l'aise.

Sa seule consolation était de savoir qu'il faisait partie d'une désillusion collective. Nombreux étaient les jeunes Italiens grandis dans le mythe de Gordon Gekko, le protagoniste légendaire du film d'Oliver Stone (comment ne pas aimer ses fameuses bretelles ?), qui à la fin du précédent millénaire s'étaient déversés dans les studios de Downtown. Intimement convaincus que grâce à la nouvelle orientation du capitalisme financier ils raconteraient un jour à leurs petits-enfants américains, dans un luxueux appartement sur Central Park, comment ils étaient devenus affreusement riches.

Et les Italiens n'étaient pas les seuls à jouer. Il y avait des Anglais, des Français, des Allemands, des Indiens, des Coréens… Ils venaient vraiment du monde entier, émigrants de luxe avec en tête exactement les mêmes rêves de gloire, inspirés par le même enchantement global. Ils avaient l'âge de Semi. Ils étaient nés dans les années soixante-dix. Ce qui signifiait qu'ils avaient vu les mêmes films, lu les mêmes livres, mangé la même quantité de Big Macs.

D'après ce que Semi en voyait, ils étaient la première génération de l'histoire de l'humanité à prendre l'avion avec la même régularité insouciante que les travailleurs de la génération précédente avaient pris le bus et le train. « La navette du ciel. » Des jeunes pour lesquels le monde avait soudain rapetissé. Pour lesquels aucun endroit sur terre n'était vraiment inaccessible. Pour qui déjeuner à Paris, prendre un verre à Milan et dîner à New York dans la même journée était tout bonnement la norme. Qui trouvaient que rien n'est mieux que l'insomnie et la cocaïne pour résoudre le vieux problème du décalage horaire. Eh bien, pour ces jeunes, Manhattan n'était autre que le centre d'où tout rayonnait. Si vous vouliez aller ailleurs, c'était de toute façon de là qu'il fallait partir.

Semi vivait à Manhattan depuis 2000 et c'est vrai qu'il avait eu ses grands moments, mais à présent il était à bout de forces. Il n'en pouvait plus depuis déjà longtemps de penser à la même chose vingt-quatre heures sur vingt-quatre : comment sauver sa peau. Et ça ne l'amusait plus depuis un bon bout de temps d'être entouré de personnes qui exigeaient de lui ce qu'il n'était pas capable de donner. L'adrénaline produite par la terreur d'être licencié ou de causer à sa banque des torts considérables le tourmentait au lieu de le stimuler. Il n'éprouvait plus rien de particulier à appeler Silvia le vendredi soir au dernier moment pour lui dire : « Écoute, mon bébé, malheureusement ce soir l'avion partira sans moi... oui, je sais, trésor, je t'avais promis que... mais ce n'est pas ma faute... oui, je dois aller dans le Connecticut voir un client difficile... un vrai casse-couilles. J'ai déjà changé ma réservation pour la semaine prochaine... »

Et la nostalgie était arrivée elle aussi. Ce sentiment paresseux et anachronique qu'un navetteur du ciel n'aurait jamais dû éprouver l'avait attaqué par surprise. Non, ça n'était pas vrai que New York avait le pouvoir d'effacer la nostalgie du lieu d'origine, quel qu'il soit. Pour Semi, c'était le contraire. Cette maudite ville ne faisait que lui procurer de nouveaux prétextes pour regretter Rome, l'Italie et ce qu'il avait quitté. Il n'aurait jamais cru se sentir aussi seul et perdu. La violence de la métropole où il avait choisi de vivre le dévorait. Tous ces gens qui n'arrêtaient pas de descendre et monter, descendre et monter. Toute cette fumée puante. Le vent glacé de l'hiver, la brûlure ardente de l'été. Semi avait besoin de tiédeur. Rien qu'un peu de tiédeur. Il voulait Silvia, il voulait Filippo. Il voulait sa maman. Il voulait un repas normal, il en avait par-dessus la tête des chinoiseries dégoûtantes à emporter. Les sushis lui sortaient par les oreilles.

Semi n'avait que trente-cinq ans et, décidément, il était à bout.

Il y avait aussi la question économique. Depuis sa promotion, Semi gagnait plus ou moins dix mille dollars par mois et son contrat prévoyait un bonus important pour les objectifs atteints. Objectifs dont il trouvait de plus en plus insensé d'espérer les atteindre.

Et il y avait les avantages : la Lexus, l'assurance maladie, la carte de crédit de l'entreprise. Il n'avait pas de
raison de se plaindre. Pourtant, il ne lui restait presque
rien à la fin du mois. Cette saleté de ville paraissait
faite exprès pour plumer certains jeunes hommes
aux poches pleines. Le loyer de l'appartement new-
yorkais, les samedis matin passés à l'Apple Store près
de Central Park, les mensualités de la location-vente
pour la voiture qu'il avait offerte à Silvia à son dernier
anniversaire. Et les restaurants, ses fichues comédies
musicales de Broadway qu'il adorait, les week-ends
dans les Hamptons ou en Floride, les billets d'avion
pour l'Italie (et quelqu'un comme lui, avec son CV,
voyageait en classe affaires. L'idée qu'un ami le surprenne en classe économique le faisait frissonner de
honte).

Et enfin, l'achat compulsif dont il était atteint depuis
qu'il avait commencé à gagner de l'argent. Une ivresse
pure et simple de la consommation. Il grevait continuellement sa carte de crédit de dépenses absurdes
et inutiles. Vêtements qu'il ne portait jamais, chaussures, cravates, montres de marque, gadgets techno-
logiques, et même, récemment, une Harley-Davidson
bourrée d'accessoires qu'il avait sortie du garage cinq
fois en tout et pour tout... Pourquoi s'étonner ? Tous
ses collègues se défoulaient des tensions auxquelles
leur métier les exposait en cultivant une fixation quelconque. Le sexe, la cocaïne ou les cachets, les massages, la nourriture, le sport, le fitness, ou une forme
inédite de collectionnisme. Tout bien réfléchi, il n'y
en avait pas un seul qui n'ait été contaminé par une
manie.

Tel est le contexte environnemental et psychologique dans lequel Semi était embourbé quand la proposition de Jacob était arrivée.

« Tu as quelques mois pour y penser », lui avait-il dit. Et durant tout ce temps les choses n'avaient fait qu'empirer pour Semi. Un matin il avait craint que son chef le convoque pour le « remercier » au nom de toute la baraque pour laquelle il suait sang et eau depuis pas mal d'années.

Et surtout, pendant ces mois-là, Semi avait eu la possibilité de réfléchir aux avantages offerts par le nouvel emploi. Il allait pouvoir rentrer en Italie. Il aurait de nouveau du temps libre. Il pourrait construire quelque chose de sérieux avec Silvia. Une maison, une famille, un ménage qui ressemble à la normalité. Il ne serait plus anxieux en permanence. Il n'aurait qu'un seul chef à qui en référer et non un million. Et avec le temps, s'il faisait bien les choses, ce serait lui qui mènerait la danse.

Une affaire à lui, bien lancée, qui depuis un demi-siècle s'occupait d'une marchandise d'utilité publique. D'accord, le navetteur du ciel aurait dû se calmer. La ruée vers l'or allait connaître un temps d'arrêt. Mais était-ce tellement sûr que les choses iraient mieux s'il restait à New York ? Qui lui garantissait qu'il ne finirait pas tôt ou tard comme son dernier chef, jeté dehors du jour au lendemain ?

Parfois, en entrant dans son bureau à l'aube, il avait la sensation terrible d'être un bureaucrate payé pour gérer maladroitement l'effondrement d'un immense empire, en compagnie d'autres parasites de son acabit. Et c'était une sensation vraiment mélancolique.

Radicalement opposée à l'élan de toute-puissance insouciante que ce même bureau lui avait inspiré au début de son aventure.

Jusqu'à ce que Samuel, rongé par le doute, finisse par choisir l'option qui lui avait paru la plus confortable. Accepter l'offre de Jacob.

Presque trois ans s'étaient écoulés depuis. Trois ans pleins de satisfactions et d'expériences intéressantes, passés à se bâtir une réputation dans un milieu restreint et aguerri. Trois ans où le navetteur du ciel, suivi de son nouveau Pygmalion, avait pu découvrir des gens bizarres et des pays lointains. Trois ans qui ne lui avaient pas fait regretter ce qu'il avait quitté. Trois ans durant lesquels il avait convaincu Jacob non seulement de lui déléguer une grande partie de ses fonctions, mais aussi que oui, il lui succéderait. Trois ans qui auraient pu être le prélude au bonheur si Semi, trahi par une impatience soudaine et un excès d'avidité, ne s'était jeté sans parachute dans une entreprise à hauts risques. Si, alléché par une affaire qui lui avait semblé aussi facile qu'elle avait paru compliquée à Jacob, il n'avait agi pour son compte.

Et voilà que tout à coup c'était comme si la pelote du temps s'était rembobinée de trois ans. Ce que Semi vivait depuis quelques semaines ressemblait beaucoup à son état d'esprit pendant ses derniers mois à New York.

Même si en réalité c'était bien pire.

À New York, y compris quand les choses avaient vraiment mal tourné, Semi était arrivé à considérer qu'il n'y avait pas d'alternative. Le pire qu'il avait risqué là-bas était un licenciement immédiat. La perte de son poste. Une histoire humiliante qui l'aurait peut-être mis dans une situation réellement difficile. Rien de plus. Là-bas, aucun de ceux qui auraient pu matériellement le licencier n'aurait mis en doute son honorabilité. Et pour le mettre dehors personne n'aurait osé le menacer avec un pistolet.

Cette scène n'était peut-être qu'une précieuse leçon d'anthropologie : voyez la différence entre barbarie et civilisation. Ce n'est pas une question de rancœur. Le degré de rancœur que peuvent atteindre les gens est toujours le même, à toutes les époques et sous toutes les latitudes. Ce qui distingue la barbarie de la civilisation est l'aptitude de cette dernière à conférer une forme exquise à la violence brute.

Et en y repensant il n'y avait vraiment rien d'exquis dans la façon dont ce type avait tripoté la poche de sa veste noire simili-Armani comme s'il cherchait ses lunettes, ni dans celle dont il en avait sorti un pistolet comme si c'était la chose la plus normale du monde. Semi ne s'était sûrement pas laissé tromper par l'ambiance aseptisée qui avait servi de décor à cette scène : le énième hall du énième InterContinental.

C'était là que Samuel aurait dû rencontrer son contact, un certain Olim Aripov (soi-disant cousin du ministre des Affaires étrangères). Il l'y avait attendu toute la matinée en sentant l'anxiété grandir dans son ventre.

Il avait atterri la veille dans l'après-midi en pleine tempête de neige. Alors que le Tupolev dansottait dans les nuages lourds, Semi avait espéré un instant qu'il s'écrase. Pendant la nuit la température était tombée à une dizaine de degrés au-dessous de zéro. Ce jour-là à Tachkent tout avait l'air hostile et inhospitalier. Sauf le grand hall tapissé de tissus et de moquettes.

Semi craignait d'avoir quelque difficulté à reconnaître Aripov. Il ne l'avait vu que sur Skype. Un petit bonhomme chauve aux traits tartares et à la peau entamée par le soleil. Mais qui communiquait néanmoins quelque chose de rassurant, de presque enfantin. Sans doute grâce à sa voix douce, flûtée, ou à son anglais élémentaire. C'était ce type que Semi avait attendu pendant plus de quatre heures, en essayant à plusieurs reprises de le joindre sur son portable. Pour tromper l'attente irritante il avait vidé quelques bières, plusieurs tasses de thé et une demi-douzaine de cafés. Et malgré son envie d'aller aux toilettes il était resté stoïquement à son poste. Entre-temps il s'était répété une bonne centaine de fois les phrases qu'il avait préparées. « On ne se conduit pas comme ça. Ça ne marche pas comme ça, allait-il lui dire. Ça n'est pas comme ça que nous faisons des affaires dans mon pays. » Et à force de les répéter il avait compris à quel point elles étaient fausses. S'il y avait quelqu'un qui en raison des circonstances s'était mal conduit, s'il y avait quelqu'un qui avait péché par naïveté, s'il y avait quelqu'un qui n'avait pas fait les choses correctement, c'était lui. Lui et personne d'autre. Avancer tout cet argent. S'endetter jusqu'au cou pour le trouver. Hypothéquer la maison que Rachel avait mise à son nom. Non, ça n'était pas une attitude professionnelle. À New York on lui aurait flanqué des coups de pied au cul pour moins que ça.

« Mister Pontecorvo. »

Semi avait aussitôt compris non seulement que l'individu devant lui qui le dominait de toute sa taille n'était pas Aripov (à moins qu'Aripov n'ait grossi d'une trentaine de kilos entre-temps et se soit fait poser des implants de cheveux gris), mais aussi qu'avec ce « Mister Pontecorvo » lugubre il avait épuisé tout l'anglais qu'il connaissait. Ça signifiait qu'il n'était pas là pour faire la conversation.

« *Yes, I'm Samuel Pontecorvo… I'm waiting for Mister Aripov… I had an appointment with Mister Aripov… Do you know where he is…? Could you tell me, please*[1]*…?* »

Jusqu'à ce qu'il devienne clair pour Semi qu'il n'y avait rien d'autre à savoir sur l'affaire de sa vie que le pistolet soudain pointé sur ses testicules par l'homme laconique de la steppe.

---

1. *Oui, je suis Samuel Pontecorvo… J'attends Mr. Aripov… J'ai rendez-vous avec Mr. Aripov… Savez-vous où il se trouve…? Pourriez-vous me le dire, s'il vous plaît…?*

Troisième partie

1986-2011 :
LE FEU AMI DES SOUVENIRS

Le spectre menaçant de Noël rendait encore plus évident que cette année-là, chez les Pontecorvo, la notion même de règle avait subi une révision radicale.

1986 s'achevait de la façon la plus imprévisible : cela faisait cinq mois que Leo Pontecorvo, accusé d'avoir échangé des lettres dépravées avec la petite fiancée de son fils cadet Samuel, âgé de treize ans, était allé se réfugier au sous-sol. Et depuis, aucun contact entre le reclus et les habitants de l'étage au-dessus. Pourtant, c'était comme si Rachel, en plein bombardement, au lieu d'attraper ses fils par la main pour s'enfuir à toutes jambes, s'était bornée à vérifier que leurs cols de chemise étaient présentables.

En fait, déjà depuis la fin novembre, Rachel ne perdait pas une occasion de faire allusion à la fête que les Ruben organisaient chaque année au début des vacances de Noël dans leur villa, à quelques mètres, une douzaine de ralentisseurs et une centaine d'années de chez les Pontecorvo.

C'était d'autant plus bizarre que même si Rachel n'avait jamais empêché Filippo et Samuel d'y prendre part elle n'avait jamais aimé cette fête. Pas plus qu'elle n'aimait ceux qui l'organisaient, ceux qui y participaient et ceux qui en parlaient avec enthousiasme.

Or, depuis des jours, avec une indiscrétion bien dissimulée, elle saisissait tous les prétextes pour poser à ses fils des questions répétitives sur la fête, craignant d'être glacée à tout moment par un « non, maman, cette année nous ne voulons pas y aller » prononcé par l'un des deux sur un ton résolu et définitif. Une phrase qui, compte tenu des circonstances, l'aurait plongée dans l'abattement.

Filippo et Samuel, de leur côté, se seraient sûrement étonnés du revirement flagrant de leur mère s'il s'était agi d'une année comme tant d'autres, où les choses se seraient passées à peu près comme suit.

Un samedi matin au réveil, une Rachel mécontente leur annoncerait que ce jour-là ils n'iraient pas en classe. Sans avoir besoin de se faire un clin d'œil complice, ils donneraient une explication rétrospective aux grondements de l'orage qui leur étaient parvenus la veille de la chambre de leurs parents. Leur père et leur mère étaient manifestement aux prises avec leur sempiternel litige de décembre. Leo voulait employer la journée où il s'était libéré de l'hôpital à emmener ses fils faire du shopping et à cette occasion leur acheter un blazer à porter lors de la fête des Ruben. Rachel doutait qu'un blazer soit une excuse appropriée pour manquer la classe et elle était certaine que les Ruben ne méritaient pas autant d'égards.

Sur une question aussi capitale que les intermèdes récréatifs des garçons, comme sur tout le reste, mari et femme avaient des idées divergentes. La conviction fervente de Rachel qu'aucune distraction ne méritait qu'on perde un jour d'étude n'était pas moins intense que celle avec laquelle Leo soutenait qu'il restait encore à inventer une obligation scolaire assez impérieuse pour être préférée au divertissement le plus futile. C'était sûrement le sujet d'affrontement de la veille. Et si Leo en était sorti vainqueur, c'était parce qu'il avait dû faire finalement appel au seul argument auquel sa femme était sensible : il n'était jamais avec les garçons. Elle les voyait beaucoup plus que lui. Il ne pouvait pas croire qu'au nom d'un règlement scolaire obtus elle les empêche de...

Tel était l'atout de chantage que Leo, au bord de la défaite, avait dû jeter sur la table. Obtenant in extremis une victoire dont le dommage collatéral allait être l'assurance de la mauvaise humeur de sa femme dans les jours à venir.

Allez savoir par quelle alchimie météorologique les samedis de décembre en question se révélaient tous éblouissants. Le rectangle de ciel encadré par la fenêtre de la chambre des garçons affichait chaque fois un bleu si éclatant qu'il paraissait laqué de frais. Ce n'était donc pas tellement déplacé que leur père fasse irruption sur la scène sans préavis, en vêtements de sport dont la couleur oscillait entre le jaune tournesol et le tabac, et leur demande avec impatience : « Vous êtes prêts ? »

À le voir sur le seuil on l'aurait dit satisfait. De ses presque cinquante ans, de son exubérance physique, de l'odeur composite qu'il dégageait – citron vert, cigare éteint, café savouré à petites gorgées. Satisfait d'être sur le point de jeter par la fenêtre un bon paquet d'argent pour deux blazers que ses fils allaient porter trois fois ; et satisfait par-dessus tout que l'idée abstraite et résolument bienveillante qu'il aimait entretenir de lui-même trouve une confirmation rassurante dans le miroir installé là pour donner aux garçons l'illusion d'occuper la plus grande chambre de la maison.

Ces matinées de shopping avec Leo se révélaient plus frénétiques que toute autre. On n'avait pas le temps de franchir la grille que paf! on la refranchissait dans le sens inverse. Le butin rapporté du pillage foudroyant perpétré dans une Rome haletante et euphorique s'entassait dans les sacs que Leo, à peine de retour, avait vidés devant Rachel pour preuve de son bon goût infaillible.

D'habitude, le défilé virtuel improvisé par Leo trouvait son apogée, selon la meilleure tradition, dans l'exhibition des plus belles pièces : les voici finalement, côte à côte – nains jumeaux –, les blazers qui allaient permettre à Semi et Filippo de ne pas faire mauvaise figure chez les Ruben cette année non plus.

Eh bien, il était plus que probable que pour ce Noël – celui de 1986 – Filippo et Samuel seraient contraints de porter les blazers de l'année précédente.

Si on remontait dans les mois passés au sous-sol par Leo, le plus bizarre n'était pas l'accusation en soi, aussi horrible soit-elle. Mais plutôt le fait que pendant tout ce temps il n'ait pas ressenti le besoin de mettre le nez hors de sa tanière pour courir se disculper auprès des habitants de l'étage au-dessus. Et que, de leur côté, pas un seul de ces derniers n'ait trouvé le courage de parcourir la distance qui le séparait du reclus pour lui demander des comptes. C'était incroyable qu'une famille aussi encline au rabâchage se barricade, face au premier sujet vraiment intéressant, dans un mutisme à tout le moins buté.

Je me rends compte que ce que je vais dire paraîtra indulgent, mais je crains de ne pas me tromper en rejetant la faute sur la télé. Si la nouvelle de ce que Leo avait fait (ou du moins, de ce que cette gamine l'accusait d'avoir fait) n'était pas arrivée en traître un beau soir de juillet, servie par le présentateur du journal de référence de vingt heures, et n'avait pas pris par surprise la famille serrée autour de la table de la cuisine pour le repas du soir, peut-être (il ne me reste que des hypothèses) les choses auraient-elles tourné différemment.

On ne peut pas comprendre cette histoire si on ne tient pas suffisamment compte du contraste entre l'horreur livrée à domicile par la télé et le coucher de soleil romantique diffusé par la fenêtre ouverte. C'est ce contraste – le traumatisme de ce contraste – qui rendit la fuite de Leo au sous-sol inévitable, et tellement naturel le fait que personne n'ait l'idée de le suivre, ni à ce moment-là ni plus tard.

Pendant ce temps, tandis que son mari s'abritait à l'arrière, Rachel, en première ligne, était en butte à un véritable siège. Il y avait ce sacré téléphone qui n'arrêtait pas de sonner, comme pour indiquer le nombre de proches qui étaient devant leur télé. C'était une stupeur intime et dévastatrice, causée par une trahison colossale que son imagination de femme honnête ne lui aurait jamais permis de concevoir. Et surtout, il y avait ses fils (qu'allait-elle dire à Semi?) qui attendaient qu'elle fasse, ou au moins dise quelque chose.

Et quoiqu'elle n'ait rien trouvé à dire, à la fin elle avait forcément dû faire quelque chose. Précisément ce qu'aurait fait toute femelle de mammifère devant ses petits en danger. Elle s'était serrée contre eux. Les avait pris dans ses bras pour les protéger d'une menace aussi vague que précise. En sachant bien que ce geste n'était pas moins inutile que le besoin solidaire instinctif de prendre la main de son voisin pendant que l'avion s'écrase.

Puis elle les avait emmenés dans sa tanière, avec l'illusion de les avoir étourdis grâce à deux grandes tasses de camomille, et elle les avait couchés près d'elle dans la partie du lit conjugal restée malheureusement orpheline. Aucune question, aucun sanglot. Le silence sombre dans lequel tout était tombé, et la chaleur étouffante d'une nuit de juillet qui les avait enveloppés et trempés. S'était ensuivi un réveil dans une maison identique à elle-même, certes, mais où rien n'était plus comme avant.

Un matin de la fin novembre, cinq mois après le début officiel de la catastrophe, Rachel, réveillée en sursaut, sent avec une précision angoissante à quel point il est déraisonnable que son mari soit en pénitence là en dessous depuis tout ce temps tandis qu'elle continue de vivre au-dessus comme si de rien n'était.

En soulevant la tête de l'oreiller, Rachel comprend que si cette situation grotesque s'est gangrenée c'est surtout à cause d'elle. Elle sait maintenant (en réalité elle l'a toujours su) que c'est à elle de faire le premier pas. Son mari n'est pas du genre à faire les premiers pas. Autant il peut être entreprenant (à la limite de l'étourderie) dans l'exercice de sa profession médicale ou dans le choix d'un plat exotique au restaurant, autant il est paresseux pour tout le reste.

Rachel comprend tout à coup pourquoi elle s'est réveillée aussi angoissée : jusqu'à hier soir elle était certaine de savoir ce qui passait par la tête de son mari. Elle sentait, pour ainsi dire, le frisson de son humiliation, l'angoisse puérile de la honte monter comme la vapeur d'un volcan du sous-sol où il était allé expier… Cette conscience lui avait donné de la force. Et l'illusion de pouvoir le contrôler à distance (elle, la reine du contrôle).

Ce matin quelque chose a changé.

C'est comme s'il lui était soudain devenu impossible de se mettre à la place de son mari, impossible de concevoir que Leo soit là en dessous, et même qu'il puisse encore exister. C'est comme si entre lui et elle s'étaient interposées en une seule nuit la superstition et toutes ses peurs irrationnelles.

J'ai écrit « en une seule nuit », mais je crois que c'est inexact. En réalité, Rachel vient tout juste de comprendre que la superstition a toujours été là. Sauf qu'elle n'a trouvé que ce matin le courage de la regarder en face.

Pendant ces mois de folie, qu'est-ce qui l'a empêchée de céder à l'impulsion de prendre le taureau par les cornes ? De descendre les marches, ouvrir la porte, prononcer les mots fatidiques : « Bon, ça suffit. On en parle ? »

Bien que les raisons profondes de ce manquement lui échappent, il lui semble que, chaque fois que l'occasion s'est présentée, un nouvel obstacle a surgi entre elle et son mari avec une ponctualité ironique. À bien y réfléchir, les derniers mois ont été une alternance continuelle d'illusions et de déceptions. De résolutions et d'échecs…

Comme lorsque c'était *lui* qui s'était manifesté.

Voilà : un après-midi, il entre dans la cuisine et lui annonce comme si de rien n'était qu'il a besoin de beaucoup d'argent pour payer son avocat. Elle a à peine le temps de marmonner un « d'accord » qu'il est déjà parti, comme s'il n'attendait pas de réponse, comme s'il était convaincu d'avoir dit tout ce qu'il y avait à dire. Aussitôt Rachel, poussée par un étrange espoir, charge Telma, la bonne philippine, de dresser la table pour quatre dans la salle à manger.

Quand plus tard les garçons, en se mettant à table, voient le couvert supplémentaire, ils ne posent pas de question, mais Rachel devine leur trouble. Ils restent un moment tous les trois à attendre, muets. Rachel est encore convaincue que Leo va monter, que l'enchantement de sa réclusion a été brisé lorsqu'il lui a demandé de l'argent. Au point que lorsque Telma s'enquiert : « Alors, qu'est-ce que je fais, madame ? », Rachel y réfléchit un instant, puis elle regarde la pendule, jette un coup d'œil aux visages implorants des garçons et répond enfin : « Attendons encore quelques minutes. » Il s'en écoule dix et voici de nouveau Telma plantée devant elle, craignant que le repas refroidisse. Cette fois Rachel ne peut pas s'empêcher de céder : « Vous pouvez servir. » Mais quand elle voit Samuel maussade coupailler sans appétit son omelette aux courgettes, alors elle comprend combien elle a eu tort de s'accrocher à un espoir pathétique.

Un jour (quelques mois plus tard) Rachel sent qu'il est temps de prendre l'initiative. Ça suffit, les choses ne peuvent pas continuer de cette façon. Elle commence à avoir honte devant ses fils. Elle apprécie qu'ils ne lui demandent rien. Même si elle est persuadée que s'ils lui demandaient quelque chose la situation se débloquerait peut-être. Elle éprouve une telle nostalgie de sa vie d'avant et un tel désir de sortir de ce bourbier !

Ce jour-là, donc, après avoir laissé les garçons chez des amis à la campagne, et pendant le trajet de retour en voiture, elle ne pense qu'au moyen de mettre fin au cauchemar pendant le week-end.

Elle arrive à la maison. Met un pull en shetland et des jeans. Elle mange sans appétit des pâtes préparées par Telma. Boit un café. Puis attend que Telma finisse la vaisselle et aille dormir. Alors elle prépare un plateau avec du gruyère, de la mozzarella et des tomates, un petit pain aux olives et une tranche de torta caprese. Des choses que Leo aime beaucoup. Tout est prêt, Rachel a déjà le plateau dans les mains, quand tout à coup elle est prise d'anxiété. Elle repose le plateau. Met de l'eau sur le feu pour se faire une tisane. Elle ne doit pas prendre de café, elle est trop agitée.

Elle s'assoit pour boire lentement sa tisane, allume la télé, baisse le son. Elle a à peine repris le plateau que, pour une raison absurde, un type qui ressemble à Leo apparaît sur l'écran. Non, il ne ressemble pas à Leo, c'est Leo. Rachel se demande un instant si elle et son mari, chacun d'un côté de l'écran, ne sont pas les jouets d'un phénomène surnaturel. Mais non, elle ne rêve pas. La troisième chaîne présente un reportage approfondi sur le procès de Leo Pontecorvo. La sale histoire de Leo continue de jouir d'une popularité indécente. Mais ce n'est pas le plus perturbant. Rachel s'est faite à beaucoup de choses. Le pire c'est que ce type assis sur le siège de l'accusé dans un tribunal ne partage avec Leo que quelques vagues traits physiques, et naturellement son identité. Celui de la télé est un Leo âgé, éteint, sévère, habillé d'une espèce de salopette ridicule. Il porte un bonnet de pêcheur. La barbe qu'il a laissée pousser entre-temps est hirsute et grise.

Se peut-il qu'il en soit arrivé là en quelques mois ?

Rachel repose encore une fois le plateau et court éteindre le poste. Mais ça ne suffit pas : l'image de Leo transfiguré la poursuit. Elle la tourmente. L'idée que derrière la porte il n'y a pas Leo mais cet homme amaigri avec un bonnet ridicule lui fait horreur. Et c'est maintenant qu'elle comprend (ou plutôt, se rappelle) pourquoi elle l'a laissé pourrir là en dessous.

L'incongruité. Il n'y a pas d'autre mot pour le dire. Leo n'a vraiment rien à voir avec ce qui lui est arrivé.

Rachel repense à leur première rencontre à l'université. Elle, en première année de médecine, reconnaît sur l'estrade le garçon (oui, elle a du mal à le qualifier d'« homme ») qui répand son savoir de façon aussi chaleureuse et aussi brillante. Elle sait qu'il s'appelle Leo Pontecorvo, qu'il fait partie de la haute, rejeton d'une de ces riches et prétentieuses familles juives de Rome. Elle se rappelle l'avoir vu une seule fois à la synagogue à l'occasion d'un mariage et s'être dit que ce serait bien d'épouser quelqu'un dans son genre. Et maintenant elle le retrouve là, sur l'estrade. Bien qu'il soit très jeune, le professeur en herbe dégage tant de passion et d'autorité que tous les étudiants sont sous le charme. Rachel se demande si son secret réside dans sa prestance ou dans son détachement aristo-cratique. Ou dans la combinaison des deux ? Il est si beau, si élégant, si convenable. Alors Rachel tombe amoureuse, partageant ce sentiment avec une dou-zaine d'autres filles de son cours.

Mais c'était elle qui l'avait accaparé. L'avait épousé. Lui avait donné deux fils, avait appris à connaître tout ce qui fonctionnait chez lui et tout ce qui allait de travers. De temps en temps, avant que cette sale histoire ne souille tout, Rachel aimait imaginer qu'une camarade de cours, autrefois amoureuse elle aussi de ce jeune professeur, lui demande : « Alors, c'est comment d'être mariée avec Leo Pontecorvo ? »

Rachel sentait dans quelle situation impossible l'aurait mise une question de ce genre. Qu'il lui aurait été difficile de faire comprendre à cette vieille camarade pourquoi elle, Rachel Spizzichino épouse Pontecorvo, avait l'impression d'aimer chaque jour un peu plus Leo. Non, sa prestance n'avait rien à voir, ni ses brillantes qualités intellectuelles. D'accord, la richesse lui avait rendu la vie plus confortable et plus libre, mais rien de plus, et les mille éloges profes-sionnels recueillis par son mari l'avaient rendue fière, pour quelques heures au moins. Mais comment expli-quer à son amie que toute cette abondance n'était que l'écrin étincelant de son amour pour Leo ? La rai-son pour laquelle elle l'aimait était tellement ridicule qu'elle avait du mal à se l'avouer à elle-même. Rachel aimait Leo parce qu'il était bon. C'était l'homme le meilleur qu'elle ait jamais connu. Et le plus beau, c'est qu'il ne le savait pas. Pourtant il n'existait pas au monde d'être ayant des sentiments aussi exemplaires. Leo était incapable d'envie, il ignorait le ressentiment. Il était allergique à toute pensée équivoque et obscure. Il avait horreur de la médisance. Leo faisait confiance aux autres. Leo aimait les autres. Leo était le premier à faire appel au plan B quand il se retrouvait dans une impasse. Et c'étaient peut-être toutes ces choses qui faisaient de lui un grand médecin, un thérapeute capable de transformer son optimisme insensé en audace. Un mari merveilleux et, surtout, un merveilleux père.

Ce qui nous amène à cette question : comment se pouvait-il qu'un homme comme lui se soit mis dans une situation aussi équivoque ? Qu'un père comme lui ait échangé des lettres avec la petite fiancée de son fils, âgée de douze ans ? Qu'il ait trompé pendant si longtemps les personnes qu'il avait le devoir de protéger ? Comment avait-il pu faire entrer chez lui toute cette laideur ?

Coupable ? Innocent ? Rachel n'arrivait presque pas à se poser la question. En tout cas, la grande trahison, la vraie, était déjà consommée. Une trahison plus grave qu'un quelconque adultère avec n'importe qui. C'était la trahison de lui-même. Ou plus exactement la trahison de l'idée que Rachel avait mis une vie à se faire de lui.

Alors le voir dans cet état à la télé suffit pour qu'elle ressente encore une fois, avec une violence renouvelée, l'impression d'incongruité qui l'a empêchée jusqu'ici de faire un pas vers lui. Pour qu'elle sente de nouveau l'humiliation d'avoir été trompée et la rage d'avoir été trahie.

Il ne lui reste plus qu'à abandonner le plateau à sa place habituelle et aller se coucher. Elle a échoué encore une fois.

Deux semaines ont passé depuis ce dernier fiasco quand Rachel, au comble de l'inquiétude, décide de se lever. Elle ouvre grandes les fenêtres et, en maniaque de la météo, cherche une consolation dans la netteté du ciel. Novembre a été orageux. Surtout les derniers jours, ce même ciel qui paraît si inoffensif a déversé un océan de pluie qui aurait suffi à désaltérer le continent africain tout entier.

Rachel va dans la cuisine et elle le voit.

Assoupi sur les marches qui mènent au sous-sol, comme s'il montait la garde devant le sépulcre où son père s'est enterré, c'est Filippo, avec la respiration lourde de quelqu'un qui dort mal.

« Qu'est-ce que tu fais là ?

— Je me suis endormi, dit-il en s'étirant.

— Sur les marches ? Avec ce froid ?

— Oui, sur les marches, avec ce froid. C'est interdit ?

— Non, trésor, ça n'est pas interdit. Rien qu'un peu bizarre.

— Tout est bizarre ici.

— Attends un peu, tu n'arrives pas à dormir dans ton lit et ici tu y arrives ?

— Oui, ici oui... qu'est-ce que je peux y faire ?

— Tu ne pouvais pas venir dormir avec moi ?

— Je ne voulais pas.

— Tu sais que tu peux me réveiller quand tu veux. De toute façon je me rendors tout de suite… Pense donc, ton frère le fait presque toutes les nuits.

— Je n'ai pas dit que j'avais peur de te réveiller. J'ai dit que je ne voulais pas dormir avec toi. »

Voilà la réponse de ce fils donneur de leçons.

Quinze ans. L'âge de Filippo. Et on dirait qu'il les a employés à peaufiner la rude efficacité de sa franchise.

« Je sais que quand je commence à ronfler…

— Ça n'est pas ça, maman. »

(C'est toujours émouvant de s'entendre appeler « maman » au moment où on s'y attend le moins.)

« Qu'est-ce que c'est alors ?

— Rien.

— Allons, dis-le-moi. Je veux seulement comprendre », et elle s'approche pour le prendre dans ses bras, avec un geste instinctif inspiré par sa tendresse pour le corps de son fils engourdi par une nuit passée hors de son lit. Lui l'évite avec une feinte digne d'un joueur de rugby. Et Rachel se retrouve dans la situation un peu comique de certains garçons timides qui en raccompagnant une fille chez elle après leur premier rendez-vous se décident à l'embrasser quand elle a déjà un pied hors de la voiture.

« Dis-moi ce que je fais de travers, voyons, demande-t-elle par défi en essayant de donner à sa voix le ton de la plaisanterie.

— Tu veux vraiment le savoir ?

— Bien sûr.

— Tu fais tout de travers. »

Et pour qu'elle comprenne que lui ne plaisante pas, Filippo, après sa réplique, quitte la scène de façon théâtrale.

Bref, ainsi commence ce jour de fin d'automne, le jour de la Grande prise de conscience : avec le vent qui crie derrière les fenêtres et le fils qui met fin à une discussion insensée par une affirmation radicale et offensante.

Quand Rachel avait l'âge où se débat actuellement Filippo, il lui arrivait souvent de rêver aux enfants qu'elle aurait. Elle se répétait chaque fois qu'elle ferait tout pour eux. Elle se comporterait tout à fait autrement que ses parents. Rachel Spizzichino, le jour où elle épouserait monsieur le Prince charmant qui (à coup sûr) l'attendait là-dehors, ne serait pas une mère à mi-temps.

Trente ans plus tard, Rachel doit prendre acte que la vie lui a donné ce petit garçon dur et anguleux qui ne ressemble en rien au fils qu'elle avait imaginé. Le fils né de son imagination était un petit complètement passif qui nécessitait tant de soins qu'il n'aurait jamais refusé les services mis à sa disposition par sa chère maman. À l'évidence, Rachel avait été tellement occupée par l'idée de tout ce qu'elle allait donner à son fils qu'elle n'avait pas eu la force d'imaginer qu'il pourrait lui opposer le plus filial des refus. Elle n'avait pas tenu compte de la plus grande violence qu'un fils adolescent puisse vous faire : refuser votre aide, vous la jeter à la figure. Le voilà, Filippo, bien installé dans le rôle de l'ascète rageur et justicier qui se fiche de votre générosité de maman de conte de fées.

« Tu fais tout de travers. »

C'est ce qu'il lui a répondu du tac au tac. Et le malheur c'est qu'il le lui a dit précisément le pire matin, celui où elle ne sait pas où trouver la force de lui donner tort. Dans sa chambre, elle retrouve encore une fois l'absence glacée de Leo.

Ces crises la prennent d'habitude quand elle ouvre les yeux, sur le seuil dramatique qui sépare le sommeil de la veille, au moment où les notions du temps et de l'espace semblent se télescoper et où la conscience entretient l'illusion soudaine (suivie d'une terrible déception) que vos chers disparus morts depuis des décennies jouissent encore d'une excellente santé. Ce sont les moments où Rachel est la plus vulnérable.

La vérité c'est qu'aller se coucher le soir sans Leo n'est pas aussi effrayant que de se réveiller et ne pas le trouver près d'elle. Ouvrir les yeux et constater que non, il n'est pas là, comme s'il était parti pour un long voyage ou comme s'il était mort, lui inflige une torture tellement macabre que Rachel doit détourner la tête. Ça ne sert à rien; le fantôme moqueur des réveils d'autrefois ne la lâche pas. Il est toujours là, dans l'air qu'elle respire, et elle a beau tout faire pour l'ignorer, il ne cesse de lui murmurer à l'oreille l'émotion qu'elle éprouvait (surtout dans son souvenir) les matins où elle se glissait hors du lit sans le réveiller…

D'habitude, une douche suffit pour que Rachel oublie ses idées noires; l'eau brûlante emporte tout résidu superflu de sentimentalisme et de désespoir.

Quand elle sort de la salle de bains en peignoir, son regard se porte au-dehors malgré elle, s'attarde plus que nécessaire au fond du jardin, sur le platane vénérable secoué par des rafales soudaines comme un vieux grognon en proie à des crises d'hystérie. Elle regarde ailleurs et se heurte aux vêtements imperturbables de Leo pendus dans le dressing. Elle ignore pourquoi ces vêtements hors saison qui n'ont pas changé de place depuis tant de mois se révèlent aussi loquaces aujourd'hui. Un complot des objets.

Pendant qu'elle s'habille rapidement, une impulsion rachelesque la fait décider qu'elle trouvera un moyen de se débarrasser des vêtements de Leo avant Noël. Et elle a un moment l'illusion que ça puisse suffire.

Mais ce matin tout est destiné à ne pas suffire.

En descendant bien habillée, mal coiffée et sans maquillage, Rachel tombe sur son fils cadet, l'air penaud et encore en pyjama.

« Qu'est-ce que tu fais comme ça ?

— Je suis malade.

— Tu n'en as pas l'air.

— Je crois que j'ai de la fièvre.

— La fièvre n'est pas une opinion. Tu vas prendre ta température. Si tu as de la fièvre, nous verrons.

— Pas la peine. Je te dis que j'ai de la fièvre. C'est une chose que je comprends.

— Dommage que ta sceptique de mère ait besoin de preuves scientifiques indiscutables. Malheureusement pour toi, cette mère tellement pédante a étudié la médecine…

— Tu n'es pas médecin pour enfants.

— Ah, et qui serait l'enfant ?

— À treize ans on est un enfant.

— À treize ans on est un jeune homme.

— Vas-y, mets-moi le thermomètre, de toute façon je me sens très mal », dit-il d'un air de défi.

Naturellement, l'épreuve du thermomètre donne un verdict rassurant quant à la santé de Semi, mais résolument décevant en ce qui concerne son état émotionnel. Au point que dès que sa mère le prononce – ce verdict sans équivoque ! –, il se met à pleurnicher d'une manière qui ne lui ressemble pas.

« Mais je me sens mal… maman, je te jure que je me sens mal… Je ne peux pas aller en classe… »

Et Rachel l'avait vu réellement désespéré. Si bien qu'elle avait dû réprimer pour la troisième fois de la matinée l'envie de se mettre à pleurer. Cette envie l'avait poussée à prendre le raccourci le plus facile émotionnellement et le plus raisonnablement compromettant, dégager son fils de l'obligation d'aller en classe.

« Mais demain, pas d'histoires ! D'accord ? »

La réaction triomphante de Semi à cette concession inédite avait été le coup fatal pour Rachel, le plus affligeant. À en juger par l'expression de Semi, on aurait pu croire qu'elle lui avait sauvé la vie. Peut-être en effet son fils ne lui avait-il pas menti ; peut-être – malgré l'oracle lu par le mercure – allait-il vraiment mal. Et à cette idée Rachel avait senti quelque chose en elle se désintégrer. Oui, c'était manifestement le jour des révélations dérangeantes.

La pensée de ce que ses fils avaient dû subir prit dans son esprit une consistance inouïe. Elle crut comprendre un instant ce qui avait dû passer par la petite tête immature et changeante de ses garçons. Et Dieu sait combien cette lucidité l'exaspéra.

Aller tous les matins à l'école avec l'étoile jaune de l'infamie sur sa manche. C'est à ça qu'elle les avait contraints quand au mois d'août précédent elle avait décidé après mille hésitations qu'ils ne changeraient pas d'établissement pour une raison de principe inattaquable : quand on n'a rien à se reprocher et rien à se faire pardonner, on ne s'enfuit pas comme un criminel !

Seigneur, comme tout ce bon sens lui parut soudain insensé et méchant. Et pompeux cet étalage de dignité.

Comment avait-elle pu se laisser absorber par l'idée folle de normaliser ce qui était aussi épouvantablement non normalisable, au point de n'avoir pas évalué avec le sérieux nécessaire les répercussions catastrophiques que ce choix (fait de rigueur et de stupidité) allait produire sur ses fils ? Comment avait-elle pu se raidir au point de ne pas essayer de se mettre à leur place avec réalisme ? La terreur de regarder la vérité en face avait-elle anesthésié toutes ses capacités d'empathie ? La « maman du siècle » en était-elle arrivée là ?

Et pourtant, que de signaux elle avait reçus.

Rachel repensait à présent à l'aventure unique qu'elle avait vécue pendant la première entrevue parents-enseignants du trimestre à la fin octobre. Aussi incroyable que cela puisse paraître, aucune soirée mondaine, pas même la plus sélect, n'était capable de lui apporter les mêmes satisfactions que ces réunions qui avaient lieu à la moitié de chaque trimestre dans l'établissement où elle avait décidé d'inscrire Filippo et Semi encore cette année.

C'était un beau petit immeuble en marbre, quoique croulant, dans le quartier Trieste, qui une dizaine d'années auparavant avait été le témoin imperturbable d'affrontements entre les casseurs d'extrême droite et leurs homologues gauchisants (au cours du printemps 77 les marches de l'institut s'étaient transformées en autel taché de jeune sang).

Il ne restait de tant de brutalité aveugle que l'enchevêtrement d'inscriptions de guingois qui ornait le mur de l'entrée, pour la plupart des slogans rebattus, composés dans un italien bureaucratique et mélodramatiquement intimidateur, que peu de nouveaux élèves allaient pouvoir, et encore moins vouloir, décrypter.

C'est drôle qu'entre une génération et la suivante l'intérêt des garçons pour la marque de leurs sacoches et l'obsession des filles pour leur vernis à ongles et leur mascara aient supplanté de façon presque radicale toute utopie révolutionnaire. Une transformation qui, si elle avait obtenu un bon résultat sur l'ordre public, n'avait pas eu le même sur le niveau d'instruction des élèves. Comme si, en même temps que l'envie de couper la tête de l'ennemi politique, celle de lire des livres, bons ou mauvais, avait disparu. Ce qui avait privé définitivement les enseignants, même les mieux préparés, de tout ascendant social et de toute autorité naturelle.

Aussi n'était-il pas surprenant que le professeur d'italien de Filippo, le plus redouté, reçoive les parents avec un foulard Hermès autour du cou. Il était clair que cette femme – une de ces charmantes quadragénaires dont chaque fibre du corps aspire au statut de « belle femme » – voulait faire comprendre aux mères de ses élèves, aux tenues pareillement griffées, que si elle avait choisi de passer sa vie à enseigner ce n'était certainement pas par nécessité, mais plutôt en raison du besoin beaucoup plus distingué de tromper le temps.

La raison pour laquelle elle était aussi respectée par ses élèves (et leurs parents bovins) résidait dans sa faculté de se mettre à leur niveau en les affrontant, pour ainsi dire, d'égal à égal. C'est pourquoi son ironie, dépourvue de tout ressentiment social, devenait séduisante, même pour ceux qui en étaient l'objet. Sa spécialité consistait à débiter des jugements sommaires implacables, et ce sans jamais sortir de ses gonds ni laisser entendre que ça lui importait. Tout ça avait suffi à faire d'elle le professeur le plus apprécié par une population d'élèves qui visiblement, en dépit de nombreuses révolutions inutiles, continuait à trouver l'inflexibilité et la dérision plus respectables que tout geste compréhensif et clément. Tous l'appelaient « Madame », sans qu'on sache si le terme faisait allusion à sa distinction de « dame » ou au fait qu'elle consacrait chaque année deux cours de trop à la *Religieuse de Monza*.

Et à propos de ses jugements sommaires, la kyrielle de 3 avec laquelle Madame avait liquidé les rédactions de Filippo l'année précédente disait tout ce que, selon elle, il y avait à savoir sur le compte du garçon. Madame n'était pas une de ces enseignantes disposées à voir dans ses élèves plus qu'ils n'étaient prêts à montrer. Et s'il y en avait un qui dans certains domaines ne péchait pas par exhibitionnisme c'était bien Filippo Pontecorvo.

Pour lequel, entre autres, le passage du collège au lycée avait été aussi traumatisant que celui d'un joueur de foot médiocre propulsé sans préavis et sans aucun mérite en première division. C'était comme si tout à coup tout le monde autour de lui s'était mis à prendre les choses au sérieux. Le résultat d'un tel bouleversement avait été qu'à la fin de l'année Filippo avait été collé dans quatre matières.

Et d'après ce que Rachel avait appris pendant sa première entrevue avec les professeurs, la nouvelle année avait démarré sous des auspices encore plus mauvais. Si le problème avait été là, elle aurait pu l'accepter, ou essayer de le résoudre. Mais il s'agissait d'autre chose. Rachel était restée de marbre devant l'attitude tout à fait inhabituelle des enseignants à l'égard de Filippo.

À commencer par celle de Madame.

Quand elle est entrée dans son petit bureau austère, Madame a montré en se levant une sollicitude en totale contradiction avec sa nonchalance. La première phrase qu'elle lui a adressée a donc paru démesurément affectueuse.

« Ah, madame Pontecorvo, quel plaisir de vous voir ! »

Rachel ne savait que penser des effusions chaleureuses de ce célèbre glaçon en fourrure. Et le reste de l'entrevue s'est déroulé dans la même atmosphère pleine d'indulgence.

Oui, Filippo est mauvais, très mauvais, pire peut-être que l'année dernière. Ses rédactions sont désastreuses. Ses interrogations, lamentables. Mais il faut le comprendre. Et Dieu sait si elle le comprend. Les allusions de Madame à ce que Filippo avait dû souffrir les derniers mois ont été voilées dans la forme, mais explicites sur le fond. Et Rachel est sortie de l'entrevue humiliée et furieuse.

Son fils est un crétin et un mollasson. Mais comme il est aussi le fils d'un pédophile amateur de petites filles, ça ne compte pas. Tout ça est passé par pertes et profits. Tel est plus ou moins ce que Madame lui a dit en substance. La même chose que tous les professeurs lui ont laissé entendre l'un après l'autre.

Et ce n'est pas étonnant si la gêne éprouvée pendant les entrevues et que Rachel a tout fait pour oublier lui revient précisément au moment où son fils le plus appliqué, le bon élève irréprochable, se réjouit d'avoir évité la classe. Tandis que l'autre, à peine quelques minutes plus tôt, après avoir passé la nuit sur les marches qui mènent au sous-sol, lui a dit brutalement qu'elle fait tout de travers.

Si Rachel a presque dû s'enfuir de ce maudit établissement, elle n'ose même pas imaginer ce que Filippo et Semi ont dû encaisser. Le fait qu'ils ne lui aient jamais rien dit ne signifie rien. L'atmosphère d'omerta absurde, extravagante, dans laquelle toute la petite famille est plongée est à son paroxysme. Filippo a raison : « Tout est bizarre ici. » Personne ne parle de rien. Tout est en suspens. Personne ne parvient à faire un mouvement.

Elle devrait descendre et arranger les choses. Son mari devrait monter pour la même raison. Mais personne ne fait rien. Ils vivent tous comme les victimes d'un mauvais sort. Un maléfice qui n'a pas touché le reste du monde. Lequel, derrière cette grille, continue imperturbable avec son cynisme, son amour immodéré pour les ragots, sa méchanceté.

C'est à ce monde que Rachel a livré ses fils en pâture. En croyant qu'ils pourraient se défendre comme elle a appris à le faire elle-même. Mais la différence c'est qu'elle est adulte, elle peut supporter les regards curieux, les commentaires déplacés de Madame, les clins d'œil échangés sur son passage par les employées du supermarché. Au long des semaines Rachel a même commencé à ressentir une subtile fierté à affronter la méchanceté la tête haute.

Mais ses fils ? Peut-elle exiger d'eux un comportement analogue ? Allons donc ! Pas eux, ils ne sont pas équipés. Ils sont désarmés, exposés à tous les dangers. Et tout est de sa faute. C'est la faute de cette maman qui n'a pas su être à la hauteur de ses propres attentes. De cette femme orgueilleuse, obtuse et aveugle qui fait tout de travers.

Ce matin de novembre Rachel comprend qu'elle doit être encore plus proche de ses fils. Elle est terrorisée à l'idée qu'ils puissent trouver une forme de protection dans leur isolement comme l'a fait son mari (et jusqu'à quels extrêmes !). L'isolement peut devenir leur pire ennemi. Elle doit les défendre contre la chimère de la solitude sociale.

Et si la fête de Noël chez les Ruben peut l'aider, au moins en ça, alors vive la fête chez les Ruben.

La rangée d'arbres de Noël alignés comme des gardes suisses bariolés le long de l'allée qui menait à la porte de la villa des Ruben explique amplement pourquoi Rachel en veut tant à la maîtresse de maison. Non pas que Rachel se reconnaisse dans la catégorie des Juifs habités par une méfiance enracinée pour tout ce qui n'est pas juif (elle, officiellement du moins, détestait beaucoup moins les gentils que ne les avait détestés son père). Ce qu'elle ne pardonnait pas à ces arbres de Noël c'était d'être décorés avec la touche pyrotechnique d'une Juive pur jus. Pour Rachel Pontecorvo, ne pas être juif était beaucoup plus digne que d'avoir honte de l'être. Après tout ce qu'avaient enduré les Juifs, la honte n'était pas pardonnable. Encore moins dans le cas de madame Ruben dont le père et la mère avaient été massacrés par les nazis, d'après ce qu'en savait Rachel. Alors, que madame Ruben prépare chaque année pour son fils unique – le petit-fils que les malheureux martyrs n'avaient jamais connu – cette énorme fête dans le seul but de célébrer publiquement son détachement du judaïsme lui apparaissait comme un sacrilège tellement éhonté qu'elle préférait ne pas y être mêlée.

C'était la raison officielle qu'elle avait opposée à son mari au long des années chaque fois qu'il lui demandait d'expliquer une telle antipathie pour la mère d'un garçon aussi merveilleux que David. À laquelle s'ajoutait la raison officieuse et discrète, qui comme toute bonne raison officieuse était beaucoup plus douloureuse et plus proche de la vérité.

Cette raison avait le visage de dieu grec et le corps vigoureux de David, le fils des Ruben. Certes, il était un des rares vrais amis de Filippo, et aussi l'objet d'une véritable vénération de la part de Samuel et de tous ses amis, mais malgré tout il y avait chez ce garçon quelque chose qu'elle ne trouvait pas convaincant.

Si je voulais être insidieux je mettrais en cause l'envie, l'éternelle envie. L'envie que Rachel devait éprouver vis-à-vis d'un adolescent plus heureux que son Filippo. Autant pour ce dernier tout avait été horriblement ardu, autant ç'avait été simple pour David. Ce n'était pas un hasard si parmi les enfants nés à l'Olgiata David avait le mieux profité de la chance de passer son enfance et son adolescence dans un endroit plein de parcs et de bosquets mystérieux. Il avait tout de suite plié ce lieu à ses exigences, en le transformant en une espèce d'Éden prêt-à-porter. Dès son plus jeune âge il s'était distingué comme le promoteur de chasses au trésor épiques, d'interminables parties de gendarmes et de voleurs et d'olympiades qui duraient une semaine. Des événements qui célébraient à la fois son désir de s'amuser et celui d'entrer toujours en compétition. David pratiquait tous les sports et ne s'épargnait aucun divertissement.

Peu importait si c'était au détriment de résultats scolaires. De toute façon sa mère était toujours prête à le protéger, à lui témoigner toute l'indulgence dont elle était capable. En réalité, la seule idée que madame Ruben ait pu inculquer à son fils était celle, alors très en vogue, que la vie est un délicieux passe-temps à savourer lentement. Conception diamétralement opposée à celle enseignée par Rachel à ses garçons, selon laquelle ce qui forme le caractère d'un individu est sa capacité d'abnégation, son sens des responsabilités et une authentique disponibilité de cœur envers son prochain.

C'était sans doute ce qui blessait le plus Rachel. Elle trouvait vraiment injuste que l'éducation laxiste reçue par David ait eu sur lui des effets aussi tonifiants, alors que celle qu'elle avait donnée à ses fils avait rendu

Filippo aussi indécis et difficile. L'histoire de ces deux amis semblait démontrer que le monde n'est pas un endroit qui récompense les gens de mérite et punit les débauchés, mais un écosystème goguenard où tout marche à l'envers.

Un exemple ?

Le nombre de matières où David et Filippo avaient échoué au début de l'été était exactement le même : quatre. Mais alors que pour Filippo cette accumulation d'insuffisances avait été un traumatisme et une nouvelle raison de se mortifier – au point que sa mère avait tout fait pour le rassurer, le convaincre que rien n'était irrémédiable –, à David ça n'avait fait ni chaud ni froid.

Quelques jours après avoir jeté un coup d'œil distrait aux tableaux d'affichage du hall d'entrée de son beau collège catholique, David s'était envolé pour Los Angeles où il avait loué avec des amis plus âgés une petite maison sur la plage de Santa Monica. C'était là qu'il avait dû s'exercer à traduire Hérodote et à résoudre des équations. Et il l'avait sûrement fait, entre une séance de surf et un feu sur la plage, sinon pourquoi aurait-il réussi les examens de rattrapage en septembre ?

Chez les Ruben la décoration semblait inspirée de la célèbre boutique Ralph Lauren de Madison Avenue. Beaucoup de bois parfumé et de velours, des lumières douces, des canapés en cuir, de grands fauteuils tapissés de tissu à carreaux, et des tapis persans, des housses bigarrées, des tableaux dont le personnage principal et incontesté était le cheval, des cadres en bruyère et argent entassés partout, fiers de célébrer de la façon la plus disparate le sourire de David. Il y avait une cheminée rustique où brûlait une belle flambée chaleureuse, qui à son tour mêlait harmonieusement son parfum domestique ancestral à l'arôme des petites pizzas tout juste sorties du four et des aiguilles tombées du grand arbre de Noël dominant tout le décor, petit frère de ceux qui ornaient l'allée. Pour conférer une touche supplémentaire d'unité à la scène, deux serveurs (tous deux chauves et moustachus) sautillaient d'un bout à l'autre du salon sur des petits airs de Noël en distribuant des boissons sans alcool et des canapés à la foule d'adolescents réunis pour l'occasion.

L'ennui c'est que tant de chaleur, apparemment destinée à mettre à l'aise, embarrassait encore davantage. Comme si tous ces garçons et filles de quatorze à dix-huit ans, sur leur trente et un sans y être habitués, cherchaient chacun à sa manière à trouver le bon endroit où se sentir moins ridicules.

Samuel rêvait depuis longtemps de ce moment, celui où il serait enfin chez les Ruben, où il se jetterait sur leurs délicieux hors-d'œuvre, où il se mêlerait à des garçons et des filles plus âgés que lui, et il s'en voulait presque de voir qu'il n'en était pas ravi. Il n'arrivait pas à se débarrasser de la scène à laquelle il avait assisté peu avant, quand ils se préparaient pour sortir.

Les rapports entre deux frères presque du même âge ressemblent beaucoup, à la longue, à ceux qui s'instaurent dans un vieux couple. En général l'un des deux joue le rôle de la femme et l'autre de l'homme.

Mais dans des circonstances particulières il peut arriver que les rôles s'inversent. Et c'était le cas pour les frères Pontecorvo lorsqu'ils devaient aller quelque part ensemble. D'habitude (disons dans le quotidien) Semi tenait le rôle de la petite fiancée docile et admirative. Et il en avait toujours été ainsi.

Depuis l'époque où tout petit il mangeait sa bouillie sur sa chaise haute, Samuel cherchait tout le temps Filippo des yeux, il voulait toujours être avec lui et forcer son attention. Non seulement il lui reconnaissait une supériorité absolue dans tous les domaines de leur vie commune, mais il avait souffert toutes les fois où cette supériorité avait été subitement mise en question.

Cet été-là, par exemple, il s'en était fallu de peu que Samuel ne se mette à pleurer quand au cours d'un tournoi de ping-pong dans leur jardin il avait battu Filippo en demi-finale pour la première fois de sa vie. Bien que Filippo ait paru bien loin de souffrir de sa défaite publique, Semi avait été tellement torturé par sa victoire imprévue qu'il s'était employé depuis à se faire dûment écraser chaque fois qu'il en avait l'occasion, et en tirer un réconfort raffiné.

Mais le fait que Filippo n'exerçait pas sur tous les autres garçons de la bande le charisme que Semi lui reconnaissait, qu'il n'était pas, disons-le, du genre de David Ruben, ne faisait que rendre la vénération de Samuel pour son frère encore plus exclusive, et donc encore plus sacrée.

L'indépendance de Filippo, sa gestion solitaire de sa bizarrerie, sa difficulté à s'intégrer et à partager les goûts et les points de vue des autres, jusqu'au courage de supporter stoïquement l'humiliation de résultats scolaires aussi insuffisants (lui qui aurait pu n'avoir que des 20 si seulement il s'y mettait)... Tout ça et beaucoup d'autres choses avaient fait de Filippo une espèce de héros aux yeux de son cadet et rendu sa dévotion si servile qu'elle faisait penser à celle d'une geisha.

Mais pas quand ils devaient sortir ensemble. Dans ce cas, en effet, c'était l'aîné qui était en retard comme n'importe quelle petite épouse. Et de quelle façon agaçante. Il affichait une désinvolture exaspérante, même pour son plus fervent admirateur. Ce soir-là encore, au moment de sortir pour aller chez les Ruben, il s'était fait attendre. Semi et Rachel étaient déjà dans le jardin. Semi desserrait le nœud de cravate auquel il n'était pas habitué, il déboutonnait et reboutonnait les poignets de sa chemise. Rachel tripotait maladroitement l'appareil photo avec lequel elle s'apprêtait à immortaliser l'élégance de ses fils. La nuit était étoilée, il faisait froid et ils s'impatientaient pour de bon.

« Semi, va voir où est passé ton frère. Pendant ce temps j'essaie de faire marcher ce truc. »

Semi ne s'était pas fait prier. Il était retourné à l'intérieur. Et avait cherché son frère partout. Rien. Où était-il passé ? À la fin, il avait même essayé dans la cuisine. Vide. Peu après avoir éteint la lumière, il avait entendu un bruit venant de l'obscurité derrière lui. Il était revenu sur ses pas. En veillant bien à ne pas se faire entendre, Samuel était retourné dans la cuisine, il s'était penché vers l'escalier qui conduisait au sous-sol, et il était resté abasourdi.

Filippo était là en dessous, à quelques pas de la porte fermée du sous-sol. À quelques pas du grand mystère extravagant des Pontecorvo. De leur comte de Monte-Cristo personnel.

Il avait déjà sa chemise blanche sur le dos mais était encore en slip. Il tenait dans une main la lampe de poche dont il ne se séparait jamais, et serrait dans l'autre des feuilles de papier. Lentement, Filippo s'était penché et avait fait glisser une feuille sous la porte.

Bouleversé, c'est le moins qu'on puisse dire, par ce qu'il venait de voir, et craignant de se faire remarquer à son tour par son frère absorbé par cette affaire louche, Semi était ressorti dans le jardin en courant et avait trouvé sa mère de plus en plus transie et encore aux prises avec le Nikon de son mari.

« Alors, tu l'as appelé ?

— Il est presque prêt.

— Comment ça, "presque" ?

— Il est pratiquement prêt. »

Et en effet Filippo, plus prêt que prévu, était arrivé peu après. Celui qui n'était pas prêt c'était Semi, qui avait du mal à regarder son frère en face.

Une quarantaine de minutes après avoir été témoin de ce qui lui avait paru plus grave que n'importe quel sacrilège, assis sur un canapé en cuir dans le salon bondé des Ruben où les invités commençaient finalement à se presser, Semi ne parvenait pas à se sortir de la tête l'image de son frère glissant quelque chose sous la porte de leur père. Dieu sait si pendant le trajet qu'ils avaient dû faire à pied pour arriver chez les Ruben – les huit minutes glaciales éclairées par des étoiles qui, si elles n'avaient pas été là-haut à leur place habituelle, auraient pu passer pour des ampoules de plus au milieu de celles qui parsemaient chaque centimètre carré du quartier –, Semi avait été tenté de lui demander à brûle-pourpoint : « Qu'est-ce que tu faisais là en dessous ? Pourquoi tu avais ces papiers à la main ? Qu'est-ce que tu passes à papa ? De l'argent ? Ou un de ces fichus gribouillages que tu dessines à longueur de journée ? C'est lui qui t'a demandé de le faire ? Maman le sait ? Tout le monde le sait sauf moi ? »

Semi n'avait pas trouvé la force d'ouvrir la bouche. Mais ces questions l'oppressaient de plus en plus. Au point de lui gâcher le plaisir d'être là, à la fête à laquelle il avait eu la permission de participer pour la première fois seulement deux ans plus tôt, et que depuis lors il attendait toujours avec anxiété, lui « le vrai mondain de la famille » (le copyright de la définition appartient à Leo).

Et à présent, au lieu de profiter de l'ambiance, il était assis sur le canapé, une petite pizza chaude dans une main et un Coca glacé dans l'autre. Lui si sociable ne réussissait pas à se mêler aux autres, tandis que son frère asocial se tordait de rire avec David, qui venait visiblement de lui raconter quelque chose de très drôle. Dans des circonstances normales Semi aurait été fier de cette intimité entre Filippo et David Ruben ; il aurait trouvé la complicité entre géants naturelle et juste. Mais il n'y arrivait pas. Il n'arrivait pas à éprouver la moindre bienveillance envers son frère. Et pas seulement à cause de ce qu'il l'avait vu faire devant la porte du sous-sol, mais pour tout ce que Filippo

216

n'avait pas fait depuis que leur père s'était réfugié là en dessous.

Semi avait compris que quelque chose avait changé entre lui et son frère une nuit de juillet, peu après que Leo fut parti se cacher. Ne réussissant pas à dormir, il avait grimpé sur le lit supérieur où dormait son frère aîné. Rien d'exceptionnel en réalité. Il le faisait depuis toujours. Mais cette fois-là ça n'avait pas plu à Filippo. Il lui avait fait comprendre par un sursaut et un « non » chuchoté mais éloquent que ça n'était pas le moment. Et Semi, contrairement à son habitude, n'avait pas insisté. Il s'était réfugié dans son lit, mortifié, et s'était efforcé de ne pas pleurer.

Que se passait-il ? Filippo l'abandonnait lui aussi ? Le reste ne suffisait pas ? Il s'y mettait lui aussi ? Se pouvait-il que tout ce sur quoi il avait compté jusqu'à l'avant-veille – le ciel qui s'était présenté depuis toujours à ses yeux innocents sous la constellation de la confiance et de la solidarité – oublie tout à coup ses promesses ? Qu'il en vienne même à les trahir ? Que les trois personnes qui lui avaient toujours expliqué qu'il pouvait compter sur elles quoi qu'il arrive se désengagent en se montrant aussi distantes et déloyales ? Où étaient passés maman, papa et Filippo ? Maman-papa-Filippo que sa petite tête bien sage avait toujours imaginé comme un seul mot composé ? Maman-papa-Filippo qu'il avait toujours pensé comme un organisme vivant indivisible, selon le même principe qui fait se rappeler la maison natale non comme la réunion de plusieurs pièces de différentes tailles mais simplement comme « la maison » ?

C'est plus ou moins cette nuit-là que Semi, pris de panique d'avoir été chassé du lit de son frère comme Adam du Paradis, s'était mis à s'accuser d'être responsable de tout. Et ce à la façon dont n'importe quel autre garçon de son âge aurait pu le faire : avec un désespoir implacable. Toutes ses décisions de l'année précédente lui semblèrent avoir préparé le désastre.

Qui s'était mis à fréquenter cette fille (il n'arrivait pas à dire son nom même à lui-même) ? Qui l'avait ramenée à la maison ? Qui avait exigé que pour le Noël précédent (un an avait passé qui semblait un millénaire) elle parte en vacances avec eux à la montagne ? Qui avait fait en sorte qu'entre sa petite amie et son père s'instaure une intimité dangereuse ? Qui ne s'était aperçu de rien ? Qui n'avait pas compris ce qui se passait ? Pas attaché d'importance à la nature dangereuse de cette fille ?

Pas mal, pour un garçon de treize ans, toutes ces questions rhétoriques.

Mais à présent, après tant d'interrogations, Semi avait besoin d'une affirmation bien plus saine. Alors il s'était dit que personne n'était mieux placé que lui pour avoir une idée de ce fichu danger : elle avait donné plus d'une preuve de son étrangeté pernicieuse. Mais ça n'avait fait que lui donner un autre motif valable pour se sentir coupable vis-à-vis de Leo. En effet, Semi était sûr d'être le seul chez lui, le seul dans tout l'univers, à pouvoir défendre l'innocence de son père. Ne serait-ce que parce que lui seul connaissait d'expérience l'art de manipulatrice de Camilla (c'était le nom que Semi n'avait finalement pas pu faire semblant de ne pas se rappeler).

Semi avait fait l'expérience du pouvoir de manipulation de Camilla le jour où, grâce à elle, il avait
découvert sur lui-même une chose importante (sans
doute la plus importante de toutes). Il était de plus
en plus convaincu que cette découverte avait changé
les choses. Et qu'elle était donc la cause de tout ce qui
était arrivé ensuite.

Si vous aviez douze ans en 1985, si vous étiez un
garçon mignon, bien élevé et riche, et sentiez naître
en vous un intérêt de plus en plus immodéré pour
les filles et le sexe, il était probable qu'une fois votre
proie repérée, et après des monologues agaçants,
vous vous décidiez enfin à lui demander d'aller au
cinéma avec vous. Parce que ça ne signifiait pas seulement briser la glace. Ça impliquait quelque chose de
beaucoup plus sérieux, une espèce de point de non-
retour. C'est pourquoi Semi était si fier d'avoir réussi
à le demander à Camilla, même si c'était grâce à un
petit mensonge.

Elle lui était apparue, telle une déesse enfant, au
bord d'un terrain de foot improvisé et tout à fait imaginaire au cœur de la Villa Borghese. C'était un vendredi à la fin de janvier. Semi était allé à la fête de
Fabio, un camarade de classe, et, après le déjeuner
dans un restaurant de la via Sicilia, la mère du héros
du jour avait accompagné la tribu de gamins au parc.
Ils avaient composé les équipes, commencé à jouer,
s'étaient défiés à mort. C'était un de ces avant-goûts
de printemps que Rome prend plaisir à offrir à ses
habitants indolents. À un certain moment, une sorte
de cordon humain composé de jeunes supporters
déchaînés s'était formé autour du terrain.

C'est alors que Semi avait repéré Camilla : il avait marqué un but avec un beau coup de tête et elle semblait la seule à n'avoir aucune envie de l'applaudir. Elle avait même un livre entre les mains, une occupation qui en l'occurrence avait paru insolite, y compris pour un bûcheur comme Semi. Tiens donc, une petite intellectuelle. En supposant qu'il se soit agi d'une beauté, on l'aurait définie à coup sûr comme une beauté étrange. Auréolée d'une espèce de nuée rose, peut-être à cause de ses cheveux roux, de ses taches de rousseur sur le front, de sa montre Hip Hop framboise.

Le samedi suivant, Samuel était allé dormir chez Fabio. Avec quelle surprise et quelle émotion il l'y avait retrouvée ! Elle habitait à l'étage au-dessus et adorait aller manger chez ses oncle et tante.

Après le dîner ils avaient joué au Scrabble et Semi, fin manieur de mots, avait écrasé ses adversaires. Alors, galvanisé peut-être par son succès, il s'était armé de courage et, comme Fabio et lui avaient décidé d'aller au cinéma le lendemain, il avait demandé à Camilla si elle voulait les accompagner. Et elle, comme si de rien n'était, avait murmuré : « Je ne vois que des films de Renoir. »

Naturellement, Semi n'avait pas la moindre idée de qui était Renoir, mais après un calcul opportuniste pathétique il n'hésita pas à la rassurer. Elle pouvait y compter : si un Renoir passait en ville, ils le verraient.

Et son audace était allée plus loin, jusqu'à demander à Fabio de débarrasser le plancher. Fabio s'était effacé virilement.

« Et Renoir ? » demanda Camilla alarmée en voyant Semi regarder la pointe de ses chaussures devant le cinéma.

Il hésita.

« Et Fabio ?

— Il nous a posé un lapin. » Il se hâta d'ajouter : « J'espère que ça ne t'ennuie pas. » Semi était déjà là depuis une petite demi-heure. Il s'était fait déposer en voiture par Rachel. Qu'il avait priée de s'en aller avant l'arrivée de Camilla. Il s'était bien gardé, évidemment, d'avouer qu'il avait rendez-vous avec une fille.

« Pas du tout. Mon cousin est un tel crétin. »

Semi fut frappé par la sincérité brutale de Camilla. D'autant plus qu'elle s'exerçait contre un parent proche et venait d'une créature aussi réservée.

À la place d'un film de Renoir, Samuel avait choisi *Teen Wolf*, où un Michael J. Fox faisant ses premières armes, mais déjà extraordinaire interprète de rôle du lycéen empoté, après avoir découvert qu'il est un loup-garou, devient un as du basket très poilu et un briseur de cœur à la virilité plutôt exubérante. S'il n'y avait pas eu la fin édifiante où tout le monde est racheté en redécouvrant la valeur de l'amitié et de l'amour, le film aurait pu être considéré à tous égards comme un chef-d'œuvre digne de Renoir.

En tout cas, bien avant d'arriver à l'épilogue, *Teen Wolf* avait rempli remarquablement son rôle d'entremetteur. Plus ou moins au moment où Marty, le protagoniste, commence à se transformer en loup devant le miroir de la salle de bains, voilà que Camilla, sans que son geste ait été préparé par une stratégie appropriée, enfouit son museau de fouine dans le cou de Samuel.

Bon, je sais qu'aux yeux de vous autres libertins ça n'est pas toute une affaire qu'une fille vous embrasse dans le cou. Mais il se trouve que le pauvre Samuel n'est pas moins empoté que Marty, là, qui sur grand écran regarde abasourdi ses mains se couvrir de poils. Par ailleurs, à propos d'analogie, la surprise de Semi en sentant pour la première fois de sa vie la bouche d'une fille dans son cou n'est pas moins bouleversante que l'effet produit sur Marty par sa transformation brutale en animal. Et la réaction de Semi au geste audacieux de Camilla n'est pas moins violente et incontrôlable que celle du sympathique louveteau. Semi aussi est excité et épouvanté. Et il a aussi quelque chose dont il a honte : le gonflement implacable à la hauteur du bas-ventre le cloue, pour ainsi dire, à ses responsabilités de mâle en miniature qui découvre sauvagement la vie.

Même si, selon les règles préadolescentes, Semi et Camilla s'étaient mis les deux semaines suivantes à fréquenter les salles de cinéma aussi souvent que des cinéphiles acharnés, ils auraient eu quelques difficultés à raconter la trame des films qu'ils avaient payés pour voir. Il est vrai que pendant la projection ils étaient absorbés par de tout autres aventures. Semi avait même menti deux ou trois fois à Rachel en disant qu'il allait travailler chez un ami. Tout ça pour se glisser de nouveau dans un cinéma avec la fille de ses rêves (c'était elle qui payait les billets, Semi n'avait pas assez d'argent en poche). Jusqu'au jour où Camilla, dont il est de plus en plus visible que c'est une volontaire, lui a fait comprendre qu'elle désirait un saut qualitatif : assez de cinéma. Elle voulait être un peu seule avec lui.

Ainsi, un jeudi, après un nouveau mensonge à Rachel, Semi prend l'autobus et va de son collège à celui de Camilla, le Chateaubriand de la Villa Borghese. De là il la laisse le conduire à pied jusque chez elle, pas très loin. En entrant dans l'appartement inconnu, Samuel se sent oppressé. Il regrette l'obscurité inoffensive et accueillante de la salle de cinéma. Il se rend compte que dans tout ce qui pourrait se passer quelque chose ne va pas. Il sent néanmoins que ce qui pourrait arriver est la chose la plus grandiose qui soit pour un garçon (pour qui que ce soit). Il ne lui reste qu'à jouer la désinvolture.

« Et tes parents ?

— Ils ne sont pas là. Mon père travaille et maman est en vacances.

— En vacances ? Où ça ?

— Dans les Caraïbes, je crois. Elle y va tous les ans. C'est la personne la plus bronzée que je connaisse.

— Et ton père ne l'accompagne pas ?

— Tu voudrais qu'ils me laissent toute seule ici rien que pour toi ?

— Et nous sommes seuls ?

— Oui. À cette heure-ci il n'y a jamais personne. Mon père rentre toujours vers sept heures. »

Semi perçoit comme une menace dans cette phrase.

« Qui fait la cuisine ?

— Je me prépare à manger moi-même. Tu as faim ?

— Non, je demandais comme ça. »

Mais elle a déjà la tête dans le réfrigérateur d'où elle tire des restes pas franchement appétissants. Devant cette nourriture froide et incolore sous film plastique, Semi a la vague intuition que sa vie est très différente de celle de Camilla. Comme si le froid aseptisé de ces victuailles en disait plus long que tout autre indice sur la situation dans cette maison. Comme si Semi comprenait tout à coup ce qui rend Camilla tellement spéciale : sa réserve, ses silences, cette façon d'être toujours mélancolique, un livre à la main.

Elle, pendant ce temps, avec des gestes mécaniques dus à l'habitude, prend une assiette de courgettes bouillies et une autre remplie de tomates anémiques. Finalement elle retire le film plastique d'un plat creux plein à ras bord de légumineuses étranges que Semi n'a jamais vues, mais qui lui rappellent vaguement les lentilles.

« C'est de l'épeautre. Ma mère ne mange que ça. C'est bon froid aussi.

— Je t'ai dit que je n'avais pas faim. »

Maintenant Semi commence à être vraiment nerveux. Et aussi à éprouver un curieux ressentiment. La partie qui se joue est trop importante pour lui. Il a douze ans. Douze ans. Il ne cesse de se le répéter depuis qu'il a mis les pieds ici. Pour ajouter ensuite : seul avec une fille… seul avec une fille…

La chambre de Camilla exprime avec précision la contradiction entre une fille et ses parents. Le papier à fleurs des murs, la moquette rose, le lit laqué blanc dont le baldaquin maniéré semble inspiré par un château de Walt Disney… c'est la chambre d'origine, sa première strate, choisie par ses parents. Et sur cette première strate s'est déposée, rageusement, la seconde, qui définit la personnalité de Camilla. On dirait même que celle-ci s'est efforcée de violer le temple virginal de conte de fées que ses géniteurs lui ont consacré. À commencer par le désordre. Pour finir avec les posters. Qui, vu le contexte, sont vraiment déplacés. Sur ces murs, en effet, il n'y a aucun des Tony Hadley, George Michael, John Travolta, Jennifer Beals ou Heather Parisi qu'on attendrait. Les murs sont chargés de visages de personnages étranges qui à en juger par leur mine et leur coiffure sont morts depuis longtemps. Semi n'en reconnaît pas un seul. Heureusement je suis là, je connais presque tous les détails de cette histoire et je peux donc vous fournir le panthéon iconographique de la demoiselle. En les voyant de si près je suis impressionné : le regard languide d'Arthur Rimbaud ressemble beaucoup à celui, drogué, de Jim Morrison. Je dois remarquer aussi que le casque d'aviateur va mieux à John Belushi qu'à Saint-Exupéry…

Tout est tellement bizarre que Semi, au début, ne ressent pas la stupeur qui s'impose en voyant sa petite amie (on peut l'appeler comme ça à présent) commencer à se déshabiller. Ça n'a vraiment aucun sens. Semi est pétrifié, il ne sait pas quoi faire. S'il doit s'approcher ou s'enfuir. Se déshabiller lui aussi ou garder ses vêtements.

En quelques secondes elle est en petite culotte et soutien-gorge.

À sa façon de s'approcher, Semi comprend (verbe tristement inapproprié) qu'elle n'en sait pas plus que lui sur certaines choses. Tout ce qu'il connaît sur le sujet est entassé derrière le radiateur des toilettes qu'il partage avec son frère. Ce doit être Filippo qui a caché là la précieuse marchandise, une poignée de revues aux titres passionnants (*Supersex, Le Ore,*

Men…) apparues derrière le radiateur plus ou moins à l'époque où Filippo, frappé de maux de ventre continuels, a commencé à s'enfermer dans les toilettes avec une fréquence de mauvais augure. Un camarade de classe lui a expliqué pourquoi ; il lui a décrit point par point ce qui peut arriver à son pénis si on le travaille bien comme il faut avec la main. Muni de ces explications, Semi a travaillé sur son outil, et comment, mais en n'obtenant qu'une irritation et une mortification intérieure. Il a découvert les revues cachées par son frère au même moment. Un véritable apprentissage de la vie pour lui. Il n'imaginait vraiment pas que ces corps emmêlés d'hommes musclés et de femmes superbes pouvaient lui apporter à la fois autant de plaisir et autant de douleur.

Un jour, au vestiaire, après l'heure de gymnastique, il a annoncé triomphalement à son ami qu'il était devenu un homme. Ça lui était enfin arrivé à lui aussi. Incroyable. Avoir un orgasme. Quoi de mieux ?

Dommage que Semi ait menti. La vérité c'est qu'il essaie tous les après-midi. Mais ça ne donne rien. Et ce « rien » lui fait imaginer le pire. Il éprouve la sensation frustrante et douloureuse d'un plaisir dont on ne réussit pas à jouir à fond et qui, précisément pour ça, laisse à l'intérieur de soi une terrible impression d'inaccomplissement perpétuel. Un supplice qui consiste en un désir sans fin.

Un autre ami plus âgé lui a raconté qu'il n'a qu'à embrasser sa petite amie pour inonder immédiatement son pantalon. Il lui a expliqué que cette précipitation n'est pas bon signe. Et pourtant, bien que son ami s'en plaigne, Samuel l'a envié. Il est convaincu que venir trop vite est beaucoup mieux que ne pas venir du tout.

C'est dans ce dilemme que Semi est embourbé quand il doit affronter Camilla en petite culotte et soutien-gorge. Depuis des semaines il ne cesse de ruminer le soupçon rageur de ne jamais devenir adulte. De rester pour toujours cette chose amorphe, un morveux plein de notions théoriques apprises dans les revues de son frère et par les confidences d'amis plus avertis. Et sans aucune expérience sur le terrain.

Semi est rassuré en sentant que les doigts de Camilla tremblent aussi. Elle lui a attrapé le poignet et l'entraîne maintenant vers le lit. Elle le fait asseoir. Les draps exhalent un parfum aigre-doux, une odeur d'enfance relevée par un arrière-goût de culpabilité. Et à ce stade Camilla ne fait rien d'autre que ce qu'elle ferait dans l'obscurité d'un cinéma. Semi ferme les yeux et pendant quelques minutes il n'y a aucune différence entre le cinéma et la chambre de Camilla. Le véritable saut qualitatif, ce qui change tout, c'est cette main. Qui l'atteint là où jamais personne n'a osé aller. Une petite main qui ne sait pas encore comment s'y prendre, une petite main qui, dans son inexpérience même, agit de façon tellement irresponsable et équivoque qu'elle en devient irrésistible. Et voyez-moi ça, c'est cette petite main-là qui franchit le mur du son que celle de Semi n'a même pas pu égratigner malgré des heures et des heures d'expérimentation éreintante et solitaire.

Et finalement. La première fois. Que dire? Ces contractions syncopées dans les reins, c'est grandiose. Vraiment. Mais alors pourquoi une telle envie de pleurer ? Il a eu beau essayer d'imaginer l'orgasme, il découvre qu'il n'est pas moins inimaginable que, pour un sourd, la musique de Mozart.

Le cadeau de Camilla. C'est grâce à lui qu'il entame sa carrière d'homme. Dorénavant, Semi pourvoit efficacement à ses propres besoins. Et il le fait avec une fréquence et une intensité égales à celles de son frère, qui au contraire vont en diminuant. Désormais c'est lui le véritable athlète de la famille. Le grand artiste solitaire. Le hic c'est qu'au même moment Camilla fait un pas en arrière.

Il lui demande tous les jours : « Ta mère repart quand ?

— Je ne sais pas. Pourquoi ?

— Parce que comme ça nous pouvons être un peu seuls.

— D'accord, mais je ne sais pas quand elle repartira. »

Qu'est-ce qui a changé ? Pourquoi fait-elle ça ? Pourquoi lui faire connaître une merveille et la lui retirer ensuite ? Qu'est-ce que c'est que cette cruauté ?

Quel que soit son motif, Camilla ne veut plus être seule avec lui. Au cinéma oui, dans le parc oui, et même chez elle à condition qu'il y ait au moins un de ses parents. Mais qu'ils soient vraiment seuls, jamais.

Pourquoi ? Ça ne lui a peut-être pas plu autant qu'à lui. Elle a peut-être été dégoûtée par l'épilogue poisseux. En tout cas il se sent comme un explorateur des océans auquel on a retiré son permis de navigation.

Tout un été s'écoule. Ils sont tous les deux envoyés en vacances d'étude. Elle à Montpellier pour améliorer son français par ailleurs parfait. Lui à Newquay, une petite ville triste de Cornouailles. Elle réussit à l'appeler deux fois (pas de portables en ce temps-là, rien que des communications interurbaines poétiques et hors de prix !). Pendant ce temps il devient un visiteur assidu des toilettes britanniques. Il fait toujours comme si sa main, plus experte de jour en jour, était celle de Camilla. En septembre, quand ils se retrouvent, l'obstination avec laquelle elle évite de rester seule avec Semi est devenue encore plus exaspérante s'il se peut. Lui se contente (façon de parler) du traitement cinéma.

Puis, vers le mois de décembre, une espèce de chantage. Pas vraiment un chantage dans la forme. Mais une requête pressante qui a quelque chose de vaguement menaçant. Elle ne veut pas passer Noël avec ses parents. Elle veut aller en Suisse avec lui, à la montagne avec les Pontecorvo. Elle lui en parle sans arrêt. Semi a commencé à craindre que les prochaines photos que Camilla mettra sur son mur ne soient celles de toute la famille Pontecorvo. Il en est quand même fier. Le fait qu'elle se sente mieux chez lui que chez elle lui procure un certain orgueil.

« Tu es folle ? Que vont dire tes parents ?

— Ne t'inquiète pas pour mes parents. Je m'en charge. Toi, occupe-toi des tiens.

— Ma mère ne dira jamais oui.

— Si tu réussis, je te promets de…

— De quoi ?

— Tu verras. »

Oui, elle lui avait dit : « Tu verras. » Sans rien ajouter. Et Dieu sait si elle lui en avait fait voir. À lui et à toute sa famille. Et ce qui le désespérait le plus c'était l'idée que la seule personne de sexe masculin qui avait réussi à rester un peu seul avec Camilla pendant les vacances en Suisse était son père. Un après-midi où tous les autres étaient sortis. Et Semi savait très bien comment Camilla se comportait quand elle était seule avec quelqu'un. Il savait à quel point elle pouvait se rendre irrésistible.

Voilà ce à quoi Semi avait repensé peu après avoir été chassé du lit de son frère. Et que Filippo avait probablement voulu lui rappeler en le faisant dégager. Comme si en refusant de l'accueillir dans son lit il avait voulu dire : « Non, je ne peux pas te consoler. Parce que je sais que c'est ta faute. Tu as tout détruit. C'est à cause de toi que nous nous retrouvons dans cette situation. Il n'y a qu'un seul responsable si papa s'est réfugié là en dessous et si nous n'avons pas réussi à le suivre. Si papa ne monte pas nous voir et si nous ne descendons pas le voir. Si maman ne parle jamais de lui et que nous n'en parlons jamais avec elle. Le seul responsable de tout c'est toi, l'incapable, avec tes enfantillages, ton inexpérience, ton égoïsme. »

Et dans le noir, en reposant la tête sur son oreiller humide et brûlant, Semi avait pensé : « Oui, tu as raison, tu as raison, tout est de ma faute. Ça ne s'est pas passé comme tu crois, mais pour l'essentiel tu as parfaitement raison : tout est de ma faute. »

Depuis la nuit où Semi avait imaginé cette conversation, il n'avait plus essayé de monter dans le lit de Filippo. Depuis cette nuit-là quelque chose avait changé entre eux, cette histoire, au lieu de les réunir comme on aurait pu s'y attendre, avait fini par les séparer. Au bout de cinq mois de cauchemar, Semi pouvait constater que tous les coups qu'il était naturel d'attendre de l'extérieur étaient venus en réalité de l'intérieur. Très nettement, le mécanisme antisismique tellement éprouvé, le mécanisme Pontecorvo, soumis aux secousses exceptionnelles d'un tremblement de terre imprévisible, n'avait pas résisté.

En somme, tous les autres (amis, camarades, enseignants, professeur de tennis…) avaient eu un comportement irréprochable. Personne n'avait fait directement allusion à l'affaire Pontecorvo devant Semi. Ça n'était pas arrivé en classe. Ni dans la bande de l'Olgiata qu'il s'était remis à fréquenter au bout de quelque temps. Ça n'était arrivé ni pendant les leçons de tennis ni à la piscine…

Semi, sans même en avoir pleinement conscience (comment aurait-il pu ? Il venait à peine d'avoir treize ans) avait appris que la manie des gens de parler de vous dans votre dos n'est pas si dramatique. Au contraire, que l'hypocrisie est socialement une précieuse ressource. Et que s'il y a une chose surévaluée, c'est la sincérité. Semi l'avait bien compris. Il était reconnaissant à tous ceux qui au cours des mois passés n'avaient pas évoqué son père. Mais il commençait à en vouloir à sa mère et à son frère. Parce que d'eux, oui, d'eux, il se serait attendu à ce qu'ils lui en parlent. Et il en voulait à son père qui lui devait autant d'explications qu'il lui en devait lui-même. D'autant plus que Semi avait toujours aimé parler avec lui. Son père était un orateur hors pair. Quelqu'un qui aimait expliquer. Une voix magnifique. Alors pourquoi à présent ne voulait-il pas expliquer cette chose-là, cette chose fondamentale ? Quand il pensait au temps qu'il avait passé à se rendre responsable de tout…

Tout à coup, sur le canapé des Ruben, Semi sentit que l'embrouillamini inexplicable des derniers mois était balayé par l'image de son frère glissant des feuillets sous la porte de leur père. C'était comme si tous les besoins de Semi s'étaient réduits à cette curiosité unique et oppressante. Qu'il ne pourrait jamais rassasier ; il ne trouverait jamais le courage de questionner Filippo sur cette histoire.

Que Filippo traîne près de la porte de leur père n'était d'ailleurs pas tellement incompréhensible. Semi comprenait parfaitement la fascination sinistre qu'exerçait cet endroit. Il était souvent pris lui aussi de l'envie de descendre là. Et à vrai dire il avait lui aussi son petit secret à propos de cette porte.

En effet, depuis quelques semaines, Semi se levait de temps en temps quand tout le monde était couché. Il allait dans la cuisine. Prenait quelques carrés de chocolat au lait dans l'office et les déposait devant la porte de Leo enveloppés dans une serviette en papier. Chaque fois qu'il descendait les marches il éprouvait une espèce de vertige. Un sentiment inconnu qui mêlait la peur à l'excitation, le goût de l'interdit à un amour inextinguible. Il avait chaque fois la terreur que son père ouvre la porte à ce moment-là (en même temps qu'il l'espérait). Mais jusque-là ça n'était jamais arrivé.

Semi allait parfois regarder le matin ce qu'était devenu le petit cadeau laissé à la porte. Et c'était toujours une immense émotion de voir que la serviette n'était plus là. Il espérait que son père devine qui se cachait derrière ce geste affectueux. Il l'imaginait, plein de gratitude envers lui, en train de s'essuyer la bouche avec la serviette en souriant.

Mais à présent, l'idée qu'on puisse attribuer à Filippo le mérite de cette attention du soir le rendait furieux.

« Qu'est-ce qui se passe avec Corvo junior ? Pas d'appétit ? »

C'était la voix de David Ruben. Sa belle voix si assurée. C'était lui qui avait surnommé affectueusement Filippo et Samuel « les Corvo ». Et qui pour les distinguer les appelait « Corvo senior » et « Corvo junior ».

Il se tenait devant lui avec son mètre quatre-vingt-cinq, son menton volontaire de héros de BD. Un grand et beau garçon qui, disons-le, était beaucoup mieux en short et chaussures de sport qu'en costume cravate. Samuel savait que s'il n'y avait pas eu la folie des grandeurs de sa mère, David se serait épargné une fête aussi tapageuse. Mais il savait aussi que la reconnaissance de ce fils envers une mère aussi complaisante était telle que ça ne lui coûtait finalement pas trop de satisfaire sa mégalomanie. En outre, son heureux caractère le faisait profiter de chaque occasion pour s'amuser et se sentir bien. Sa gentillesse avec tout le monde devait justement venir de son état de bien-être, de son impossibilité d'entretenir de l'envie ou du ressentiment à l'égard de qui que ce soit. Il avait vu Samuel à l'écart. Il savait que ce soir-là il avait toutes les raisons d'être le plus malheureux de tous, soit à cause de ce qui arrivait à son père, soit parce qu'il était le plus jeune invité et ne connaissait presque personne. C'est pourquoi il voulait lui remonter le moral.

« Moi, je l'enlèverais », dit David en dénouant sa cravate. Et Semi l'imita aussitôt en lui souriant avec reconnaissance.

« Je croyais qu'elle était obligatoire.

— Ici ça n'a rien d'une académie militaire. Rien n'est obligatoire. Et puis, tu le sais, faire comme bon me semble est ce que je sais faire le mieux.

— Tu en as de la chance.

— Il ne faut pas croire qu'ici on te casse tout le temps les couilles. Tu vas voir, dès que je réussirai à envoyer ma neurasthénique de mère se coucher, on commencera à se lâcher pour de vrai.

— Du genre ?

— Ton frère ne te l'a pas dit ?

— Non…

— Il ne t'a pas dit qu'ici on se lâche comme nulle part ailleurs sur la terre ? »

David tint sa promesse. Après le cortège de panettoni et de crèmes au mascarpone, et quand madame Ruben, épuisée et satisfaite, débarrassa finalement le plancher, David introduisit ses invités survivants (pour la plupart de sexe masculin) dans une sorte de salle de jeux située au sous-sol.

On trouvait là absolument tout ce qu'un garçon pouvait désirer en 1986. Je soupçonne que pour décorer le loft de Tom Hanks dans *Big* les scénaristes se sont inspirés de David et de ce qu'il appelait « là où on se lâche ». Il y avait un billard, une table de ping-pong, un baby-foot, deux jeux électroniques de bar et, naturellement, l'inévitable circuit automobile. Sur la grande table au centre recouverte du tapis vert caractéristique il y avait des cartes, des jetons et quelques jeux de Noël. David disparut dans une autre pièce, d'où il ressortit quelques instants plus tard avec un plateau plein de canettes de Coca.

Personne n'était plus gâté que David Ruben. Mais au contraire du garçon gâté typique il y avait chez lui une telle envie et un tel plaisir de partager avec les autres que le jalouser paraissait vraiment mesquin. C'était bien d'être son ami. Le jalouser n'avait aucun sens. Comme si sa pureté intérieure avait quelque chose de contagieux. N'importe qui, dans cette situation, aurait eu le droit de se déchaîner. Mais personne ne semblait trouver de l'intérêt à le faire. Comme s'ils ne voulaient pas violer toute cette respectabilité bourgeoise. Et pourtant ils avaient le bon âge. Il aurait suffi que quelqu'un sorte de l'herbe. Que David distribue des boissons plus explosives que du Coca. Il aurait suffi que quelqu'un mette la musique qui s'impose. Que les garçons, si empruntés et inhibés, se débarrassent définitivement de leur veston et de leur cravate, et que les filles intimidées en fassent autant avec leurs chaussures…

Mais David Ruben n'avait pas l'habitude d'encourager la promiscuité chez lui. Et surtout, c'était bien comme ça. Il y avait quelque chose de romantique dans la retenue dominante. Et quelque chose de doux et de touchant dans cette atmosphère puritaine.

Bref, du moment que personne ne pelotait personne, il ne restait plus grand-chose à faire que se mettre à jouer. Manger du nougat et jouer. Boire du Coca et jouer. C'était tout ce qu'on pouvait faire là-dedans. Et tous s'y mirent sans trop de regrets.

Au bout d'un moment ils étaient autour de la table et jouaient à Mercante in Fiera. La banque était tenue

235

par un type que Semi et Filippo connaissaient de vue parce qu'ils fréquentaient le même établissement. Il avait deux ans de plus que Filippo, mais ça ne se voyait pas. Malgré son prénom, Pietropaolo (deux apôtres pour lui tout seul, pas mal), son comportement ordinaire n'avait vraiment rien de chrétiennement irréprochable. Il avait un beau visage de mannequin, qui rappelait – notamment parce qu'il faisait tout pour ça – Nick Kamen, un chanteur très en vogue auprès des adolescents de l'époque.

À en juger par le nombre de doudounes et de montres de marque dont il disposait, on aurait cru qu'il avait le budget shopping d'un émir. En outre, à propos du soin maniaque que Pietropaolo prenait de sa personne, terrorisé à l'idée de perdre sa romantique chevelure aile de corbeau, on disait qu'il s'enduisait tous les soirs la tête d'un médicament coûteux pour fortifier le cuir chevelu. Mais là n'était pas la rumeur la plus piquante qui courait sur son compte. Certains juraient que quelques années plus tôt il avait surpris sa mère se faisant sauter par le frère de son mari. Et que bouleversé par cette expérience hamlétienne il s'était précipité sur le lit et avait frappé le Claudius du jour. Que finalement, non content de ça, il l'avait immédiatement raconté à son père, qui avait demandé le divorce.

On disait que sa fameuse misogynie, assaisonnée d'un cynisme intolérable, venait de ce choc subi en pleine puberté. Bien qu'il ait été un des types les plus convoités de son lycée on ne lui avait jamais connu de petite amie. C'est pourquoi un parti le considérait comme un homo méchant et un autre soutenait que

Pietropaolo (avec l'argent qu'il avait) utilisait les services de professionnelles expérimentées.

La seule certitude était qu'il appartenait à cette catégorie d'individus qui ont un besoin constant d'humilier quelqu'un. Un véritable spécialiste de l'avilissement des autres. Qui, si vous aviez un défaut dont vous aviez honte et que vous faisiez l'impossible pour le cacher, le découvrait cruellement pour vous le jeter à la figure devant tout le monde. Un véritable supplice pour les grosses, ceux qui bégayaient, les porteurs sains d'oreilles décollées et de nez camus, les sportifs maladroits et les moches reconnues. Bref, la plus redoutable ordure qui soit. Disons-le, un vrai salaud. Et comme tous les salauds il était intelligent, brillant et – s'il ne vous choisissait pas pour victime – irrésistiblement sympathique.

C'est bizarre de le trouver dans cette fête, vu qu'il est à tous égards le contraire absolu du maître de maison. Toutefois, l'habileté avec laquelle il se débrouille dans son rôle de croupier fait soupçonner que c'est déjà une excellente raison pour l'avoir invité. Seigneur, comme il sait y faire. Il est cabotin, à l'aise. Il bluffe divinement. Il vendrait des jambons avariés à un rabbin.

Grâce à son talent, il a rejoint la troisième partie avec beaucoup de désinvolture. Pietropaolo est sur le point de retourner la dernière carte, celle du premier prix. Le pot est une belle somme nullement négligeable pour des adolescents. Cette fois, la déesse Fortune oppose Fili à Semi, Corvo senior à Corvo junior, Caïn à Abel. Ce sont eux qui ont les deux dernières cartes. Ce qui signifie que le gagnant raflera tout et que l'autre n'aura aucun prix de consolation. Une petite bagarre éclate entre les autres joueurs spectateurs.

« Allez, partagez !

— Du moment que tout reste dans la famille.

— Mais non, où est le plaisir ? C'est marrant si l'un gagne et l'autre perd.

— Oui, pas de clowneries !

— Montrez que vous avez des couilles, les gars. »

Filippo affiche son air habituel d'être là par hasard. L'air de quelqu'un qui s'en désintéresse complètement. Semi est empêtré dans des sentiments contradictoires. Pas tellement parce qu'il est l'invité le plus jeune de la fête et qu'il a honte d'être le centre de l'attention. Après tout il se sent à l'aise. D'autant plus que lorsqu'il s'agit de son frère, Semi abolit tout esprit de compétition. Il sait que dans des circonstances normales il remettrait sa carte à Filippo, lui en ferait cadeau rien que pour le plaisir de le voir triompher.

Mais aujourd'hui Semi en veut à Filippo. Pas tellement parce que cinq mois plus tôt celui-ci l'a chassé de son lit et lui a fait comprendre qu'il était désormais un hôte indésirable. Pas tellement parce que Filippo le rend probablement coupable de tout ce qui se passe. Et même pas parce que Semi l'a pris en flagrant délit pendant qu'il glissait quelque chose sous la porte du refuge où vit leur père. Si Semi en veut ce soir à son frère c'est uniquement parce qu'il a l'impression d'avoir été abandonné. Son héros l'a abandonné au moment le plus difficile. Et ça, il ne peut pas le lui pardonner. Voilà pourquoi Samuel tergiverse.

Filippo lui chuchote : « Allez, lopette, on partage. » Mais Semi ne se laisse pas avoir par le ton

238

caressant de cette voix. Son apparente douceur ne le séduit pas. Il connaît Filippo. Il sait qu'il n'aime pas être le centre de l'attention. Il veut en finir le plus vite possible.

C'est pourquoi Semi respire à fond l'air rendu épais par les cigarettes allumées, mais aussi les éteintes, et dit, sans avoir le courage de regarder son frère en face :

« J'ai ma carte. Tu prends la tienne.

— Tu as compris, petit Corvo ! dit quelqu'un.

— Quel caractère !

— C'est comme ça qu'on joue, les gars. »

Mais naturellement c'est Pietropaolo qui se permet le commentaire le plus déplacé et le plus terrifiant. Qui engloutit tous les autres comme un trou noir.

« Bien sûr, vous êtes toujours solidaires vous autres, dit-il en martelant chaque syllabe. Vous partagez tout en famille, y compris la même fille. Mais pas l'argent. Ça, jamais. »

Quelqu'un avait ri. Un autre, en revanche, avait compris à temps combien c'était inconvenant de rire d'une plaisanterie de ce genre, surtout dans cette maison. Une plaisanterie horrible, qui mêlait savamment antisémitisme ordinaire et insensibilité spécifique vis-à-vis de la tragédie qui avait frappé les Pontecorvo. Bref, une authentique saloperie.

Pendant un instant on n'entendit plus que le crépitement du feu et, en fond sonore, les insupportables airs de Noël. Tous les regards se tournèrent vers David. On était convaincu qu'au triple titre de maître de maison, chef incontestable de la bande et Juif à la générosité proverbiale, c'était à lui de sanctionner sévèrement l'attitude de ce salaud. Mais David n'ouvrait pas la bouche. Il était abasourdi. Embarrassé. Comme si, pour une fois, sa plus grande qualité, à savoir la bonté d'âme, le conseillait mal en lui ordonnant de choisir l'option la plus lâche : un silence irresponsable digne d'un démocrate-chrétien.

Il suffisait d'ailleurs de regarder Pietropaolo pour comprendre que tout en s'efforçant de se montrer fier de sa brillante sortie il était troublé par ce qu'il venait de dire. Et carrément épouvanté par les conséquences immédiates que cela pouvait entraîner.

Mais le plus mal en point était Semi. Tête basse, il regardait fixement la carte qui aurait pu lui rapporter une petite fortune et dont il n'avait plus rien à faire. En un instant l'espoir irrationnel (auquel il était parvenu à s'attacher avec le temps) de ne pas être perçu par le monde comme « celui dont le père a baisé sa nana » s'était écroulé misérablement. Et on ne comprenait pas si son effort surhumain pour ne pas éclater en sanglots devant tout le monde participait du désir de sauvegarder un infime reste de dignité, ou si c'était l'ultime tentative désespérée de conserver un espoir qui n'avait plus aucun sens.

Filippo se chargea de briser la glace (et pas seulement la glace). Il comprit que la seule chose à faire à ce moment-là – pour lui-même, pour son frère, pour sa mère, pour son père, pour tous les gens bien – était de se mettre tapageusement dans son tort.

Et c'est ce qu'il fit.

Il se leva. Saisit le salaud par les revers de son veston. L'arracha de son siège. Le jeta à terre et s'assit sur lui. Le tout presque d'un seul mouvement. Tandis que Pietropaolo, décomposé, essayait de se dégager, il

240

se mit à le frapper avec une violence sauvage, inouïe. Comme au cinéma, un truc à lui refaire le portrait, un truc de fous. Filippo n'arrêtait pas de crier : « Tu as compris maintenant ? Tu as compris maintenant ? » Comme s'il venait de lui expliquer quelque chose et voulait s'assurer que l'autre avait pigé. En effet, il était en train de lui donner une leçon en bonne et due forme. De celles qu'on n'oublie jamais.

Dans le bref intervalle entre le moment où son frère avait commencé à taper sur ce type et celui où quatre garçons très effrayés par la fureur de Filippo l'avaient séparé de force de Pietropaolo, Semi avait éprouvé un plaisir presque inconnu. Il ne s'était pas senti comme ça depuis très longtemps. Quelque chose se dénouait. Le sentiment d'injustice et de solitude qui l'avait tenaillé depuis la soirée de juillet où tout avait commencé trouvait ce soir-là son dédommagement, et en beauté. Une véritable catharsis. Le happy end lumineux auquel on ne s'attend pas.

Ça ne dura pas. Quand Pietropaolo, ses précieux cheveux en bataille, le regard incrédule, la bouche pleine de sang, se mit à invectiver son agresseur – « Tu es dingue ! Tu es malade. Psychotique ! Tête de nœud ! Tu t'en tireras pas comme ça. Je te détruirai… Je te détruirai… » –, à ce moment précis, Semi fut de nouveau inquiet. Mais même la peur ne put effacer la satisfaction qui continuait de monter en lui. La violence, la violence tant blâmée, se révélait, pour une fois au moins, sensée et irremplaçable.

« Il vaut mieux que vous partiez ! » dit David en s'adressant à Filippo. Et Filippo ne se le fit pas répéter deux fois.

Les étoiles paraissaient encore plus proches quand les deux frères se retrouvèrent de nouveau dans la rue. C'était comme si l'immensité scintillante de la voûte céleste accentuait le sentiment de solitude qui les tenaillait. Non seulement les mots et les gestes étaient superflus pour comprendre que ce qui les avait résolument séparés les derniers temps était en train de cicatriser, mais en plus il semblait tout à fait approprié qu'une nuit aussi glaciale et aussi belle soit témoin de la réconciliation la plus importante de leur vie.

Filippo était calme. Il massait son poignet douloureux. Il se sentirait rarement aussi adulte et invincible
par la suite. Il avait fait ce qu'il fallait. Casser la gueule
à cet arrogant avait libéré la tension nerveuse et satisfait le sens biblique de la justice que leur mère leur
avait inculqué.

Semi, de son côté, avait presque du mal à respirer
tant il était secoué. Il jetait de temps en temps un coup
d'œil circonspect à Filippo et avait envie de rire. Ce
type-là était son frère. Son héros était revenu. La seule
personne auprès de qui il voulait être était là. Il était
sûr que dorénavant Filippo ne le chasserait plus de
son lit.

La seule chose que Semi aurait voulu faire à ce
moment-là était de hurler : « Et maintenant, à vous les
Inséparables ! » Il s'agissait de la formule que Filippo
avait mise dans la bouche des héros de la première
BD qu'il avait dessinée. Ou du moins la première que
Filippo, avec sa pudeur, avait eu le courage de lui
montrer environ deux ans plus tôt.

Au début, Semi n'avait pas compris grand-chose
à ces dessins. Il les avait trouvés complètement ridicules. Même s'il s'était bien gardé d'en rire, pour ne
pas humilier leur auteur. Les protagonistes de la BD
imaginée par son frère étaient deux oiseaux habillés en
super-héros. Une version ornithologique de Batman
et Robin. À force de les regarder, il s'était persuadé
qu'un des deux oiseaux maladroits au bec recourbé
ressemblait à Filippo, et l'autre, à lui-même. Finalement, il s'était attardé sur les costumes. Plus ou moins
au milieu de la poitrine, au centre du maillot qu'ils
portaient tous les deux, il y avait un I majuscule.

« C'est quoi ça ? avait demandé Samuel en le montrant d'un air hésitant.

— Ça veut dire *Inséparables*.

— *Inséparables* ?

— Les "inséparables" sont des oiseaux tout à fait particuliers.

— Pourquoi particuliers ?

— Ils vivent ensemble toute leur vie. Collés l'un à l'autre. Et quand l'un des deux meurt, l'autre meurt aussi.

— Comment ça se fait ?

— Je ne sais pas, je sais que c'est comme ça !

— Qu'est-ce qu'ils font là ?

— Ils sont sur le point de capturer Mister Black.

— C'est qui Mister Black ?

— L'ennemi des *Inséparables.*

— Et là, qu'est-ce qu'ils disent ?

— Ce qu'ils disent toujours, ou en tout cas chaque fois qu'ils arrivent sur le lieu du crime : " Et maintenant, à vous les *Inséparables* ! " »

Et Semi n'avait pas eu besoin d'explication supplémentaire. Alors c'était comme ça que Filippo voyait leurs rapports ? Ils étaient les *Inséparables* ? Les superhéros masqués ? Étaient-ils deux oiseaux qui ne pouvaient pas se passer l'un de l'autre, encore mieux que les *Quatre Fantastiques* ? Qui doivent être toujours ensemble, au point que si l'un meurt l'autre le suit de près.

Samuel avait trouvé tout ça tellement noble, tellement héroïque, tellement intime. Avec la rhétorique propre aux enfants il avait reçu le cadeau de ces dessins comme une sorte de pacte. Un pacte sacré et secret entre lui et Filippo. Un pacte qu'en ce soir de décembre 1986 l'aîné des oiseaux avait honoré.

Par un de ces caprices de la mémoire, c'est précisément aux aventures héroïco-comiques des *Inséparables* que Semi pensait, vingt-cinq ans après la soirée turbulente chez les Ruben, qui lui avait donné au moins brièvement l'illusion d'avoir réparé quelque chose d'irrémédiablement détraqué en apparence. Il pensait à ce frère qui s'était révélé tellement irremplaçable. À leurs rapports extraordinaires de ces années-là. Cette inégalité préétablie et réconfortante. Le chevalier et son écuyer. Magnifique.

Il s'en était passé du temps. Et à présent il était là, sur sa Speed Triple noire, suspendu à tous ces souvenirs inutiles.

Bien qu'il ait encore de nombreuses traites de sa location-vente à payer, c'était la première fois depuis qu'il l'avait que Semi, serrant cette moto entre ses jambes et changeant nerveusement de vitesse avec la pointe du pied, la sentait autant sienne. Non qu'elle ait été docile; elle ne l'était pas. Elle était simplement ce dont il avait besoin à ce moment-là pour se préparer à une journée qui ne promettait vraiment rien de bon. En dépit du ciel blême et de la chaussée rendue glissante par quatre jours de pluie, Semi ne désirait rien d'autre que chevaucher sa Triumph, foncer dans les rues de Milan, se faufiler avec aisance parmi les voitures, les trottoirs, les rails, les bandes jaunes, les piétons... Fuir. Quoi? Il n'aurait pas su le dire. Où? Vers un passé formidable !

Il était presque huit heures et demie du matin, mais la ville était encore étrangement sombre. Les phares des voitures, à travers l'opacité des gouttelettes accrochées à la visière de son casque, se révélaient particulièrement gênants.

Si Semi pensait aux *Inséparables* et à cette soirée d'autrefois c'était parce qu'il avait besoin d'isoler, dans la forêt de réminiscences désagréables qui se relayaient pour le tourmenter, un souvenir réconfortant, un seul, auquel s'agripper tandis qu'il défiait l'air froid du matin.

Le coup de téléphone de son frère, qui l'avait cueilli de justesse un instant avant qu'il quitte la résidence son casque à la main, lui avait laissé au milieu de la poitrine une boule de sentiments contradictoires.

Au début il lui avait semblé que c'était un appel ordinaire, puis il était apparu que c'était un appel au secours. Il n'y aurait vraiment eu aucun mal à ça si Semi n'avait pas, depuis plusieurs jours, réfléchi à l'éventualité de demander un coup de main à son frère pour se tirer de toutes les merdes où il s'était fourré. Et vous savez ce que c'est, rien de plus déplaisant que de recevoir une demande d'aide de quelqu'un qui représente à vos yeux le recours ultime pour vous sortir du pétrin. Rien de plus embarrassant que de découvrir un point faible dans l'armure du chevalier qu'on croyait invincible.

Et c'était plus ou moins ce que Samuel avait ressenti en parlant plus tôt avec son frère. Apparemment, Filippo lui avait téléphoné pour lui rappeler que l'après-midi il allait « s'exhiber » (comme il aimait dire) dans le grand amphi de la Bocconi, l'université où avait étudié Semi.

« Tu ne voudrais pas manquer la scène où ton ex-recteur me taille une pipe devant tout le monde, pas vrai ? »

C'était la première plaisanterie que Filippo avait laissée échapper. Assez pour alarmer Semi, qui savait que s'il y avait un moment où il fallait se méfier de son frère c'était quand il était en veine de plaisanteries ou de citations.

« Je t'ai déjà dit que je viendrais », l'avait rassuré Semi. Sans penser à ajouter qu'il était impatient de le voir. Il était heureux de pouvoir jouir de la scène résolument singulière où Filippo (l'être le moins universitaire de l'univers) serait glorifié par ses vieux maîtres et par la nouvelle génération d'étudiants de la Bocconi. En outre, depuis quelques jours déjà, Samuel savourait d'avance le moment où, après l'épisode Bocconi, ils pourraient se consacrer à un de leurs fameux tête-à-tête dans un bon restaurant, devant une de ces bouteilles de vin rouge au tanin agressif que Filippo aimait. Une occasion propice pour formuler sa demande d'aide, dont le point numéro un consistait en un prêt considérable pour boucher les trous.

« Alors on se voit plus tard ? » avait encore demandé Filippo inutilement, comme s'il gagnait du temps pour trouver le courage d'avouer la raison d'un coup de téléphone à l'aube.

« C'est ça, on se retrouve là-bas. Six heures, non ? Bon, si je peux j'arriverai un peu avant.

— *Excellent !* avait dit Filippo. D'autant plus que ça pourrait être la dernière fois que nous nous verrons. »

Et aussi bizarre que ça paraisse, Semi avait été plus troublé par le premier mot de la phrase que par la suite. En effet, « Excellent ! » était l'exclamation favorite de monsieur Burns, le personnage des Simpson que Filippo préférait. Et comme je l'ai déjà dit, l'abus de citations ne présageait rien de bon. Semi se demanda si ce matin-là Filippo avait déjà avalé son Prozac. Rien n'illustrait mieux la différence émotionnelle entre les frères Pontecorvo que le fait que l'aîné avait besoin de se remonter avec des antidépresseurs et le cadet de se calmer avec des anxiolytiques.

« Qu'est-ce qui se passe ? lui avait-il demandé un peu interloqué.

— Tout est fini ! Demain je ne serai plus là.

— On peut éviter de dire des conneries, aujourd'hui au moins ?

— Qu'est-ce qu'aujourd'hui a de spécial ?

— J'ai des emmerdes. C'est bien que ce soir nous allions dîner ensemble parce que je veux t'en parler.

— Si je suis encore là pour dîner !

— Ou tu arrêtes et tu me dis ce qui se passe, ou alors j'attaque !

— *C'est le fiasco. Je suis kaput. Je me suis planté, j'ai merdé...* »

Encore une. Celle-là était une réplique du *Shérif est en prison* de Mel Brooks. Et pour Semi, la pièce qui complétait ce puzzle mystérieux et inquiétant. Parce que Filippo la sortait en général quand il était en pleine paranoïa hypocondriaque, par exemple après une nuit passée à tâter une excroissance sur son cou ou à faire des exercices obsessionnels de déglutition pour conjurer l'hypothèse d'un tétanos virulent.

Quand on a des pépins graves comme Samuel, il n'y a rien de pire que d'avoir affaire aux lubies impromptues d'un névrosé. Semi n'avait aucune envie de supporter les divagations de son frère sur ses maladies mortelles autodiagnostiquées. C'est pourquoi il lui avait demandé avec une certaine réticence :

« C'est quoi cette fois-ci ? Le sida ? La peste ?

— Je suis en excellente santé.

— Alors c'est quoi ?

— Tu ne lis pas les journaux ?

— J'ai arrêté de les lire il y a plus de vingt ans, avait coupé court Semi avec une de ces répliques qui faisaient allusion au drame de Leo sans jamais le nommer.

— J'ai peur que tu ne doives recommencer à les acheter.

— Écoute, j'ai des tonnes de choses à faire, Jacob m'attend au bureau pour me faire la peau. Ou plutôt, il me mettra probablement dehors. Je risque d'être au chômage demain matin, assiégé par les créanciers… Alors tu arrêtes ton petit jeu et tu me dis ce qui se passe ou tu vas te faire foutre.

— Tu te souviens des vagues menaces que j'avais reçues il y a quelques mois ?

— Bien sûr. Mais je me souviens aussi que tu m'avais dit que c'étaient des conneries !

— D'après nos services secrets ça n'en est pas… Il paraît qu'un tas de sites islamistes sont sur le pied de guerre. Tu sais ce que c'est : à bas le Juif ! Et la vieille qui m'embête.

— Qu'est-ce qu'elle fait ?

— Elle m'appelle cent fois par jour. En réalité elle me parle d'autre chose, tu la connais, elle fait semblant de ne pas s'inquiéter. Mais à mon avis elle est terrorisée. Quand elle te téléphonera tu pourrais peut-être essayer de la rassurer un peu. »

À cet instant Semi saisit toute la sottise écœurante de l'histoire dont l'informait son frère : comment pouvait-il exister quelqu'un au monde qui veuille faire du mal à un type aussi doux, inoffensif et solitaire que Filippo ? En même temps il se souvint de lui petit.

« D'accord. Mais alors qu'est-ce qu'il y a de nouveau ?

— Il y a que le ministère de l'Intérieur m'a mis sous surveillance. Je risque d'avoir des gardes du corps.

Ou même de devoir disparaître quelque temps… ou peut-être pour toujours. J'ai passé une nuit de merde. Anna est complètement folle. Ce matin elle est sortie à l'aube déguisée…

— Disparaître ? Pour aller où ?

— Qu'est-ce que j'en sais. Tu te rappelles ce programme qui fournit aux repentis ou aux témoins dans des procès de la Mafia une nouvelle nationalité, une nouvelle identité et, si nécessaire, une nouvelle apparence ? Eh bien, quelque chose dans ce genre.

— Mais enfin, ça ne tient pas debout. D'où viennent les menaces ?

— Je te l'ai dit, je n'en suis pas sûr. Un groupe islamiste. Des groupes islamistes. Une joint-venture de sigles islamistes. Il paraît qu'il en faut vraiment peu désormais pour les mettre en rage. »

Semi avait eu l'impression que même si son ton était celui de la plaisanterie sa voix de plus en plus plaintive était prête à se briser en une sorte de sanglot. Ce qui l'aurait terriblement humilié. Aussi avait-il tenté une suggestion :

« Tu ne peux pas faire un démenti public ? Remonter une scène ? La couper ?

— C'est ce que tout le monde me conseille. Mais on dit aussi que je risquerais de passer pour un lâche et que ces gens-là me liquideraient quand même. »

Semi savait que jusqu'à quelques mois plus tôt son frère n'aurait pas eu de scrupules moraux. Il n'aurait eu aucune difficulté à s'humilier ni aucun problème pour faire le clown et encore moins pour se montrer lâche. Si son frère avait une qualité qu'il avait toujours admirée (bizarre de s'en rendre compte seulement à présent qu'elle lui manquait) c'était qu'à la différence de tous ceux que Semi connaissait il n'avait jamais fait grand cas des mots pompeux tels que « dignité », « grandeur », « bienséance »… Bien au contraire. La raison pour laquelle Filippo avait su si bien raconter dans son long-métrage d'animation la mesquinerie et la vexation était qu'il avait toujours eu un faible pour elles. Filippo avait toujours flirté avec l'obscénité. Mais c'était comme si, depuis quelque temps, sa personnalité s'était remodelée en fonction du succès qu'il avait eu et le grand malentendu que celui-ci avait entraîné. Avant tout chez les autres, et sur lui par contrecoup.

Ainsi donc, alors même qu'il fallait régler les comptes avec cette belle imposture, que Filippo aurait dû affirmer catégoriquement qu'aucun idéal ne vaut plus que la vie, quelque chose en lui vacillait. Et Semi savait très bien que ces scrupules relevaient bien plus de la vanité et de l'orgueil que d'une réelle passion personnelle. Comme tous les hommes qui ont un énorme succès, Filippo avait soudain beaucoup à perdre. Et comme tous ceux qui ont beaucoup à perdre, il avait la terreur de laisser lui échapper la moindre miette de son beau gâteau.

« Je commence à me demander… avait poursuivi Filippo hésitant.

— Quoi ?

— Si ça en valait la peine.

— De quoi ?

— De m'embarquer dans toute cette histoire. Le film, et tout ce qu'il a signifié.

— Enfin, bien sûr que ça en valait la peine !

— Jusqu'ici ça n'a apporté que des malheurs.

— Je ne dirais pas ça. Jusqu'ici ça n'a apporté que de bonnes choses. Ce qui arrive, à mon avis, c'est le premier malheur.

— Peut-être le deuxième », avait rectifié Filippo la tête ailleurs, regrettant aussitôt de l'avoir fait.

L'allusion, que Samuel avait saisie sans savoir comment en parler, se référait à un incident survenu quelques semaines auparavant. Utile, si besoin était, pour apporter une nouvelle vigueur à la célébrité de Filippo, mais qui avait aussi eu pour effet de jeter les Pontecorvo dans la plus profonde consternation.

Tout ça à cause d'un article posté sur www.scoop.it, un site de potins très consulté, très bien informé et impitoyablement insidieux. L'article, d'ailleurs anonyme, faisait remonter du fond de la mémoire la vilaine histoire de Leo Pontecorvo avec la petite fiancée de douze ans de son fils. Comme si ça ne suffisait pas, l'article était illustré d'une photo de Leo.

Sous laquelle figurait une légende sans équivoque : *Le véritable visage de l'Hérode de Filippo Pontecorvo.*

L'article reposait entièrement sur un rapprochement primaire qui supposait un lien très fort et troublant entre ce qu'avait fait Leo vingt-cinq ans plus tôt et le film que le fils d'un homme aussi méchant avait éprouvé le besoin de réaliser. Ce théorème journalistique tordu – en bon théorème journalistique – était d'une inqualifiable grossièreté. Et néanmoins extraordinairement évocateur. Filippo avait fait ce film contre son père. Contre le père qui abusait des fillettes.

Bien que Semi ait beaucoup apprécié le refus catégorique de son frère de commenter cette infamie, il n'en avait pas moins éprouvé un certain malaise à l'idée que Filippo ne s'était pas inquiété de réfuter une inexactitude impardonnable.

Quelle inexactitude ?

Eh bien, l'expéditeur de cette infamie avait laissé entendre que la fillette séduite par Leo était la petite fiancée de Filippo. Ce qui, comme nous le savons, était une contre-vérité monstrueuse. Une mystification meurtrière. Certes, Semi reconnaissait que d'un point de vue journalistique il s'agissait d'une bombe. Une de ces grandes histoires d'éternel recommencement qui plaisent à la presse et aux lecteurs : voilà l'auteur du film dénonciateur *Hérode* – le réquisitoire le plus féroce contre la violence des adultes envers des enfants depuis l'époque d'*Oliver Twist* – qui, frappé par un traumatisme d'enfance monumental, trouve rachat et vengeance grâce à l'art ! Une grande histoire, vraiment. Dommage qu'elle ait été fausse ! Dommage que Camilla, celle qui en 1986, avec une détermination implacable, avait d'abord accusé Leo de l'avoir séduite et embobinée avec plusieurs lettres, puis de l'avoir violée, ait été la petite amie de Samuel. Et dommage que dans certaines affaires très graves, dans l'équilibre combien précaire des familles traumatisées, la vérité soit d'une importance capitale.

Attendu que Filippo venait de définir cet épisode regrettable de scélératesse journalistique comme « le premier malheur » provoqué par son film, à l'évidence il admettait implicitement devant Samuel que toute cette affaire l'avait beaucoup contrarié. Et que la raison pour laquelle il n'en avait parlé ni à Samuel ni à Rachel avait aussi empêché ceux-ci d'en parler entre eux : le monde pouvait s'écrouler, on ne parlait pas de cette chose-là.

Malheureusement, quand la rancœur se manifeste elle se fiche des arguments pondérés. La rancœur navigue dans des eaux beaucoup plus troubles que celles fréquentées par la pensée dite rationnelle. Je veux dire par là que bien qu'il n'ait pas rendu son frère responsable de ce qui était arrivé, bien qu'il ait pensé que dans de telles circonstances Filippo n'aurait pas pu se comporter avec plus de délicatesse, Semi n'avait pas pu s'empêcher de lui en vouloir quand cette nouvelle tendancieuse avait commencé à circuler. Parce qu'il avait suffi qu'au milieu de leur conversation téléphonique Filippo fasse allusion au déplorable incident pour que Samuel sente se rallumer en lui – par un authentique phénomène d'auto-combustion – le feu du ressentiment. Un brasier sur lequel, depuis quelque temps, Semi ne cessait de jeter désespérément (et en vain) des seaux d'eau froide.

Il faut dire que l'effet du succès sur le caractère de Filippo avait été beaucoup moins bénéfique qu'aurait pu l'imaginer quiconque le connaissait depuis toujours. On aurait dit qu'il l'avait tout à coup ramolli. En détruisant son extraordinaire esprit d'indépendance, en l'affaiblissant, en réduisant son individualisme attachant à un niveau plutôt banal d'égocentrisme. C'était incroyable qu'un homme qui toute sa vie avait forgé son caractère sur le désintéressement, l'absence d'ambition et l'exercice d'un nihilisme mêlé d'humour, fasse preuve à présent d'un tel narcissisme après avoir été heurté par le poids lourd de la notoriété.

Il arrivait de plus en plus souvent qu'il n'écoute même pas quand on lui parlait. Comme s'il n'existait rien de plus important que ce à quoi il pensait en permanence. À un moment donné il orientait maladroitement la conversation vers le point névralgique de ses pensées. Ses propos autrefois passionnés et intéressants viraient alors à l'autocélébration et l'autopromotion ; et ils étaient parcourus par la gêne de quelqu'un impatient de se vanter mais qui sait qu'il est inconvenant de le faire, voire un brin pathétique. C'est sans doute pourquoi il privilégiait la forme interrogative.

« À propos, je t'ai dit qu'en Allemagne *Hérode* est troisième dans le classement, derrière le dernier

Spielberg ? », « Tu sais que dans une interview parue l'autre jour dans *El País* Pedro Almodóvar a cité abondamment *Hérode* ? » , « Tu as une idée de la cote que les bookmakers londoniens donnent à *Hérode* ? ». Il n'y avait aucune de ces questions plus ou moins rhétoriques qui n'ait mérité la réponse grossière et classique : « Ah oui ? Et qu'est-ce qu'on en a à foutre ? » Et il était évident que Filippo, au fond de qui il devait encore subsister l'autodérision qui l'avait inspiré, était le premier à s'en apercevoir. Et pourtant il n'arrivait pas à éviter de se faire mousser, en se rendant ridicule et insupportable.

Il faut dire que le chemin parcouru par *Hérode et ses petits enfants* – depuis sa première projection publique dans une salle bondée de la Croisette – paraissait pour le moins exemplaire.

Les premiers pas du film avaient été ceux d'une nouvelle créature, excentrique, fraîche. Une extravagance émouvante et drôle à la fois, accessible uniquement aux palais raffinés ou aux maniaques du genre, c'est certain. Ensuite *Hérode* s'était fait plus grandet. Les intellectuels snobs l'avaient découvert et l'avaient encensé pour la force de ses dénonciations et parce que celles-ci avaient été confiées à une forme populaire comme le dessin animé. Enfin était arrivé le public, surtout féminin.

Et voilà que juste au moment où la lune de miel entre *Hérode* et le public avait atteint son apogée le plus passionné, les premiers sceptiques solitaires avaient fait entendre leur voix éraillée pour exprimer des distinguos et des perplexités. Alors ç'avait été la volte-face. Les mêmes palais raffinés qui avaient encensé le film auparavant aimaient à présent faire montre de leur indépendance de jugement en critiquant ce qu'ils avaient tant loué au début. Sans parler des intellectuels, lesquels, toujours horripilés à l'idée de partager les goûts de publics trop vastes, avaient commencé à considérer Filippo Pontecorvo comme une sorte de traître à la cause.

Les collègues moins connus de Filippo avaient eu ainsi la possibilité de prendre leur revanche. Je parle des auteurs de BD qui jusque-là vivaient dans l'illusion qu'être artistes confidentiels était le destin inévitable de ceux qui avaient choisi de se risquer dans une discipline marginale. Une mauvaise foi acquise à grand-peine et durement frappée par le succès planétaire d'*Hérode*. Ils prenaient enfin leur revanche et traitaient Filippo avec une suffisance hautaine. Ils le considéraient comme un renégat qui avait vendu son âme au diable et attendaient impatiemment d'être interviewés par des journaux de province ou des sites spécialisés pour pouvoir déclarer à quel point ils étaient fiers de se distinguer de Filippo Pontecorvo.

Le plus drôle c'est que ces jugements contradictoires, très souvent formulés par les mêmes personnes à différentes époques de leur vie, avaient été exprimés à propos d'un film qui dans ce laps de temps n'avait pu que rester égal à lui-même. Aucun doute, *Hérode* était toujours lui, mais tout ce qui l'entourait n'arrêtait pas de changer.

Il était évident qu'un tel charivari avait eu des effets dévastateurs sur la vie psychique de Filippo. Samuel le comprenait. Néanmoins, il y avait dans les nouvelles façons de faire de son frère quelque chose qui lui tapait sérieusement sur les nerfs.

Que Filippo soit sujet à des pulsions sexuelles permanentes, Samuel l'avait toujours su. On pouvait même dire que la violence de ses appétits constituait une des nombreuses qualités que Semi vénérait chez son frère ; quoi sinon le mélange de vitalité, d'exubérance et d'une absence éhontée de scrupules pouvait consacrer la supériorité de Filippo sur lui ? Et pourtant il y avait toujours eu un pacte entre eux – un de ces accords sacrés mais officieusement scellés par les parties qui, peut-être par leur nature officieuse même, paraissaient encore plus inviolables : il était strictement interdit de s'échanger des confidences sexuelles. C'est pourquoi Semi s'était toujours gardé de mettre son frère au courant de ses difficultés d'érection, et Filippo avait toujours évité d'informer Semi des problèmes socio-conjugaux causés par la surproduction de testostérone de son organisme.

Le succès avait effacé ce tact pudique entre frères, du moins en sens unique. Filippo paraissait incapable de ne pas mettre son frère au courant de ses conquêtes. Ce que Semi considérait comme une vulgarité colossale puisque Filippo était marié. Non qu'il ait été puritain. Son problème était peut-être de conférer une valeur exagérée à certains principes formels. Pour Samuel Pontecorvo l'hypocrisie était le meilleur antidote contre le chaos.

Bref, que son frère baise quand et qui ça lui chantait ! Qu'il trompe sa femme à tour de bras ! Il suffisait qu'il n'informe pas le monde entier de ses escapades. Qu'il ne fasse pas de l'instinct prédateur de sa concupiscence une raison supplémentaire de se vanter. Voilà tout. L'étalage de ses conquêtes n'était que sa dernière façon de célébrer son triomphe sur la vie et sur les autres. Ça n'était pas un hasard, pensait Semi, si la plupart de ses proies, ou au moins de celles dont il avait pris l'habitude de se vanter, portaient un nom célèbre.

Filippo avait toujours exercé une emprise sur les femmes. Et sûrement pas grâce à une beauté particulière. Beaucoup d'années avaient passé depuis le temps où il jouait gauchement le rôle du petit garçon irrésistiblement beau. Avec le temps, quelque chose s'était gâté dans son aspect : son corps avait trop forci et les traits de son visage s'étaient durcis. Son épaisse chevelure couleur camomille s'était clairsemée assez précocement, perdant aussi de son éclat. Une barbe hirsute lui couvrait les joues et lui donnait l'air sauvage depuis l'âge de dix-huit ans, et même le bleu de ses yeux semblait s'être voilé. Malgré tout, Filippo n'avait jamais eu de difficultés avec les filles. Pour une raison très simple : il se consacrait entièrement à elles. Il était prêt à tout pour les avoir. Il n'était pas gêné de leur faire la cour. Il acceptait tous les refus avec élégance. Et au lit c'était un ouragan, capable de suivre les règles imposées par la nature avec la grâce d'Apollon et la brutalité d'un chauffeur de poids lourd.

Comme tous les vrais don Juan, Filippo n'en avait jamais fait une question esthétique. Ni de prestige social. Au contraire, il avait toujours trouvé indiciblement émouvante la façon dont les prétendues « moches » s'abandonnaient. Une monture de lunette

260

ridicule, le surpoids, la cellulite, un nez trop prononcé, les oreilles décollées ou la taille épaisse. Bref,
les détails qui pour certains hommes difficiles représentaient un obstacle à leur excitation exerçaient sur
Filippo une attraction irrésistible. Et il n'y pouvait
rien si toute cette tendresse le faisait bander.

Ce qui nous intéresse c'est que le nombre impressionnant de femmes attirées par la célébrité avait
modifié la nature même de son donjuanisme. Filippo
avait découvert la passion toute masculine de la collection de luxe, qui avait fait de lui un homme adultère presque délibérément imprudent. Jamais, avant
de devenir célèbre, il n'avait éprouvé le besoin de
révéler à ses amis l'étendue de son terrain de chasse,
encore moins l'efficacité percutante de son appareil
reproducteur. Mais à présent, oui. Comme si avec son
succès il était devenu un libertin beaucoup plus inélé-
gant qu'il ne l'avait jamais été. Un changement de cap
que Semi avait été le premier à remarquer.

Vous n'imaginez pas l'envie que j'aurais, à ce stade,
de colporter le nom d'au moins une de ces demoiselles
au-dessus de tout soupçon. Et même mieux : dresser
la liste des actrices, starlettes, mannequins, écrivaines,
chanteuses, journalistes qui au cours de ces mois-là
avaient transité par son lit ! S'il ne tenait qu'à moi
j'irais sur le site scoop.it et j'en fournirais le catalogue
complet… Mais je crains de ne pas avoir assez de courage pour commettre une telle incorrection.

En tout cas, à partir d'un certain moment, le portable de Semi commença à recevoir à intervalles régu-
liers des SMS de son frère où apparaissait le nom de la
veinarde suivi de points d'exclamation.

261

Trois si la prestation avait été excellente.

Deux si elle avait été bonne.

Un si elle avait été décevante.

Le recours à ce signe de ponctuation rappelait les étoiles que les critiques de cinéma attribuent aux films. C'était pour Filippo une façon d'appliquer les mêmes principes. Ils lui donnaient des étoiles, lui, il distribuait des points d'exclamation à ses proies prestigieuses.

Il est certain que Semi trouvait cette façon d'agir assez déplaisante. Au point que chaque fois il se refusait à répondre à ces SMS ou à les commenter. Peut-on dire que pour Semi – pour qui le sexe avait toujours été une conquête compliquée, intermittente, humiliante – la période de vaches grasses de son frère était un affront personnel ? Quoi qu'il en soit, je ne pense pas qu'il l'aurait jamais admis. Je continue de soupçonner que même si Samuel était convaincu d'être inquiet du tour dissipé que prenait la vie sexuelle de son frère, un mot très banal et terriblement à la mode suffit pour décrire ce qu'il éprouvait en recevant ces SMS : de l'envie.

En effet, l'envie expliquait tout. Le reste était l'échafaudage de bavardages bien-pensants que les envieux dressent depuis des milliers d'années pour ne pas confesser ce qui les blesse le plus.

L'envie inavouable de Semi prenait parfois la forme subtile de la méfiance. Il se persuadait alors que son frère était devenu mythomane. Un vantard. Mais enfin, comment se pouvait-il qu'aucune ne lui résiste ? Que son charme soit devenu tellement œcuménique ? Voyons, pas même l'avant-centre le plus efficace et le mieux payé de première division n'aurait pu aspirer à autant. Sûr, son frère se vantait. Rien de nouveau sous le soleil. Toutes ces conquêtes étaient le fruit de son imagination. Pourquoi s'en étonner ? Finalement, même son film était truffé de bobards. Tous ces pays lointains décrits avec la compétence de quelqu'un qui y est allé des dizaines de fois, lui qui tremblait chaque fois qu'il montait dans un avion.

Filippo avait bâti sa fortune sur les bobards. Un point c'est tout. Et il devait avoir compris combien ils étaient utiles à sa cause. C'est pourquoi il avait perdu les pédales. Pourquoi il s'était mis à débiter des saletés et à ruiner gratuitement tant de réputations. (Semi était sûr de ne pas être le seul destinataire des SMS indécents de son frère.)

Aussitôt après avoir interrompu la communication téléphonique, et alors qu'il prenait son casque et s'apprêtait à sortir, Samuel s'était demandé qui pouvait garantir que toute cette histoire de menaces islamiques, de gardes du corps, de protection de témoins n'était pas le énième mensonge (ou la demi-vérité) imaginé par Filippo pour faire en sorte que son extraordinaire succès ne se démode jamais.

Et la raison pour laquelle Semi, filant sur sa moto vers le bureau de la Noterman & Fils un matin de mars plombé et menaçant, repensait avec tant d'émotion amusée aux dessins maladroits des *Inséparables* n'était pas très difficile à comprendre : le besoin désespéré de se rappeler un moment de sa vie où Filippo avait joui de son estime inconditionnelle. Afin de pouvoir penser à lui comme à quelqu'un d'encore capable de le soutenir et de l'aider.

Et Dieu sait si Semi avait besoin de soutien et d'aide.

Il gara sa moto dans la cour d'un de ces grands immeubles des années cinquante du viale Montello. Semi n'était pas du tout surpris que Jacob Noterman – lorsqu'il s'était agi de choisir un siège pour son entreprise – n'ait pas résisté à l'envie de réaménager en bureau le rez-de-chaussée d'une fabrique de bois et de vernis, fermée depuis quelques années, dans la zone Paolo Sarpi, c'est-à-dire le ventre du quartier chinois de Milan. La passion de Jacob pour les Chinois devait nécessairement trouver un moyen de s'exprimer.

Aussi bien Samuel qu'Eric savaient qu'il fallait attribuer le choix de ce lieu à une sorte de formule magique poétique et certainement pas à l'exigence logistique que Jacob lui-même revendiquait chaque fois que, bouffi d'orgueil, il franchissait le seuil de son bureau. Le choix d'une secrétaire aux yeux en amande relevait du même exotisme simpliste. Elle était d'origine coréenne, pas chinoise. Mais pour Jacob un œil en amande en valait un autre.

C'est justement elle, Youn-Ok Kim, que tout le monde appelait You parce que c'était plus simple, qui ouvrit la porte. Semi n'avait pas eu besoin de sonner. À travers les grandes baies vitrées, You l'avait vu garer sa moto et était allée à sa rencontre.

« Salut, You.

— Bonjour, Semi. »

D'habitude ça l'amusait d'entendre l'accent indiscutablement milanais de You, mais ce matin-là il n'était pas d'humeur à rire. Même le bureau, tellement net et moderne, tout en bois clair, acier et halogènes, avec de grands écrans Apple immaculés bien en vue sur des tables de formica encombrées de tissus bigarrés, lui parut triste et déprimant. Si Jacob avait exigé que cet endroit ait un parfum de Chine, son fils avait fait en sorte qu'il lui rappelle ses années new-yorkaises glorieusement intoxiquées.

« Je te fais un café ? On a livré la nouvelle machine Nespresso », lui dit You.

Semi y réfléchit un instant. Il n'avait pas envie de café. Mais il aurait pu accepter une bonne tasse de ciguë pour retarder le moment où il devrait entrer dans le bureau de Jacob et affronter ce qui s'annonçait comme une reddition de comptes. Le réprouvé allait très bientôt recevoir de son vieux mentor déçu la leçon qu'il méritait. Et ce parce que les gens sont impatients de vous faire la leçon. De se sentir supérieurs à vous…

« Je te remercie, You… Mais avec une goutte de lait, parce que ce matin j'en ai déjà pris trois. »

Et il s'assit à son bureau devant l'ordinateur allumé. À cet instant, la nausée qui l'oppressait depuis des semaines atteignit une sorte de point culminant. La sensation de bien-être héroïque qui l'avait assisté sur sa moto s'était dissipée en même temps que l'obscurité matinale. Son cerveau ne savait pas de quel côté regarder. Il n'y avait rien de tout ce qui aurait pu aller de travers qu'il ne se soit employé à faire. Même le billet gagnant de son frère – célébrité, argent, cul, opportunités infinies – se révélait une catastrophe.

À dire vrai, l'idée qu'il y avait quelque part des cellules d'Al-Qaida prêtes à descendre Filippo ne lui semblait pas plus probable que le fait que la revue *Forbes* ait l'intention de l'inclure lui, Semi, dans la liste des cent hommes les plus riches du monde.

Et pourtant, il s'agissait d'une hypothèse rationnellement vraisemblable qui donnait raison à son frère paranoïaque. Semi flirta un instant avec l'idée qu'un de ces escadrons de la mort le tue à la place de Filippo. Eh bien, l'erreur mortelle sur la personne aurait au moins le mérite de tout régler, pour toujours. Continuer de vivre, pensa Semi avec un brin de satisfaction lugubre, signifiait devoir affronter bon nombre de problèmes sans remède, à commencer par le piège qui l'attendait derrière cette porte sous la forme massive de Jacob Noterman. Un homme colérique de soixante-dix ans habitué à ne faire confiance à personne mais qui avait commis l'erreur de faire confiance à Semi, qui en réponse l'avait déçu au-delà de toute attente.

You posa un plateau devant lui : un service à café au décor léopard, avec pot à lait et sucrier. Il y avait aussi une petite bouteille d'eau Fiji et un petit gâteau aux amandes. Pour un café, il se présentait d'une manière prétentieuse, mais sans doute, pensa Semi avec malveillance, ce service un peu efféminé n'était-il que la contribution la plus géniale d'Eric à l'entreprise. Pour se débarrasser de lui, son père lui avait demandé de s'occuper d'une nouvelle branche : articles pour la maison. Depuis lors, Eric aimait jouer au connaisseur de tasses et d'assiettes.

Pendant qu'il buvait son café à contrecœur le téléphone sonna sur le bureau de You.

« Oui il est là. OK, je le fais entrer. »

« Je le fais entrer ? » On le traitait déjà comme un étranger.

Semi frappa à la porte. Il entra. Et fut abasourdi de voir Eric assis derrière le grand bureau de Jacob. Ce fut une bouffée d'espoir. Eric était un adversaire nettement moins redoutable. Et surtout, c'était un ami. Le voilà, son vieux colocataire toujours défoncé. Le gamin terriblement fragile qu'il avait aidé et couvert des milliers de fois. Par exemple quand il était allé payer sa caution dans le Connecticut parce que ce malade s'était fait arrêter pour avoir conduit à moitié bourré. Ce cher Eric, avec ses cheveux courts qui laissaient apercevoir son tatouage dans le cou : sans aucun doute une pipe à fumer du crack.

« Et ton père ? demanda-t-il.

— Mon père a préféré ne pas être là », répondit Eric avec une sécheresse qui ne lui ressemblait pas.

Qu'est-ce qui se passait ? Le vieux lion battait en retraite ? Une question d'orgueil ? Il avait honte d'avoir misé sur un cheval boiteux ? C'était ça ? Il n'arrivait pas à regarder dans les yeux son mauvais investissement au moment de le mettre dehors ? C'était tout ?

« Assieds-toi », lui dit Eric avec la solennité d'un juge anglo-saxon.

Semi n'avait aucune envie de s'asseoir. Mais il ne trouva rien de mieux à faire.

« Tu veux un café ? » De nouveau cette curieuse impression d'être traité comme un visiteur.

« Non, merci, j'en ai déjà pris un. À propos, pas mal du tout ce nouveau service à café.

— Comment peux-tu te permettre, bordel ? » lui dit Eric d'une voix qu'il s'efforçait de rendre sarcastique et autoritaire. Et Semi pensa un instant qu'il était indigné qu'il se soit moqué de son service. Mais il comprit très vite qu'Eric lui demandait des comptes sur tout autre chose et se fichait du service.

Alors seulement il remarqua que la cigarette qu'Eric avait aux lèvres était fausse : de celles qui s'allument grâce à une petite lampe quand on aspire et rejettent une vapeur d'eau inoffensive quand on expire. Il remarqua aussi avec quel désespoir dépravé Eric ne cessait d'aspirer et expirer en trahissant de plus en plus son insatisfaction d'un dispositif ridicule et inefficace. « Admets-le, enfin, pensa méchamment Semi, la pipe imprimée sur ton cou te donnerait de tout autres plaisirs. »

Ça faisait vraiment de la peine de voir comment ce toxico impénitent s'était refait une virginité. Plus de Spécial K. Plus de cocaïne ou d'amphétamines. Et probablement même pas un pétard de temps en temps. Fini les petits déjeuners à la Budweiser et les goûters au Martini. Plus que de l'eau Fiji, des décaféinés à gogo et cette fausse cigarette ridicule à laquelle toute son existence semblait suspendue. Semi pouvait à peine croire que le type derrière le bureau était ce qui restait du grand Seigneur des Dépendances ! Il regarda la photo qui trônait au-dessus de la tête d'Eric. Elle représentait Jacob souriant en smoking auprès de deux autres rigolos, Tony Blair et Silvio Berlusconi. D'où sortait cette photo ? C'était peut-être un photomontage.

« Je t'ai demandé comment tu te permettais.

— Je ne vois pas de quoi tu parles. Et je n'aime pas ce ton.

— Comment te permets-tu de salir le nom d'une entreprise comme celle-ci ? .

— Non, Eric, je ne peux pas croire que ce soit toi qui me parles de salissure…

— Il ne me semble pas que tu sois bien placé pour faire de l'ironie.

— Écoute, mon mignon, ton père m'a demandé de venir. Je suis là. Alors dis-moi où est Jacob et finissons-en.

— Ne t'avise pas d'employer le prénom de mon père !

— Tu as peur que je l'abîme ? Tu ne te rappelles pas ? C'est lui qui m'a dit que je pouvais l'appeler par son prénom. Tu te souviens de notre premier rendez-vous ? Quand tu te chiais dessus parce que le monstre était de nouveau en ville ? Tu te rappelles m'avoir supplié à genoux de t'accompagner ? Moi je me le rappelle très bien. Mais tu étais peut-être trop défoncé pour t'en souvenir. Laisse-moi te rafraîchir la mémoire. Nous arrivons chez Chris, il commande son beau steak, toi tu as des haut-le-cœur et lui me dit : "Appelle-moi Jacob." Je l'ai toujours appelé comme ça depuis.

— Tu crois que je devrais te soutenir rien que parce que tu as accepté de m'accompagner cette fois-là ?

— Je ne crois rien du tout. Je veux seulement savoir pourquoi il commence par me demander de venir ici pour ensuite me laisser avec son pâle sous-fifre.

— Il est à Genève pour affaires. Il m'a chargé de toi… répondit Eric finalement embarrassé.

— Il t'a chargé de moi ? Ah, donc c'est une espèce d'initiation ! Si tu me massacres dans les règles tu réussiras l'épreuve. Tu seras un vrai Noterman. C'est comme ça que ça marche ? Je suis content de constater qu'encore une fois je suis l'instrument de ton émancipation.

— Pense ce que tu voudras.

— Bon, Eric, dis-moi ce que tu as à me dire, fais ton petit boulot à la con sans préambule, et s'il te plaît épargne-moi le coup de l'indigné, qui ne te va pas. Je te connais. Personne ne te connaît mieux que moi. Je t'ai vu vomir, je t'ai vu délirer, je t'ai vu pleurer comme une petite fille… Tu peux même faire semblant d'aimer et de respecter beaucoup ton père, mais je sais combien tu le crains et le détestes, combien tu crains et détestes tout ça… »

Allez savoir pourquoi en disant « tout ça » Semi avait indiqué la photo avec Blair et Berlusconi. La vérité est que Semi était content de pouvoir enfin maltraiter quelqu'un. Tout comme il était content d'avoir transgressé l'ordre d'Eric et de s'être levé. Il lui semblait que ses mots blessaient plus efficacement s'il les prononçait debout.

Il avait l'impression que les semaines précédentes il n'avait rien fait d'autre que rester assis la tête basse comme un petit garçon puni. Que se trouver devant des gens qui avaient un reproche ou une menace à lui lancer à la figure.

À commencer par l'homme de main qui lui avait pointé un pistolet sur les testicules dans le hall d'un hôtel de Tachkent, en passant par le responsable des achats de la multinationale à laquelle il avait promis auparavant un gros stock de coton qu'il n'était pas en mesure de fournir, pour finir avec le directeur de la

270

banque, dont l'indélicatesse suprême avait consisté à lui dire que s'il ne trouvait pas au plus vite un moyen de réduire son découvert pharaonique, alors ils devraient prendre des mesures pour s'emparer du bel appartement qu'il avait hypothéqué pour payer les trois premières cautions de ce qui aurait dû être la première grosse affaire de sa vie et se révélait la cause de sa ruine définitive.

Dommage que l'appartement en question soit justement celui que sa future femme et sa mère, dans une joyeuse entreprise commune, étaient précisément en train d'aménager et de décorer pour le rendre apte à accueillir deux époux aussi charmants. Et dommage que Semi n'ait parlé de cette hypothèque ni à la première ni à la seconde, et encore moins de cette affaire.

Après coup, Semi avait réévalué la franchise taciturne de l'homme de main ouzbek. Peu de bavardages ; tout ce que ce pachyderme avait à dire pouvait s'exprimer avec une éloquence inimitable par son aspect farouche de truand et son pistolet. Le message, comme on dit, était fort et limpide : le coton que nous t'avions promis n'existe plus. Réfléchis, il n'a peut-être jamais existé. Et de toute façon tu n'es pas le seul à qui nous l'avons promis. Fais-toi une raison. Tu n'es pas le premier fils à papa, le premier Occidental entreprenant que nous entubons, et tu ne seras pas le dernier, sois en sûr. Maintenant disparais, efface de ton portable les numéros que nous t'avons donnés, efface de ton ordinateur nos fausses adresses, n'essaie plus jamais de nous retrouver. Et même, encore mieux, n'essaie plus jamais de te repointer dans ce pays. Oublie qu'il existe. Retourne dans ta belle ville au climat tempéré et barre la nôtre d'un grand X sur ta putain de mappemonde. Je te laisse partir, cette fois-ci. Tu as mérité un avertissement. Mais sache que c'est le dernier. La prochaine fois qu'on te verra dans les parages mon pistolet aura son mot à dire, et ta famille – que j'imagine bien élevée, convenable et élégante comme toi – n'aura même pas de cadavre à enterrer. Disparais, petit, cet endroit n'est pas pour toi. Ce monde n'est pas pour toi.

Naturellement, aucune des phrases ci-dessus n'avait été prononcée. Mais seulement parce qu'elles étaient tellement explicites et implicites à la fois que les dire aurait paru redondant, et que ce truand, quel hasard !, avait l'air de l'homme d'action qui n'a pas de temps à perdre. Et c'est ce que Semi avait apprécié par-dessus tout. La concision. Le don d'aller tout de suite à l'essentiel, sans trop de préambules.

Rien à voir avec le jargon hypocrite du directeur de la banque et du responsable des achats. La chose insupportable chez ces deux-là était leur ton didactique, la façon dont ils feignaient d'être du côté de Semi et sincèrement inquiets pour lui, alors qu'il était clair qu'ils adoraient lui faire des reproches et le mettre en difficulté. Le responsable des achats s'était risqué à faire un sermon qui aurait pu s'intituler *La Parole donnée*.

Ah, la parole donnée. Ce crétin avait osé lui expliquer combien elle était sacrée dans leur milieu. Comment dans leur milieu cette parole donnée représentait la vraie, l'authentique richesse. À l'entendre, cet imbécile, on aurait dit que l'industrie textile internationale était une espèce de confrérie pleine de bonnes intentions. Pas une savane peuplée de chacals, pas un océan infesté de requins à la Jacob Noterman, mais une sorte d'ordre de chevalerie.

Semi avait à présent la possibilité de se venger de toutes les humiliations subies en maltraitant son vieil ami, auquel on avait confié une tâche trop lourde pour ses épaules.

« Nous voulons que tu renonces aux parts de la société que mon père a mises à ton nom et nous voulons que tu signes ce document qui sera distribué à nos clients.

— De quoi s'agit-il ?

— C'est une déclaration qui atteste que tu nous as roulés et que tu es un escroc. Nous voulons que tu la signes.

— Pourquoi dis-tu "nous voulons" ?

— Parce que c'est exactement ce que nous voulons mon père et moi. Tu as agi pour ton compte, Semi, en utilisant trop longtemps notre nom. Tu as trahi tes engagements. Tu as trompé des gens de bonne foi. Par ta faute, des personnes beaucoup plus honnêtes que toi vont tomber. Ça s'est gâté pour toi. Ça n'est que justice que tu paies. »

À sa façon mécanique de parler et au tremblement de ses lèvres on voyait que ce discours n'était pas de lui. Qu'il répétait les mots de Jacob comme un perroquet.

« Et si je refusais ?

— Alors nous serions forcés de te dénoncer.

— Et pour quel motif ?

— Je t'assure que notre avocat a entre les mains une abondante documentation. Une jolie collection de bobards. Bref, de quoi te détruire.

— Encore davantage ?

— Alors disons : pour te détruire de façon encore plus spectaculaire. Ça te va ? »

C'est alors que Semi eut la désagréable impression qu'Eric commençait à s'amuser. Et que ça lui plaisait tellement qu'il eut le courage d'ajouter :

« Semi, je ne sais pas si tu t'en rends compte, mais cette fois tu es allé vraiment trop loin. Prendre contact avec ces gens horribles alors que mon père s'y était opposé plus d'une fois. Attirer nos clients en notre nom et leur vendre au-dessous du prix ce que tu n'avais même pas ! Comment as-tu pu croire que nous ne nous en apercevrions pas ? Comment as-tu pu croire que ton tour de prestidigitation marcherait ? Mon père est furieux, tu sais. Et moi aussi. Si tu tiens à le savoir, je n'ai jamais partagé sa confiance illimitée dans tes capacités. Je peux dire avec un certain orgueil que je ne me suis jamais fié à toi totalement. Et que je l'avais mis en garde. Mais qu'y faire ? Tu sais bien que lorsque papa se met quelque chose en tête… Tu l'as roulé, et tu t'es roulé. Il n'y a pas grand-chose à dire de plus. Alors finissons-en, signe, et on reste amis ! »

Il s'échauffait visiblement. Et pour la première fois depuis qu'il était là Semi se demanda si c'était réellement une chance d'avoir Eric devant lui à la place de son père. Il craignit d'avoir commis une double erreur d'appréciation : la première, croire que le pire qui pouvait lui arriver aurait été d'avoir affaire au père ; et la seconde, penser qu'il valait mieux se trouver devant le fils. C'était sans doute exactement le contraire. Si Jacob avait demandé à son fils de gérer cette affaire

274

c'était sans doute parce qu'il avait eu peur de ne pas réussir à se montrer assez dur.

C'est bizarre, mais Semi ne comprit qu'alors avoir espéré que la situation pouvait s'arranger ; du moins jusqu'à quelques minutes plus tôt. Et que cet espoir s'était précisément nourri du fait qu'il connaissait assez bien Jacob pour s'attendre à ce que dans un moment de sentimentalisme il ait un geste de clémence envers son ancien protégé. Pris de panique, Semi se demanda si son impression que Jacob avait insisté pour que ce soit Eric qui parle avec lui n'était pas finalement une hypothèse erronée. Et si au contraire c'était Eric qui avait expulsé son père de crainte que celui-ci ne mène pas sa mission à terme ?

Eric avait conclu son petit discours par « et on reste amis ». Une jolie phrase toute faite. Et Semi se demanda si Eric et lui avaient jamais été de vrais amis. Suffit-il que deux individus partagent le même appartement dans une ville étrangère pour qu'ils se disent amis ? S'il y pensait de cette façon simpliste, il n'avait aucune difficulté à considérer Eric comme un ami. Mais si on allait un peu plus loin, en soufflant sur la poussière qui sépare nos pensées de la vérité, on sentait que ses sentiments vis-à-vis d'Eric n'avaient pas grand-chose à voir avec l'amitié.

Il l'avait toujours plaint et méprisé. Il l'avait toujours traité comme un fils imbécile qu'il fallait tout le temps surveiller. Il ne se rappelait pas avoir jamais fait quelque chose d'intéressant avec lui. Ni d'avoir jamais parlé d'un sujet d'une quelconque profondeur. Il ne s'était jamais confié à lui et réciproquement. Il ne s'était jamais attendu à ce qu'Eric lui dise une chose surprenante, alors qu'il se souvenait de toutes les fois où il avait dû se contrôler pour ne pas laisser deviner l'irritation causée par le énième accident arrivé à son colocataire. Il n'y avait pas eu de jour où Eric n'ait prouvé à quel point il était étourdi et maladroit. À plusieurs reprises, en rentrant du travail, Semi l'avait trouvé à la porte, tellement défoncé qu'il n'arrivait presque pas à relever la tête. « Nous sommes dehors. » Ça n'était pas nouveau : sortir en laissant la clé dans la serrure à l'intérieur était un tel classique que Semi avait fini par apprendre le numéro du serrurier par cœur.

Vous appelez ça de l'amitié ?

Toutefois, s'il essayait de se mettre à la place d'Eric, l'horizon était encore plus noir. Eric ne pouvait pas ne pas avoir remarqué la suffisance agacée avec laquelle il le traitait. Pas plus que n'avaient pu lui échapper les regards de pitié et de réprobation que Semi lui lançait quand il venait de faire des siennes. Sans compter que le fait d'être secouru systématiquement par Semi avait dû intensifier chez Eric la rancœur que nous éprouvons envers nos bienfaiteurs. Et cette rancœur diffuse avait dû faire son miel maléfique de l'affection née entre Semi et Jacob, d'autant plus que ce dernier lui avait fait comprendre sans ménagement que Samuel correspondait en tous points au fils qu'il aurait voulu avoir. Non, ça n'avait pas dû être un moment agréable. Mais celui qui avait dû être encore plus dur était celui où Jacob avait donné à Samuel l'opportunité d'entrer à la Noterman & Fils par la grande porte, au détriment, si l'on peut dire, de son propre fils unique.

276

Eric le haïssait. Samuel en eut la certitude. Il sentit combien cette haine était rationnelle et, surtout, alimentée par les décisions inconsidérées de son imbécile de père. Mais sa haine avait à présent une chance de se calmer. Et son rival la lui avait précisément fournie. Quel grand jour avait dû être pour Eric celui où Semi avait révélé sa nature d'escroc bon à rien, de balourd de troisième catégorie.

Pourquoi Eric était là à la place de son père devenait clair (billet pour le premier rang, putain !). Il voulait jouir de chaque instant de son triomphe. Assister au retournement soudain du sort. Il voulait voir son rival en miettes. Qui est maintenant le garçon soigné et bien rasé ? Qui est celui qui donne une leçon ? Qui est du bon côté du bureau ? Qui dicte ses conditions cette fois ?

La seule différence était qu'au contraire de Semi à l'époque new-yorkaise Eric n'arrivait pas à sous-estimer son adversaire au point d'avoir pitié de lui. Au contraire, la haine qu'il déversait sur lui était d'une franchise dont Semi aurait dû lui être reconnaissant.

Mais il n'était visiblement pas assez lucide pour apprécier l'absence d'hypocrisie d'Eric. Il ne put que se laisser envahir par une impulsion violente, qui visait peut-être à combler l'arriéré de la haine qu'il aurait dû cultiver à son tour depuis longtemps envers ce serpent d'Eric – il ne s'en rendait compte qu'à présent.

Comme c'est curieux, Semi était venu plein de bonnes intentions ; il était décidé à reconnaître ses fautes et à les payer cher jusqu'aux extrêmes conséquences. Il était prêt à dire à Jacob qu'il regrettait infiniment de les avoir tous mis dans une situation désagréable… Mais il lui avait suffi de voir ce toxico rafistolé, cette espèce de contradiction ambulante (que venait faire le costume sur mesure avec la pipe à crack tatouée sur le cou ? La fausse cigarette avec toute la merde véritable qu'il avait ingérée durant la décennie précédente ?) qui le menaçait et lui demandait impunément de signer un document aussi humiliant et aussi compromettant, pour se ressaisir. Pour sentir dans toutes les fibres de son corps que ça, non, c'était vraiment trop.

Et surtout pour le bousculer et s'emparer du papier, le déchirer en mille morceaux et quitter calmement le bureau.

Semi sortit de la salle de bains en frictionnant ses cheveux trempés avec une serviette, après une longue douche bouillante. Bien qu'il ait des sujets graves auxquels penser (il était ruiné, un commando d'Al-Qaida s'apprêtait à liquider son frère), Samuel ne parvenait pas à se sortir de la tête la grossièreté avec laquelle il avait expédié Silvia au téléphone une petite demi-heure plus tôt. Il faut dire que celle-ci, avec un à-propos digne de Rachel (ces deux dames commençaient à se fréquenter un peu trop), l'avait appelé au moment fatidique où, après avoir claqué la porte du bureau qui avait été le sien les trois dernières années de sa vie et où il avait l'intention de ne jamais plus remettre les pieds, il faisait démarrer sa moto. Bref, elle lui avait gâché une sortie de scène importante.

« Je t'écoute !

— Rien, je voulais seulement savoir si tu avais pensé à passer au magasin du corso Sempione prendre les deux échantillons de carreaux de faïence.

— Pas encore.

— Je m'en doutais. Bon, rappelle-toi qu'on nous a recommandé ce fabricant. Il dit qu'il faut compter au moins trois mois entre la commande et la livraison. Si nous voulons que la salle de bains soit prête pour notre retour du Mexique, il faut que tu y fasses un saut avant de venir à Rome. Comme ça nous choisirons la couleur pendant le week-end et je commanderai tout le lundi. Tu prends le même vol pour Rome demain après-midi, non ? Dis-le-moi parce que je suis en train de décider avec ta mère qui de nous viendra te chercher. »

Silvia : toujours la même mitrailleuse enthousiaste et hyper-organisée qui vous submerge de ses bavardages sans jamais reprendre son souffle. C'était comme si les derniers temps son jeune organisme avait trouvé une nouvelle énergie dans une surproduction pernicieuse d'adrénaline afin de supporter les tâches simultanées de la préparation de leur mariage et de la transformation de la maison.

Sur le moment, écrasé par ce flot de paroles, Semi n'avait pas réussi à décider ce qui était le plus ridicule. Que Silvia parle de carreaux de faïence au moment où la vie de son futur mari partait à vau-l'eau ? Que la salle de bains où devaient être mis ces mêmes carreaux allait appartenir bientôt à une banque ? Ou alors qu'à ce train-là, plus qu'un endroit où passer leur lune de miel, le Mexique se révélerait la cachette idéale pour un fugitif criblé de dettes ?

Comme je l'ai déjà dit, Semi n'avait pas envie ce jour-là de rire des pitreries de l'existence. Ne serait-ce que parce que celles-ci consacraient précisément sa faillite humaine. Aussi, trop content d'avoir sous la main quelqu'un à malmener, avait-il expédié Silvia avec une réponse grossière et avait filé vers la résidence.

Mais à présent, une demi-heure plus tard, réconforté par sa douche, il se sent coupable et veut réparer d'une manière ou d'une autre. Mais comme les hommes sont bizarres, au lieu d'appeler Silvia pour lui faire des excuses, il décide d'appeler Ludovica.

« J'ai fait une petite recherche sur Internet », annonce-t-elle sans même lui dire bonjour.

L'effet produit sur lui par la voix polie de Ludovica ressemble à celui de la vitalité pétillante et contagieuse d'une petite fille enthousiaste sur son père prêt à se suicider.

« Une petite recherche sur quoi ?

— Sur toi.

— Sur moi ?

— Pas exactement sur toi. Sur quelque chose qui te concerne.

— Tu as trouvé sur Internet quelque chose qui me concerne ?

— Non, pas une chose sur toi en particulier. Disons une chose sur vous. »

Panique. Que veut-elle dire par « vous » ? Nous les hommes ? Nous les Pontecorvo ? Qui nous ? Semi redoute une seconde qu'avec sa prétention d'universitaire en herbe Ludovica ne soit allée fourrer son nez – en plongeant dans la mer profonde et démoniaque appelée Web – dans l'affaire Pontecorvo. Ça n'aurait rien de bizarre. Et depuis que Filippo a obtenu cet énorme succès les gens ont recommencé à en parler fébrilement après vingt ans de silence.

Non, Ludovica n'a pas pu faire des recherches sur ça. Ça ne peut pas être de ça qu'elle veut lui parler. Pas au téléphone, pas avec cette voix coquine et facétieuse qui appartient à la Discrétion faite femme.

Et en effet, ce que Ludovica entend par vous est sans aucun doute cent fois plus banal et mille fois plus anodin que l'affaire Pontecorvo. « Vous », c'est « vous les circoncis », c'est « vous les Juifs circoncis ». Voilà de quoi parle Ludovica.

« Tu sais qu'il y en a environ cent mille en Italie ?

— De Juifs ou de circoncis ?

— De circoncis. De Juifs, beaucoup moins. »

Comme beaucoup de jeunes filles ingénues et instruites, Ludovica a un faible pour les Juifs. Semi a pu constater qu'elle en a une idée mythique, peut-être simplette et, à coup sûr, obscurément raciste (ce en quoi, du moins, son préjugé ne diffère pas beaucoup de celui que beaucoup de Juifs que Semi connaît cultivent à propos d'eux-mêmes). Et c'est justement en vertu de ses préjugés que Ludovica vénère les Juifs. Elle lui a avoué un jour avoir lu au moins cinq fois la biographie d'Aby Warburg : peut-être parce que cet exquis critique d'art fils de banquier représente pour elle le condensé de tout ce qui est juif. Normalité et exotisme. Persécutés et persécuteurs. Raffinement et vulgarité. Antiquité et modernité. Pacifistes et bellicistes… Dans ces contrastes violents se joue toute sa passion pour les Juifs, dont bien sûr Semi a bénéficié, étant de surcroît le cadet d'un Juif controversé tel que Filippo Pontecorvo. Mon Dieu, les cadets juifs de certains aînés ! Ludovica pourrait parler des heures entières de certains cadets juifs…

Il ne s'agit cette fois ni de Juifs ni de cadets. Mais de circoncis. Tel est l'objet de sa dernière étude approfondie.

« Et qu'est-ce que tu as découvert ?

— Mon amour, tu n'imagines pas comme ça m'a émoustillée de regarder toutes ces images et de lire ces commentaires. C'était comme si je te voyais multiplié des milliers de fois. J'ai failli m'évanouir d'excitation. Et tu sais comment ça se passe, je n'ai pas réussi à garder mes mains tranquilles.

— Je m'en doute… Alors je ne suis que ça pour toi. Une petite bite sans prépuce.

— Malheureusement, tu es beaucoup, beaucoup moins que ça. Si seulement tu avais l'essentiel, si tu avais cette allure digne, ce profil imperturbable… Tu ne mérites pas ton équipement.

— Tu n'es pas la première à me le dire. Mais tu ne m'as pas encore parlé de tes découvertes surprenantes…

— Il paraît que vous autres les circoncis vous avez moins de sensibilité. Et c'est pour ça que vous tenez plus longtemps. Sur le forum *Jeunes point barre* Lilly89 soutient que, si on couche avec un circoncis, on ne peut plus s'en passer ensuite.

— Je t'en prie, ne me dis pas que l'essentiel de ta recherche se fonde sur les divagations de Lilly89 sur le caractère irremplaçable de l'homme circoncis. Dis-moi que tu n'as pas que ça. Je n'avais pas entendu

282

autant de vieux clichés depuis la dernière campagne électorale…

— On parlait aussi beaucoup de fellation.

— Oh, en voilà un sujet épineux, et qui tombe à pic. Qu'avons-nous découvert à ce propos ? Et surtout, est-ce que notre découverte nous fera faire un saut qualitatif ? Elle nous fera sortir de l'impasse ?

— Je crois que non.

— Foutre…

— Tout juste. Vanessa-la-paresseuse, ennemie implacable de Lilly89, soutient que vous tailler une pipe est une entreprise digne d'une médaille d'or aux Jeux olympiques.

— Et ensuite vous reprochez aux hommes d'être en compétition. D'être toujours là à comparer qui a la plus longue et qui en baise le plus grand nombre. Mais au moins, nous y mettons un peu de passion ! Il me semble que Vanessa-la-paresseuse, et son nom en dit long sur son manque d'enthousiasme, n'a aucun goût pour le défi !

— Tu es injuste avec elle ! C'est une mine de bons conseils.

— Vraiment ? Lesquels, par exemple ?

— C'est un secret d'initiées.

— Dis donc, tu ne peux vraiment pas vivre sans secrets.

— Si tu me promets qu'on se voit demain, je te jure que tu me trouveras beaucoup moins introvertie que d'habitude.

— C'est du chantage ?

— Considère ça comme une menace pleine de bienveillance.

— Je ne pensais pas qu'il existait des menaces de ce genre.

— Je viens tout juste de les inventer… Allez, promets-moi que tu essaieras.

— Je peux te promettre ce que bon te semble, mais je t'ai déjà dit que demain je dois aller à Rome.

— Tu dois vraiment y aller ? »

Cette question surprend Samuel et l'agace aussi un peu. Si on y réfléchit, c'est la première fois que Ludovica se comporte en maîtresse jalouse. La première fois qu'elle met de côté sa bizarrerie et s'en tient au script. La première fois qu'elle l'implique dans une affaire aussi mesquine qu'une crise de jalousie. Non, ça ne ressemble pas à Ludovica de revendiquer, encore moins de faire des caprices. Ce n'est pas sa politique. Sa dignité et son éducation le lui interdisent. Ça ne lui ressemble pas non plus de se mettre en compétition avec son adversaire romaine. Au contraire, Semi a eu plus d'une fois l'impression très déplaisante que Ludovica traitait Silvia avec une condescendance évangélique (et par là même offensante). Attitude qui l'a rendu furieux, mais ne l'a pas autant étonné que cette crise impromptue d'insécurité. Qu'est-ce qui a changé ? Pourquoi ne veut-elle pas qu'il passe le week-end à Rome avec sa compagne officielle ? Un week-end de plus, où est la différence ? Cette insistance s'explique-t-elle par le fait que Silvia restera Silvia encore peu de temps parce qu'elle sera très bientôt la nouvelle madame Pontecorvo ? Et donc qu'elle méritera le respect que jusque-là Ludovica, avec son snobisme de jeune héritière, n'a jamais voulu lui concéder ?

Semi coupe court. « Je dois y aller. Je t'appelle plus tard. »

Après avoir entendu avec plaisir la voix de sa maîtresse, Semi rappela Silvia et lui demanda aussitôt de l'excuser. C'est bien ça : il aurait dû demander pardon à Ludovica et il le demandait à Silvia.

« T'excuser de quoi ?

— De t'avoir envoyée au diable !

— La vérité c'est que tu ne peux pas rester plus de deux secondes sans m'entendre et que pour le faire tu arrives à inventer cette bêtise d'excuses… Mais si tu y tiens, alors, excuses acceptées. »

C'était une vraie satisfaction de faire des excuses à une femme aussi peu susceptible et aussi bien disposée. Semi se sentait bon.

« Exactement, dit-il pour bavarder en s'efforçant d'oublier tout ce qui se passait. Je ne peux pas m'empêcher de t'appeler au moins quinze fois par jour. Tu sais quelle était une des choses qui me déplaisaient le plus quand je vivais en Amérique si loin de toi ?

— Laquelle ?

— Que nous étions à six fuseaux horaires l'un de l'autre.

— Ça ne me paraît pas un grand problème.

— C'était terrible de savoir que lorsque je me réveillais tôt le matin, chez toi c'était déjà l'heure du déjeuner. Et que lorsque j'allais dîner tu dormais déjà depuis longtemps. Ou du moins, j'espérais que tu dormais. Voilà pourquoi je t'appelle si souvent. Je veux m'assurer que ta montre et la mienne indiquent la même heure.

— Eh bien, il vaut mieux que tu apprennes à ne pas m'étouffer. Tu vas épouser une femme qui a une carrière, qui n'aura pas le temps de s'occuper de ton sentimentalisme et de tes névroses…

— C'est précisément pour ça que je veux profiter des derniers mois de célibat et déverser sur toi toutes mes paranoïas. À propos, qu'est-ce que tu fais aujourd'hui ? Je me suis rappelé que je ne te l'avais pas demandé.

— En quoi ça t'intéresse ?

— Je te l'ai dit : ça ne devrait pas m'intéresser, mais ça m'intéresse. Je veux que nos montres indiquent la même heure.

— Qu'est-ce que nous sommes, deux agents secrets ?

— Non, blague à part, qu'est-ce que tu fais aujourd'hui ?

— Qu'est-ce que tu veux que je fasse ? Je suis au cabinet, ensuite j'irai au tribunal. L'après-midi j'ai rendez-vous avec la Torah. Plus tard le Talmud nous rejoint pour l'apéritif. »

La réplique de Silvia était une allusion au « grand saut » (comme elle disait) qu'elle avait accompli environ deux ans plus tôt : se convertir au judaïsme. Une décision à laquelle, entre une obligation et une autre, elle s'était consacrée entièrement. Un effort de volonté qui serait récompensé le mois suivant par le bain rituel grâce auquel Silvia porterait finalement la casaque de l'équipe de Moïse et d'Abraham.

Oui, elle allait réussir, bien que Semi ait tout fait pour la dissuader depuis qu'elle lui avait fait part de cette idée bizarre. Quand il lui avait demandé pourquoi elle tenait tant à devenir juive, Silvia lui avait répondu évasivement qu'elle avait envie de le faire. Qu'elle avait toujours été attirée par l'idée d'être juive. Qu'elle l'avait peut-être été dans une autre vie…

« Garde ces conneries pour l'interrogatoire auquel te soumettra un rabbin méfiant. Sauf la partie sur la réincarnation, il vaut mieux que tu l'évites, celle-là… À moi, tu peux me dire la vérité.

— Je ne mens pas. Je te dis ce que je ressens. Je t'informe d'un de mes besoins. Je ne cherche pas ton aval. Je le ferai de toute façon. Tu sais que quand je me mets quelque chose en tête… Même si je me rends compte que ton soutien faciliterait les choses…

— Mais du moment que ta propre religion n'a jamais compté pour toi, pourquoi faudrait-il que tu éprouves maintenant le besoin de te convertir à la mienne ? »

Il n'était pas nécessaire que Silvia lui réponde. Il savait ce qui se passait. La raison pour laquelle elle s'était embarquée dans cette aventure plus que compliquée, pour laquelle elle voulait faire partie à tout prix d'une confrérie (qui allait tout faire pour ne pas l'accueillir et pour lui mettre des bâtons dans les roues) était évidente : Rachel. Mais oui, elle le faisait pour cette femme qui avait tant souffert et avait toujours su relever la tête. Elle méritait à présent qu'un de ses fils épouse une bonne Juive.

« Je t'assure que tu ne seras jamais juive à cent pour cent.

— Je sais, mais ça m'est égal. Soixante-quinze me suffiraient

— Je t'assure, mon amour, que ça n'en vaut pas la peine », lui avait alors dit Semi avec le paternalisme de quelqu'un qui, parce qu'il a toujours été juif, sait que l'être ou ne pas l'être n'a pas tellement d'importance.

« Ça en vaut la peine, et comment.

— Parce que tu ne sais pas ce qui t'attend. C'est une affaire terriblement compliquée. Tu n'as pas idée de ce que les Juifs peuvent être chiants. Il y a un tas de choses à apprendre par cœur. Ça n'est qu'interdits ou préceptes. Et ça n'est pas du tout dit que tu arrives à tes fins. Je t'ai prévenue, ils feront tout pour te dissuader. Et tu ne peux sûrement pas leur avouer que tu le fais pour moi ou pour ma mère. Pour être *digne* de nous. Alors là, ils pètent les plombs. Tu dois le faire parce que tu le sens.

— Et moi je t'ai dit que je ne le fais pas pour vous. Mais pour moi-même. Et puis tu le sais, étudier ne m'a jamais rebutée.

— Ça prend des années.

— Je peux attendre.

— C'est un supplice.

— Pas plus que d'avoir vécu les vingt-cinq premières années de ma vie avec un ours comme mon père.

— Ta vie deviendra horriblement compliquée.

— Si j'aimais les choses simples je ne serais pas avec toi. »

Touché ! pensa Semi, mais il se tut. C'est Silvia qui s'emballa.

« Tu sais ce que j'aime le plus ?

— Quoi ?

— Les fêtes !

— C'est-à-dire ?

— Pâque, Kippour, Rosh Hashana, les mariages… et imagine un peu : même les enterrements ! Je ne pensais pas que certaines fêtes pouvaient me plaire autant. Sans parler des sucreries : la pizza juive, les tartelettes au miel, les couronnes de Pâque…

— Tu ne crois pas qu'un cours de cuisine suffirait ?

— J'adore quand ta mère invite tous ces gens pour Pessah, les rites, les habitudes, la solennité…

— Y compris ce monstre de tante Vera ?

— Surtout ce monstre de tante Vera.

— Dieu du ciel, je me saigne aux quatre veines pour t'emmener au Métropole de Hanoï, je me mets en quatre pour te sauver de ta misérable existence de deuxième classe… et tu es impatiente de dîner avec cette vieille abrutie qui pue comme un chien mouillé ?

— Ce que tu es bête ! »

Semi avait beau faire de l'esprit, il savait parfaitement ce qu'entendait Silvia quand elle lui disait qu'elle adorait le Seder de Pessah chez les Pontecorvo. Il suffisait de la regarder pour comprendre qu'elle était programmée pour ces heureux partages. Qu'une famille nombreuse et heureuse était sa grande aspiration, une aspiration qui dépassait en intensité jusqu'à ses ambitions de devenir un jour la Princesse du Forum.

Elle était petite, gracieuse, cheveux blonds coupés à la garçonne, et des yeux d'un plus beau vert que la mer des Caraïbes… Les femmes la trouvaient sympathique, les enfants l'adoraient et elle inspirait des pensées lascives à tous les hommes, à l'exception de celui avec lequel elle était depuis quinze ans. Certes, la vie l'avait défavorisée. Silvia avait perdu sa mère à trois ans, assez jeune pour ne pas pouvoir déterminer ensuite si son père avait toujours été le bloc de glace qu'elle connaissait ou s'il y avait été réduit par le décès subit de sa femme. (C'était loin d'être une blague : un soir vous allez vous coucher avec votre petite femme et vous vous réveillez à côté d'un cadavre.)

Quoi qu'ait été son père, ou quoi qui lui soit arrivé après la mort de sa femme, Silvia savait qu'il s'agissait du pire géniteur qui aurait pu arriver à une fille expansive et extravertie comme elle : un dépressif chronique exsangue, un froid ingénieur du bâtiment qui se passionnait pour les promenades dans les bois et l'observation des oiseaux. Un homme spirituellement anémique et pathologiquement incapable d'élans.

Silvia ne se rappelait pas qu'il l'ait jamais grondée, mais pas non plus qu'il l'ait encouragée ni félicitée. Elle se rappelait n'avoir partagé avec son père que de grandes promenades et des repas interminablement silencieux. D'avoir passé des heures à côté de lui durant une de ses observations où, jumelles dans les mains, il cherchait à comprendre à quelle espèce appartenait un pic avec une tache bleue sur le dos. Il ne s'inquiétait pas si elle rentrait tard le soir, et ne se montrait pas enthousiaste si elle décidait de rester à la maison. La seule chose qu'il avait su faire quand à douze ans elle s'était présentée devant lui les genoux maculés du sang de ses premières règles avait été de lui mettre dans la main la carte de visite d'un gynécologue, qu'il gardait prête dans son portefeuille (allez savoir depuis combien de temps !).

Et dire qu'elle avait tout fait pour le conquérir. À commencer par la nourriture. Qui avait été la première tentative désastreuse avec laquelle cette fille avait essayé de séduire son imperturbable père. Elle avait treize ans quand avec son argent de poche elle s'était acheté *La Cuillère d'argent* et avait souscrit un abonnement à *La Cuisine italienne.* Gomme elle avait une habileté manuelle enviable et un caractère entreprenant, elle pouvait relever avec succès n'importe quel défi culinaire. Ainsi, quand elle avait un peu le cafard, elle se mettait aux fourneaux. Chaque fois dans l'illusion que son père lui en serait reconnaissant. Elle entretenait toujours l'espoir absurde que devant la nouvelle recette d'aubergines farcies ou de pâtes aux courgettes, son père fondrait avec un sourire de satisfaction réjouie.

Mais non. Certes, il mangeait tout. Mais il dévorait avec autant d'entrain que s'il avait mangé des pâtes à l'eau. Les bons bulletins trimestriels de sa fille et les ceintures aux couleurs de plus en plus foncées et viriles qu'elle obtenait au cours de karaté produisaient sur lui le même effet. De même que tout autre succès sportif et scolaire engrangé pendant une adolescence hyperactive.

La première fois que Samuel l'avait vu, il avait été troublé par la dissemblance entre cet homme et sa fille : formel comme un majordome, raide comme un piquet ; même la décoration de sa maison semblait refléter une morosité oppressante. Silvia avait invité Semi à dîner, elle lui disait depuis longtemps qu'elle voulait faire la cuisine pour lui. Bien qu'elle ait préparé une belle table et malgré les arômes prometteurs qui parvenaient de la cuisine, il était évident qu'elle regardait son père, chez qui elle habitait encore, avec la nervosité inévitable que nous inspirent les trouble-fête chroniques. Lui était dans son fauteuil. Il avait dans une main un numéro du *National Geographic* feuilleté avec soin, et dans l'autre un verre d'eau du robinet.

Quand Silvia lui avait dit : « Papa, voici mon ami Samuel. Je t'ai déjà parlé de lui », il s'était levé tranquillement de son fauteuil, avait posé le magazine et avait serré la main de Samuel avec beaucoup moins de vigueur qu'il n'aurait dû.

Silvia avait été tellement irritée par l'attitude de son père qu'elle n'avait pas voulu laisser Semi seul avec lui et lui avait demandé de l'accompagner à la cuisine. Et d'après la surexcitation avec laquelle elle soulevait et reposait le couvercle des casseroles, ouvrait et refermait la porte du réfrigérateur, on comprenait que la fille la plus douce que Semi connaissait venait de vivre l'expérience la plus embarrassante : voir un garçon qui lui plaisait près du père dont elle avait honte. C'était vraiment trop. Voilà pourquoi, sans préavis, elle avait éteint tous les feux, y compris le four, et, très anxieuse, avait dit à Semi : « Il vaut mieux que nous partions. »

Samuel n'avait pas eu la force de protester suffisamment contre ce qui lui semblait d'une grossièreté intolérable, et il s'était retrouvé avec elle dans l'ascenseur. Silvia l'avait rassuré : « Ne t'en fais pas, il ne s'en apercevra même pas. »

Juste au moment où il allait sortir de l'ascenseur, les lèvres de Silvia étaient sur les siennes. C'était la première fois qu'ils s'embrassaient. Il avait vingt-trois ans, elle vingt-deux, ils s'étaient connus quelques mois plus tôt à un mariage sur la plage de Sabaudia. Semi était un ami de la mariée, Silvia une amie du marié. Ils ne connaissaient personne et avaient fini par faire cause commune. Et voilà que, quelques mois après leur première rencontre, arrivait leur premier baiser.

Chaque fois que Semi y repensait (non sans embarras), il se répétait qu'elle lui avait donné ce baiser pour le dédommager du spectacle offert par son père, et pour le geste regrettable que celui-ci avait entraîné. Il se disait aussi que ce baiser précaire, donné en traître, sans plaisir et presque avec désespoir, était sans doute à l'origine des problèmes sexuels dont Silvia et lui souffraient depuis toutes ces années et que le mariage imminent n'allait sûrement qu'aggraver.

Bref, compte tenu de la vie qu'elle avait eue, de sa coexistence avec son père, de la rareté des dérivatifs à la présence spectrale de son père, il n'était guère surprenant que Silvia aime les dîners de Pâque avec la tante Vera. Aimer ces dîners signifiait aimer la convivialité et le partage à leur plus haute expression. Et en même temps se laisser fatalement séduire par le modèle d'œcuménisme que Rachel incarnait avec un tel déploiement d'énergie. Tout est là : opter pour le judaïsme signifie opter pour Rachel. Être entièrement de son côté. Devenir juive veut dire devenir une Pontecorvo de plein droit.

La leçon de Talmud de cet après-midi-là devait être l'une des dernières. Seul Semi savait combien Silvia s'était sacrifiée, la détermination qu'elle y avait mise, et sa fierté de se trouver désormais à quelques pas du but.

« À propos de Talmud, comment vont les nettoyages de Pâque ?

— J'allais t'en parler. Après le cours je vais chez ta mère. Nous avons diverses petites choses à régler. Elle veut que la maison reluise pour le retour de ses rejetons. Tu sais, elle est très contente que cette année nous soyons enfin tous ensemble pour Pâque. Il paraît que ta belle-sœur a daigné accepter l'invitation. J'espère seulement qu'elle viendra et ne mettra pas le bordel.

— C'est sûr qu'Anna te met hors de toi.

— Effectivement. Chaque fois que nous sommes seules elle n'arrête pas de me dire du mal de ta mère. Elle veut à tout prix me mettre de son côté. Je me demande comment ton frère peut supporter son narcissisme, sa névrose affichée, sa méchanceté. Je me demande comment ils peuvent vivre constamment plongés dans la boue jusqu'au cou !

— Je ne voudrais pas que pour consoler ma mère de ses peines de belle-mère tu sois candidate au titre de belle-fille de l'année.

— Et quand bien même ?

— Rien de mal à ça. Je crains seulement que tu te laisses engloutir.

— Tu ne comprends pas que lorsqu'on vient d'une famille comme la mienne on ne se sent jamais suffisamment engloutis ? Et puis ce que je fais pour elle n'est qu'un centième de ce qu'elle fait pour moi. Même si je dois avouer que dernièrement ta mère m'a vraiment épuisée. Entre les faire-part, l'essayage, la pose des carreaux de faïence, les nettoyages de Pâque… Ça n'arrête pas. »

Quel plaisir pour Semi que d'entendre Silvia parler de sa mère de cette manière. Ça le réconciliait avec l'existence, même dans le moment épouvantable qu'il était en train de vivre. Il y avait quelque chose de réconfortant dans l'idée qu'entre ces deux-là s'était instaurée une telle solidarité qu'il n'y avait aucun conflit, mais au contraire une entente surprenante (elles commençaient même à se ressembler physiquement !). S'il existait un duo pareil, alors le monde ne pouvait pas être aussi moche.

Ces derniers temps, Semi appelait Silvia très souvent pour qu'elle lui raconte ses expéditions en ville avec Rachel. Il aimait les imaginer dans le rayon chambre à coucher d'Habitat en train de se disputer au sujet de tables de chevet en bambou que Rachel trouvaient trop exotiques, trop peu pratiques et vraiment trop chères. Samuel se réjouissait de la scène et exultait, satisfait d'avoir rendu à Silvia la mère qu'elle avait perdue et donné à Rachel la fille qu'elle n'avait jamais eue mais qu'elle aurait tant voulue. Un beau tour de prestidigitation : Semi était fier d'avoir offert à sa mère sur un plateau quelqu'un qui prenait au sérieux le judaïsme et les nettoyages de Pâque, quelqu'un à emmener faire des courses sans devoir en supporter les remontrances. Quelqu'un qui, par respect, ne pouvait ni se plaindre ni se rebeller. Et qui de toute façon considérait comme un honneur d'être avec elle. Et surtout, quelqu'un à qui confier ce qu'elle n'aimait pas chez ses fils et qu'elle n'aurait jamais eu le courage de dire en face aux intéressés.

Pendant que Silvia continuait à parler et à lui détailler tout ce que Rachel et elle allaient faire les jours suivants, Semi se prit à considérer avec un terrible découragement comment tout aurait pu être parfait si seulement il n'avait pas aimé une autre femme, et si, en proie à une pulsion suicidaire, il ne s'était pas acharné à bousiller sa vie professionnelle.

ANNONCE FONDAMENTALE :
AUJOURD'HUI, 22 MARS 2011, JE VAIS FINALEMENT VOIR MON HÉROS EN CHAIR ET EN OS !

Amies et amis de Pennylane,
Le GRAND jour est enfin arrivé. Je vais voir Filippo dans quelques heures. Il se trouve en effet que mon héros a décidé de se révéler, comme le saint qu'il est, à une bande de petits cons de la Bocconi. Il veut leur apprendre gratuitement ce qu'autrement ils n'apprendraient pas en cent vies : ce que signifie être des hommes. N'ayez pas peur, ce sera un jeu d'enfant pour votre Pennylane de se faufiler dans cette foule de victimes de la mode. J'ai un ami à la Bocconi, d'ailleurs très sympathique, qui m'a promis une place au premier rang. J'espère seulement qu'il ne me demandera pas de le payer en nature. Même si je vous jure, mes amis, que s'il me le demandait… eh bien, je ne saurais pas comment reculer. Mon Fili mérite tous les sacrifices… Surtout pendant ces jours terribles. Je suis sûre que vous êtes tous au courant. On ne parle que de ça. Mon Fili est en danger. Il paraît que les menaces de la part de certains islamistes intégristes sont à prendre au sérieux. Laissez-moi vous dire que je suis très en colère. Je n'arrive vraiment pas

à comprendre pourquoi quelqu'un devrait s'en prendre
à Filippo Pontecorvo. Et ça me paraît fou que ceux qui
s'en prennent à lui soient justement ceux qui devraient
l'idolâtrer. S'il y en a un qui plus que n'importe qui a
décidé de parler des déshérités, qui a pris le parti des
innocents et des exploités, c'est Filippo. Alors ? Amis
islamistes, pourquoi lui ? Qu'est-ce qu'il a fait de si
grave pour vous offenser ? Vous êtes sûrs de ne pas
l'avoir mal jugé ? Je vous assure que Filippo n'est pas
un de ces Juifs dogmatiques, qu'il n'appartient pas à la
confrérie des Juifs bellicistes. Non, lui est du côté de
la paix. C'est un grand esprit. C'est quelqu'un comme
Oz et Grossman. Quelqu'un qui défend la paix. Alors
pourquoi s'en prendre à lui ? Je ne comprendrai jamais
ce monde, mais je suis convaincue que c'est le moment
d'être près de Filippo. Je suis vraiment émue à l'idée
que je vais être bientôt à quelques mètres de lui. Ça me
paraît absurde et incroyable.

Maintenant excusez-moi, je dois aller me préparer.
Oui, je sais, la rencontre est dans huit heures, mais je
ne sais pas si ça suffira pour me faire aussi belle que je
le voudrais.

Je vous raconterai…

Dans le hall de l'université Bocconi, d'où il était
sorti la toute dernière fois avec les meilleures notes une
quinzaine d'années plus tôt pour ne jamais y retourner, Semi, pressé par une foule impressionnante, se
demandait si Pennylane était déjà arrivée et si, dans ce
cas, il la reconnaîtrait.

Semi suivait déjà depuis plusieurs mois avec une
certaine régularité le blog de Pennylane *Au nom*

d'Hérode qu'elle avait ouvert et entretenu patiemment, et autour duquel elle avait créé une véritable secte d'adeptes de la religion pontecorvienne.

Il aimait rêvasser sur l'identité de la mystérieuse Pennylane. De celle qui se considérait comme la groupie de Filippo la plus passionnée de la planète. Et il lui arrivait souvent d'aller voir sur son blog quelle nouvelle initiative délirante elle avait eue pour célébrer son amour pour Filippo. Lire ces élucubrations vibrantes le mettait de si bonne humeur ! C'est pourquoi, avant de sortir de la résidence pour se rendre à l'exhibition de son frère dans sa vieille université, Semi avait eu l'idée de jeter un coup d'œil à ce que Pennylane avait à dire à propos des menaces adressées à Filippo. Il avait appris avec beaucoup de surprise, et non sans émotion, que Pennylane s'apprêtait au même moment à sortir de chez elle pour aller rendre hommage à Filippo à la Bocconi.

Elle était là quelque part, mêlée à la foule. Si seulement il n'y avait eu que des étudiants, des professeurs et des curieux. Mais il y avait des photographes et des cameramen, des journalistes haletants et agités. Avant d'entrer, Semi avait vu plusieurs voitures de police et même une camionnette de l'armée. Et en effet il y avait beaucoup d'hommes en uniforme. Il n'était décidément pas à l'aise. Il se sentait même oppressé par tout ce remue-ménage et se demandait si l'amphi pourrait contenir autant d'excités.

L'énergie dégagée par la foule était si puissante et si brutale que Samuel avait été poussé dans le hall par la porte principale malgré lui, allant ainsi à l'encontre d'une superstition bien ancrée qui conseillait aux étudiants (surtout les jours d'examen) de ne jamais passer entre les deux grands lions accroupis qui gardaient la porte principale. Semi avait essayé de se jeter sur l'entrée de droite de façon à laisser les deux gros matous à sa gauche, mais une sorte de courant marin irrésistible l'avait entraîné inexorablement vers la porte principale. Ce qui lui avait laissé une impression d'impuissance et de mauvaise humeur.

C'est donc comme ça que Filippo vit? Au milieu de tous ces gens? C'est la présence permanente et oppressante de la foule qui l'a changé? C'est pour ça que Filippo n'est plus Filippo. Qu'il n'arrête pas de parler de lui-même. Naturellement, si on vit parmi des gens qui viennent écouter ce qu'on a à dire, on soupçonne que ce qu'on a en réserve pour les autres est réellement intéressant.

Semi, jouant des coudes dans la marée humaine, parvint à se glisser dans le couloir souterrain qui menait à la bibliothèque et l'amphithéâtre. Et il s'était arrêté au bar-restaurant, complètement réaménagé.

Même le bar était bondé, mais pas autant que le hall. Ici la plupart des personnes présentes appartenaient à la population étudiante. Après avoir retiré son ticket à la caisse il s'approcha du comptoir pour commander un café. Son attention fut alors attirée par un petit groupe de trois étudiants, un garçon et deux filles. Semi avait encore l'œil assez exercé pour savoir qu'ils n'étaient pas en première année. Ils étaient probablement à un pas de leur diplôme. Ça se devinait à l'autorité avec laquelle ils occupaient leur espace fermé et au fait qu'ils n'avaient aucune honte à parler fort ni à s'attarder en buvant leur café.

L'attention de Semi se concentra sur un petit bout de fille très enthousiaste : à peine un peu trop grosse, pâlotte, ses traits d'une régularité sage rendus intenses par des cheveux frisés châtains avec des nuances de roux. La seule lumière dans tant de banalité affichée était le reflet du petit diamant sur son nez et de l'arc-en-ciel tatoué sur son poignet. Elle avait un accent résolument méridional, peut-être calabrais, et portait un tailleur à fines rayures, de grand magasin, comme une secrétaire quelconque. Il devait s'agir d'une fille résolue qui avait obtenu une bourse. Et c'était en effet avec résolution qu'elle prenait audacieusement la défense de quelqu'un.

« Il a fait quelque chose d'unique et de merveilleux, disait-elle. Quelque chose qui t'hypnotise et te boule-verse… Tu ne peux peut-être pas le comprendre parce que tu es un homme, mais je peux te dire que quand je suis allée chez mes neveux, tout de suite après avoir vu le film, j'ai ressenti pour eux une affection, un amour… Ça m'a fendu le cœur. C'est fou qu'un homme ait réussi à saisir l'innocence de ces enfants. Je ne sais pas comment il a fait, mais je sais qu'il l'a fait… »

Il était évident que le ton élevé de la voix servait non seulement à surmonter le vacarme d'un bar d'étudiants, mais aussi à avoir le dessus sur ses inter-locuteurs, dont l'opinion contraire se manifestait par des mimiques sarcastiques. Ses adversaires acquies-çaient et ricanaient. Leur porte-parole était le garçon, tandis que la blondinette silencieuse à ses côtés, outre qu'elle était probablement une concubine conciliante, jouait le rôle de celle qui opinait du bonnet, convain-cue sans y comprendre goutte.

Si la fille laconique, aussi fade et glaciale que la couleur de ses cheveux, avait quelque chose de sobrement nordique, le gars devait être romain. Et d'une certaine Rome que Semi ne connaissait que trop bien. Il en avait l'allure, l'accent, le cynisme. Il était élancé, il avait des traits nets, presque aseptisés ; sa coiffure était tellement stylisée qu'elle semblait faite par un dessinateur de BD des années trente. Ses lunettes aux verres fins et brillants et leur monture noire lui donnaient l'air d'un universitaire charmant, un peu à la Clark Kent. Si la Rolex Explorer à son poignet indiquait qu'il avait derrière lui une fortune solide, voire carrément considérable, on devinait à sa façon de s'exprimer que c'était le genre de fils qui a payé la générosité de ses parents par d'excellentes notes, le développement d'une personnalité forte et les meilleures relations sociales. Bref, le petit génie qui de surcroît sait y faire avec les gens, un de ceux qui, si on les questionne, connaissent toutes les capitales, y compris les plus insignifiantes, des pays les plus lointains. Qui auraient tout pour gagner un million d'euros à un jeu télévisé s'ils n'étaient trop snobs pour envisager seulement d'y participer.

« Je ne connais rien aux enfants, disait-il. Mais je m'y connais en style. Ça n'est pas par hasard que j'écris une thèse sur la perception des grandes marques italiennes dans le monde anglo-saxon. Alors je sais de quoi je parle. Tu as vu comment il s'habille ? Tu as vu comment il se balade ? Ses pantalons de para, cette barbe à la Che Guevara, cet éternel cigare entre les dents. Il se prend pour qui, Fidel Castro ? Clint Eastwood ? Winston Churchill ? Arrête ! Il est tellement prétentieux qu'il a le courage de se montrer accoutré comme le personnage de son dessin animé. Le seul fait de se représenter comme ça – le chevalier sans reproche – en dit long sur l'absence totale d'autodérision de ce monsieur, sur sa vanité. Je serais prêt à parier qu'il a un placard plein de ces vêtements de merde. Et la pudeur ? Un brin d'horreur de soi ?… Mais non, il se donne des airs de prophète, merde. Cette manière de parler comme un oracle. Un mot toutes les dix minutes. Et tout le monde qui le prend au sérieux. Et toutes les interviews, les conférences, tous ces discours sur les droits de l'homme, le droit des enfants. Putain, mais comme c'est facile ! Comme il en faut peu pour obtenir l'approbation en disant qu'on ne doit plus mettre une mitraillette dans les mains d'un enfant de treize ans ! Qu'on doit boycotter les pays producteurs de mines antipersonnel ! Ou qu'on doit libérer les petits esclaves qui cousent la nuit les ballons de cuir qui seront utilisés ensuite par des footballeurs millionnaires ! On dirait une brochure de Save The Children. Non, il n'est pas si original que ça ton Filippo Pontecorvo. C'est un imposteur, le énième saltimbanque produit par ce pays de phraseurs. »

Pourquoi Semi était-il donc tellement étonné que quelqu'un parle de son frère avec ardeur alors que depuis quelques mois il avait l'impression que l'humanité tout entière ne parlait de rien d'autre ? Pourquoi était-il tellement embarrassé alors que les derniers temps toutes les personnes qui lui étaient présentées, quand elles entendaient qu'il s'appelait Pontecorvo, lui demandaient : « Seriez-vous parent de… ? »

Peut-être parce que c'était la première fois que quelqu'un pontifiait librement sur Filippo sans savoir que son frère cadet était à portée de voix. Quelle expérience aliénante. Il avait suffi à Samuel d'écouter un petit morceau du discours bien fourbi de ce type pour éprouver à son encontre la même antipathie meurtrière que pour ces anonymes qui distillaient leur fiel sur le Web contre son frère.

Au nom d'Hérode, le blog qu'entretenait héroïquement la mystérieuse Pennylane, n'était pas le seul, en effet, à parler de Filippo. Il y en avait vraiment beaucoup et tous n'étaient pas aussi bien disposés. Certes, la grande tribu de ses détracteurs était moins nombreuse que celle de ses adulateurs, mais pas moins combative. Le Web fourmillait de lieux où le sport favori consistait à tirer à boulets rouges sur Filippo Pontecorvo. Et Semi le savait bien. Vu que depuis quelque temps – plus ou moins depuis que les choses avaient commencé à mal tourner pour lui –, il était souvent tenté de se mettre au courant des dernières nouvelles de la blogosphère sur le compte de Filippo.

C'était comme si Semi, qui cherchait un réconfort, se laissait investir d'un peu de la gloire de son frère. C'est difficile à expliquer mais, en consultant obstinément ces sites, Semi éprouvait l'euphorie de l'acteur de genre fier d'avoir contribué d'une quelconque façon au succès d'un film magistralement interprété par une grande star. L'excitation produite en lui par toutes ces minettes qui convoitaient son frère sur Internet était telle que parfois, en parcourant leurs albums privés mis impudiquement à la disposition de toute l'humanité, il avait été tenté de se branler. Et, pour être franc, il avait cédé deux fois à cette impulsion pathétique, conscient que ça n'était ni sain ni digne de délirer autant sur le harem virtuel de son frère.

Mais dans ces recherches avides il pouvait aussi lui arriver de tomber sur quelques ennemis ironiques de son frère. Quelques frustrés de vingt-cinq ans décidés à snober et mépriser tout ce qui avait du succès. Et qui se sentaient donc en droit d'écrire des commentaires d'une violence inouïe. Ce qui provoquait chez Semi un trouble tout à fait vertigineux.

C'était vrai, son frère s'habillait d'une façon complètement ridicule. Ses tenues – négligées et affectées à une époque – n'étaient plus que du tape-à-l'œil pur et simple. Semi et Rachel en riaient tout le temps. Et Silvia et Anna s'unissaient parfois à leurs moqueries. Oui, tout le monde en riait, et ce bien avant que Filippo ne devienne ce qu'il était devenu. Mais il y avait dans leur ironie un fond affectueux et indulgent. Un arrière-goût tendre et intime. Une affaire de famille. Mais comment cet inconnu se permettait-il de garnir son ironie du glaçage acide de l'hostilité ?

Pendant qu'il buvait lentement son expresso, Semi avait dû se retenir pour ne pas attraper ce type par-derrière et le jeter contre le mur. Pour ne pas lui dire : « Écoute, mon mignon, je t'informe que tu es en train de te couvrir de merde. Il se trouve que je suis le frère de celui dont tu te permets de juger si sommairement la manière de s'habiller. Tu veux que nous parlions d'habillement ? Allons-y ! La vérité c'est que toi, avec tes ridicules chaussures de sport de marque, ton pantalon griffé, ta jolie mine, ton air important et la grande bourgeoise inutile qui te regarde comme si tu étais Mahomet, tu ne pourras jamais égaler ce qu'a fait Filippo Pontecorvo… Ah, alors c'est ça qui te ronge ? C'est ça ? On te chouchoute depuis que tu es né. Depuis que tu as mis les pieds sur cette terre on ne cesse de te dire que tu es intelligent, que tu sais t'y prendre, que tu séduis par ton cynisme et ta causticité. Tu as toujours cru que c'était le viatique pour accéder à la grandeur. Tu as toujours pensé que c'étaient les fondements intellectuels sur lesquels édifier ta fortune. Et maintenant te voilà. En dernière année d'université. Et tout ce que tu as réussi à être c'est un parmi tant d'autres, un des trop nombreux étudiants brillants en dernière année. Félicitations du jury garanties. Un beau master qui t'attend dans une capitale quelconque. La ruée vers l'or a commencé.

« Tu es bien parti, c'est vrai, mais pas plus que tant d'autres… Je sais, tu t'es donné du mal pour arriver jusqu'ici. Dommage que tant d'efforts puissent n'avoir servi à rien. Elle ne viendrait pas de là ton antipathie pour Filippo ? Pour un pauvre type bon à rien qui a péniblement réussi à être diplômé en médecine, mais qui a fasciné le monde entier en sachant exploiter son talent très original. Ça doit être vraiment dramatique pour un petit orgueilleux comme toi – une sacrée couleuvre à avaler pour ton amour-propre démesuré – que tous ces gens soient ici pour lui et pas pour toi. Que même toi, qui le critiques autant, tu sois ici à ses pieds. Dis-le que malgré tout le mépris qu'il t'inspire tu ne peux pas te passer de lui. Dis-le que tu éprouves le besoin de lire tous les articles qui le concernent jusqu'à la dernière ligne. Admets-le, ton drame est qu'il peut se passer de toi, mais que toi tu ne peux pas te passer de lui. Admets que, alors qu'il ne sait même pas qui tu es, il y a des mois que tu réfléchis sur lui et sur pourquoi il t'est aussi antipathique. Admets que c'est ta faiblesse. Admets que, s'il y a quelqu'un de pathétique, aujourd'hui, dans cette université, ce n'est pas Filippo Pontecorvo. »

Il ne fut pas nécessaire d'intervenir. Heureusement, il y avait la petite Calabraise batailleuse qui prit le parti de Filippo et de la vérité, et qui lui riva son clou.

« Tu sais quel est votre problème à vous les fils à papa ?

— Moi, un fils à papa ? Je serais un fils à papa ?

— Je ne plaisante pas, je t'assure. C'est une chose que j'ai comprise pendant toutes ces années à vous fréquenter jour et nuit.

— Tu en parles comme si tu étais Jane Goodall aux prises avec ses chimpanzés.

— Il est vrai que comparé à ce que je ressens parmi vous et à la façon dont vous m'avez fait me sentir ici, l'exemple est particulièrement bien choisi.

— Alors, quel est notre problème à nous les fils à papa qui n'avons fait que t'exaspérer toutes ces années ?

— Votre problème c'est que vous ramenez tout à une question d'esthétique. Que vous regardez toujours la surface des choses.

— Quelle pensée originale ! Félicitations.

— C'est ça, continue à faire de l'humour. Défoule-toi. Fais ce que tu sais faire le mieux. Mets-toi sur un piédestal. Mais sache que ce sont précisément tes sarcasmes et ton snobisme qui t'empêchent de comprendre ce que Pontecorvo représente pour les gens.

— Vas-y, qu'est-ce qu'il représente ?

— Il représente le courage, l'obstination, la créativité. Beaucoup de choses qui ne vont pas toujours ensemble. Personnellement, je me fiche de comment il s'habille. Je me fiche qu'il fume le cigare, des Marlboro ou des pétards. En supposant qu'il ait des vices, je m'en fiche. Je ne remarque pas ces choses-là. Elles ne m'intéressent pas. Ce que je sais, c'est que je vais bientôt le voir monter sur cette estrade où j'ai vu des ministres des Finances, des prix Nobel d'économie, des journalistes réputés, des industriels richissimes avec des bonnes manières et des idées géniales... mais sans un brin d'humanité. J'ai assisté des années à la procession de tous ces puissants venus me raconter des conneries et me traiter avec condescendance. Et maintenant arrive l'auteur d'un dessin animé. Un dessinateur de BD, un saltimbanque. Et comme par hasard c'est le seul qui sait de quoi il parle : il s'est sali les mains, il est allé au cœur de l'injustice. Il n'est pas comme les autres, qui viennent nous expliquer ce qu'est le monde, c'est quelqu'un qui veut le changer. Qui sait te donner l'espoir qu'on peut le changer. Ça n'est pas un hasard s'ils veulent le tuer !

— S'ils voulaient le tuer, ils l'auraient déjà fait. »

C'était la blonde qui était intervenue. Le ton sur lequel elle avait parlé en détachant les mots indiquait que pour apprendre aussi bien cette phrase par cœur elle l'avait déjà entendue une douzaine de fois.

« Les journaux disent… » essaya de répliquer la passionaria en tailleur. Mais elle fut interrompue par son adversaire.

« Les journaux ? Je devrais croire ce que disent les journaux ? Toute cette histoire pue le marketing à des kilomètres. Ces gens-là n'en ont rien à faire de tuer un bouffon comme lui. Encore une chose que je trouve indécente, tout ce qui se rapporte à ce type est une mystification. Regarde-le, il se donne des airs de révolutionnaire, de prophète du peuple, et il est plein aux as, fils de gens encore plus riches que lui. Tu sais ce que m'a raconté un ami de mon oncle, qui était en classe avec lui ? Qu'un chauffeur venait le chercher en voiture.

— Rien à cirer du chauffeur, de l'argent, de ton oncle. Tu n'as rien compris à ce que j'ai dit : pour la première fois depuis que je suis ici j'ai des frissons. Je vais le voir, et rien que pour ça j'ai des frissons. Lui n'a rien à m'apprendre, parce qu'il m'a déjà tout appris. »

Semi s'aperçut qu'en écoutant cette fille parler de Filippo il avait des frissons lui aussi. Une espèce de fraternité, une solidarité supérieure, quelque chose qu'il n'avait jamais aussi bien perçu. Telle était la Pennylane qui l'avait tant inspiré. Ce devait être une fille comme elle. Elle devait lui ressembler physiquement et moralement. Une fille de son temps, simple et pleine d'enthousiasme, d'envie de s'émouvoir, d'amour à donner et à recevoir. Une fille pleine d'indignation devant l'injustice et de passion de l'équité. Ou peut-être était-ce Pennylane elle-même. La Pennylane qu'il cherchait. Le destin la lui offrait sur un plateau et, de plus, au mieux de sa forme.

C'était elle ? C'est toi Pennylane ? Semi faillit le lui demander. Il faillit aller la prendre dans ses bras.

Et à présent il était là, sur l'estrade.

Le recteur – un homme entre deux âges dans un complet bleu froissé – l'avait annoncé avec la plus banale des phrases toutes faites. « Celui qu'on ne présente plus… »

Et jamais paroles n'avaient été aussi appropriées. Le bruit cadencé des pas de l'invité avait suffi, dès son arrivée par une des entrées secondaires, pour provoquer un grondement sauvage. Semi avait eu l'impression que ce vrombissement provenait des viscères de la terre. Un séisme. Il avait été presque épouvanté. Que tant d'amour produise tant d'agressivité, était-ce normal ?

Pour atteindre l'estrade, Filippo avait dû parcourir une trentaine de mètres dans un couloir latéral. Et bizarrement, compte tenu de l'impassibilité notoire d'un tel public, un tas de jeunes (surtout les filles) s'étaient littéralement jetés sur lui. Semi, de là où il était – à l'extrême gauche de la salle – jouissait d'une vue privilégiée et avait pu apprécier à son aise cette explosion d'idolâtrie érotique. Gomment appeler autrement l'élan qui avait poussé tant de filles à sauter sur l'invité, comme une bande d'enfants affamés sur un camion chargé de victuailles ? Le couloir était tellement congestionné que Filippo, malgré sa robustesse proverbiale, avait eu beaucoup de peine à avancer. Elles lui demandaient un autographe sur leur peau. Incroyable.

Une fille avait prié Filippo de signer au stylo-feutre sur le dos de sa main, une autre sur l'avant-bras, une troisième, après avoir arraché le stylo des mains de l'autre, avait exigé avec une rare énergie que Filippo signe sur son cou. D'autres lui glissaient des petits mots dans les poches de son jean, probablement avec leur numéro de portable ou Dieu sait quelles offres amoureuses alléchantes. Ces scènes de délire public étaient transfigurées par la lumière glaciale des flashes. Les reporters, avec une combativité analogue, l'assaillaient de questions. Les uns le tutoyaient, d'autres le vouvoyaient.

« Filippo, qu'est-ce que tu penses de ces menaces ? Elles ont un fondement quelconque ?

— Vous avez pu déterminer ce qui se passe ?

— Qu'allez-vous faire à ce stade ?

— Tu as peur ? »

Mais très vite les reporters eux-mêmes avaient été pour ainsi dire supplantés par les filles. Elles tenaient tellement à lui témoigner toute leur solidarité, à être près de lui dans un moment si difficile pour lui.

Semi était stupéfait. Il avait connu beaucoup d'occasions semblables pendant ses années d'université. Il était là quand étaient venus Gorbatchev, Roberto Baggio, le pape... et beaucoup d'autres. Mais il n'avait jamais vu pareille réaction. Cet amour, cette excitation, cette violence. Ce désir de toucher. Et qui ne venaient pas d'adolescentes déchaînées mais de jeunes femmes inscrites dans une université prestigieuse. Qui avaient dû apprendre depuis longtemps à se maîtriser.

Quant à la réaction de Filippo, elle était incompréhensible elle aussi. Visiblement habitué à ces désagréments, il savait qu'il était inutile de résister. Il avançait

310

lentement, avec un sourire que Semi n'avait pas pu décrypter. Satisfaction ? Nervosité ? Agacement ? Frayeur ? Compte tenu de sa misanthropie, ce devait être pour lui un moment pénible. Mais peut-être la misanthropie avait-elle perdu toute signification. Comment peut-on détester ceux qui vous aiment autant ?

Filippo avait finalement réussi à atteindre les marches qui menaient à l'estrade. Il avait frôlé son frère pendant son chemin de croix triomphal, mais il était tellement bousculé et impatient de se soustraire à l'étreinte oppressante de la foule qu'il ne l'avait certainement pas vu.

Et à présent il était là, sur l'estrade.

Quand le tonnerre d'applaudissements commença à faiblir, il se produisit quelque chose d'au moins aussi miraculeux que le charivari suscité par le bruit des pas de Filippo, bien que diamétralement opposé dans son effet. Il avait suffi que ses doigts donnent quelques petits coups sur le micro pour que s'installe un silence religieux. Semi avait eu peur quelques secondes, peur que son frère ne trouve pas ses mots. Il se sentait comme une jeune mère au premier spectacle de danse de sa fillette de six ans : la tristesse de ne pas pouvoir la protéger, un sentiment de culpabilité pour l'avoir livrée à elle-même se mêlant à la fierté et à une certaine curiosité en la voyant engagée dans une activité où elle devra se débrouiller toute seule.

Le ton sur lequel Filippo déclara « Je vous suis reconnaissant de… » trahissait une telle timidité, un tel embarras, une telle bonté que Semi craignit que

Filippo ne parvienne pas à finir sa phrase. Il repensait à toutes les fois où son frère, appelé sur l'estrade, au lycée, était resté muet. Les études n'avaient jamais été son fort. Peut-être à cause de sa nonchalance, ou de son impossibilité de se concentrer, de sa dyslexie… Tous ces éléments avaient fait de lui un très mauvais élève. Un cas désespéré. Avec en outre la malchance d'être le fils d'une mère pour qui les résultats scolaires avaient toujours eu une importance fondamentale et le frère d'un petit garçon qui ne craignait personne en matière de réussite intellectuelle. Semi avait toujours été un véritable funambule, pas moins à l'aise sur l'estrade quand on l'interrogeait sur des sujets obscurs que sur un court de tennis ou la piste d'une discothèque. Un éclectique absolu, son petit frère. Samuel se rappelait la torture de certains longs après-midi stériles de Filippo. Il restait le crayon dans la bouche, avachi devant ses livres, en compagnie d'une demoiselle exaspérée qui s'efforçait de le faire travailler. Pour Filippo le drame était qu'il n'existait aucune activité humaine susceptible de ne pas l'ennuyer au bout de trois secondes. Sa résistance à la fatigue et à l'ennui était à peu près nulle. Et sa capacité de concentration inexistante.

Et à présent il était là, sur l'estrade.

Il paraissait intimidé, en fin de compte. Intimidé exactement comme autrefois. Il ne regardait pas l'assistance. Il regardait par terre. Puis son regard se portait de nouveau ailleurs. En haut, cette fois-ci. Il avait du mal à démarrer. Le public était avec lui, mais lui n'était pas encore avec le public. Des applaudissements d'encouragement éclatèrent spontanément.

Mais qui semblèrent ne produire en lui qu'une nouvelle épouvante. Semi connaissait bien sa timidité. Filippo était très timide devant beaucoup de monde et tout à fait à l'aise en tête à tête. Il pensa soudain à sa mère. Qu'aurait éprouvé Rachel devant l'embarras de son fils aîné ? Elle aurait eu du mal à supporter cette scène. Elle aurait été accablée. Elle se serait probablement levée et serait sortie. En proie à une grande agitation, Semi se dit que c'était absurde de mettre quelqu'un sur l'estrade devant un public avide. C'était cruel et contre nature. Quelqu'un comme Filippo ne s'y habituerait probablement jamais.

Mais à présent, sur l'estrade, Filippo avait l'air concentré, et comment. Concentré comme Semi ne l'avait encore jamais vu. Après de succinctes politesses et sans préambule, il attaqua avec un de ses récits (« une de ses paraboles », comme les avait récemment définis un journaliste d'une publication snob et réactionnaire).

Il y avait un merveilleux contraste entre sa voix persuasive et les épisodes horribles que Filippo avait commencé à raconter. À vrai dire, pourquoi il parlait de ces choses-là et à quel titre n'était pas très clair. Mais, à l'évidence, il disait exactement ce que tous attendaient de lui. Au point qu'il avait atteint son objectif instantanément : il les avait hypnotisés. En leur donnant en quelques secondes l'illusion que rien au monde n'était plus nécessaire et plus intéressant que ce dont il parlait. Et que, de ce fait, il n'existait aucun endroit qui vaille autant la peine d'y être. Donc, si ce que Filippo disait était important, il était encore plus important de l'écouter.

Aucune redondance dans ses paroles. C'était comme si tout tenait ensemble grâce à une ferveur émue. Allez savoir pourquoi, Semi repensa un instant à leur père. Aux magnifiques exposés par lesquels le professeur Pontecorvo ouvrait de prestigieux congrès de cancérologie au début des années quatre-vingt. Semi se demanda si une aptitude apparemment personnelle comme l'éloquence était héréditaire aussi. Oui, forcément. Sinon elle n'aurait pas éclos aussi naturellement chez Filippo sans qu'il ait rien fait pour la cultiver. L'efficacité avec laquelle Leo réussissait à une époque à conjuguer la précision glaciale des données à la chaleur de ses argumentations ressemblait, d'une façon dont seul Semi pouvait se rendre compte, au style oratoire avec lequel le fils de ce médecin mort depuis plus de vingt ans tenait en échec une foule compacte.

C'était fou. Filippo retenait un public exigeant et blasé en débitant des chiffres qui n'avaient rien à voir avec ceux auxquels ces gens-là étaient habitués. Filippo ne parlait ni de PIB ni des places boursières internationales ; il ne commentait pas de projections ni de diagrammes sur la croissance ou sur une nouvelle récession, il ne parlait ni de fonds d'investissement ni d'opérations à terme… Les chiffres que Filippo Pontecorvo accumulait ruisselaient de sang innocent et en cela aussi ils ressemblaient presque cyniquement à ceux de son père, et Semi pensa que c'était pour cette raison qu'ils donnaient des frissons.

« Savez-vous, disait-il, que la Royal Air Force à elle seule, au printemps 1944, a effectué plus de quatre cent mille incursions en territoire ennemi et lâché un million de tonnes de bombes ? Et que sur les cent trente et une villes attaquées, plusieurs ont été presque entièrement rasées, que le nombre de victimes civiles de la guerre aérienne en Allemagne s'est élevé à six cent mille, que trois millions et demi de logements ont été détruits, qu'à la fin du conflit il y avait sept millions et demi de sans-abri, qu'à chaque habitant de Cologne et de Dresde correspondaient respectivement 31,4 et 42,8 mètres cubes de décombres ? Mais surtout, savez-vous qu'au moins trente-cinq pour cent des victimes de ce bombardement punitif absurde et cruel ont été, selon une estimation ultérieure, des personnes de moins de seize ans ? Exactement. Des enfants. Rien que des enfants. Ce qui m'amène à conclure que ce qui distingue le plus la Seconde Guerre mondiale de toutes celles qui l'ont précédée est le nombre épouvantable d'innocents assassinés. La tuerie d'enfants perpétrée par l'humanité en ces cinq ans de guerre n'a pas de précédent dans l'histoire. Et comme vous le comprendrez, ça explique beaucoup de choses… »

Incroyable. L'orateur passionné de chiffres aussi précis était le même individu qui rencontrait enfant tant de difficultés à apprendre sa table de trois. Et ce n'était pas la seule métamorphose impressionnante. Comment le talentueux dessinateur, auteur d'un long-métrage à succès, avait-il fait pour se transformer en une sorte de champion de la cause des enfants ? Qu'était devenu Filippo entre-temps ? Un prédicateur ? Un prêtre ? Un rabbin ? Un charlatan ? Probablement tout à la fois.

Et il suffisait pour le comprendre de tenir compte du silence anxieux qui s'était abattu sur la salle. Un garçon pris d'une quinte de toux s'était fait rabrouer.

Filippo les avait fascinés avec son empathie. Il les avait embobinés avec l'empathie. Qui ne comprend pas le drame des enfants ? Qui ne s'identifie pas à un enfant ? Combien de mères et de pères dans le monde sont prêts à s'émouvoir sur la tragédie d'enfants si semblables à leurs rejetons innocents ?

« Si seulement on comprenait que le degré de la civilisation se mesure à la qualité de vie garantie aux enfants, poursuivait Filippo après avoir abandonné son flash-back historique. Si seulement on comprenait que garantir un niveau de vie féerique à nos enfants devrait être le premier commandement pour une société qui veut se dire civilisée. Et je le dis moi, un Juif non religieux. Un agnostique. »

C'était parfait, se dit Semi. Il n'y avait rien à changer dans ce qui se passait dans cette salle. L'endroit le plus aseptisé et le plus cynique de la galaxie transformé en un luna-park du civisme universel. L'assistance était émue, bouleversée. Et dans une espèce d'étrange liturgie ils faisaient tout pour que le silence conserve son irisation surnaturelle.

C'était stupéfiant de voir comment Filippo manipulait leur conscience. Là était le tour de prestidigitation, les faire tous se sentir bons. Participant de quelque chose de sacrément bien et sacrément important. Tous du bon côté.

Filippo n'avait rien laissé au hasard. L'allusion à sa propre judaïté, inutile du reste, était géniale. Que ce soit justement un Juif qui parle avec tant d'indignation de la mort des enfants allemands était un acte d'une profonde magnanimité. Un geste de pardon touchant. Pas moins habile (et, d'une certaine façon, pas moins vulgaire) que celui avec lequel Filippo avait assimilé, dans une scène d'*Hérode*, les brutalités subies par les enfants d'Auschwitz à celles subies par ceux de Gaza. La trouvaille parfaite pour mettre en fureur quelques associations juives en Italie, en France et en Israël (et Rachel, naturellement), mais capable d'enthousiasmer le reste du public devant la grandeur de Filippo. S'il est une chose que les gens respectent, c'est le Juif progressiste prêt à dénoncer les violences des Juifs d'Israël.

Bref, parler des victimes innocentes des bombardements de Dresde, des enfants de Dresde, le faire dans un contexte aussi peu adapté, le faire dans sa propre perspective juive, en qualité de condamné à mort par un « spectre » islamiste, avait tout d'un acte religieux. Auquel ne pouvait que correspondre un accueil tout aussi solennel. Semi crut voir la dame à côté de lui (très vraisemblablement un professeur) sangloter doucement. En regardant tout autour, il remarqua que les deux filles derrière lui avaient les yeux humides. Et que deux amoureux de première année se tenaient par la main comme s'ils regardaient le happy end à l'eau de rose d'une comédie sentimentale. C'était à ne pas croire. Comment une rhétorique aussi élémentaire pouvait-elle les toucher aux larmes ? Ce qui paraissait si superficiel pouvait-il être aussi profond et inversement ?

Semi éprouva une espèce de frayeur face à ces gens-là. Il sentit que l'amour de ces gens-là pour son frère lui faisait peur. Encore une fois, il repensa à son père. À la haine que celui-ci avait suscitée et qui l'avait vaincu à la fin de sa vie. La haine que Leo avait dû endurer. Puis il regarda de nouveau autour de lui, de plus en plus troublé. Une sensation de malaise le tenaillait. Les parents de ces étudiants avaient probablement ressenti à l'égard de Leo Pontecorvo une haine aussi irrationnelle et terrifiante que l'amour que leurs enfants éprouvaient à présent pour Filippo Pontecorvo.

Semi sentit qu'il existait une relation morbide et inextricable entre cette haine maladive et cet amour maladif. Entre cette haine dopée et cet amour dopé. Et il en fut indigné.

C'est pourquoi, dès la fin de la réunion, alors que les adulateurs fervents n'en finissaient pas d'applaudir, de hurler, de gesticuler et de déchirer leurs vêtements, Semi avait pris la décision de s'en aller. Manquant à son engagement de dîner avec cette espèce de Lenny Bruce, il était parti. Bien que cela ait signifié perdre sa chance de demander une aide financière importante et un soutien moral tout aussi important, et consacrer sa ruine et donc la perte de tout ce qu'il avait, Semi, malgré tout, soudain attiré par l'avenir macabre qui l'attendait, était parti.

Déjà sur sa moto, il sentit son portable vibrer dans sa poche. Il se rangea pour le sortir. Sur l'écran, pour la deuxième fois de la journée, il lut FILI PORT. Semi repensa avec nostalgie à la joie qu'il avait éprouvée le matin en voyant s'afficher le nom de son frère. À présent, ses sentiments avaient complètement changé. Il ne voulait plus répondre. Filippo, probablement affamé et furibard, refusait de renoncer et insistait.

Semi remit son portable frénétique dans la poche de son jean, et sur le chemin de la résidence il continua à sentir pendant tout le trajet ces secousses électriques à hauteur de l'aine.

Quatrième partie

DERNIER ACTE

La terreur de mourir d'un instant à l'autre. C'était sa bête noire depuis toujours.

Pendant les deux premières années d'université, Filippo tourmentait quiconque lui tombait sous la main, sa mère en priorité, en demandant continuellement à être rassuré sur son propre état de santé. Mais à y regarder de plus près, ces deux années d'enfer n'avaient été que l'apogée angoissant d'un apprentissage de l'horreur entamé à l'époque de sa préhistoire personnelle. Ce qui nous sert à comprendre pourquoi Filippo ne serait jamais en mesure de préciser le moment où il avait commencé à avoir peur. Impossible de sortir de la pagaille de l'entrepôt de sa mémoire le dossier relatif à l'événement déclencheur.

Ce pouvait être l'air confiné des salles d'attente des thérapeutes que Leo et Rachel lui avaient fait fréquenter trop tôt qui avait favorisé sa descente dans les enfers de l'hypocondrie. Ou peut-être pas. En réalité, les longs après-midi chez les psychologues et les orthophonistes n'étaient pas tellement désagréables. Au contraire, en y repensant, cette époque lui semblait plongée dans un radieux embryon de tendresse. Tendresse que sa famille n'avait plus pu se permettre, après la mort de Leo.

Francesca, l'orthophoniste, était une fille jolie, jeune, et ses cheveux dégageaient un parfum vanillé de pâtisserie. Elle le faisait dessiner, apprendre par cœur des combinaisons vertigineuses de mots, le complimentait sur sa beauté d'ange et lui emplissait clandestinement les poches de caramels.

Et Francesca n'était pas la seule tentatrice. Leo le soumettait à un traitement encore plus généreux quand le soir, en rentrant de l'hôpital, le plus souvent de bonne humeur, il lui glissait, presque sous le manteau, des cadeaux magnifiques qui laissaient Filippo de marbre : un nouvel accessoire de Playmobil, le dernier modèle de Big Jim, un fusil Winchester... Et il lui chuchotait : « Eh, Démosthène, c'est notre secret. » Et bien que Filippo n'ait pas su qui était Démosthène, il faisait tout pour cacher le cadeau à sa mère et à son petit frère.

Non, Filippo n'avait vraiment aucune raison de se plaindre. Toutes ces attentions avaient été une bonne aubaine. Mais comment être sûr que ce n'étaient pas justement tous ces égards qui lui avaient suggéré la présence en lui de quelque chose de fragile qu'il fallait réparer, bon sang ? Et qui sait si cette conscience de son imperfection n'avait pas dégénéré en idée – très courante chez un adulte mais plutôt inquiétante chez un enfant – que la vie de chacun de nous est comme un passant distrait éternellement menacé par une espèce de tireur embusqué capricieux et invisible ?

Un tireur qui, au cas où Filippo n'aurait pas assimilé suffisamment bien une notion aussi difficile que celle de la mort, avait tenu à lui faire une démonstration pratique, en éliminant avec une rapidité surprenante une de ses camarades de jeu.

Elle s'appelait Federica. C'était la fille d'un gentil pharmacien du quartier. Leucémie foudroyante. Leo l'avait diagnostiquée. Dommage que le grand ponte n'ait eu ni le temps ni la possibilité d'intervenir, se limitant, après quelques jours d'agonie déchirante, à signer le certificat de décès.

C'est ainsi que l'inévitable absence de Federica envahit la vie de Filippo à neuf ans. Et chose vraiment étrange, il se met désormais à penser sans cesse à Federica, alors que jusque-là il ne l'aurait pas cru possible. Ne serait-ce que parce que Federica ne lui a jamais été sympathique. Mais alors pourquoi son absence pèse-t-elle cent fois plus lourd que sa présence ? Sans doute parce qu'il y a quelque chose de monstrueux dans le fait que ses parents n'aient rien trouvé de mieux que de s'en débarrasser, si Filippo a bien compris, en l'enterrant quelque part.

Filippo n'a pas digéré cette histoire de mise en terre. Les nuits de solitude totale, le noir, le froid, le manque d'air. Mais il préfère garder ces pensées pour lui. Il ne pose pas de questions, même pendant que Rachel lui noue sa cravate pour aller aux obsèques de son amie. À l'église il se tient tranquille et se tait tandis que tout le monde pleure et que le prêtre invite l'assistance à se réjouir parce que Federica est dans un monde meilleur. Il est encore muet lorsque, en passant en voiture devant la pharmacie du père de Federica, juste après la cérémonie, Filippo voit Rachel pleurer comme un enfant et la main de Leo lâcher le volant pour se poser tendrement sur les genoux de sa femme.

Même à ce moment-là, Filippo est plus perplexe qu'effrayé.

Pendant des années il avait pensé maladivement au corps enfoui de Federica jusqu'à ce que celui-ci soit supplanté par un cadavre résolument plus influent.

Celui de Leo.

Et dire que ce jour d'août où Leo avait été retrouvé mort par Telma, la bonne philippine, au sous-sol, dans dix centimètres d'eau de pluie, Rachel s'était aussitôt hâtée de caser ses enfants chez des amis de l'Olgiata. Mais peu après Filippo avait eu envie de retourner chez lui. Pourquoi ? Il ne le savait pas lui-même. Il sentait que c'était la chose à faire. Qu'il le devait à lui-même et aussi, d'une certaine façon, à celui qui, après avoir séjourné treize mois au sous-sol, avait simplement cessé d'exister.

Filippo avait annoncé sa décision à Semi – « Je vais à la maison » – et ne s'était pas laissé décourager par la réaction de son petit frère, qui s'était mis à pleurnicher en le suppliant.

« Non, non, je t'en prie, ne t'en va pas. Je t'en prie, reste. Maman nous a dit de rester ici ! »

Toujours habité par cette envie, Filippo avait coupé court. « Reste si tu veux, moi je m'en vais. » Sans hésiter, il avait pris la bicyclette de son ami et volé chez lui sur les terrains incultes de l'Olgiata comme les enfants d'E.T. dans le ciel étoilé. Il était arrivé au moment précis où un petit groupe d'hommes en chemisette blanche, munis de gants plastifiés opalescents, sortaient un sac noir de la maison, prêts à le charger sur une fourgonnette gris métallisé. Filippo était arrivé à temps pour voir un de ces types lâcher prise en trébuchant sur un tapis de feuilles mouillées. Le sac s'était affaissé d'un côté avec un bruit sourd.

Un bruit qui disait tout ce qu'il y avait à savoir sur son père.

Filippo n'aurait jamais tant senti, ni avant ni après ce jour-là, que ce que sa mère, son frère et lui avaient fait à l'homme dans le sac dépassait un million de fois quelque acte dépravé que le pauvre ait pu commettre. Il n'avait encore jamais ressenti avec une intensité aussi monstrueuse ce que signifie être coupable. Ni éprouvé une tendresse aussi poignante pour deux objets inanimés comme un sac noir et l'attristante matière organique qu'il contenait.

Le bruit sourd du sac qui tombait avait continué à le tourmenter pendant un certain temps. Puis il s'était atténué, jusqu'à devenir imperceptible. Il avait dû sommeiller des années dans un recoin de sa conscience, où il se réveillait de temps en temps, dans des circonstances particulières, évoqué par des événements particuliers, mais toujours prêt, grâce au ciel, à s'assoupir de nouveau presque immédiatement.

Pour revenir en force quand Filippo eut dix-neuf ans.

S'il est vrai que pour un être nonchalant et sans inclinations particulières comme lui la fin du lycée avait été un soulagement, l'obligation bourgeoise de choisir une faculté où s'inscrire s'était révélée une roulette russe. S'il n'avait tenu qu'à lui, il aurait fait quelque chose de libérateur. Que sais-je, s'embarquer comme mousse sur un navire marchand. (En supposant qu'il existe encore des mousses et des navires marchands.) Ou bien prendre deux années sabbatiques dans une ville européenne ou américaine en étant plongeur, en servant des Big Macs ou en nettoyant les toilettes d'une gargote quelconque… Rêves oiseux de liberté, tout à fait irréalisables pour un garçon aussi gâté.

Finalement, il avait opté pour médecine. Il avait réussi d'extrême justesse l'examen d'entrée, non sans soupçonner Rachel de s'en être mêlée ; elle pouvait encore compter sur diverses relations dans le monde universitaire dont son mari avait été un mandarin. Si bien que Filippo, avec sa négligence habituelle, s'était mis à fréquenter les cours dans les amphithéâtres sombres où son père avait officié autrefois avec succès.

L'assiduité obligatoire ne le dérangeait pas ; après tout, il était content, au contraire, que quelqu'un le contraigne à faire quelque chose. De toute façon, ça n'était plus comme au lycée où on était toujours exposé aux actes de terrorisme de quelques professeurs abusifs. Là, on pouvait faire ce qu'on voulait. Personne ne vous contrôlait. Personne n'essayait même de vous interroger. Vous vous asseyiez à votre place et vous vous occupiez tranquillement de vos affaires. Filippo dessinait, naturellement ; ou alors il étudiait, si vous me passez l'expression, avec la patience et le zèle d'un grammairien, deux BD destinées à entrer dans la légende, *Le Chevalier noir* de Frank Miller et les *X-men* de Chris Claremont.

Et puis cette foule d'aspirantes cardiologues, pédiatres, spécialistes de médecine interne… c'était génial. Filippo adora autant les intimidées de première année – lunettes aux verres sales, stylos-billes mâchouillés, gros cahiers bourrés de notes – que les plus délurées qui début novembre se présentaient encore en salopettes et sandales. La vérité c'est qu'elles lui plaisaient toutes, séparément mais aussi en petits groupes quand elles se rassemblaient autour des distributeurs de café pour fumer une cigarette et parler des hommes. Il était fier d'elles. Elles l'excitaient et, dans une certaine mesure, le bouleversaient. Il savait qu'il leur devait la force qui le poussait à se lever tôt tous les matins, à affronter la circulation intense sur la trentaine de kilomètres qui séparait l'Olgiata de l'université…

Bref, jusque-là, tout allait bien.

Sauf qu'on a beau tout faire pour se distraire, on peut difficilement éviter de se laisser contaminer par ce dont s'occupent les gens autour de soi. La première année Filippo suivait les cours obligatoires de statistique, chimie, anatomie et embryologie. Et comme, malgré ce qu'on dit, la culture est mauvaise pour la santé, cette orgie de notions sur le fonctionnement du corps humain avait fini par agir sur son esprit impressionnable de façon destructrice.

Curieusement, ce n'étaient pas les leçons d'anatomie – confiées à un quinquagénaire bronzé amateur de voile qui, à son premier cours, avait avoué comment sa rencontre avec le foie avait changé sa vie – qui avaient mis Filippo face à ses fantasmes. Ce résultat était dû au professeur de chimie, beaucoup moins fascinant. Lequel, en entassant les formules au tableau, en s'emmêlant sans cesse avec sa craie et avec ses mots, avait dû réveiller en lui le soupçon que le corps, au-delà de son intégrité présumée, était un mécanisme trop compliqué pour mériter la confiance que nous lui accordons chaque jour. Par exemple, qu'une chose aussi banale que la digestion faisait combattre des armes bien plus aguerries que celles des Alliés pendant la Seconde Guerre mondiale, et c'était une idée qui coupait l'appétit, même à un gourmet comme Filippo Pontecorvo.

C'est à travers les cours de chimie que la terreur de mourir occupa de nouveau militairement son horizon émotionnel (du moins Filippo en fut-il persuadé au point de les abandonner).

Que d'heures, de jours, de semaines perdus en compagnie de la pensée de son extinction imminente. Le plus ridicule est qu'une pensée aussi grave ait été provoquée et matérialisée par une minuscule tache violacée apparue sur son avant-bras. Cette tache était tout à coup devenue pour Filippo le centre de l'univers. Une toute petite tache qui, surtout la nuit, dans son lit, dans le noir, se dilatait si anormalement qu'elle devenait aussi grande que le sac noir où on avait fourré le cadavre de Leo.

Il lui arrivait de plus en plus souvent ces derniers temps d'investir ce sac d'une réalité concrète révoltante. Au point que Filippo n'avait aucune difficulté à s'imaginer glissé dedans comme une guitare dans un étui souple. Et plus il y pensait, moins il pouvait respirer.

Une nuit, l'angoisse devint tellement incontrôlable que Filippo fut contraint de se lever, allumer la lumière, ouvrir les fenêtres, chercher refuge dans l'air glacial. Gestes mécaniques qui avaient le tort de ne servir à rien. Étant donné les circonstances, il ne pouvait même pas recourir à la pensée qui éclaire la vie de tous les désespérés de la terre : le suicide. À quoi rimait de se tuer si ce dont il avait le plus peur était la mort ?

Ne restait plus que Rachel. Tel un petit enfant sorti d'un cauchemar, Filippo alla la réveiller. Avant de toucher son épaule il la regarda dormir quelques secondes. Pauvre femme, elle était là, sereine, et ne savait pas que son fils était comme un condamné à la chaise électrique. La pensée de la douleur de Rachel quand la dépouille de son fils aîné serait glissée dans un sac le bouleversait. Quand il fut ému à point il se décida à la réveiller.

« Qu'est-ce qui se passe, trésor, encore des idées noires ?

— Tu n'imagines pas.

— Tu veux une camomille ? marmonna Rachel.

— Tu crois que la camomille soigne les mélanomes ?

— Tu n'as pas de mélanome.

— Si. Regarde ! » Il alluma la lampe de chevet pour forcer les paupières de Rachel à ne pas céder à l'envie de se fermer.

« Regarde, c'est tout irrégulier.

— Mon trésor, je te dis que ce n'est pas un mélanome. Pourquoi tu ne me fais pas confiance ? Même si tu as tendance à l'oublier, je suis toujours médecin.

— Précisément, parce que je fréquente les médecins depuis toujours je sais que c'est une catégorie de prétentieux inconscients.

— Mais moi je ne suis pas seulement médecin, je suis aussi ta mère.

— Une mère médecin ? C'est la pire espèce ! Elles ne sauraient même pas reconnaître la lèpre si un de leurs proches en était atteint. Ça s'appelle le refoulement.

— Il n'y a rien à refouler », répondit Rachel en se redressant enfin et elle s'adossa à la tête de lit. La conversation nocturne promettait de ne pas s'épuiser en quelques répliques. Et elle risquait de prendre un tour philosophique dangereux.

« On meurt continuellement. Même les jeunes, même les enfants. Même les personnes les plus saines au monde. Les gens tombent malades. Pourquoi je ne pourrais pas avoir tiré le mauvais numéro à la loterie ? Pourquoi tu nies jusqu'à l'hypothèse qu'un de tes fils meure ?

— Je ne nie absolument rien. Je dis seulement qu'il y a toujours une cause à la mort.

— Et ça, ça ne te paraît pas une cause ? demanda-t-il en lui mettant son bras sous le nez par défi.

— Un bouton qui cicatrise ? Non, ça n'est pas mortel. »

Dans ces moments-là la pitié de Filippo pour sa mère atteignait des sommets sublimes. Prendre un mélanome pour un bouton. Le don de cette femme pour se mentir à elle-même était réellement impressionnant ! À la faculté on entendait des histoires de ce genre. Comme celle du célèbre cardiologue qui après avoir diagnostiqué des milliers d'infarctus n'avait pas reconnu l'accident qui l'emportait inexorablement au cimetière !

Comme toutes les autres dizaines de nuits blanches farcies de discussions dostoïevskiennes sur la condition humaine, celle-là aussi s'acheva de la même façon tendre et pathétique. Avec Rachel qui accueille son fils de plus en plus désespéré et délirant auprès d'elle dans le grand lit conjugal, et Filippo qui s'endort au beau milieu de la conversation.

Comment était-il sorti de cette période de cauchemar qui pendant deux ans avait réduit sa vie aux délires d'un paranoïaque ? Il en était sorti, un point c'est tout. Sans doute parce que l'organisme ne peut pas supporter longtemps le goutte-à-goutte infligé par la paranoïa sans se désintégrer. Les dernières années d'université le monstre avait quelque peu lâché prise. Mais rien qu'un tout petit peu.

Pour se remanifester très en forme en première année de spécialisation. Mais désormais Filippo avait vingt-sept ans. C'était un homme, ou du moins il se sentait tel. Il vivait seul avec Rachel depuis pas mal de temps alors que Samuel, après ses années d'études à la Bocconi à Milan, s'était installé à Londres. Et Filippo avait la nette impression que s'il ne se sortait pas de là et s'il n'abandonnait pas ses études, cette fois il allait vraiment se faire du mal. C'est pourquoi, déjà inscrit en spécialité maladies infectieuses, il avait décidé de ne pas remettre à plus tard son service militaire.

Malgré son surpoids et ses pieds plats, il avait passé la sélection pour devenir élève officier et quelques mois plus tard il avait été appelé. Bien que la caserne de Cesano (que les élèves appelaient ironiquement « CeSaigon ») n'ait été qu'à quelques kilomètres de l'entrée est de l'Olgiata, il avait eu la sensation, depuis que Rachel l'avait laissé à une centaine de mètres de l'entrée, d'être transporté dans une autre dimension spatio-temporelle, celle de certains films immortels discrètement pacifistes d'Oliver Stone et de Stanley Kubrick où le mythe de la discipline se réduit à une intimidation incessante des plus faibles.

Jamais encore il n'avait subi une quantité aussi épouvantable de contraintes. Jamais son idée de la liberté d'action n'avait été aussi sévèrement contestée. Une seconde après l'avoir arraché à la vie civile et lui avoir rasé la tête, ils avaient commencé à lui hurler dessus et à le menacer, en lui faisant comprendre qu'au cours des trois mois suivants (la durée de la formation), non seulement ses droits civiques seraient suspendus, ni plus ni moins que ceux de n'importe quel prisonnier, mais que ses conditions de vie dépendraient de son aptitude à faire briller son ceinturon et ses bottes, de sa dextérité à faire un lit au carré digne de ce nom, ou de sa rapidité à saluer ses supérieurs d'un mouvement à la fois précis et désinvolte.

Puis l'été s'en était mêlé. Les longues marches de reconnaissance sous un soleil de juillet à son zénith, torturé par les orties, les ampoules aux pieds, les courbatures douloureuses et les essaims d'insectes ; alourdi par son uniforme, ses bottes, son casque, son paquetage, son fusil, outre ses presque trente ans de vie sédentaire ; tout cela et beaucoup d'autres choses avaient constitué une épreuve très au-dessus de sa capacité de tolérance. Sans parler de l'angoisse qu'il avait éprouvée la première fois qu'il avait dû lancer une grenade, terrorisé à l'idée de ne pas la projeter assez loin et de blesser et mutiler le lieutenant, un autre militaire ou carrément lui-même. Ou du jour où le malaise provoqué par la fatigue avait tellement dépassé son niveau de résistance que Filippo avait vomi et failli s'évanouir. Cette défaillance physique s'était soldée par un jour d'infirmerie et deux jours de consigne. Exactement, une punition. Il avait échoué dans un endroit où non seulement on vous punissait si vous ne faisiez pas votre devoir, mais aussi si vous ne parveniez pas à le faire. En quelques jours on avait fait de lui un automate terrorisé. La première fois, au bout d'une dizaine de jours à peine, où il avait pu voir sa mère et son frère dans une pièce exiguë de la caserne destinée aux entrevues avec les civils, il avait lu dans leurs yeux la stupeur de se trouver devant quelqu'un qu'ils n'avaient pas l'impression de connaître.

Filippo était maigre, les traits tirés, mortifié. Il portait un survêtement de sport vert assez ridicule. Il était redevenu petit garçon, ou plutôt, le petit garçon qu'il n'avait jamais été, les yeux baissés et la voix plaintive. Il regardait sans cesse autour de lui de peur que quelqu'un le prenne en faute. Quand Rachel lui avait demandé pourquoi, depuis le début de sa formation, il n'avait pas réussi à l'appeler une seule fois, Filippo l'avait regardée abasourdi. Elle ne comprenait donc vraiment pas comment il vivait dans cet endroit ? Parfois il n'avait même pas le temps de délacer ses bottes, alors pensez donc s'il pouvait appeler quelqu'un qui vivait au-delà des murs inexpugnables de Cesano, dans le vaste monde libre que Filippo n'arrivait même plus à imaginer. Elle, c'était une civile, comme son petit frère de la Bocconi (ce planqué !).

Il aurait voulu leur parler des nuits passées là-dedans. Du garçon d'Ostuni, son voisin de couchette, qui sanglotait comme une petite fille et appelait sa maman. Ou de cet autre type tellement rongé par sa haine vis-à-vis d'un des instructeurs qu'il l'invectivait dans son sommeil sans oublier d'ajouter : « Je t'égorgerai, salopard, je t'égorgerai. » Il sentait qu'il n'avait jamais eu autant de choses à raconter. Sauf que ces deux interlocuteurs ne l'intéressaient pas. Il lui semblait n'avoir plus rien de commun avec eux. Rien à dire qu'ils puissent comprendre, rien à leur demander qui soit important pour lui. Son unique pensée pendant qu'ils l'accablaient de questions était le contre-appel du soir. Ce jour-là ses bottes avaient parcouru une demi-douzaine de kilomètres dans la boue. Comment les rendre brillantes et rutilantes avant le soir ? Cette obsession l'avait poussé à interrompre la visite de sa mère et de son frère pour se précipiter dans la chambrée, enduire le cuir de ses bottes de graisse et astiquer de toutes ses forces.

Au bout de presque un mois vécu dans la prostration émotionnelle une sorte de miracle avait eu lieu. Filippo s'était mis à nourrir un sentiment d'amitié compatissante pour son voisin de chambrée, le type d'Ostuni qui appelait sa maman la nuit. Il était tombé sur le maillon faible de toute classe d'élèves officiers. Ce garçon était destiné à ne pas s'en sortir, à abandonner, c'était celui qui dans un moment de désespoir pourrait même tenter de se suicider. On racontait que dans la cession précédente un type avait essayé (sans succès) de se pendre avec son ceinturon, et qu'un autre s'était précédemment suicidé en se tirant dans la tempe une balle bien plus efficace. À cause de cette histoire, Filippo tenait encore plus à aider le garçon d'Ostuni. Tout d'abord en mettant à sa disposition son habileté manuelle stupéfiante : avant le contre-appel, il l'aidait à tout ranger et préparer. C'est ce qui changea la situation. Filippo découvrit qu'en aidant ce gars-là il s'aidait lui-même. Aider un plus faible le fit se sentir plus fort. Et cette vie lui révéla très vite ses dons cachés. Il ne se rappelait pas avoir jamais été aussi en forme et aussi heureux à la fois.

La vérité est que dans cette caserne il suffit de faire son devoir. Le reste ne compte pas. Filippo ne pense ni aux femmes ni aux maladies. Il ne pense plus à ce qu'il fera dans la vie pour joindre les deux bouts. Filippo ne pense plus à la mort. Il n'a pas le temps pour ces conneries. Grâce à toutes les toxines éliminées il dort merveilleusement bien. Sa surproduction d'endorphines l'a transformé tout à coup en un individu somme toute insouciant.

Et puis il y a ses compagnons d'armes. Quel pied après une journée massacrante au grand air d'aller se taper des pâtes all'amatriciana et deux bières dans le bar sordide devant la caserne, plein de militaires. C'est marrant de regarder les nouveaux de haut en bas. De penser avec horreur à ce qui attend ces petits bleus et avec soulagement au fait qu'on l'a déjà dépassé.

Filippo n'a jamais eu (et n'aura jamais) autant d'amis que pendant ces trois mois de difficultés et d'humiliation. Ce qui l'excite le plus c'est sa propre capacité d'exercer sur eux un pur charisme. Et il n'est sûrement pas le seul à s'en être rendu compte. À la fin de la préparation, bien qu'il ne soit pas un des plus « costauds », il obtient une excellente note dans la plus martiale des matières : APTITUDE AU COMMANDEMENT. C'est pourquoi, lorsqu'il est nommé sous-lieutenant, ses supérieurs directs lui proposent de rester à Cesano comme officier instructeur.

Cette affaire de commandement avait été une aventure certes moins épique que la précédente, mais avec des aspects humains tout aussi intenses. Ses élèves l'adoraient. Pour son attitude sarcastique et pour sa clémence. Pour son sérieux dénué de toute exaltation et pour son flegme. Parce qu'il n'exigeait d'eux aucune tâche, aucune action qu'il ne soit prêt à partager. Et surtout parce que, en dessous de son béret et de son regard bleu plein d'humour, il y avait toujours, bien serré entre ses lèvres, un mégot de cigare toscan éteint qui le faisait ressembler à un personnage de Sergio Leone.

Filippo s'était senti tellement fier de lui-même qu'il en était venu à espérer qu'une guerre éclate pour montrer enfin ce qu'il valait. Il était certain qu'à la tête de ces garçons – tels les courageux lieutenants de réserve qui avaient fait la gloire de l'Italie pendant la Grande Guerre –, il surmonterait une fois pour toutes la peur de mourir. Il avait compris que (du moins en imagination) crever en pyjama dans un lit d'hôpital le terrorisait et le déprimait bien davantage que mourir lors d'une charge à la baïonnette à la tête d'une centaine de téméraires.

Un après-midi, à quelques semaines de la quille, il avait garé sa voiture devant chez lui. À cet instant même un taxi était arrivé et Semi en était descendu, costume gris, cravate de soie jaune, mouchoir blanc dans la poche de poitrine, et surtout chaussures noires d'un brillant qu'aucune botte militaire ne pourrait jamais égaler. Regardez-le donc : il avait commencé à travailler à New York et avait déjà l'allure d'un requin de Wall Street.

Filippo s'était moqué de lui : « Tu t'es regardé ?

— Et toi, tu t'es vu ? »

Ils étaient passés par-derrière, côté jardin, pour arriver au cabinet de gériatrie de Rachel. À l'heure du déjeuner, elle s'asseyait d'ordinaire sur la véranda devant ses cartes. Elle ne mangeait rien. C'était une de ces journées d'octobre où la lumière du jour, même aux heures les plus chaudes, semble encore entrelacée de fils dorés de l'aurore (ou, si vous préférez, du crépuscule). La vigne vierge resplendissait, rouge rubis, tandis que les vrilles du bougainvillier vieux de plus de vingt ans étaient tristement desséchées. Bref, le type de journée qui plaisait à Leo et l'amenait à un certain pessimisme météorologique. « Ce paradis ne peut pas durer, déclarait-il sentencieux. Le froid arrive toujours après Kippour. »

Rachel avait elle aussi son répertoire de formules toutes faites. Et en voyant ses fils sortir du néant, assise sur la véranda (là précisément où ils étaient sûrs de la trouver), elle ne perdit pas l'occasion d'en sortir une de son chapeau.

« Mais qui voilà ? Les lumières de mes yeux fatigués ? »

À dire vrai, la seule lumière reflétée dans les yeux de Rachel à ce moment-là disait une stupeur amusée. Et pas tellement de les voir lui tomber dessus ensemble (elle les attendait), mais de leur tenue. Elle pensait probablement à l'époque lointaine où elle accompagnait ses garçons habillés en super-héros à quelque fête de carnaval. Filippo, persuadé d'avoir deviné les pensées de sa mère et serrant le cou de son frère dans un geste ultra martial, avait dit : « Regarde, ma vieille ! Les deux visages d'Israël, la Finance et l'Épée ! »

« J'aime l'odeur du napalm le matin. Il a le parfum de la victoire. »

340

Filippo n'avait rien trouvé de mieux que recourir aux mots du lieutenant-colonel Bill Kilgore, héros immortel d'*Apocalypse Now*, pour expliquer à Élodie Claudel pourquoi il évoquait toujours avec beaucoup de nostalgie tendre son expérience de fusilier d'assaut à la caserne de Cesano.

Six mois étaient passés depuis son retour à la vie civile. Il était depuis quelque temps à Dacca, au Bangladesh, avec Médecins sans frontières.

Mais hélas il s'était rendu compte immédiatement qu'Élodie – son chef de projet – n'était pas la personne indiquée pour apprécier l'arrière-goût cynique de la citation. Le cynisme n'était vraiment pas son fort. Ce n'était pas une passion chez les gens comme elle. Et l'endroit fourmillait de gens comme Élodie. Même si personne ne lui arrivait à la cheville.

Bizarre, parce que si un endroit avait besoin d'un peu d'ironie c'était justement Dacca. La première impression était horrible, mais pas autant que la deuxième, quand sur la Jeep qui vous emmenait au dortoir dans la partie ouest de la ville vous étiez cerné par la succession implacable d'énormes bidonvilles, respirant l'air brûlant et putride du premier après-midi, sans cesser de vous demander qui vous avait poussé à venir. Si la vie dans ces avant-postes de l'humanitarisme progressiste avait plus d'un point commun avec l'expérience de la caserne, toute forme de camaraderie était néanmoins interdite. Ironiser sur les raisons pour lesquelles vous étiez là était on ne peut plus inconvenant, tout comme ne pas effectuer correctement les tâches qui vous étaient confiées. Il y avait pourtant quelque chose de trop ostentatoire et trop conventionnel dans les opinions de nombreux travailleurs humanitaires pour ne pas vous faire soupçonner que dans la plupart des cas celles-ci étaient soutenues par des convictions factices.

Quelques semaines avaient suffi à Filippo pour qu'il conclue que sous le ressentiment de beaucoup de ses collègues vis-à-vis de ce qu'ils appelaient globalement « l'Occident » se cachait une rancœur bien plus précise à l'égard d'un père trop exigeant, d'une épouse infidèle ou d'un chef de bureau particulièrement salaud… Il était évident que malgré les mots d'ordre pleins du feu sacré de l'altruisme ils étaient nombreux à en vouloir à l'Occident non pour ce qu'il avait fait aux Bengalis mais pour ce qu'il leur avait fait à eux, en les poussant à fuir dans ce lieu hyperpouilleux pour s'occuper des Bengalis. C'est pourquoi leur haine envers l'Occident et leur amour pour les Bengalis étaient également pourris.

Au moins, Filippo n'avait aucune difficulté à admettre que les raisons de sa venue n'étaient que des prétextes. Il essayait de fuir l'ennui et l'hypocondrie. Rien d'autre. Accomplir des tâches répétitives dans des endroits inconfortables, telle était la stratégie que la vie militaire lui avait enseignée pour ne pas être obsédé par la maladie qui, d'après ses calculs paranoïaques, allait bientôt le tuer.

Alors, y avait-il un endroit plus inconfortable que Dacca et un travail plus monotone que celui-là ?

On aurait pu objecter qu'entrer dans l'équipe de médecins décidés à vaincre la malaria au Bangladesh n'était pas vraiment la meilleure idée pour un hypocondriaque chronique. Mais il se trouve que Filippo appartenait à la catégorie d'hypocondriaques qui ne font rien pour prévenir les maladies et préfèrent de temps en temps s'en diagnostiquer une à un stade avancé.

« Filippo, on ne plaisante pas sur le napalm, l'avait repris Élodie.

— Qui l'a dit ?

— Et pourquoi tu parles toujours avec autant de passion de la vie militaire ?

— J'étais précisément en train de te l'expliquer.

— La vérité c'est que tu veux nous provoquer. Te moquer de nous. Mettre à rude épreuve les nerfs de notre inflexible avant-poste pacifiste. Mais je te demande de me croire quand je te dis que ton exercice n'a rien d'original ni d'héroïque. Le cynisme, contrairement à ce que vous pensez, vous les cyniques, est la conduite la plus facile du monde.

— Le problème avec vous autres, ici, c'est que vous rationalisez trop. Vous êtes toujours en train d'expliquer. Comme si chaque chose en cachait toujours une autre. Vous n'accordez aucun crédit à la surface.

— Peut-être. Je pense en effet que tu donnes encore plus d'importance à la forme que tu ne le penses. Autrement tu n'aurais pas apporté seulement des pantalons de para.

— Ils me semblent appropriés ici.

— Rien n'est plus inapproprié ici que ce qui fait allusion à la carrière militaire. C'est ahurissant que tu ne te rendes pas compte que ton antirhétorique pacifiste est une forme de rhétorique… »

Élodie avait plu à Filippo dès le premier jour. Bien qu'il s'agisse d'une des plus exaltées, il y avait dans son intransigeance un quelque chose de pur. Elle paraissait complètement exempte du narcissisme trouble du coopérant humanitaire moyen. Pour elle, faire ce qu'elle faisait était nécessaire, avant même d'être utile ou juste, comme boire, manger, éliminer.

À cinquante ans elle tenait un rôle important dans l'organisation, elle était l'inspiratrice du programme ÉRADIQUONS LA MALARIA DU BANGLADESH ! autant qu'elle l'avait été de À BAS LA DÉNUTRITION INFANTILE AU CONGO ! Élodie adorait les points d'exclamation. Elle exprimait par cette ponctuation enfantine son optimisme et sa combativité.

Ces points d'exclamation intérieurs lui avaient tenu compagnie pendant ses missions dans des endroits mille fois plus dangereux que celui-là (le Darfour, le Congo, pour n'en citer que quelques-uns). Mais au contraire de beaucoup d'autres de ses collègues toujours prêts à se vanter des aventures périlleuses dont ils avaient été protagonistes, Élodie avait un goût masochiste pour vous lancer ses échecs à la figure, tout ce qu'elle n'avait pas réussi à changer. Sans doute parce qu'il ne s'agissait pas d'une parenthèse dans sa vie. C'était sa vie même. Depuis très longtemps et probablement pour toujours.

Se mettre dans un coin du grand réfectoire où se prenaient les repas du soir pour avaler avidement la lavasse à base de riz, de poulet et de légumes et énumérer une énième fois les raisons pour lesquelles on avait fait un tel choix de vie était une des distractions les plus excitantes qu'offrait Dacca by night. Le troisième soir, Filippo était déjà allergique à toutes ces explications et cette manière de pontifier. À moins que le radotage prétentieux ne prenne des chemins inexplicables. Alors oui ça devenait amusant.

Comme à présent avec Élodie, qui avait décidé de lui intenter un procès pour son cynisme affiché et son présumé militarisme. Il avait relevé le défi avec joie et fourni une confession honnête. Il avait tout déballé, à commencer par la colère de Rachel quand il lui avait annoncé qu'il allait abandonner sa spécialisation en maladies infectieuses pour s'inscrire à la préparation d'élèves officiers. Il avait expliqué à Élodie à quel point obtenir son diplôme avait été éreintant et que la seule idée d'avoir de nouveau affaire à des livres, des notes, des cahiers et des professeurs en gris lui donnait la nausée. Et surtout il lui avait parlé de sa peur de tomber malade. C'est alors qu'il avait fait intervenir son expérience militaire, le moment le plus lumineux de sa vie. Celui où son hypocondrie avait cessé de le tourmenter. Et c'était précisément cette partie de sa confession qui n'avait pas plu à Élodie. Mais visiblement aussi quelque chose se libérait entre eux au fur et à mesure de la discussion.

Filippo et Élodie avaient déjà couché ensemble une dizaine de fois depuis qu'il était là. Rien d'exceptionnel, certaines intimités étaient courantes. C'était Filippo qui avait pris l'initiative. Mon Dieu, comme il aimait ces fillettes vieillies. Il les préférait de très loin à ses contemporaines (il venait à peine d'avoir trente ans), sans parler des jeunes filles insupportables sorties de l'adolescence avec la prétention d'avoir inventé la baise. Les femmes comme Élodie plaisaient à Filippo parce qu'elles avaient l'air de croire ne plus mériter l'amour. De le considérer comme une espèce de récompense tardive. Le plus beau était qu'elles se donnaient complètement tout en étant émues par votre générosité.

Les cheveux d'Élodie n'étaient plus blonds depuis longtemps déjà, sa peau ne sentait plus l'abricot et la vanille de l'époque où les Beatles s'étaient séparés. Et pourtant, quand elle se laissait aller, on voyait parfaitement la fillette timide issue d'une bonne famille de Bordeaux, fille d'un producteur très catholique de grands crus. Ainsi que toutes les traditions familiales qu'elle avait dû trahir pour se construire cette nouvelle existence dont sa maman, en supposant qu'elle existe encore, n'était sûrement pas fière. Élodie ne s'était pas mariée. Elle n'avait pas eu d'enfants. Elle ne buvait pas une goutte d'alcool, c'en était provocant. Depuis près de trente ans elle se dépensait pour des enfants malades qui n'étaient pas les siens. Et elle savait vraiment y faire avec eux. C'était comme si toute la rudesse qu'elle réservait aux adultes s'évanouissait en présence d'un enfant en détresse, pour laisser place à une douceur nullement affectée.

Il y avait là-dedans quelque chose d'héroïque. Du moins aux yeux de Filippo. Un héroïsme qui lorsqu'elle déblatérait contre les Occidentaux se diluait de façon irréversible. Mais qui semblait réémerger des eaux et révéler toute sa poésie quand elle baisait. Les voilà, les points faibles d'une combattante. Les abandons d'un être inflexible. La pudeur enfantine d'une femme qui pendant qu'elle se déshabille fait tout pour que vous ne compreniez pas qu'elle a honte de ses vergetures et des poils incolores de son pubis. Si seulement elle savait comme chaque détail est irrésistible pour son étrange partenaire occasionnel. Si seulement il réussissait à le lui expliquer… Pourtant le plaisir était précisément là, dans tout ce qu'elle ignorait de sa séduction.

Protégés par la moustiquaire sale qui avait défendu Élodie contre des myriades d'insectes au cours de ses missions, ils avaient baisé toute la nuit. Sans se ménager. Et ils avaient renouvelé l'expérience les jours suivants, avec de plus en plus d'ardeur. Encore, encore et encore. Jusqu'à ce qu'arrive à Filippo une chose réellement fâcheuse : il était tombé amoureux. Il ne le croyait pas possible. Précisément parce que ça ne lui était jamais arrivé. Et si ça ne vous arrive pas dans les trente premières années de votre vie, vous avez tendance à vous convaincre que ça ne pourra jamais vous arriver.

Il avait toujours trouvé grotesques les hommes qui perdent la tête pour une femme, considérant que le monde, dans sa merveilleuse prodigalité, produit à chaque seconde des nouveau-nées destinées à devenir en quelques décennies des créatures envoûtantes. À trente ans il se retrouvait embarqué dans une histoire poisseuse qui le poussait à renier son inclination à la multiplicité en même temps qu'elle lui faisait entrevoir la signification d'un terme toujours resté obscur pour lui tel qu'« éternité ».

Filippo se voit tout à coup en mari. Le quotidien avec une femme lui paraît une véritable bénédiction. Il se prend secrètement à imaginer sa vie avec Élodie, ballotté d'un endroit pourri de la planète à l'autre, à s'occuper de la santé des enfants des autres. Ce scénario mental devrait l'angoisser. Au contraire, il l'exalte. Il ne désire rien d'autre que partager son expérience de coopérant humanitaire avec cette femme. Il veut coopérer avec elle vingt-quatre heures sur vingt-quatre. Le jour il veut l'admirer comme mère Teresa de Calcutta, la nuit la baiser comme une star du porno ! Il sent que cette vie va résoudre tous ses problèmes. Qu'il ne pensera plus à la maladie ni à la mort. Qu'Élodie Claudel va le sauver.

Des mois éblouissants. Poignants dans leur monotonie. Être heureux dans le lieu le plus malchanceux de la terre. Tout le secret serait-il là ?

Mais le sort avait évidemment d'autres projets. Ou peut-être n'y est-il pour rien. L'explication est sans doute à chercher dans ce dont Élodie, la grande oratrice, préférait ne pas parler. De sa haine absurde pour le bonheur. De son inaptitude à vivre sans faire un geste extrême qui implique l'utilisation d'un gigantesque point d'exclamation !

Filippo allait atteindre dans quelques heures ses huit mois à Dacca quand Élodie s'était injecté une dose mortelle de médicament contre la malaria. Même pour mourir, elle avait choisi un moyen hygiénique. Mieux encore, en courageuse chef de projet-maîtresse-maman putative, elle avait tout mis en œuvre avec altruisme afin que Filippo ne soit pas dans les parages. Elle avait attendu qu'il parte en mission pour une semaine dans l'arrière-pays, mission où elle l'avait envoyé elle-même.

Il faut dire que Filippo n'avait pas apprécié cette délicatesse. Peut-être Élodie avait-elle pensé qu'il suffisait de se soustraire à la vue de son concubin pour qu'il ne soit pas bouleversé par le suicide de celle qu'il aimait ? Mauvais calcul. C'était comme croire que si vous portez un beau costume gris pour tirer sur quelqu'un plutôt qu'un vulgaire T-shirt la victime vous en sera reconnaissante. Mais pourquoi s'attendre à un geste sensé de la part de quelqu'un qui va se suicider ?

Il est certain que se livrer à des élucubrations sur les raisons pour lesquelles Élodie s'était supprimée impliquerait le recours à un échantillonnage de raisonnements posthumes extrêmement ennuyeux. Tout ce qu'il y a à savoir sur un suicide est contenu dans l'acte lui-même. Le reste n'est que folklore romantique. L'essentiel est que Filippo, pendant son excursion humanitaire, avait eu le temps d'ajouter à sa collection de sacs noirs celui qui abritait les restes de la seule femme qu'il ait jamais aimée. Il avait désormais un nouveau sac et un nouveau cadavre auxquels penser dans ses moments de désespoir. Après Federica, après son père, il avait à présent Élodie Claudel. Il faut dire que cette dernière, contrairement à ses prédécesseurs, lui avait laissé un tas d'histoires émouvantes à glisser dans un roman graphique, même s'il ne lui était jamais venu à l'idée d'en réaliser un.

C'est pourquoi, au risque de décevoir les millions de fans de Filippo Pontecorvo, je ne peux pas taire le fait que la plupart des aventures que s'attribue l'auteur dans *Hérode* sont de seconde main. Et s'il existait une justice, au moins en matière de copyright, Filippo devrait partager ses droits d'auteur considérables avec le fantôme d'Élodie, ou en verser une partie au bénéfice de tous les enfants dont elle n'a plus pu s'occuper après sa mort.

Quoi qu'il en soit, le plus important est que quelques semaines après son retour du Bangladesh, dans la maison de son enfance, dans le royaume enchanté de Rachel, Filippo avait recommencé à flirter avec l'idée de sa mort imminente. Et à partager son temps à égalité entre cardiologues et putes.

Sa rencontre avec Anna l'avait mis sur une nouvelle voie imprévue. Filippo avait tout de suite compris qu'Anna était l'exact opposé d'Élodie. Autant la première semblait s'être plongée en elle-même depuis sa naissance, autant la seconde avait essayé avec toute l'ardeur dont elle était capable de se pencher sur quelque chose qui ne la concernait pas personnellement, au risque de s'anéantir. Une telle différence entre les deux femmes de sa vie était une garantie dont Filippo avait besoin pour choisir Anna sans craindre qu'un quatrième sac noir ne se remplisse. Il était plus que probable qu'Anna ne se tuerait jamais. Elle parlait trop souvent de suicide pour y penser sérieusement. Ce en quoi elle était tout à fait comme lui.

La mort d'Élodie et le mariage avec Anna avaient clos la partie aventureuse de son existence. Son expérience de coopérant humanitaire lui avait enlevé ce que lui avait donné la vie militaire.

Il ne lui restait plus qu'à se concentrer honnêtement sur son égoïsme. Ce qui signifiait reprendre sa carrière de malade imaginaire. Vivre aux côtés du spectre d'un sac noir déjà prêt pour lui quelque part.

Et c'était ce qu'il avait fait avant de devenir d'un coup, par pur hasard, quelqu'un d'important.

Mais à présent que l'hypothèse de sa mort proche n'était plus un fantasme créé par sa névrose et régulièrement démenti par des médecins impatientés, à présent que Filippo s'était taillé sur le terrain un prestige extraordinaire du fait de la condamnation à mort qui planait au-dessus de sa tête – l'expédiant ainsi dans le club très sélect des morts-vivants-à-succès –, à présent qu'à en croire les médias il y avait des forcenés décidés à l'égorger sans même le connaître personnellement... à présent, comment se sentait l'intéressé ?

Eh bien, mieux qu'il n'aurait été prêt à l'avouer y compris à lui-même. La mort n'était plus le pire qui pouvait lui arriver. Perdre ce qu'il avait obtenu les derniers mois était pire, bien pire. Il n'était pas assez hypocrite pour ne pas voir le lien indissoluble entre une vie surchargée d'honneurs et une condamnation à mort. C'est pourquoi, sans doute, le coup de pistolet qui aurait mis fin à ses jours et le fracas des applaudissements qu'il n'en finissait pas de récolter – séparés par la ligne nébuleuse qui distingue le cauchemar du rêve – avaient pour lui presque le même son.

Où était passée sa sagesse ? Le fatalisme plein d'humour avec lequel il avait toujours accepté l'idée d'être un raté ? Son savoir-faire avait-il été dévoré par les ovations ? Alors c'est vrai qu'aucune drogue ne crée une plus grande dépendance que la célébrité. Que l'euphorie de voir son visage sur la couverture d'un magazine en papier glacé est bien plus puissante que la douleur de découvrir à une semaine de distance que ce même magazine vous a été infidèle et a consacré sa couverture à un autre.

C'est ainsi que Filippo met au point sa recette pour perpétuer son état de grâce : la mort est le secret. Parfaitement. Le risque d'être assassiné se révèle la meilleure assurance sur la vie que lui et sa célébrité soient parvenus à souscrire. Il suffit de jeter sur la question de la mort une lumière résolument bienveillante. Au bout du tunnel ne l'attend plus un sac noir mais un joyeux amas de fleurs, un chœur de pleurs insensés, avec leur suite réconfortante de profonde douleur du public, et reportages télé interminables. N'était-ce pas pour apaiser son sentiment de devoir mourir tout seul que Filippo, au comble des crises hypocondriaques de sa jeunesse, allait glisser son museau dans le lit de sa mère comme un petit animal effrayé par l'orage ? Et n'était-ce pas la raison pour laquelle à présent – dans la perspective d'un martyre possible – la mort acquérait à ses yeux un prestige inimaginable ? C'était comme si Filippo avait finalement découvert qu'il y avait une chose bien plus redoutable que la mort : l'insignifiance sociale…

Seigneur, comme on pouvait se noyer dans des élucubrations.

Après s'être longtemps retourné dans le lit d'une chambre du Carlton Baglioni de Milan, Filippo était de plus en plus persuadé que seul un café pouvait chasser certaines pensées mégalomanes. Mais il avait tellement peur de réveiller la jeune femme qui dormait à côté de lui, dont il avait du mal à se rappeler l'identité, qu'il n'osait pas bouger.

La chambre lui avait été offerte par la Bocconi. Vu l'accueil triomphal qu'il avait reçu dans le grand amphithéâtre, ils lui avaient demandé s'il ne voulait pas animer pendant cette fin de semestre un petit séminaire sur un thème de son choix. C'était l'expression exacte qu'ils avaient employée : « un thème de son choix ».

Les étudiants seraient enthousiastes et, détail non négligeable, ils le paieraient une somme colossale.

Sur le moment, Filippo avait hésité. On lui proposait vraiment un cours ? À quel titre ? Qu'avait-il à enseigner ? Comment pourrait-il intituler son séminaire ?

L'Art de se faire tuer.

Cours accéléré de fornication appliquée.

Comment vivre aux frais d'une épouse riche et névrosée.

Comment rendre furieux les extrémistes en dessinant.

Hypocrisie et Ressentiment.

C'étaient les seuls « thèmes de son choix » qui lui venaient à l'idée.

Ça ne tenait pas debout. Raison peut-être pour laquelle, précisément, Filippo avait accepté : pour obéir à la légèreté dadaïste qui inspirait chacun de ses gestes depuis quelque temps. Qu'on lui confie un séminaire indiquait vraiment que l'enseignement universitaire, au moins en Italie, était en fin de course. Et compte tenu de tout ce qu'il avait subi étudiant, il était particulièrement heureux de contribuer au coup de grâce qui allait être infligé à une institution qui l'avait aussi mal toléré. Et puis la perspective de pontifier devant toutes ces jeunes snobs (bottes pointues, jeans serrés, petits sacs Vuitton) lui faisait venir l'eau à la bouche.

Quelques jours après le début du séminaire, il pouvait se dire satisfait de son tout nouveau curriculum universitaire. Il n'enseignait que depuis deux semaines et avait déjà fait visiter sa chambre d'hôtel à plusieurs étudiantes. Il était désormais rompu à l'art de mettre ses admiratrices dans son lit. Et grâce à ce savoir-faire, il pouvait dire que la pire des choses était que l'admiratrice du moment ne décampe pas tout de suite après.

Les réveils étaient embarrassants. Surtout si Filippo ouvrait les yeux le premier. Alors c'était vraiment difficile à supporter ; l'envie insatisfaite de caféine lui inspirait des idées de meurtre.

Exactement comme en ce matin d'avril.

Il devait peut-être la réveiller. Ou alors la solution la plus indolore était d'appeler le service d'étage et se faire apporter deux expressos pour combler ce manque pathologique. Devait-il commander pour elle aussi ? Elle avait une tête à boire du thé le matin. Bon, il allait commander un thé. Content de son intuition il prit le téléphone, appuya sur le bon bouton, attendit vainement une réponse. Il raccrocha. De plus en plus exaspéré, il se dit que le mieux était d'enfiler un vêtement et descendre prendre son petit déjeuner.

Et si Anna appelait pendant son absence ?

Il ne manquerait plus que la belle endormie, prise à l'improviste, réponde au téléphone ; alors là, oui, ce serait le bordel. La jalousie d'Anna ces derniers temps avait dépassé la cote d'alerte. Et comme il était prêt à reconnaître que cette fois la paranoïa de sa femme était parfaitement adaptée au nombre de trahisons qu'il lui infligeait, Filippo trouvait pour le moins inconsidéré de lui donner une preuve aussi irréfutable de son infidélité.

Sur le point de désespérer, il entendit venir de l'autre côté du lit le « Bonjour » le plus faible et le plus humble qu'on lui ait jamais adressé.

Déjà la veille au soir il s'était rendu compte que cette fille ne correspondait en rien au profil de l'admiratrice. Elle n'appartenait pas à la catégorie des passionarias acerbes et rageuses, encore moins à celle des dames désœuvrées en quête de distractions. Il n'y avait aucune flamme en elle. Et aucune curiosité. Elle ne l'adulait visiblement pas. Mais elle était attirante, d'une façon sophistiquée qui en réalité ne l'attirait pas. Et le fait de se réveiller à côté d'une fille qui ne l'adulait pas et par qui il n'était pas très attiré rendait la situation encore plus gênante.

« Bonjour, répondit-il en ôtant son cigare de la bouche.

— Tu n'étais pas en train de me regarder, n'est-ce pas ?

— Pourquoi l'aurais-je fait ?

— Parce que j'ai entendu que tu étais réveillé et j'ai eu peur que tu me regardes.

— J'étais réveillé, en effet. Mais je ne pensais qu'à un café.

— Je t'en prie, dis-moi que je ne ronflais pas.

— Rassure-toi, tu ne ronflais pas.

— Tant mieux c'est tellement embarrassant de ronfler. C'est la seule chose qu'une femme ne parvient pas à contrôler.

— Un homme non plus, du reste. Ça ne me dérange pas que les femmes ronflent.

« — Donc je ronflais ?

— Je n'ai pas dit ça. J'ai dit que dans le cas où tu l'aurais fait ça ne m'aurait pas dérangé. »

Filippo fut très mécontent de l'avoir rassurée avec un argument aussi bizarre, ainsi que de son « dans le cas où ». Mais il se consola aussitôt en pensant que c'était elle qui l'avait entraîné sur un terrain surréel et amené à une délicatesse inconsciente.

« Je peux te demander quelque chose ?

— Je t'en prie, répondit-il en essayant de paraître désinvolte.

— Je peux te demander de sortir de la chambre ? »

Vraiment, celle-là… Comment se permettait-elle de le jeter dehors de la chambre que le recteur de la Bocconi lui offrait généreusement ?

« Pourquoi me demandes-tu ça ?

— J'ai du mal à m'habiller devant quelqu'un. »

« Mais pas à te déshabiller », aurait voulu répondre Filippo. Il se retint, parce que ç'aurait été non seulement d'une grossièreté inqualifiable, mais également contraire à la réalité des faits : obtenir qu'elle se déshabille avait été une sacrée entreprise. Et même quand il y était parvenu et l'avait retrouvée dans le lit il lui était resté le soupçon absurde que sa nudité n'était qu'un déguisement calculé. Elle s'était comportée dès le début comme une espionne : elle l'avait dragué au bar de l'hôtel (quelle banalité !) pendant qu'il descendait son troisième Lagavulin de la soirée. Elle lui avait demandé s'il se souvenait d'elle et il avait répondu « un peu » (cet « un peu » avait eu le son d'un demi-mensonge).

Pendant leur conversation laborieuse il s'était concentré sur l'extrême délicatesse de sa peau de miel au charme moyen-oriental. Al-Qaida l'avait peut-être payée pour le descendre. Une idée qui l'avait suivi – en même temps que la fille, d'ailleurs – jusque dans sa chambre. En la faisant entrer, de plus en plus en proie au délire alcoolique, Filippo s'était demandé si par hasard elle n'était pas une de ces pépées dangereuses qui au cours d'une étreinte fabuleuse essaient de tuer James Bond avec un serpent venimeux ou un couteau caché sous la jarretelle.

Malheureusement l'étreinte n'avait rien eu de fabuleux. Au contraire, en y repensant, l'expérience sexuelle qu'elle lui avait fournie s'était révélée presque aussi désagréable qu'une tentative de meurtre. Il lui sembla n'être jamais tombé sur une femme qui s'y prenne plus mal. Chose d'autant plus curieuse qu'elle s'était mise elle-même dans cette situation. C'était elle qui s'était présentée dans l'antre du loup. Le prétexte qu'elle lui avait donné pour justifier sa présence au bar de l'hôtel à onze heures du soir – une amie lui avait posé un lapin – était tout bonnement ridicule. Elle était là pour lui. Aucun doute là-dessus. Mais pourquoi ? Pourquoi venir d'abord s'offrir pour se comporter ensuite avec autant de réserve ? Et pourquoi, la pénible affaire une fois expédiée, ne pas débarrasser aussitôt le plancher ? Pourquoi imposer sa présence toute la nuit pour ensuite, le matin, chasser le propriétaire légitime de la chambre ?

« OK, s'entendit dire Filippo. De toute façon je voulais descendre me prendre un café. À propos, je te commande quelque chose ? Un thé ?

— Non, merci, je n'aime pas le thé. On se retrouve en bas. Je viendrai te dire au revoir.

357

— Une dernière chose, ne réponds pas au téléphone. Pour rien au monde.

— Ce que tu viens de dire est vraiment grossier ! » remarqua-t-elle sur le ton de la réprobation.

La terrasse donnant sur un jardin parfumé était un bel endroit pour prendre son petit déjeuner. Et même si Filippo commençait à en avoir assez de la vie d'hôtel (de pop star en tournée) il devait admettre que ce matin-là il n'y aurait rien changé. Milan semblait avoir en réserve pour ses habitants travailleurs une de ces journées de printemps indécises où le soleil trouve un accord précaire avec une petite pluie légère et pas du tout désagréable. Il était content d'être là, le nez dans les journaux, à chercher quelqu'un qui aurait trouvé le moyen de faire publiquement son éloge (il se serait même contenté d'un détracteur). À un moment il avait déniché dans un quotidien de droite l'interview d'un expert de l'Islam (il en existe à la pelle) qui expliquait par le menu en quoi Filippo avait été irrespectueux.

Il buvait de temps à autre une gorgée de la grande tasse de café américain qu'il s'était fait servir juste après les deux expressos réglementaires. Puis il jetait un coup d'œil à l'entrée de la salle en s'attendant à voir se matérialiser la belle endormie. Il était impatient de mettre poliment un terme à l'épilogue du film décevant dont ils étaient les vedettes.

Conformément au script, elle se faisait attendre.

La salle n'était pas pleine. Il y avait un petit couple de Russes dont la différence d'âge était à tout le moins troublante. Filippo se demanda si, en admettant que personne ne le supprime avant, il se réduirait à un vieux baveux qui collectionne des walkyries de plus en plus jeunes et indolentes. L'idée ne lui déplut pas, c'était mieux que de se faire égorger ! Il y avait aussi un petit groupe de femmes arabes affamées, à en juger par ce qu'elles dévoraient sous leur voile. Et enfin un homme d'affaires grisonnant qui lisait le *Financial Times* avec autant d'avidité qu'un adolescent dévore *Le Petit Prince*.

Appartenait-il lui-même à cette catégorie sociale ? se demanda Filippo avec une autocommisération mal placée. Était-il passé du club des ratés à la salle de contrôle ? Ça en avait tout l'air. Les gens normaux ne menaient pas ce genre de vie. Ils ne vivaient pas à l'hôtel. Ils ne disposaient pas de leurs journées avec autant d'aisance. À cette heure-là, les gens normaux ne se livraient pas à des élucubrations sur ce que font les gens normaux.

Au bout de quelques minutes il commença à s'impatienter. Il repensa avec rancœur à la belle endormie qui, prise d'on ne sait quelle lubie névrotique, l'avait chassé de sa chambre. En l'assurant qu'elle le rejoindrait tout de suite. Une demi-heure s'était écoulée, et toujours rien. Il allait lui donner encore trois minutes, puis il monterait régler cette affaire. Entre-temps, son envie frénétique de café qui avait marqué le début de la journée avait été remplacée par celle, irrésistible, de prendre une douche. Il se sentait soudain sale et déprimé. Mais quand l'eau chaude aurait emporté la saleté, la dépression ne durerait plus longtemps. Devenir célèbre avait fait de lui un individu extrêmement irritable. Un rien suffisait à le mettre de mauvaise humeur. Ce qui explique probablement pourquoi il ne supportait plus d'attendre. La fille mettait sa patience à rude épreuve.

Sans doute excité par la caféine, il crut comprendre tout à coup pourquoi les footballeurs au sommet de leur carrière ont un faible pour les prostituées ; parce que des hommes jeunes, pleins d'argent et d'opportunités, préfèrent débourser une belle somme pour avoir ce qu'ils pourraient obtenir gratuitement, plutôt que de faire appel à leurs ressources illimitées de charme.

Les prostituées n'ont pas de névroses, ou, du moins, elles sont payées pour ne pas les apporter sur leur lieu de travail. Elles ne vous envoient pas quinze SMS pour vous dire comme c'était bien et comme elles seraient contentes de vous revoir très vite. Aucune prostituée, même soumise aux pires tensions, ne menacerait de téléphoner à votre femme. Les prostituées ne profèrent pas de menaces indécentes. Elles sont porteuses d'une sagesse millénaire. D'une sérénité biblique. Bref, les prostituées sont les seules femmes qui ne se trompent jamais.

Dommage qu'elles lui aient été interdites désormais. À lui qui en aurait fait un usage aussi hygiénique. Or, une des choses qu'on ne pouvait pas faire quand on s'appelait Filippo Pontecorvo était de payer une belle femme pour prendre du plaisir. Ç'aurait été impardonnable.

Filippo l'avait compris quelques semaines plus tôt quand son agent, Piero Benvenuti, l'avait appelé. Celui-ci, plus haletant que d'ordinaire, l'avait accusé de s'être foutu dans un pétrin dont il ne savait pas comment le sortir.

« Calme-toi, Piero, dis-moi ce qui se passe.

— Une espèce de reporter vient tout juste de m'appeler. Un type douteux…

— Et… ?

— Il dit qu'il a des clichés embarrassants te concernant.

— Je crains malheureusement que ton type douteux ait raté son coup », avait répondu Filippo. Et il avait ajouté sur un ton nostalgique : « Il y a belle lurette que je ne fais plus rien de réellement embarrassant !

— Filippo, je t'en prie, c'est une affaire sérieuse. »

Sérieuse ? Vraiment ? Comment une photo de reporter pouvait-elle être sérieuse ?

Ces derniers temps, il y avait du pathologique dans le changement de comportement de Piero à son égard. Sa fierté d'avoir joué un rôle décisif dans le succès planétaire d'*Hérode* l'avait poussé à rompre ses liens professionnels avec des « artistes » qu'il jugeait indignes d'appartenir à la même écurie que Filippo Pontecorvo. Si Piero avait pu, il se serait occupé exclusivement de son bijou. Et depuis que l'histoire des menaces de mort était de notoriété publique, son désir de défendre la respectabilité de Filippo avait pris les traits ridicules de l'obsession. Bien qu'il ait connu son futur protégé quand celui-ci n'était que le mari excentrique et entretenu d'une petite actrice, c'était comme si Piero avait partagé la conviction tout à fait écœurante que Filippo était une espèce de héros national, un croisement entre Valentino Rossi et Luciano Pavarotti, avec de surcroît une droiture morale dont Mazzini lui-même n'aurait pas pu s'enorgueillir.

« Tu te rappelles par hasard avoir fait pipi dans la rue récemment ?

— Qu'est-ce que c'est que cette question ?

— Une question fondamentale.

— Bah… Ça serait hypocrite de dire que je n'aime pas le faire… Piero, tu as déjà pissé dans un champ sous un ciel étoilé ? Semi et moi on le faisait toujours quand on était gosses. Quand maman nous demandait d'aller au lit, de nous laver les dents et de faire pipi, nous allions dans le jardin, nous la sortions, et hop ! Un arc doré parfait. Tu n'imagines pas la merveille, la buée qui montait. Quel spectacle !

— Je ne suis pas en train de te parler des perversions enfantines que tu partageais avec ton frère, mais de pisser entre deux voitures dans une rue de Rome.

— Je te répète, c'est possible. D'habitude, si je dois choisir entre l'air libre et des toilettes publiques fétides, je n'hésite pas. »

Au silence de Piero, Filippo avait compris que ce qu'il venait d'entendre ne lui avait pas du tout plu.

« Alors la situation est encore plus grave que je n'avais imaginé.

— Tu peux me dire ce qui se passe, bordel ?

— Ce type dit qu'il t'a chopé en train de pisser entre deux voitures dans une rue de Prati.

— Je dois donc protéger mes arrières non seulement d'un Bédouin décidé à m'égorger, mais aussi d'un pervers qui me photographie quand je pisse ?

— Ça m'étonne que tu ne le comprennes que maintenant », avait commenté Piero avec tristesse, sans pouvoir cacher sa réprobation.

Bien entendu, les martyrs ne pissent pas. En tout cas, pas en public. Les martyrs ne peuvent pas se faire photographier la bite au vent. Le manuel du savoir-vivre du martyr expérimenté ne prévoit pas certaines concessions répréhensibles à la physiologie.

Filippo ignorait ce que son agent avait pu inventer pour éviter que les photos du pisseur solitaire ne finissent dans un magazine à scandales quelconque et ça lui était égal. Le connaissant, il était capable d'avoir cédé au chantage du reporter et s'être saigné aux quatre veines pour mettre hors circuit les photos indécentes.

La leçon tirée de cette mésaventure sordide était simple : les gens comme Piero (et il en existait des tonnes) attendaient de Filippo un comportement particulier. Et ce comportement, hélas, ne prévoyait pas la fréquentation régulière de prostituées. Ça, ils ne le lui auraient jamais pardonné.

« C'est ici que tu étais ? Je voulais simplement te dire au revoir. » La belle endormie était arrivée à l'improviste. Filippo, la tête ailleurs, se tourna vers elle et la vit la main tendue pour lui dire au revoir.

« Tu t'assois avec moi ? » lui demanda-t-il. Et ce n'était pas par politesse. La fille devant lui n'aurait pas pu être plus resplendissante. Ça n'était pas un hasard si l'homme d'affaires avait sacrifié sa lecture du *Financial Times* pour la regarder (honneur qu'il n'avait pas accordé au serveur qui continuait à remplir sa tasse de café).

Filippo dut convenir avec lui que la belle endormie, vue à cette heure de la matinée, faisait une impression délicieuse. Si elle avait porté une cravate, sa ressemblance avec la sublime Annie Hall aurait été parfaite.

Une Annie Hall moyen-orientale, aux cheveux aile de corbeau et à la peau d'une finesse inouïe, mais une Annie Hall quand même, en bonne et due forme, aussi maladroitement spirituelle et charmante que l'original.

« Malheureusement je dois rentrer travailler. »

Elle ajouta : « C'était bien », sur le même ton mécanique que si elle ressassait une réplique d'un vieux film.

« Tiens donc ! » répondit-il légèrement piqué.

Tandis que la fille sortait de scène, Filippo remarqua qu'elle s'était fait un nouvel admirateur. Et il suffisait d'évaluer l'expression attentive du Russe pour comprendre qu'en juge serein il avait accordé la note maximum à l'arrière-train de la belle endormie. Filippo regretta de ne pas avoir donné davantage de chances à ce petit cul qui s'éloignait rapidement.

Bizarre, mais, pour la première fois depuis qu'il était devenu un libertin en série, il eut l'instinct de prendre son portable et d'écrire à l'exemplaire féminin dont il venait de prendre congé : « Tu as raison, c'était bien. » Il résista à l'impulsion, sûrement par peur de mentir – en réalité ç'avait été tout sauf « bien » –, mais aussi parce qu'il se rappelait l'effet pathétique de ce genre de SMS quand c'était lui qui les recevait.

Après le déjeuner il sortit pour aller donner son cours. Il portait son éternel sac militaire à moitié vide. Il devait aller directement de l'université à l'aéroport prendre le prochain avion pour Rome. Il avait promis à Rachel que cette fois il réussirait à faire venir Anna au dîner de Pessah prévu pour le lendemain à l'Olgiata. Filippo savait que pour tenir

sa promesse il lui faudrait mettre toute son énergie dans une pénible entreprise de persuasion. Les
deux dernières années Anna avait fui les fêtes religieuses chez les Pontecorvo et Rachel en était toujours désolée. Pour elle, c'était important que toute
la tribu se réunisse au moins pour les fêtes. Elle
demandait à ses fils et ses belles-filles d'être présents
parce qu'elle était convaincue qu'être juifs consistait
pour une part essentielle à se réunir régulièrement
autour de la table familiale. Éteindre la télé et allumer les bougies. Et elle n'avait peut-être pas tout à
fait tort.

Bien qu'elle ne s'en soit jamais prise à cette belle-
fille difficile, Rachel n'aimait pas qu'Anna se soit
mise à faire des caprices. Elle ne pouvait même
pas imaginer pourquoi elle avait changé d'attitude.
D'autant moins qu'au début de sa relation avec
son fils Anna avait partagé les festivités juives des
Pontecorvo avec enthousiasme. Et même pendant
les premières années de leur mariage. Qu'est-ce qui
s'était passé ?

Rachel n'osait pas poser directement la question à
son fils, mais à l'approche de chaque fête elle se bor-
nait à appeler Filippo plus souvent et lui demander en
passant, avec un détachement étudié, si Anna était de
bonne humeur.

Cette année-là Filippo était décidé à convaincre
Anna. Notamment parce qu'à la différence de Rachel
il savait parfaitement ce qu'il y avait dans la tête de
sa drôle de petite épouse. Anna n'avait pas digéré la
conversion de Silvia au judaïsme. Lorsqu'elle était
entrée pour la première fois chez les Pontecorvo,

Silvia était déjà là depuis plusieurs années. Étant donné son goût pathologique pour la compétition, il était inévitable qu'Anna ressente une hostilité immédiate contre une fille arrivée avant elle, où que ce soit. Comme elle n'aimait pas les seconds rôles, elle était décidée à se venger. Tout d'abord en se mettant à dire du mal du lien presque filial qui existait entre elle et Rachel. Il n'était pas normal. Certaines relations morbides n'étaient concevables qu'entre consanguins.

« Je ne vois pas pourquoi tu dois en vouloir à Silvia rien que parce qu'elle aime beaucoup ma mère, lui répondait Filippo irrité chaque fois qu'Anna déversait sa basse rancœur envers sa rivale présumée.

— Je n'en veux à personne. Je dis simplement que ça n'est pas normal.

— C'est franchement incroyable que ce soit toi qui donnes des certificats de normalité.

— J'y vois de l'hypocrisie.

— Silvia ne me paraît pas hypocrite. C'est seulement quelqu'un qui a beaucoup de mauvais souvenirs. Elle est orpheline de mère, elle a un père épouvantable. Elle s'est attachée à la vieille, je ne vois pas pourquoi tu dois lui casser les couilles. Ni pourquoi tu dois toujours te comporter avec les autres comme s'ils te faisaient du tort. »

Ce genre de conversations avait lieu continuellement. À la fin, Filippo s'échauffait et devenait cinglant, et Anna ne trouvait rien de mieux que l'insulter. La raison pour laquelle il défendait mordicus sa future belle-sœur des foudres immotivées de sa femme était qu'il aimait beaucoup cette fille. Depuis toujours. Elle était gentille, loyale, pleine de vie. Filippo n'aurait pas espéré mieux, vu que Semi, en matière de filles, s'était souvent cassé la gueule. Il avait craint que son petit frère, sans tomber lui aussi sur une psychopathe, ne finisse entre les griffes d'une de ces blondes indolentes que la bonne société romaine ou milanaise produit avec une générosité débordante. Il était content d'avoir été démenti. Il aimait ce que Semi avait construit avec Silvia, et il appréciait le lien de respect affectueux que Silvia avait su instaurer avec une dame aussi réservée que Rachel.

Récemment encore, après le succès d'*Hérode*, Silvia s'était distinguée de la majorité de ses vieux amis par sa façon de s'en réjouir sans réserve ni arrière-pensée malveillante. Elle avait été au premier rang dans toutes les occasions publiques (y compris quand Semi n'avait pas pu l'accompagner) pour le fêter et le soutenir. Le premier SMS que Filippo recevait après s'être exhibé dans un programme télévisé de grande écoute était toujours celui de Silvia. Et elle savait être très encourageante. « Tu as été fantastique ! », « Aujourd'hui le docteur Pontecorvo était vraiment en forme », « Tu les as écrasés », « Nous sommes fiers de toi », « Rachel et moi t'avons vu ensemble. Elle n'arrêtait pas de se lever et d'aller toute nerveuse à la cuisine ».

Ces derniers temps, quand Semi était à Rome pour le week-end, Filippo adorait l'inviter à dîner avec Silvia. Ils arrivaient généralement une heure à l'avance et Silvia aidait Filippo aux fourneaux. Et pendant qu'ils échangeaient des recettes comme deux vieilles ménagères, Silvia lui parlait de toutes ses collègues – fascinantes avocates – qui bavaient devant lui et l'accablaient de questions sur comment était dans la vie cet homme sexy.

Oui, Filippo adorait Silvia, et il n'admettait pas l'idée qu'Anna ne la supporte pas.

Il était convaincu que l'une des raisons qui avaient poussé Anna à accepter sa proposition de mariage, alors qu'elle avait toujours dit qu'elle ne se marierait jamais (par excès de fidélité à la figure paternelle), était qu'elle voulait prendre un avantage pour ainsi dire légal sur sa rivale. Il était évident qu'Anna visait à devenir une Pontecorvo à la manière institutionnelle encore interdite à Silvia, afin de la surclasser. Une fois le résultat obtenu, normal qu'elle se soit calmée quelque temps. Du moins jusqu'à ce que Filippo lui annonce que Silvia avait décidé de se convertir.

« Tu vois ? Je le savais ! Toujours la vipère qui s'insinue.

— Et moi je savais que je ne devrais pas te le dire.

— La vérité, c'est que si ta mère le lui demandait elle se jetterait sous un train.

— Eh bien, la conversion me paraît en effet un excès de zèle... mais tu connais Silvia, toujours exubérante et enthousiaste.

— Ce que tu appelles de l'exubérance, je l'appelle de la prostitution. De la prostitution affective !

— Quels grands mots !

— Tu ne m'as pas toujours dit que c'était impossible de se convertir ?

— Je ne pense pas. Je t'ai peut-être dit que c'est terriblement difficile. Et de fait, ça n'est pas du tout sûr que Silvia réussisse. Dis-moi, tu ne serais pas en train d'y penser par hasard ?

— Tu plaisantes. Je n'aime pas les mascarades. »

Manifestement l'intention de Silvia de se convertir avait été un coup dur pour Anna. Et la raison évidente pour laquelle elle inventait depuis deux ans des excuses pour ne pas aller aux dîners de Pessah organisés par sa belle-mère. L'idée de devoir supporter sereinement la ferveur religieuse de Silvia, ainsi que ses compétences culinaires particulières, dépassait les minces capacités de résistance d'Anna.

Mais cette année-là Filippo se fiait à l'ascendant qu'il avait sur sa femme. Depuis quelque temps elle se montrait plus empressée à son égard, c'était un fait. La peur de le perdre l'avait rendue plus accommodante. Filippo comptait là-dessus. Mais il savait aussi qu'il devrait commencer à la travailler au moins un jour à l'avance. C'est pourquoi il rentrait le soir même à Rome.

Le cours se passa très bien. Après la gêne des premiers jours, il se sentait parfaitement à l'aise à présent. Il avait compris que pour faire un bon cours à l'université il faut recourir à une technique de télévision. Se mettre à nu, être spontané, donner l'impression que ce qu'on dit jaillit de l'intérieur et ne pue pas un précuit minable. Mieux valait remplacer ses notes par des pauses pensives et un regard perdu dans le vague. Quant aux thèmes abordés, l'université était désormais un endroit trop frivole pour exiger des contenus raisonnables et circonstanciés.

Puis il avait pris un taxi pour Linate. Là, à l'aéroport, en attendant au contrôle de sécurité, il avait remarqué que la dame d'un certain âge devant lui non seulement l'avait reconnu, mais le regardait avec appréhension. Et il n'avait pas été étonné. Les menaces de mort à son encontre occupaient la presse et la télévision depuis des semaines. Le risque qu'il soit tué à n'importe quel moment avait donné à sa notoriété une impulsion supplémentaire. On pouvait dire qu'il était l'homme du moment. Ce qui avait offert à ses admirateurs un nouveau prétexte pour l'idolâtrer, et à ses détracteurs un nouvel instrument pour le mettre sur le banc des accusés. Qu'avait fait de si risqué Filippo Pontecorvo, se demandaient ces méfiants professionnels, pour avoir obtenu son diplôme de martyr ? Et pourquoi ceux qui voulaient le tuer ne cessaient-ils d'accumuler les proclamations au lieu d'agir ? Ces magiciens du soupçon étaient persuadés qu'il s'agissait d'un nouveau gadget lancé par un marketing détraqué et génial. Et parfois, l'idée que quelqu'un veuille réellement le supprimer lui paraissait tellement absurde que Filippo lui-même était porté à les croire.

Une chose était néanmoins certaine : cette dame était d'un autre avis. Sans aucun doute elle était convaincue qu'elle se trouvait devant un type qui risquait gros. Aussi lui lançait-elle les mêmes coups d'œil furtifs qu'elle aurait pu lancer, dans les mois qui ont suivi le 11 Septembre, à un jeune musulman gêné attendant dans la file de l'enregistrement.

Filippo aurait voulu la rassurer. Lui dire de ne pas s'en faire, qu'il était de plus en plus convaincu que l'histoire de sa condamnation à mort ne reposait sur rien. Mais malheureusement il ne disposait pas d'éléments beaucoup plus précis que tout autre lecteur attentif des quotidiens. Racontars, déductions, dessous… L'habituelle et indigeste camelote médiatique. Bon, la semaine suivante il allait rencontrer des gros bonnets du ministère de l'Intérieur. Il espérait à tout le moins qu'ils lui révéleraient, données en main, l'étendue du risque. Et qu'ils lui proposeraient une solution raisonnable. Mais si la situation était aussi grave que Filippo ne cessait de le lire dans les journaux et que lui avait laissé entendre un agent des services secrets avec qui il était en contact, pourquoi attendre ? Pourquoi ne pas agir tout de suite ? Au fond, cette dame avait raison. Pourquoi ne pas se débarrasser de ce danger ambulant ? Pourquoi ne le cachez-vous pas quelque part ?

Pour une fois, Filippo était pourtant content de la défaillance des institutions. Il ne demandait pas mieux que quelques jours de plus pour réfléchir à son avenir. L'éventualité qu'ils lui imposent une escorte n'était pas moins redoutable que celle de devoir disparaître dans une espèce de programme de protection des témoins (dans une localité X, sous une fausse identité, sans jamais plus revoir ceux qu'il aimait). Les deux solutions lui paraissaient destructrices. C'est pourquoi il préférait ne pas y penser et profiter de ce qui pouvait être ses derniers jours de liberté.

Il y avait toujours quelque chose d'émouvant à atterrir à l'aéroport de Fiumicino juste après le coucher du soleil. Les néons, les policiers indolents, les murs décrépits, l'atmosphère de délabrement moite d'une ville subtropicale.

En montant dans le taxi qui allait le ramener chez lui au bout de plusieurs semaines d'absence, Filippo se sentit écrasé de fatigue. Il était impatient de prendre une douche et de se coucher. De voir Anna, de la toucher. C'était comme s'il n'avait pas dormi depuis un an. Changer sans cesse d'endroit, passer d'un hôtel à l'autre c'était amusant, mais à la longue c'était surtout éreintant.

Semi et lui avaient en commun la manie des voyages. Les frères Pontecorvo étaient tout le temps en mouvement. Semi avait quitté Rome dès qu'il avait pu. Filippo, tout en y vivant, avait saisi toutes les occasions pour en partir. Il se demanda si ce nomadisme n'était pas une façon de continuer à fuir ce qui était arrivé à leur père bien longtemps auparavant.

Sans aucun doute ç'avait été le cas pour Semi. Malgré les apparences, Rome était une ville dangereuse. D'autant plus pour quelqu'un qui venait d'un milieu comme le leur : privilégié, asphyxié, féroce ! Filippo était fier d'avoir frappé les salauds qui avaient pris des libertés de trop avec son frère. Mais Rome avait certainement offert à Semi une quantité inouïe de situations embarrassantes dont il lui avait été impossible de le protéger. Et Filippo n'arrivait pas à y penser sans colère.

Mais malgré tout, malgré les horribles souvenirs, c'était bon d'être à Rome. D'autant qu'il y avait un risque que ce soit son dernier dîner de Pessah chez lui, avec les siens (le dernier repas du condamné ?). C'était important que tout ait l'air le plus normal possible. Rachel l'avait chargé de préparer la pâte pour les biscuits au miel, un délice pascal très apprécié chez les Pontecorvo. Elle lui avait laissé un message en lui disant qu'à la maison il trouverait les ingrédients nécessaires : pain azyme, œufs, pignons, miel, huile de tournesol. Ce message se concluait par : « Appelle ton frère. J'ai peur qu'il ait des difficultés. »

Filippo venait seulement de se rappeler les mots de Rachel. Il regarda sa montre. Presque huit heures et demie. Il avait le temps d'appeler Semi. Quels pouvaient être les problèmes de son frère ? Son travail était-il menacé ou s'agissait-il de l'organisation de son mariage ? La date approchait. La dernière fois que Filippo lui avait parlé, Semi lui avait dit qu'il commençait à en avoir assez de l'affairement de Silvia. Qu'il n'en pouvait plus des boîtes de bonbons, des décorations florales, du traiteur, des essayages et autre merde nuptiale.

Filippo se souvint que Semi et lui auraient dû se voir presque un mois plus tôt. Semi lui avait promis d'aller l'écouter dans le grand amphi de la Bocconi et ils devaient dîner ensemble ensuite. Mais il n'avait plus donné signe de vie. Filippo avait essayé de l'appeler sur son portable aussitôt après sa présentation, mais pour une raison quelconque son frère n'avait pas répondu. Les jours suivants, débordé par d'autres obligations, il avait oublié. Et Semi ne s'était plus manifesté. Très bizarre. Même lorsqu'il était en Amérique, ils se parlaient presque tous les jours. Visiblement, Rachel avait raison et son frère avait des problèmes. À la fin de leur dernière conversation, Semi lui avait dit qu'il était dans la merde. Et qu'il lui en parlerait au dîner.

En y repensant, Filippo éprouva une culpabilité rétrospective. L'idée d'avoir négligé Samuel et son appel à l'aide lui parut intolérable. Il pouvait y remédier à présent. Mais il n'en avait pas le courage. Il était terriblement fatigué. Il se dit toutefois qu'il devait faire quelque chose de gentil pour Semi. Il se souvint alors de l'identité de la fille avec laquelle il avait passé la nuit précédente et que Semi la connaissait aussi. Et comme depuis quelque temps il aimait bien lui envoyer des SMS donnant des notes à ses dernières conquêtes, il trouva gentil de ne pas faire une exception avec cette fille.

Il était sûr que son frère apprécierait.

Probablement attendu depuis un bon moment par Silvia et un couple d'amis, Semi entrait dans le restaurant quand il reçut le message de son frère l'informant non seulement qu'il avait mis dans son lit la fille avec qui ce même Semi entretenait depuis des mois une liaison clandestine, mais aussi que, comme partenaire sexuelle, ladite fille (du moins selon les critères sévères de Filippo) ne méritait pas plus d'un maigre point d'exclamation.

Il s'agissait d'un de ces restaurants nouvelle génération où la cuisine n'est plus un lieu à cacher mais le centre d'attraction et de contemplation admirative des clients. À l'évidence, par excès de zèle ou pour satisfaire un trop-plein de narcissisme du chef, les propriétaires avaient exagéré. La seule partie visible du lieu était précisément la cuisine, placée au centre : derrière des vitres éblouissantes le célèbre chef, assisté de sa brigade, ne ressemblait même pas à un cuisinier mais à un astronaute de la NASA soumis à un exercice délicat dans une chambre stérile et dépressurisée.

Les clients, au contraire, se distinguaient à peine, en raison de la faible lumière des bougies sur les tables. Samuel eut du mal à trouver ceux qui l'attendaient.

« Ah, voilà Semi ! » dit la compagne de son ami. « Qu'est-ce qui t'est arrivé ? » demanda Silvia vaguement inquiète.

Semi ne comprit pas tout de suite si sa question faisait allusion à son retard considérable ou à un détail dans son aspect qui trahissait sa détresse et la crise d'angoisse où le SMS de son frère l'avait précipité.

« Excusez-moi, les enfants, je sors d'un rendez-vous compliqué, répondit Semi en espérant désamorcer par cette phrase toutes les curiosités.

— Ne te tracasse pas, mon vieux », dit Luciano conciliant en levant son verre en signe de bienvenue.

« Mon vieux » était le tic de langage favori de Luciano. On ne savait pas s'il l'avait tiré de *Gatsby le magnifique* ou de films des années cinquante. Quoi qu'il en soit, il occupait une place d'honneur dans son jargon de trentenaire gâté et prétentieux.

Semi demanda à Silvia : « Où sont les toilettes ? »

Silvia lui indiqua une porte de l'autre côté de la salle.

« Je reviens tout de suite, dit-il de plus en plus troublé.

— Dépêche-toi. Ici on a faim, mon vieux. »

Même les cabinets étaient de style néoromantique. Les imposants carreaux de quartz noir qui couvraient le mur mettaient en valeur le miroir circulaire au cadre doré étincelant. Semi ferma la porte et s'assit sur le siège.

Alors c'est ainsi qu'on se sent quand on se dit que son cœur va exploser. Cet aiguillon de feu qui transperce le sternum. Semi s'aperçut qu'il n'avait pas cessé de serrer son portable dans son poing depuis qu'il était entré dans le restaurant. Il regarda de nouveau l'écran et tout en sachant déjà ce qu'il y trouverait il éprouva quand même une stupeur et une douleur encore plus lancinantes s'il se pouvait.

C'était comme si, après quelques minutes de décantation, il avait enfin conscience du fait que le cauchemar qui avait marqué toute son existence revenait sous une forme légèrement différente. Comme si tout se remettait en marche exactement à l'endroit où ça s'était arrêté un quart de siècle plus tôt. Seule la technologie avait changé. Son état d'esprit était exactement le même. Semi avait treize ans quand un type à la télé avait annoncé au monde entier que Camilla, sa petite fiancée, échangeait des lettres équivoques avec Leo, son père. Et à présent, à presque trente-huit ans, il apprenait par SMS que son frère venait de baiser Ludovica, sa Ludovica.

Sa vie tout entière acquérait une sorte de logique géométrique, elle n'était autre qu'un segment délimité par ces deux points fixes et menaçants. L'épisode A et l'épisode B. Tout ce qui se trouvait au milieu – les points séparant A de B – ne comptait pas. Même ses pénibles inquiétudes des derniers temps n'auraient un jour plus aucune importance. Il existait au moins un élément positif : l'énormité d'un unique événement qui pousse à relativiser tous les autres.

Semi était arrivé en retard au restaurant parce que le directeur de la banque qui autrefois lui avait accordé un prêt considérable l'avait retenu plus qu'il ne fallait pour lui confirmer à quel point la situation était grave : si Semi ne commençait pas à payer régulièrement les intérêts, la banque devrait entamer les démarches pour se rembourser sur l'appartement hypothéqué. Précisément l'appartement en cours d'aménagement où Semi et Silvia devaient aller vivre après leur mariage. Eh bien, même une tuile de ce genre comptait pour du beurre.

Bref, que devait-il faire ? Appeler Filippo et lui faire une scène apocalyptique ? Ou peut-être ne pas l'appeler lui mais plutôt Ludovica ? Elle devait avoir pris l'initiative, sans doute pour se venger, et de la manière la plus monstrueuse, de tout ce que Semi lui faisait subir. Non, ça ne rimait à rien d'appeler l'un ou l'autre. Semi trouva l'idée aussi irrationnelle que d'aller sur la tombe de son père interroger son cadavre sur la raison qui l'avait poussé à répondre aux lettres affectueuses de Camilla. Aussi insensée que d'essayer de retrouver la trace de Camilla (non qu'il n'ait jamais été tenté) qu'il n'avait pas vue depuis vingt-cinq ans, pour faire ce qu'il n'avait pas eu le courage de faire à l'époque : lui demander à brûle-pourpoint de s'expliquer sur son comportement d'une audace indigne.

Une espèce de tic nerveux lui fit tirer de son portefeuille un papier qu'il y gardait depuis longtemps. C'était un feuillet quadrillé qu'il avait fait plastifier pour mieux le protéger. Il se serait séparé de tout sauf de ce feuillet. Bien qu'il en connaisse le contenu par cœur, il le lut à haute voix. Parce qu'il savait que rien, pas même son Pasaden adoré, ne pouvait lui apporter le même réconfort que lire cette lettre à haute voix. Son écriture enfantine, son style incertain, son contenu trivial le faisaient se sentir mieux. Comme si cette missive, dans sa perversion intrinsèque, représentait la garantie d'avoir déjà touché le fond.

Semi se rappelait parfaitement dans quelles circonstances la lettre était apparue. Il avait vingt et un ans. Il étudiait à Milan depuis déjà deux ans et se trouvait à Rome pour les vacances de Noël. C'était à quelques jours de la fin de l'année. Il avait plu toute la journée. Le jardin scintillait comme une forêt pluviale. Filippo et lui avaient joué des heures à Super Mario

Kart sur Nintendo. Filippo posait sur les braises de la cheminée les châtaignes qu'un patient avait offertes à Rachel. Semi avait demandé à sa mère si elle savait par hasard où était passée sa doudoune bleue sans manches ; il voulait l'emporter à Milan. Rachel lui avait répondu qu'elle n'en avait pas la moindre idée mais qu'il pouvait jeter un coup d'œil en haut dans la mansarde où les vêtements hors saison attendaient leur tour, sagement emballés dans des housses en plastique. Semi était donc monté. Il avait ouvert tous les placards. Rien, aucune trace de la doudoune. Jusqu'à ce qu'il remarque qu'un autre placard était caché derrière un empilement de vieilles chaises. Elle pouvait être là, qui sait. Semi s'était un peu battu avec la serrure défectueuse et avait enfin réussi à avoir le dessus sur au moins une des deux portes.

J'aimerais vous dire qu'une odeur sinistre et mystérieuse envahit Semi et l'entraîna aux frontières d'une autre dimension spatio-temporelle. Je voudrais vous dire qu'assailli par un effluve magique du Pays des Merveilles du passé il sentit un instant qu'il avait triomphé sur le temps et la mort. Mais je déteste vous dire des sottises. La vérité, aussi prosaïque qu'elle puisse paraître, est que Semi dut trafiquer un bon moment là-dedans avant de se rendre compte que ce placard déglingué recelait le vestiaire de Leo. Exactement. Tous les vêtements de Leo étaient entassés là. Donc ils y avaient toujours été ? Donc Rachel ne les avait ni jetés ni donnés ? Donc Rachel n'avait pas eu le courage de s'en débarrasser ? Semi fut heureux d'avoir découvert un défaut minuscule dans la cuirasse d'inflexibilité que sa mère semblait porter sans cesse.

Une force quelconque – et réellement mystérieuse cette fois – le poussa à sortir les vestes de leur vieille cachette et les essayer l'une après l'autre. Vieux vestons de costumes rayés, vieilles vestes en tweed, vieux blazers. Quelles coupes superbes, quels tissus moelleux ! Samuel se sentit fier qu'ils lui aillent à la perfection. La dernière fois qu'il en avait essayé un, pour rire, Leo était encore vivant. Semi se rappela la sensation ridicule de nager dans le vêtement d'un autre. Mais à présent ils lui appartenaient. Si les manches n'avaient pas été trop longues, ils auraient semblé faits sur mesure pour lui. Alors il s'était passé quelque chose pendant toutes ces années ? Mais oui, il avait rattrapé son père. Voilà ce qui s'était passé. Son père était resté immobile, et lui l'avait rejoint. Ils étaient à présent frères jumeaux. Et il y avait là quelque chose d'effrayant et d'émouvant à la fois. C'était comme si, à présent que sa structure physique était la même que celle de son père, il était prêt à comprendre toute la fragilité d'un homme qui lui était apparu à l'époque comme un géant.

Tout en allant et venant comme un mannequin devant le miroir fixé à l'intérieur de la porte du placard, Semi glissa une main dans la poche et sentit un bout de papier. Bien qu'il se soit attendu à tout – il pouvait s'agir de n'importe quoi : un ticket de caisse, une vieille recette, une note pour un de ses articles –, Semi n'avait pas imaginé que le papier qu'il sortait de la poche pourrait avoir pour lui une importance aussi capitale. Il reconnut immédiatement l'écriture : Leo Pontecorvo n'avait pas été le seul homme de la famille à recevoir des lettres d'une certaine demoiselle.

Rome, 3 février 1986

Cher Prince,

*Je suis ta Princesse oui ou non ? Parce que si je suis
ta Princesse, comme tu me l'as dit cette fois-là, alors je
ne comprends pas pourquoi tu ne veux pas m'embrasser.
Mes amies et leurs petits amis s'embrassent. Moi aussi
avec Semi. J'aime comment il embrasse. Mais je ne veux
pas qu'il me touche. Il voudrait toujours le faire mais
je dis NON !!! Je pense : je suis à LUI. À lui veut dire
à TOI. Si je suis ta Princesse, alors tu dois m'embrasser. Partout. Je veux tout faire avec toi,* mon ange*. *Je
ne sais pas pourquoi tu ne veux pas. Je suis notée troisième dans ma classe. Michelle dit que tous les garçons
m'embrasseraient. Et je n'ai pas dit que je ne le ferai
pas. N'oublie pas que je ne suis pas une petite fille. De
toute façon je sais que la première fois ça sera avec toi.
Et je crois que tu le sais toi aussi, même si tu dis que
non. Tu m'as dit que je ne dois pas parler de toi à mes
amies, ni à personne d'autre. Je ne crois pas que j'arriverai encore longtemps à me taire. Je sais que tu n'aimes
plus ta femme. Elle ne te plaît pas. Je vois que, moi, tu
me regardes avec d'autres yeux.*

Je t'en prie Leo MON AMOUR* *ne me fais plus
attendre.*

À TOI pour toujours dans mon âme

Camilla

C'était la lettre qui, si elle était sortie d'une poche
au moment opportun, aurait pu disculper Leo
Pontecorvo de l'accusation la plus infamante : avoir
molesté sexuellement la petite amie de son fils. La

lettre montrait sans la moindre équivoque lequel des deux molestait l'autre. Elle rendait évident que dès le début Leo avait été l'objet d'une manipulation persécutrice pure et simple orchestrée par une petite pute sans scrupules et sans cœur. Malheureusement, personne en ce temps-là n'avait eu la possibilité, ni encore moins la curiosité de récupérer la précieuse pièce à conviction et l'exposer au vu et au su de l'opinion publique. Il était plus que probable qu'il existait plusieurs lettres du même genre, ce qui rendait encore plus mystérieuses les raisons pour lesquelles Leo n'avait pas trouvé la force de protester haut et fort de son innocence.

Pourquoi te laisser massacrer? Pourquoi permettre que ta famille sombre avec toi? Pourquoi ne pas même éprouver le besoin de parler au fils auquel tu as porté un tort aussi incroyable et essayer de lui prouver que cette histoire n'est pas aussi grave qu'elle ne paraît?

À partir d'un certain moment de sa vie, Semi avait cessé de se poser de telles questions. Depuis qu'il avait retrouvé la lettre, ce que son père avait fait ou n'avait pas fait pour lui n'avait plus eu aucune importance. Ce qui comptait le plus, c'était que cette lettre soit tombée entre ses mains de la façon la plus rocambolesque pour lui révéler que tout ce qui était arrivé obéissait à une logique. Cruelle, certes, mais pas du tout insensée en fin de compte.

La lettre lui livrait une image complètement inédite de son père. Si pendant les treize premières années de sa vie il avait été un héros, si après ce qui s'était passé il avait pris les traits incongrus du violeur en série, Leo avait acquis grâce à cette lettre son aspect définitif, sûrement le plus probable : il avait été un homme désespérément faible, et c'était absurde de lui en tenir rigueur. Ne plus rendre son père coupable avait été pour lui un énorme soulagement.

La seule chose qu'il n'avait pas réussi à faire après avoir retrouvé la lettre avait été de la montrer à sa mère et à son frère.

Peut-être parce qu'il y voyait plus de contre que de pour.

À quoi cela aurait-il servi ? Personne n'avait jamais eu la bienveillance d'aborder le sujet avec lui. Sa mère avait réagi avec une dureté sans nom. Quant à Filippo, Semi se rappelait l'avoir surpris une fois, pendant ces jours épouvantables, en train de glisser des feuilles sous la porte du sous-sol où leur père était allé se cacher. Bref, l'attitude de ces deux-là avait été franchement trop bizarre pour qu'il ait envie de partager le précieux document avec eux.

Tout de même, par précaution, il avait photocopié la lettre. Ensuite il avait fait plastifier l'original. Et finalement il l'avait glissée dans son portefeuille.

Et elle est encore là, à sa place habituelle. Toujours présente à l'appel. Il faut dire que dans des toilettes néo-romantiques mal éclairées elle fait triste figure. Même s'il ne faut guère de temps à Semi pour comprendre que cette fois son amulette ne lui servira strictement à rien. La partie est autre maintenant. Qui aurait besoin d'un tout nouvel exorcisme.

À quoi lui sert le pauvre feuillet méritant sous plastique qui disculpe son père du délit dont il a été accusé il y a vingt-cinq ans si le coupable à disculper est maintenant un autre ? C'est ainsi que le message de Filippo supplante définitivement la lettre de Camilla. L'image de son grand frère en train de sauter la seule fille que Semi ait jamais aimée (il peut le dire maintenant) inaugure une nouvelle saison de souffrances ; comme si quelqu'un avait planté dans le terrain aride de la névrose de Samuel Pontecorvo un nouveau repère indestructible.

Comme il arrive souvent à ceux qui souffrent soudain dans leur chair de la torture de la jalousie, Semi se prend à réexaminer tout élément du passé récent à travers le verre grossissant du désespoir rétrospectif. Et attendu que le cerveau soumis à certaines tensions révèle toujours un formidable talent pour faire remonter le souvenir le plus douloureusement adapté aux circonstances, Semi repense au petit discours surréel que lui a servi Ludovica sur l'art de tailler des pipes à un circoncis. Il ne s'agit manifestement pas de lui. Ce n'est pas de lui qu'elle a pris soin. Il est tout aussi clair que le circoncis qui a bénéficié des fruits de tant d'abnégation studieuse est quelqu'un qui, plus que tout autre circoncis, est celui qu'il ne fallait pas. Mais le plus visible de tout est l'image de Ludovica donnant du plaisir à Filippo. Elle est insupportable. Pourtant, Semi n'a pas envie d'accuser ces deux-là qui, du moins dans les espaces sidéraux de son imagination, continuent de s'amuser.

Il est impatient de s'accuser lui-même. Il a besoin de trouver dans ses propres actes un sens à tout ce qui est arrivé. Il se souvient alors des choses horribles qu'il lui a dites une des dernières fois. Dans le bar de leurs premières rencontres, assis à une table isolée, il n'a pas trouvé mieux que de lancer une accusation ridicule et fallacieuse : elle méprise Silvia et il ne peut pas le lui pardonner.

« Pourquoi dis-tu ça ? lui demanda Ludovica abasourdie.

— C'est quelque chose que je sens, que je vois et qui ne me plaît pas du tout, répondit-il d'une voix de paranoïaque qui croit tout savoir.

— Mais je ne t'ai jamais rien dit ! Je ne te parle jamais d'elle. Comment peux-tu dire ça ? Tu m'as jeté à la figure que tu te maries. L'autre jour tu as carrément plaisanté sur les boîtes de bonbons qu'elle avait choisies. Et moi je me suis tue. Je ne t'ai rien dit. Je ne t'ai pas fait remarquer comme tu es méchant. Je sais que quelque chose ne va pas. Que tu n'es pas content. Je suis terrorisée à l'idée que tu veuilles me quitter. Et pour t'empêcher de le faire j'ai accepté cette situation inouïe. Imagine un peu si je venais te dire que je me marie avec Marco, si c'était moi qui te demandais conseil pour notre lune de miel…

— Il ne s'agit pas de ça.

— Et de quoi alors ?

— Je ne supporte pas l'air suffisant avec lequel tu parles de Silvia. Comme si tu la jugeais inférieure à toi, ou à moi.

— Mais je ne parle jamais d'elle. Jamais. Alors pourquoi me dire ça ?

— Sache que Silvia ne vaut pas moins que toi. Tu comprends ce que je te dis ? Silvia ne vaut pas moins que toi ! »

À ce stade, Ludovica sanglote tellement qu'elle ne peut plus prononcer un mot. Et pourquoi devrait-elle

le faire puisque l'accusation de Semi est si manifestement fausse ?

Le problème des hommes comme Samuel Pontecorvo
est qu'ils ne parviennent pas à ne pas s'entourer de
femmes bien plus fortes qu'eux. Et plus grave encore,
ils sont les premiers conscients de cette infériorité
irréfutable.

Le comportement de Ludovica à l'égard de Silvia
a toujours été irréprochable. Et tandis que Ludovica
pleure, Semi se demande un instant si la question
n'est pas là : il lui reproche de n'avoir rien à lui reprocher. Il lui reproche de ne pas avoir réagi à l'annonce
de son mariage avec le désespoir qui convenait. Il lui
reproche son éducation et son absence de défenses.
Il lui reproche de ne pas avoir exigé des droits. C'est
vrai, au début de leur relation Ludovica a montré un
intérêt morbide à propos de sa rivale. Mais au bout
de quelque temps, voyant que Semi s'en irritait, elle a
cessé de poser des questions. Et depuis, avec l'entête-
ment enfantin qui la caractérise, elle s'est tenue à cette
ligne. Son attitude soumise vient aussi de la sévérité
de Semi et de sa distance. Il lui a fait comprendre à
chaque occasion possible que ce qui existe entre eux,
aussi profond et aussi morbide que ce soit, ne pourra
jamais – et quand je dis jamais c'est jamais – mettre en
cause ce qu'il a construit avec Silvia. Silvia est irremplaçable. Ludovica doit se le mettre dans la tête. Et
en effet, elle se l'est tellement mis dans la tête qu'elle
a renoncé à s'intéresser au chapitre Silvia. Et c'est
pourquoi elle n'a pas réagi à la nouvelle du mariage
de Semi avec le désespoir qu'il aurait attendu et, dans
une certaine mesure, souhaité.

C'est en repensant à la scène insensée (et à froid, de surcroît) qu'il a osé lui faire cette fois-là, aux larmes de Ludovica, à sa façon de se montrer aussi désarmée, que Semi comprend ce qui lui paraissait incroyable un instant plus tôt.

Quelle meilleure vengeance pour Ludovica que de coucher avec Filippo ?

Quand Semi retourna à la table, Luciano, sans le faire exprès, demandait justement à Silvia des nouvelles de Filippo et des menaces de mort. Rien d'étonnant. Luciano était l'être le plus involontairement importun auquel il ait jamais eu affaire.

C'était le type à dire en feignant la conviction que *Pulp Fiction* est le plus mauvais film de Tarantino (« *Reservoir Dogs* et *Jackie Brown* sont mille fois meilleurs »). Le type qui lorsqu'on s'apprêtait à mordre avec volupté dans un Big Mac décrétait à brûle-pourpoint que de toute façon le fameux Double Whopper de Burger King c'est quand même autre chose. Luciano était celui pour qui la nouvelle d'un attentat dans une discothèque de Tel Aviv qui avait tué une douzaine d'adolescents était un excellent prétexte pour pérorer sur la politique impérialiste d'Israël.

Luciano ne donnait jamais raison à personne. Ce qui lui plaisait le plus était polémiquer et prendre les autres en défaut. Si on lui conseillait un film, il allait immédiatement le voir dans le seul but de pouvoir exprimer le plus tôt possible sa déception devant une œuvre aussi médiocre et déplorer au passage votre absence de goût. Vous mettre dans l'embarras avec ses airs de bûcheur était l'objectif de sa vie. Peut-être parce qu'il n'en avait pas beaucoup. En dehors d'un diplôme de lettres dans une matière absconse qui prétendait réunir linguistique et informatique, Luciano n'avait jamais rien fait de réellement productif. Son plus grand effort avait été de signer les actes notariés qui faisaient de lui un des orphelins les plus riches qui soient.

Depuis que le petit avion Cessna dans lequel ses parents exploraient un bout de savane du nord du Kenya avait perdu de sa vitesse et s'était écrasé, Luciano gérait avec une prudence extrême le patrimoine immobilier que lui avaient laissé ces malheureux aventuriers. Économiser était une autre des choses qui lui plaisaient. Avec une seule exception, la gastronomie. Sur elle, il ne lésinait pas. Il se considérait comme un découvreur de chefs. C'était à cause d'hommes comme Luciano que la *nouvelle vague** de la cuisine italienne des années deux mille avait pu s'exprimer avec autant de désinvolture. En bon gastronome dilettante, Luciano se considérait comme un véritable expert en vins. Dommage que pour prouver aux autres et à lui-même la solidité de ses convictions en matière d'œnologie il ait eu la manie de renvoyer au moins deux fois de suite les bouteilles qu'on lui servait. Comme si, par un étrange caprice du sort, la bonne bouteille était toujours la troisième, jamais la première ni la deuxième.

Autrement dit, il n'y avait rien d'étonnant à ce que Luciano ait insisté pour les emmener au Carillon, un restaurant dont on parlait énormément et qui semblait promettre les prix fous auxquels Semi, à en croire le directeur de sa banque, allait devoir renoncer. Ni à ce qu'il ait renvoyé la deuxième bouteille de vin en la qualifiant d'« huile de moteur ». Mais le moins étonnant de tout était que Luciano – vu son à-propos diabolique pour choisir le sujet le plus inapproprié – demandait des détails sur le seul individu au monde dont Semi ne voulait pas entendre parler.

« Nous ne savons pas grand-chose, disait Silvia. J'ai parlé avec Anna hier matin. Elle était très inquiète. Mais elle n'y connaît rien. Elle est toujours inquiète. De toute façon nous devons voir Filippo demain soir au dîner chez ma belle-mère.

— Ah, tu l'appelles déjà "ma belle-mère" ? demanda Giada.

— Il ne faut pas vendre la peau de l'ours avant de l'avoir tué ! commenta sèchement Luciano.

— Et si nous commandions ? intervint Semi sur le même ton qu'il aurait pu dire : "Je ne suis ici que depuis quelques secondes et vous m'avez déjà cassé les couilles."

— Quelque chose ne va pas ? lui chuchota Silvia en posant la main sur son bras.

— Tout va bien », répondit-il et il fit un effort pour ne pas se soustraire publiquement à cette caresse.

Semi jeta un coup d'œil au portable qu'il n'avait pas lâché allez savoir pourquoi.

« Bon, il y a des plats fabuleux que vous devez absolument essayer, annonça Luciano pendant que le sommelier terrorisé débouchait la troisième bouteille.

— Du genre ? » demanda Semi à contrecœur, trouvant inconcevable l'idée même que quelqu'un au monde puisse avoir de l'appétit.

« D'abord les petits raviolis farcis à la carbonara de jambon fumé, recommanda Luciano la tête dans le menu. Mais surtout ça, le véritable chef-d'œuvre : la pancetta de porcelet sur son lit de coquilles Saint-Jacques aux oignons rouges de Tropea.

— OK, j'essaie ça, dit Semi en donnant l'impression de n'avoir rien entendu après le mot "chef-d'œuvre".

— Monsieur, je pense que ceci convient ! » dit le sommelier en s'adressant à Luciano. Pour ajouter aussitôt : « Puis-je ? »

Alors Luciano exécuta son numéro du parfait connaisseur, faisant osciller son verre, l'approchant de son nez pour humer le bouquet, l'éloignant pour l'examen chromatique, faisant rouler une gorgée dans sa bouche. Et, enfin, laissant à un signe pas trop convaincu d'assentiment le soin d'exprimer un avis positif.

Le sommelier décidément soulagé servit tout le monde en commençant par les dames.

« Trésor, ça te paraît indiqué ? chuchota Silvia à Semi.

— Tu sais que ça m'agace que tu me parles à l'oreille !

— Excuse-moi.

— Non, toi excuse-moi. J'ai eu une de ces journées… Tu disais ?

— Le porcelet, ça te paraît indiqué ? » articula clairement Silvia. Elle faisait tout pour ne pas le montrer, mais elle était offensée. Elle détestait qu'il la traite de cette façon devant Luciano et Giada.

« Qu'est-ce qui ne va pas avec le porcelet ? demanda Luciano.

— Demande à Bethsabée, répondit Samuel.

— Qui est Bethsabée ? » demanda Giada. La conversation devenait vraiment trop difficile pour elle.

Giada ne savait rien sur Bethsabée, de même qu'elle ignorait tout des interdits alimentaires imposés par la Casherout, à savoir l'ensemble des règles que Silvia, ayant entrepris le chemin tourmenté vers le judaïsme, avait dû prendre réellement au sérieux et qui mettait à l'index aussi bien le porcelet que les coquilles Saint-Jacques, sans parler de la carbonara…

Semi avait eu quelques difficultés à s'adapter, par pur esprit de solidarité, aux interdits alimentaires que sa future femme respectait depuis plus de deux ans avec toute l'intransigeance dont elle était capable. Néanmoins, comme ils ne se voyaient que pour les week-ends, il s'était efforcé de la satisfaire. C'était déjà si difficile pour elle qu'il ne voulait pas lui mettre des bâtons dans les roues. Mais à présent son obéissance absolue à des règles absurdes n'ayant rien à voir avec elle – qui en disait long sur sa décision d'entrer finalement par la grande porte dans le clan Pontecorvo – lui était apparue simplement intolérable.

« Bethsabée est la femme du roi David, expliqua ce cuistre de Luciano. Une super-nana qui a perdu son premier mari et son fils à cause des caprices du Tout-Puissant.

— Je n'y comprends rien, protesta Giada.

— Comme c'est nouveau ! » remarqua Luciano avec mépris.

Cette fois ce fut Semi qui posa sa main sur celle de Silvia, et elle qui fit tout pour ne pas la retirer.

Quand il fallut commander, Semi dévia vers quelque chose de prétentieux où le vinaigre balsamique était prépondérant. Uniquement parce qu'à ce moment-là il n'y avait rien dont il ait davantage besoin qu'un baume pour soigner une blessure gigantesque.

« Très mauvais choix, mon vieux, décréta Luciano.

— Alors, vous avez décidé pour votre voyage de noces ? demanda Giada tout de suite après avoir commandé son plat habituel à base de riz-légumes-bouillis-poisson-cru.

— Nous examinons différentes possibilités, répondit évasivement Silvia.

— Mais enfin, comment c'est possible ? C'est dans deux mois seulement et vous ne savez pas encore…

— Si Semi ne se décide pas à…

— Ah non, ne t'en prends pas à moi à présent.

— Je t'ai donné les brochures sur le Mexique il y a au moins un mois et tu n'as pas encore daigné…

— Et moi, je te répète depuis trois mois au moins que le Mexique, pas question ! Je déteste tout ce qui est tex-mex, Zorro, Pancho Villa et Zapata.

— Sur le tex-mex tu as tort. Sur Zorro je suis d'accord, intervint Luciano.

— Je t'avais dit que je voulais un endroit froid, continua Semi en ignorant son ami, mais tu t'es entêtée sur le Mexique parce que ton chef ne parle que de Mexique…

— C'est vrai, j'aimerais aller au Mexique. Mais je ne t'ai jamais dit que *j'exige* d'aller au Mexique. Je t'ai seulement demandé de jeter un coup d'œil aux dépliants.

— Je t'en prie, Silvia, ne me parle pas comme si nous n'étions pas ensemble depuis toute une vie !

— Quel rapport ?

— Tous les rapports. Je sais que quand tu te mets quelque chose dans la tête…

— Quand je me mets quelque chose dans la tête… ?

— Tu n'en démords pas. À force de passer du temps avec ma mère tu es devenue comme elle. Tu gagnes toujours en épuisant ton adversaire.

— Donc tu serais l'adversaire ?

— Tu as très bien compris ce que je veux dire. En tout cas on s'en fout. Tu veux aller au Mexique ? Allons au Mexique. Pour ce que ça m'importe.

— Pourquoi faut-il que tu dises "pour ce que ça m'importe" ? C'est notre voyage de noces.

— Nous en avons fait une centaine.

— Mais celui-ci est différent.

— Pourquoi différent ?

— Parce que c'est notre voyage de noces. Voilà pourquoi !

— Tu peux m'expliquer, dit Semi en s'adressant directement à Luciano, pourquoi pour les femmes il y a toujours une question symbolique ? Tu dis que la destination de ton voyage de noces t'indiffère et elles comprennent que tu ne t'intéresses pas à elles ! Tu ne trouves pas que c'est démoralisant ?

— Je ne crois pas que dans l'esprit de Giada il y ait assez de place pour une chose aussi grande qu'un symbole, déclara Luciano.

— C'est toi qui le dis, crétin. Mon esprit est plein de symboles ! rétorqua Giada vexée.

— Tu cherches la bagarre depuis que tu es arrivé », se plaignit encore une fois Silvia à voix basse.

Semi jeta un autre coup d'œil à son portable.

« Et pourquoi tu continues à regarder ce fichu truc ? »

En effet, pourquoi ne cessait-il pas ? Pourquoi ne parvenait-il pas à se séparer de lui ? Que pouvait lui dire d'autre, ce portable, d'aussi fondamental ? Qu'attendait-il, que le message de Filippo disparaisse par miracle ? Ou qu'en arrive un nouveau pour recti-fier le précédent ? Ou peut-être pas ! Peut-être n'était-ce pas d'un nouveau message de Filippo qu'il avait besoin, mais d'un de Ludovica. Voilà ce qu'il espé-rait : qu'elle lui envoie un message afin de lui fournir sur un plateau la possibilité de lui répondre très vite : « Je sais tout. »

Cependant, espérer que Ludovica puisse être boule-versée en apprenant qu'il savait tout était aussi dérai-sonnable que d'espérer qu'elle lui écrive. Elle n'avait pas donné signe de vie depuis une semaine. Jamais ils n'avaient passé autant de temps sans se parler. Mais Semi ne s'en était pas inquiété, du moins jusqu'au message de son frère. Après tout, il était responsable de ce silence. C'était lui qui lui avait posé un lapin la fois précédente. Lui qui n'avait pas répondu à un de ses messages. Pourquoi ? Sans aucune raison. Pour le plaisir de ne pas lui répondre. Le plaisir d'être gros-sier. Pour affirmer sa supériorité. La volupté du pou-voir. Il aimait à la provoquer, à la mettre à l'épreuve. Il aimait qu'elle se plie aux excès d'un homme aussi compliqué. Il était tellement convaincu du dévoue-ment de Ludovica qu'il était sûr qu'après avoir joué un temps les offensées elle s'humilierait en le rap-pelant.

394

Tel avait toujours été leur fonctionnement, du moins jusqu'à ce jour-là.

Quand avait-il commencé à nourrir l'illusion pitoyable d'être irremplaçable ? Seule cette illusion avait pu le pousser à la maltraiter autant. Se pouvait-il qu'à présent seulement, en y repensant, il comprenne qu'il lui en avait fait voir ? Son mariage imminent avec Silvia n'était que la plus évidente des insultes, sûrement pas la plus méchante. Il n'aurait même pas su énumérer les occasions où il lui avait dit de ne pas se faire d'illusions, que leur histoire finirait, qu'il ne pourrait jamais quitter Silvia. Il avait aussi pris goût à réprouver son style de vie. Il lui disait que c'était une snob, une petite fille gâtée et une bonne à rien.

La dernière fois qu'ils s'étaient retrouvés dans la ruelle infernale habituelle, à quelques centaines de mètres de chez lui, elle lui avait demandé : « Pourquoi tu me détestes ? »

Ils venaient de se remettre d'une de leurs séances d'onanisme partagé quand elle lui avait sorti cette question inattendue. Semi était encore rempli de gratitude pour ce qu'elle lui avait fait et ce qu'elle lui avait permis de faire. C'est sans doute pourquoi sa question à brûle-pourpoint l'avait attendri et fait sourire.

« Nous sommes mélodramatiques, aujourd'hui.

— Non, voyons, réponds-moi. J'ai compris. Pourquoi tu me détestes ?

— Petite, qu'est-ce que tu racontes ? Jamais, je crois, je ne t'ai autant vénérée qu'en ce moment.

— Maintenant peut-être, mais dans l'ensemble tu me détestes.

— Mais non, enfin, je ne te déteste pas. Je suis seulement un peu distant. »

Le fait est qu'à ce moment-là, alors qu'il prononçait ces mots pleins de sagesse, encore sous l'effet du plaisir qu'elle avait su lui donner, il était convaincu de sa propre bonne foi. Il croyait fermement à la pureté des sentiments qui l'enchaînaient à Ludovica.

C'est ainsi que, seulement alors, en y repensant à une semaine de distance, après avoir encaissé la plus choquante des informations, Semi se rendit compte qu'elle avait raison. C'était vrai, il la détestait. Il l'avait toujours détestée. Au point d'avoir l'impression qu'en lui l'amour et la haine s'étaient manifestés à l'unisson. Comme si l'un et l'autre tiraient leur force de leur interdépendance. Et c'était extrêmement bizarre puisqu'elle n'avait jamais rien fait pour se faire détester, du moins jusqu'à quelques heures plus tôt.

Alors pourquoi l'avoir détestée dès le début ?

Peut-être parce qu'elle était exactement ce qu'elle paraissait : une jeune et belle héritière rêveuse qui fait tout pour que personne ne le voie. Voilà. Oui. Semi la détestait peut-être à cause de cette discrétion trop étudiée. Ou parce que son enfance idyllique n'avait pas été brisée en deux, comme celle de Samuel, par une histoire sordide. Ou parce que Semi, dans son piétisme obtus acquis de Rachel, ne pardonnait pas à Ludovica de l'avoir arraché, sentimentalement au moins, à Silvia, une fille bien plus méritante qu'elle, qui n'avait pas moins souffert que lui. Peut-être ne pardonnait-il pas à Ludovica de l'avoir rendu injuste et égoïste. Ou de lui avoir montré quelle expérience bouleversante pouvaient être les rapports sexuels avec une partenaire ayant les mêmes goûts égotistes. Ou encore, toujours à propos de sexe, de refuser de le prendre dans sa bouche alors qu'il lui a affirmé à plusieurs reprises que rien ne lui donnerait plus de satisfaction.

C'est ainsi que tout à coup, devant Silvia, un vieil ami de collège et la compagne évaporée de ce dernier, Samuel prit conscience du fait que pendant tout ce temps il avait agi de façon à pousser Ludovica à un acte inconsidéré qui soit à la hauteur de la haine qu'il avait toujours éprouvée envers elle.

Et Ludovica, en petite fille consciencieuse, ne l'avait pas déçu.

Giada, plus ou moins au seuil de son troisième whisky, amena de nouveau la conversation de plus en plus languissante sur un terrain miné : elle voulait tout savoir de la cérémonie nuptiale.

Semi coupa court. « Nous nous marions à la synagogue. » Et en s'entendant expliquer à cette pauvre d'esprit en quoi consistait le rite, il eut une étrange sensation d'incongruité. Était-ce bien lui le type qui dans deux mois seulement allait porter queue-de-pie et kippa pour se rendre dans un lieu où il ne mettait pas volontiers les pieds, la synagogue, et épouser une femme avec qui il ne couchait pas depuis un siècle ? Lui qui allait faire une telle folie après avoir ruiné son travail, sa respectabilité, le lien avec son frère idolâtré et avec la seule femme qu'il ait jamais aimée ?

Avec tout l'alcool que Luciano lui avait fait absorber, Semi voyait surtout l'aspect comique de l'affaire. Quelles perspectives avait un mariage malheureux et sans sexe – un mariage dénué du fond romantique nécessaire –, sinon celles d'un mariage comme tant d'autres ?

« Et si maintenant tu es juive, ta fille sera juive aussi ? demanda Giada imperturbable.

— Qui te dit que ce sera une fille ? lui rétorqua Luciano qui d'à moitié ivre le devenait complètement.

— Je sens que ce sera une fille ! » répondit-elle d'un air rêveur.

Ni Samuel ni Silvia ne connaissaient le nom de famille de Giada. Sans doute parce que ça n'avait pas grande importance, comme presque tout ce qui la concernait. Le plus intéressant à savoir sur elle était que trois ans plus tôt environ, dans une expédition impromptue, elle s'était installée – en compagnie de sa garde-robe à la pointe de la mode – dans le quartier général de Luciano, via Giulia : une grande maison, sombre, pleine de têtes de girafes empaillées et de bustes antiques. La seule activité à laquelle elle se consacrait depuis consistait à faire semblant de chercher du travail. Et il fallait reconnaître que dans cette activité elle était imbattable.

Vue de loin on l'aurait prise pour une majorette : un mètre soixante-quinze de beurre et de sucre filé. Par un étrange phénomène, pourtant, plus on s'approchait, plus elle disparaissait dans un cocon d'insignifiance incolore. Elle n'existait de nouveau que lorsqu'elle ouvrait la bouche ; sans doute parce qu'elle était tellement évaporée qu'elle ressemblait à la pépée d'un boss de la mafia de Chicago dans un film de gangster de troisième ordre. Ou parce que sa voix éraillée rappelait dangereusement celle de Sandra Milo.

Si lorsque Semi passait par Rome Silvia et lui dînaient avec un couple d'amis aussi ennuyeux – quoique bien assortis à leur manière –, c'était à cause du besoin, présent chez chacun de nous, de fréquenter des individus auxquels nous nous sentons supérieurs. Une des choses que Semi et Silvia aimaient le plus faire était de rentrer chez eux après un dîner avec Luciano et Giada et de dire du mal des amis avec qui ils venaient de passer une soirée désagréable. Alors là, ils se sentaient mieux.

Semi était pourtant attaché à Luciano. Il avait été son camarade de classe depuis le collège. Il allait dîner avec lui comme il arrive qu'on ait envie de retourner voir la maison où on est né, même si elle a toujours paru horrible. En ce qui concerne Giada, comme toutes les personnes totalement fades, elle avait le mérite de ne pas être snob. En outre, quand elle s'aventurait dans des élucubrations piteuses sur l'astrologie, dont elle se considérait comme une experte, elle savait même être sympathique.

Nul doute que Semi trouva curieux que ce soit précisément elle – la super-mordue des horoscopes ! – qui le mette face à la question des enfants, sujet capital sur lequel il ne s'était jamais interrogé. Il est vrai que, sans doute en raison de la nature chaste de leurs rapports, Semi et Silvia n'avaient jamais rien imaginé de leurs futurs rejetons comme le font la plupart des couples à la veille de leur mariage. Ce devait être pour cette raison que les propos de Giada les embarrassaient au point qu'ils n'arrivaient pas à se regarder dans les yeux.

« Bref, la petite sera juive ou non ? demanda Giada de plus en plus impatiente.

— J'imagine qu'elle le sera », répondit Semi sur un ton dubitatif ; et il était évident, du moins pour lui, que son doute ne portait pas seulement sur un point aussi secondaire que l'identité religieuse de l'enfant à venir, mais englobait quelque chose d'aussi fondamental que son existence même.

Avoir un enfant de Silvia ?

Et comment, s'il n'arrivait pas à la toucher ?

Il connaissait au moins trois couples qui avaient des difficultés à procréer, mais à tout le moins ils pouvaient compter sur une vie sexuelle satisfaisante. Silvia et lui devraient recourir à l'aide du Saint-Esprit.

Mais pas seulement. Au-delà du simple aspect technique, avait-il en lui l'envie scandaleuse qui pousse à procréer ? Qu'aurait-il pu promettre à son futur enfant à venir ? Une vie comme la sienne ? Dieu nous en préserve. Tout bien réfléchi, la seule chose qu'il aurait pu lui garantir était un père comme lui (au bord de la faillite en plus), un oncle comme Filippo (à un pas de la folie), une grand-mère comme Rachel. Vous conviendrez avec moi que ce n'était pas la perspective la plus réjouissante. Pas plus que partager son patrimoine génétique avec un dégonflé comme Leo.

Non. La meilleure chose qui pouvait arriver au futur enfant serait de se rasseoir et de passer la main à un autre marmot attendant de démarrer.

« Il faut faire une espèce de baptême pour devenir juive ? »

Toujours Giada, naturellement.

« Non, rien de ce genre », répondit Silvia laconique. Elle paraissait furieuse.

« Je ne pense pas vouloir d'enfants », dit Semi comme il aurait pu dire : « Cette année je n'ai pas envie d'aller aux sports d'hiver. »

400

« Ça te paraît le bon moment pour parler de certaines choses ?

— Pourquoi pas ?

— Après tout ce que tu as bu ?

— Je vais très bien. Je ne me suis jamais senti aussi
lucide. Et c'est précisément pour ça que je peux dire
que je ne pense pas vouloir d'enfants.

— C'est peut-être un sujet dont nous devrions
discuter en privé. Une question grave sur laquelle il
n'y a pas de quoi plaisanter dans une conversation
de salon… Excusez-moi, les amis, je n'ai rien contre
vous.

— Je ne vois pas ce qu'il y a de grave dans un enfant
qui n'existe pas encore.

— Même si l'enfant en question est le nôtre ? »

Elle était au bord des larmes.

« Mon avis ne t'intéresse peut-être pas, Silvia. Dommage que cette fois il s'agisse d'une chose où mon avis
est déterminant. Sur laquelle il faudra me consulter.

— Mais enfin qu'est-ce qui te prend ? Il s'est passé
quelque chose que tu ne veux pas me dire ? Pourquoi
parles-tu à tort et à travers ? Et sur quoi ne t'aurais-je
pas consulté ?

— Tu veux vraiment le savoir ? C'est fou, ça fait
au moins un an que tu ne me consultes sur rien. On
dirait même que ce n'est pas moi que tu vas épouser.
On dirait que tu vas épouser ma mère.

— Ta mère ? Qu'est-ce que ta mère vient faire là-
dedans ?

— Vous vous êtes trouvées, non ? Vous êtes faites
du même bois. Des manipulatrices éprouvées. Des
agressives passives de haut niveau. Vous jouez aux
petites saintes, toujours disponibles. Mais à la fin vous

n'en faites qu'à votre tête. C'est génial la façon dont vous m'avez exclu de mon propre mariage ! À partir d'un certain moment vous avez oublié mon existence. Toutes à votre fièvre organisatrice, vous étiez impatientes de me mettre devant le fait accompli : le nombre d'invités, la couleur des serviettes, le menu, les fleurs.

— Je croyais que tu t'en désintéressais. J'en étais même blessée. Je ne t'ai jamais vu aussi indifférent, cynique, sarcastique... Je ne te reconnais plus. Depuis des mois tu n'es plus le même. Toujours contrarié et irritable. Tu nous avais dit que tu avais des problèmes de travail. Nous ne voulions pas t'ennuyer.

— Tu t'entends parler ? Maintenant tu ne parles plus qu'à la première personne du pluriel. C'est comme si toi et ma mère aviez formé une confrérie.

— Je croyais que ça te plaisait. Tu m'as toujours dit que tu adorais la relation entre ta mère et moi. Que tu ne supportais pas la manière dont Anna la traite !

— Ça n'est plus une relation. C'est un plagiat. Tu parles comme elle, tu penses comme elle, tu t'habilles comme elle. Tu t'es même convertie. Et maintenant tu as adopté jusqu'à ses sournoiseries.

— On peut savoir de quelles sournoiseries il s'agit ?

— Cette histoire d'enfants.

— Mais je n'ai rien dit ! C'est Giada qui l'a mise sur le tapis. C'est toi qui as dit que tu n'en voulais pas, en passant, comme si ça n'avait aucune importance, sans que nous en ayons jamais parlé ensemble...

— Et toi, au lieu de riposter, tu m'as tout de suite cloué le bec. Comme on fait avec un enfant stupide.

402

— Je ne pensais pas que c'était le bon moment pour…

— En tout cas, tu as appris la leçon de ta Grande Sœur. Tu connais l'art de me faire faire ce que je ne veux pas.

— Dis-moi une seule chose que je t'ai obligé à faire, Semi. Je t'en prie. Une seule, une seule.

— Tu pourrais commencer par la fin. Ce mariage, par exemple. »

C'est incroyable, il la lâche. Devant Luciano et Giada, après un troisième whisky, à quelques pas de l'autel. Il lui dit la vérité après avoir menti pendant toutes ces années. Et pour le faire il l'accuse de ce dont il devrait s'accuser lui-même. C'est lui qui a menti. Ce n'est pas elle qui l'a trompé ; c'est lui qui s'est toujours senti obligé de la satisfaire. Tout ça à cause d'une idée malsaine de l'engagement et du sens du devoir. De sa terreur de décevoir ceux qu'il aime. Pour être à la hauteur d'une exigence qui, tout compte fait, ne mérite pas un tel effort.

Ce n'est pas un hasard s'il a trouvé le courage de lui dire les choses comme elles sont au moment où sa vie est partie en quenouille. À présent que Ludovica l'a trompé avec Filippo, à présent que son associé l'a congédié, que le directeur de la banque l'a mis devant ses responsabilités, Semi se sent autorisé à saborder son mariage. C'est encore un comportement pervers. L'idée de payer de sa propre souffrance la souffrance infligée aux autres est une forme de puritanisme absolument répugnante. Une des hypocrisies les plus déplacées. Il aurait causé beaucoup moins de dommages s'il avait parlé franchement à Silvia au moins un an plus tôt. S'il lui avait expliqué : « Mon trésor, je t'adore, mais il est évident que ça ne marche pas entre nous. Que ça ne pourra jamais marcher. » Au lieu de quoi il a fait semblant de ne pas pouvoir vivre sans elle. Et il s'est employé à le lui faire croire ainsi qu'à l'autre. Il y a finalement cru lui aussi. Tout ça pour quoi ? Pour la quitter dans un restaurant devant Luciano et Giada, les plus méprisables de leurs amis, dont l'union semble soudain bien plus honnête et plus digne que la mise en scène grotesque à laquelle Semi a contraint Silvia, qui s'est laissé contraindre.

Quand Silvia, en larmes, sortit du restaurant en courant, Semi fut tenté de la suivre. Il savait que s'il le faisait, s'il se laissait tenter encore une fois par la solution facile de la pitié, rien ne changerait. Il sentit que, vu les circonstances, le seul espoir d'être honnête, pour une fois, résidait dans l'inaction.

Autre raison pour Semi de préférer ne pas bouger.

En garant sa voiture devant la grille de la maison de l'Olgiata, Filippo ne savait pas de quelle humeur il était. Il essayait, comme toujours, de s'accrocher aux éléments rassurants : en dépit de ce qu'il avait dit quelques heures plus tôt, et non sans suffisance, à une journaliste argentine, ce n'était pas mal d'être Filippo Pontecorvo. Mais surtout, savoir qu'il allait revoir Rachel et Semi dans quelques minutes lui redonnait du courage. Il sentait enfin combien ils lui avaient manqué. En outre il apportait la pâte pour les biscuits de Pâque ; rien de plus relaxant que de se mettre aux fourneaux.

Dommage pour tout le reste. Plus le rendez-vous de jeudi avec la délégation du ministère de l'Intérieur approchait, plus il sentait que sa vie, à présent qu'il avait atteint un niveau de bien-être émotionnel enviable, risquait de sombrer dans l'absurdité. C'est vrai, il avait décidé de ne pas y penser. Les jours précédents il avait continué à se répéter qu'il devait abolir deux pensées en raison de leur toxicité.

Premièrement : ne pas penser à ce que les bureaucrates du ministère l'obligeraient à faire.

Deuxièmement : ne pas penser que quelqu'un pouvait lui faire la peau d'une minute à l'autre.

Il avait réussi à protéger sa tranquillité, au moins jusqu'à ce qu'il mette les pieds chez lui la veille.

Ensuite, le délire.

Quel imbécile il était ! Comment le mari d'Anna Cavalieri pouvait-il s'attendre à un peu de solidarité conjugale ?

Il était revenu avec la ferme intention de convaincre Anna de ne pas faire de caprices et de participer au Seder de Pessah. Il l'avait trouvée en T-shirt et petite culotte, un écouteur dans l'oreille, en train de circuler dans la maison. Il devait s'agir de la énième conversation quotidienne avec son père. Aucun doute, ces deux-là étaient en train de dire du mal de lui. Filippo en avait eu la certitude quand sa femme avait chuchoté : « Le voilà. Je te rappelle. »

Une longue pratique conjugale lui avait appris que les mariages obéissent à des lois guère différentes de celles qui régissent une bagarre de bar : celui qui cogne le premier cogne doublement. Dans des circonstances normales, en prenant Anna de court, il l'aurait apostrophée d'un sarcasme. Mais, décidé comme il l'était à se comporter de la façon la plus anodine possible, il s'en était sorti avec un simple : « Oui, mon chou, me voilà. »

Anna l'avait regardé comme si c'était un assassin. Interloqué par ce regard, Filippo avait essayé de tergiverser.

« J'ai une idée. Qu'est-ce que tu dirais d'aller manger dehors ? Je suis un peu fatigué, mais nous ne sommes pas sortis depuis longtemps.

— Je n'en ai pas envie.

— D'accord, alors mangeons ici. C'est moi qui fais la cuisine. »

Anna avait couru à la cuisine comme si elle avait retrouvé ses forces. Elle s'était jetée sur les portes et les tiroirs. Filippo, qui marchait lentement, avait un peu tardé à la rejoindre. Elle sortait des placards et du réfrigérateur des denrées de toutes sortes. Et sans impétuosité, avec au contraire une certaine impassibilité méthodique, les posait sur le plan de travail si cher à Filippo.

La scène n'était pas des plus rassurantes.

« On peut savoir ce qui te prend ?

— Manger, manger, manger, tu ne penses qu'à ça. Manger ici, manger là. Tout le temps.

— Je voulais seulement être gentil. Et c'est l'heure du dîner.

— Tiens, voilà de quoi te nourrir autant que tu veux. J'ai fait un tas de courses ces derniers jours. Chaque fois que tu m'annonçais que tu revenais, j'allais faire le marché. Chaque fois que tu me mentais en disant que tu prenais le premier avion, moi, j'allais t'acheter quelque chose pour fêter ton retour.

— Encore cette histoire ? Je t'ai expliqué. Ce n'est pas ma faute. On m'a demandé de rester à Milan pour une chose importante. Je t'ai toujours prévenue à temps. Et d'où vient cette affection soudaine ? Quand

406

je ne décollais pas les fesses du canapé tu disais que tu ne supportais plus de m'avoir dans les jambes, maintenant que je suis souvent ailleurs tu me voudrais ici. Tu ne trouves pas qu'il est temps de prendre une position nette en ce qui concerne ma présence ?

— On ne t'a rien demandé ! Tu as dit que tu voulais manger ? Regarde ça.

— Je n'ai pas dit que je voulais manger. Bon, laisse tomber. Et ce n'est sûrement pas moi qui ai des problèmes avec la nourriture.

— Ta façon de t'empiffrer n'est sûrement pas plus saine que ma sobriété.

— Tu peux l'appeler "sobriété" si ça t'arrange. Mais pourquoi te comporter encore plus bizarrement que d'habitude ?

— Parce que je ne me sens pas bien. »

Filippo espéra un instant qu'elle s'inquiétait pour lui, pour sa sécurité.

« À cause de quoi ?

— D'un tas de choses.

— Dis-m'en au moins une. » Son espoir grandissait.

« Le docteur Stefani dit qu'il vaudrait mieux que je reprenne la carbamazépine et le lithium. »

Filippo s'était assis, déçu.

« Carrément ? Les deux ensemble ?

— Il dit que les prendre ensemble peut donner des résultats surprenants.

— Dans quel sens ?

— Je ne dors plus, Filippo. Tu ne sais pas ce que c'est de ne pas dormir pendant des jours. Une heure par nuit, deux au maximum. C'est inhumain. Sans parler de ce qui se passe dans ma tête. Elle tourne à cent à l'heure comme une folle. L'autre soir, pendant que je prenais une douche, j'ai entendu distinctement quelqu'un qui me parlait. J'ai eu un choc. Je me suis retournée et il n'y avait personne. Puis j'ai reconnu la voix. C'était la même que celle qui m'avait conseillé de me jeter par la fenêtre quand j'avais onze ans... Je ne veux même pas penser à ce qu'elle pourrait me suggérer cette fois.

— Stefani dit autre chose ?

— Que si ça continue il vaudra mieux m'hospitaliser. Mais je ne veux pas. Je ne pourrais pas le supporter. C'est trop mortifiant. Pire, c'est épouvantable ! Cette odeur. Je ne pourrais pas tenir. L'odeur de cantine et de légumes bouillis. Dans un asile de fous on n'arrête pas de faire bouillir des légumes.

— N'emploie pas ce terme d'asile de fous !

— Depuis quand tu es aussi devenu hypocrite ?

— Ça n'est pas de l'hypocrisie. C'est une question d'exactitude lexicale.

— Et quel est le terme exact pour définir un horrible endroit où on enferme les fous ? »

Pourquoi une part de lui ne croyait-elle pas à ce discours ? Pourquoi – bien que le mal-être ait rendu le visage d'Anna anguleux – n'arrivait-il pas du tout à croire à sa bonne foi ? Était-il si pourri qu'il ne savait plus éprouver un peu de tendresse (et pas même un minimum de pitié) envers l'angoisse de la femme qu'il aimait ? Filippo savait qu'il aurait dû partager sa douleur, tout comme il savait qu'il aurait dû faire quelque chose pour l'atténuer. Malheureusement, il n'aimait pas du tout le ton menaçant sur lequel on la lui lançait à la figure, ni la tentative de s'en servir pour le culpabiliser. La haine des malades pour les personnes saines était une chose que Filippo, issu d'une famille de médecins et ayant exercé la profession un temps, comprenait parfaitement. Mais pour cette même raison il ne parvenait pas à l'accepter chez sa femme. Que la souffrance lui inspire chaque fois des pensées malveillantes était tout naturel, qu'elle la rende mesquine obéissait à la plus atavique des lois humaines, mais Filippo n'était pas tenu pour autant de se charger sereinement du poids de tant de petitesse.

Son désir de sauvegarder l'intégrité de son désenchantement aurait peut-être dû lui conseiller un détachement élégant, mais Filippo en avait assez de ça aussi ; à quoi bon un tel raffinement intellectuel ? Au fond de lui, il était réellement mécontent du comportement de sa femme au cours de cette année. Qu'elle ne se soit jamais réjouie sincèrement des succès de son mari, passe encore, mais qu'à présent, toute à sa rancœur, elle n'éprouve aucun intérêt pour les menaces de mort… eh bien, c'était inacceptable. Il était indigné.

Il devait quand même réprimer son envie de dire des choses désagréables. Il ne devait pas oublier que le but ultime de cette conversation était de convaincre Anna d'être présente au Seder. Il fallait donc la contenir avec tendresse et relancer la partie avec précaution.

« Aucune importance, mon amour. Je te promets que tu n'échoueras pas de nouveau dans cet affreux endroit.

— Et comment peux-tu me le promettre. Dis-le-moi. Comment ? Alors que tu es absent pendant des semaines pour alimenter un narcissisme qui devrait déjà être rassasié depuis longtemps ? »

Filippo décida une nouvelle fois de ne pas suivre sa femme sur ce terrain glissant.

« Mais comme nous ne voulons pas que la situation s'aggrave, ne faudrait-il pas suivre les conseils du médecin et prendre ces médicaments au moins pendant quelque temps ?

— Tu vois comme tu es superficiel. Ce ne sont pas des médicaments qu'on peut prendre et abandonner comme ça. Une fois qu'on a choisi de les prendre, on ne peut plus s'arrêter avant un bon bout de temps.

— Alors nous ne nous arrêterons pas.

— Tu fais comme Stefani. Tu continues à parler à la première personne du pluriel. Comme si d'une certaine façon vous étiez prêts à partager mon sort. Mais en réalité c'est moi qui prends ces comprimés. Pour vous, c'est facile. Vous donnez les petits comprimés à la folle et vous croyez que tout s'arrange. Mais ça n'est pas aussi simple.

— Je ne dis pas que c'est simple. Mais puisqu'il n'y a pas le choix…

— Les médicaments ne résolvent rien. Je suis une merde. Ils me font grossir et m'empêchent de travailler.

— C'est faux. Quand je t'ai connue tu prenais déjà de la carbamazépine et tu étais maigre, belle et infatigable.

— Qu'est-ce que tu connais du supplice de relire un scénario vingt fois parce que tu ne te rappelles pas une seule réplique ? Et dire que si je ne prends rien j'ai une mémoire parfaite !

— Que dit ton père ?

— Qu'est-ce que mon père vient faire là-dedans ?

410

— C'est avec lui que tu parlais, non ? Qu'est-ce qu'il pense de cette situation ?

— Que veux-tu qu'il pense, le pauvre ? Il est terrorisé. Il m'a demandé s'il ne faudrait pas que je m'installe chez lui, puisque tu n'es jamais là et que tu me laisses tout le temps seule. Au moins il pourrait me surveiller. »

Filippo savait que son beau-père n'aurait jamais parlé de lui en ces termes. Il ne lui aurait jamais reproché une absence due à des obligations professionnelles. Filippo était sûr qu'Anna s'était plainte à son père des absences répétées de son mari. Mettre ses idées dans la bouche d'autrui pour leur conférer une autorité désintéressée était un des expédients dialectiques favoris d'Anna.

« Ça ne paraît pas une mauvaise idée.

— Bien sûr, elle te plaît. Pour la énième fois il y aura quelqu'un pour te décharger d'un devoir.

— Qu'est-ce que tu veux dire par là ?

— Ce que j'ai dit.

— Je ne répondrai même pas.

— Je peux voir ton portable, s'il te plaît ?

— Quoi ?

— Je t'ai demandé de me montrer ton portable. Et je te l'ai demandé poliment.

— Je ne vois pas pourquoi.

— Je veux contrôler tes appels, tes messages. D'habitude, je le fais en cachette. Tu es tellement distrait que tu ne t'en aperçois même pas. Mais cette fois je veux jouer franc jeu. Tu mérites une chance. Allez, montre-moi ton portable.

— Pas question !

— Voyons, puisque tu n'as rien à cacher, laisse-moi jeter un coup d'œil.

— Je n'ai rien à cacher ? Je ne suis pas accusé.

— Je le savais !

— Qu'est-ce que tu savais ?

— Je l'aurais parié !

— On peut savoir de quoi tu parles ?

— Quelle déception ! Quelle horreur !

— Alors ? Tu aurais parié quoi ?

— Tu es vraiment un salaud. »

C'est à peu près à ce moment-là, après s'être fait rabrouer de cette manière, que Filippo avait compris que pour la troisième année consécutive sa femme ne partagerait pas le dîner de Pâque chez sa mère. Et qu'il s'était fait une raison.

En y repensant à présent, il était content. Il se sentait toujours embarrassé quand sa mère et sa femme se trouvaient dans la même pièce. L'imprévisibilité d'Anna mélangée à la susceptibilité de Rachel produisait de la nitroglycérine. Mieux valait ménager entre elles une distance de sécurité.

Il faisait toujours deux ou trois degrés de moins à l'Olgiata qu'en ville. Les soirs de printemps comme celui-là on avait l'impression d'être dans une serre tellement vaste et labyrinthique qu'il était impossible d'en définir les limites.

Filippo n'aperçut que la voiture de Semi. Curieux que personne ne soit encore arrivé. Le Seder de Pessah était l'occasion pour Rachel de réunir autour d'elle des parents qu'elle ne voyait jamais ; la maison des Pontecorvo se transformait pour un soir en résidence judéo-romaine du troisième âge que Filippo trouvait extrêmement amusante et qui faisait mourir de honte ce snob de Semi. L'attitude de son frère lui paraissait franchement stupide. Comment ne pas éprouver d'affection pour tante Vera ? La voix rauque et plaintive de cette dame plus qu'octogénaire ; ses ennuis de santé, tellement anciens et sédimentés qu'on soupçonnait qu'ils remontaient au temps de Moïse ; sans parler de la tendresse avec laquelle elle vous posait la main sur la tête pour vous bénir. Tout cela compensait aux yeux de Filippo l'absence de bonnes manières qui humiliait tant son frère.

Quoi qu'il en soit, où était tante Vera ? Où étaient-ils tous ?

Filippo sonna à la porte. Personne ne vint lui ouvrir. Il sonna encore deux ou trois fois, avec de plus en plus d'insistance. Toujours rien. Alors toute la paranoïa qu'il avait cherché à écarter les jours précédents se déversa sur lui avec la violence d'un raz de marée. Il appela Rachel, puis son frère. Le portable de Rachel était éteint, celui de Semi sonna un instant dans le vide, pour laisser ensuite la place à une messagerie agaçante.

Que la soirée soit tombée à l'eau était déjà assez inquiétant en soi, mais que personne ne l'ait prévenu était pour le moins alarmant. Filippo sentit l'air lui manquer et ses jambes se dérober. Il fit le tour de la maison en courant nerveusement.

Sur l'arrière, la porte-fenêtre du salon était ouverte, la lumière allumée. Filippo entra avec précaution, comme s'il n'était pas chez sa mère mais chez un inconnu.

« Il y a quelqu'un ? Il y a quelqu'un ? » répétait-il, comme s'il ne trouvait rien d'autre à dire. Sa voix était si faible que même si le quelqu'un en question avait été dans les parages il aurait eu du mal à l'entendre. Visiblement, le salon avait subi récemment l'épreuve des nettoyages de Pâque. Non seulement tout y brillait, mais il avait été dépouillé des rideaux et des tapis qui devraient réapparaître l'automne suivant. D'où, sans doute, l'impression de nudité qui envahit subrepticement Filippo.

La table de la salle à manger était mise selon les règles : nappe en lin couleur perle, service de porcelaine, dessous-de-plat en métal argenté, chandeliers. Sur la table roulante, un vieil exemplaire de la Haggada, sur laquelle planait encore la honte éprouvée par Filippo la première fois qu'il avait dû en lire un passage en hébreu devant toute la famille réunie. Sa dyslexie avait fait de l'exercice une torture pour sa bouche, pour sa dignité, et pour les oreilles des assistants. Au point qu'à la quatrième erreur il avait été pris d'une crise de colère et était parti se cacher dans sa chambre. Depuis lors il avait refusé de lire. Il préférait laisser cette tâche à son frère qui, comme il était bon en tout, s'acquittait bien, aussi, de celle-là.

De plus en plus hors d'haleine, Filippo fouilla la maison sans trouver personne. Pendant ce temps il continuait à faire sonner le téléphone de son frère. Désespéré, il retourna dans la cuisine. Il alluma la lumière. Et remarqua une nouvelle anomalie : il n'y avait aucune odeur de cuisine. Filippo posait sur la table le récipient contenant la pâte pour les biscuits quand il fut attiré par une lumière : elle filtrait sous la porte en haut des marches menant au sous-sol. En l'ouvrant il entendit la voix en colère de sa mère venir de l'endroit qui avait été un temps la salle de récréation de son père, avant de devenir d'abord sa prison, et finalement son échafaud. Il y avait environ vingt ans que Rachel en avait fait son cabinet médical. La raison d'une logistique aussi sacrilège était incompréhensible, du moins pour ses enfants. La folle restructuration de cette pièce, voulue par Rachel, était sans doute un signe de son désir de régler les comptes avec l'histoire de son mari, ou de son incapacité de le faire.

Sans l'avouer, Filippo et Semi étaient toujours mal à l'aise quand ils allaient voir leur mère là en dessous. Filippo ne fut nullement surpris que la voix altérée de Rachel monte justement de là, de la scène submergée par leur hypocrisie de plus de vingt ans.

L'heure était venue d'aller au théâtre.

Le spectacle offert par la fente étroite laissée par la porte entrouverte du sous-sol était moins attrayant que Filippo ne l'avait espéré. De sa place au premier rang, Filippo ne parvenait à voir que les mains de Rachel. Elles s'agitaient au rythme angoissé de sa voix. Très surexcitée, elle parlait d'une annulation. Et Filippo se demanda tout d'abord s'il s'agissait du Seder de ce soir-là. Pourquoi tant de désespoir pour un Seder raté ? Et quel rapport avec son frère ? Où était Silvia ? Pourquoi n'était-elle pas là où Filippo se serait attendu à la trouver, dans la cuisine, joyeusement absorbée par les plats de Pâque ?

Rachel parlait à présent d'argent. De beaucoup d'argent jeté par la fenêtre. Un Seder coûtait-il si cher ? Manifestement l'argent ne pouvait être qu'un prétexte. Au point qu'elle l'expliqua finalement elle-même.

« Nous en gaspillons tellement que ce n'est pas ça qui nous ruinera. C'est tout le reste, tout le reste que je n'arrive pas à comprendre.

— Qu'est-ce que tu ne comprends pas, maman ? » demanda Samuel impassible. Filippo ne pouvait pas le voir. Mais peu importait, sa voix lui donnait toutes les informations dont il avait besoin. Il y avait du sarcasme et de l'exaspération dans cette voix. Filippo était sûr de ne pas se tromper.

« Je n'arrive pas à comprendre comment tu as pu faire marche arrière à ce stade.

— Et quand aurais-je dû le faire ?

— Avant. Bien avant. Il y a longtemps.

— Admettons que je m'en sois aperçu trop tard. Seulement hier. Que fallait-il faire, continuer à entretenir l'erreur rien que parce qu'il était trop tard ? Vivre pour toujours dans l'erreur ?

— Comment peux-tu savoir qu'il s'agit d'une erreur ? Si ce n'en a pas été une pendant si longtemps, pourquoi es-tu aussi sûr maintenant que c'en est une ? Il faut s'appliquer, on ne peut pas tout jeter aux orties pour un caprice.

— Un caprice ? Comment oses-tu parler de caprice ? Tu ne sais rien de ce qui s'est passé. Tu ne sais rien de moi. Comment te permets-tu de juger, bordel ? »

Semi était carrément furieux à présent. Et Filippo n'en croyait pas ses oreilles. Il avait du mal à reconnaître son frère. Il n'était pas du genre à perdre les pédales. Il était toujours conciliant, surtout avec Rachel. L'entendre hurler ainsi contre leur mère, recourir à la grossièreté devant elle, contre elle, l'impressionnait terriblement. Semi faisait montre d'une agressivité

416

inouïe. Caractéristique de ceux qui explosent après s'être trop longtemps retenus.

« J'ai eu l'intuition que c'était un caprice d'après ce que Silvia m'a dit. Je lui ai téléphoné ce matin. Elle était en train de pleurer quand elle a répondu.

— Et tu peux me dire pourquoi tu lui as téléphoné ?

— Parce que c'était convenu entre nous. Je devais lui téléphoner ce matin pour lui rappeler de passer chercher l'agneau chez le boucher.

— Mais bien sûr. Des raisons pratiques. L'organisation. La logistique. Ce sont tes mots d'ordre. Rien d'autre ne compte pour toi.

— Enfin comment imaginer qu'aujourd'hui précisément je n'aurais pas dû l'appeler puisque c'était convenu ? Je l'ai appelée. J'ai tout de suite compris qu'elle n'allait pas bien. Elle s'efforçait de ne pas pleurer. Elle faisait tout pour ne pas me dire…

— Et tu lui as arraché la vérité. Parce que rien ne doit jamais t'échapper, n'est-ce pas ? Tu dois toujours exercer ton contrôle…

— Qu'est-ce que tu aurais fait à ma place ? Tu aurais dû entendre la voix qu'elle avait…

— C'est justement là que le bât blesse, maman. Je ne *veux* pas être à ta place et tu ne *dois* pas être à la mienne. Tout ce micmac, maman. C'est ça qui me met en pétard.

— Ne change pas de sujet. Nous ne sommes pas en train de parler de ça.

— Mais si, au contraire. C'est exactement de ça que je suis en train de parler. De ton don pour nous manipuler. Pour nous tenir en laisse. Tes chantages, tes chantages implicites…

— Tu sais quel est mon problème ? C'est que je ne comprends pas ce que tu dis. Je ne comprends pas. Je suis trop bête. Trop bête pour toi. Trop bête pour ton frère. Ou trop ignorante.

— Arrête avec cette histoire de ne pas comprendre ! Tu dois cesser de faire l'innocente. Je sais que c'est une technique qui a porté ses fruits dans le temps, mais maintenant ça suffit !

— Puisque je fais tout de travers, pourquoi continuer à se parler ?

— Je ne sais pas. Je sais seulement que je t'appelle ce matin et que tu restes très vague. Je te demande à quelle heure je dois venir et tu me dis que tu ne sais pas si le dîner tient toujours. Je te demande des explications et tu t'enfermes dans ton mutisme habituel.

— Tu vois ? Si je parle, ça ne va pas, et si je ne parle pas, ça ne va pas… Je te le répète. Quand tu m'as appelée je venais tout juste de parler avec Silvia. J'avais réussi non sans mal à me faire raconter ce qui s'était passé hier soir. Elle était bouleversée.

— Alors voyons un peu, qu'est-ce qui s'est passé hier soir ?

— Je ne sais pas. Je n'y étais pas. Silvia m'a dit que tout est fini. Que le mariage est tombé à l'eau. Que tu l'as quittée devant ton ami… Tu parles d'un ami…

— Et même si c'est ce qui s'est passé, en quoi est-ce que ça te concerne ? Et pourquoi avoir annulé le Seder ? Et comment te permets-tu de juger mes amis ?

— Moi ? Non. Ça ne me concerne pas. Et je n'ai pas annulé le Seder. J'en ai eu envie un moment, justement quand tu as téléphoné, mais ensuite c'est passé. Et j'ai eu l'idée que nous pouvions faire quelque chose

418

de plus intime, mes fils et moi. La preuve en est que je n'ai appelé que tante Vera et les autres pour leur dire que je ne pouvais plus les recevoir, que je ne me sentais pas bien. Je n'ai pas appelé ton frère. D'ailleurs, c'est bizarre, il devrait déjà être là depuis longtemps. Il est toujours…

— Réponds à ma question, maman ! Pourquoi te mêles-tu de ce qui ne te regarde pas ?

— Je ne m'en mêle pas. Je t'assure que je ne veux pas m'en mêler. Et ça, ce n'est pas s'en mêler. Étant donné que nous organisons ce mariage depuis des mois, qu'il devait avoir lieu ici, que dernièrement je suis sortie un jour sur deux avec Silvia pour choisir sa robe de mariée, les fleurs, les dragées et ainsi de suite, je pensais avoir le droit de te demander si finalement ce mariage se fera ou non. C'est tout.

— Et c'est moi qui me raconte des histoires, pff… Ce n'est pas ce que tu voulais faire, maman.

— Si. C'est toi qui m'as agressée.

— Ça n'est pas comme ça que sont les choses.

— Alors dis-moi, toi, ce que je voulais faire.

— Je vais te le dire. J'ai trop attendu de te le dire. Et tous nos ennuis sont peut-être venus du fait que jusqu'ici je ne suis jamais parvenu à te le dire. Tu as fait ce que tu sais faire le mieux, condamner en silence. C'est ta spécialité. Du haut de ta supériorité morale sur nous tu ne fais que juger et condamner en silence. Tu ne le fais pas avec méchanceté, peut-être même pas délibérément, tu le fais avec un raffinement extrême, c'est vrai. Mais tu le fais, et comment. Tu nous juges. Et nous ne sommes jamais à la hauteur.

— Qu'est-ce que tu racontes ? Je ne juge personne.

— Mais si. Il t'a suffi d'entendre Silvia trois secondes au téléphone pour décréter que je suis faible, irresponsable, quelqu'un qui ne tient pas parole, le Pontecorvo habituel qui fait souffrir son prochain avec sa lâcheté et sa nonchalance, sa frivolité et son hédonisme… Et de fait c'est comme ça que tu m'as traité quand je t'ai téléphoné. Comme quelqu'un avec qui ce n'est même plus intéressant de parler. Tu aurais dû me réconforter et au contraire tu m'as jugé.

— Mais enfin, mon trésor, qu'est-ce que c'est que ces sottises ? Pourquoi dis-tu ça ? Je t'ai expliqué comment les choses se sont passées. Tu m'as appelée et j'étais nerveuse, c'est tout. Je ne juge personne. Je me sens tellement inférieure à vous, comment pourrais-je vous juger ? Je ne l'ai jamais fait.

— Tu l'as toujours fait, maman ! C'est effrayant que tu sois la seule à ne pas le savoir.

— Donne-moi un exemple, je te prie. Un seul.

— PAPA ! Le voilà mon exemple. »

Que son frère ait prononcé le mot « papa » devant leur mère était un événement tellement inouï que Filippo dut s'asseoir sur la marche. Le silence qui suivit fut la chose la plus stupéfiante qui puisse arriver. Filippo se serait plutôt attendu à ce que la terre s'ouvre et les engloutisse tous. Ou que des langues de feu descendues du ciel à la vitesse de l'éclair saisissent Semi par le cou et le broient. C'était à sa connaissance la première fois au bout de tant d'années que Leo était évoqué ouvertement dans cette maison. La grève de la parole subie par le fantôme de cet homme doux paraissait encore plus longue à présent qu'elle avait été brisée par le plus grand traître à la cause.

« Je ne sais pas de quoi tu parles », dit Rachel sur un ton tellement glacial que Filippo frissonna. Elle ajouta : « Je ne vois pas pourquoi je devrais parler avec toi de certaines choses.

— Parce que c'est précisément avec moi qu'il est juste d'en parler ! Parce que personne n'est plus impliqué que moi. Parce que ne pas en parler n'a produit que des désastres.

— Je m'inquiète pour ton frère. Je vais voir s'il est arrivé.

— Non, reste ici. Nous sommes en train de parler. Cette fois tu ne m'empêcheras pas de parler de la seule chose qui m'intéresse. Assez d'omerta, assez. Tu as compris, maman ? Assez de ta loi du silence, assez de ton régime de terreur… Assez ! »

Alors Filippo vit son frère. Semi s'était jeté sur Rachel et l'avait fait reculer juste assez pour permettre à Filippo de les voir tous les deux. Semi ne portait qu'une chemise et des jeans, il était congestionné. Il avait saisi les mains de Rachel avec la ferme intention de l'immobiliser, de ne pas la laisser s'échapper. Si ce n'avait pas été Samuel Pontecorvo, Filippo aurait pu craindre que cette brute ne fasse du mal à sa mère.

« Nous l'avons tué, maman, attaqua la brute avec la voix incertaine de quelqu'un qui a honte de dire des phrases trop emphatiques. C'est incroyable, mais nous l'avons tué. Et tu le sais, tu l'as toujours su.

— Ne dis pas ça », murmurait Rachel en tentant de se libérer de l'étau de son fils, mais sans aucune conviction.

« Nous l'avons chassé. Nous l'avons laissé en dessous, tout seul. Pendant tous ces mois. Et lui n'y était pour rien. Je sais qu'il n'y était pour rien, j'en ai les preuves.

— Je t'en prie, laisse-moi tranquille. »

La voix de Rachel n'était plus froide. Elle était peinée.

« Non, maman, il faut en parler. Ne pas en parler n'est pas toujours une bonne chose. C'est parfois nécessaire d'en parler. Ça n'a plus de sens de se taire. Plus aucun.

— Je veux monter voir si ton frère est arrivé. Il doit être inquiet de ne pas nous voir.

— Mais tu sais quelle est la dernière image que j'ai de mon père ? Tu le sais ?

— Non, je ne sais pas, et ça ne m'intéresse pas.

— Il était dans votre chambre. Tu peux imaginer ma surprise. Il vivait ici en dessous depuis déjà longtemps. Il était monté, le pauvre, comme un voleur, pour quelle raison ? Je me suis posé la question des milliers de fois. L'étage supérieur lui manquait peut-être. Il voulait peut-être savoir s'il existait encore. Quand on vit ici pendant tout ce temps il se peut qu'on commence à soupçonner que l'étage au-dessus n'existe plus. Et ce jour-là il pensait probablement qu'il n'y avait personne. Mais j'étais là. Je travaillais et j'ai entendu un bruit qui venait de votre chambre. J'ai eu peur. Je savais que tu n'étais pas là. Et Filippo non plus. C'était le jour de repos de Telma. J'étais resté seul à la maison. Je suis allé voir. Et il était là, maman. J'ai failli avoir une attaque. Il avait une longue barbe. Je ne l'avais jamais vu avec la barbe. Et tu sais ce qu'il faisait ? Tu le sais ? La chose la plus monstrueuse qu'un fils puisse imaginer. Il se masturbait. Jamais je n'aurais imaginé me trouver devant un spectacle aussi

422

horrible et aussi pathétique. Ton père amaigri et vieilli en train de se branler dans la chambre de ta mère. Tu comprends ce que je dis ?

— Pourquoi tu dis ces choses-là ? Pourquoi tu me détestes autant ? »

La voix de Rachel était celle d'un petit oiseau. Imperceptible.

« Ça suffit maintenant », fut ce que pensa Filippo en ouvrant grand la porte, convaincu que si son frère avait franchi le mur du son c'était à lui d'amorcer une manœuvre draconienne de décélération.

Quand Semi se sentit saisi à bras-le-corps par-derrière et séparé de sa mère, dont il s'obstinait à serrer les poignets, il s'attendait à tout sauf à ce que l'auteur d'un geste aussi résolu soit son frère. Même si, passé le premier instant de surprise, Semi sentit dans cette prise quelque chose de familier (ou plus exactement une familiarité lointaine).

Précisons que Semi avait toujours eu une peur physique de Filippo. Peut-être parce que ses abdominaux gardaient le souvenir cuisant des bagarres aux poings de leur enfance d'où ils sortaient toujours endoloris. Il aurait été difficile de déterminer si la supériorité pugilistique de Filippo était due aux deux ans qui les séparaient, à leur carrure ou beaucoup plus simplement à leurs motivations. Le fait est que l'aîné avait construit son pouvoir sur la réactivité explosive de ses muscles et sur la nature autoritaire et brutale de ses railleries. Bien que Semi, grâce à son éclectisme enviable, ait brillé sur d'autres fronts en se distinguant bien plus que son frère, lequel était le chevalier et lequel l'écuyer n'avait jamais été mis en discussion.

Il faut ajouter aussi que de nos jours la violence physique est résolument dévaluée. On ne tient pas compte de l'influence incontestable que celle-ci exerce sur les individus, notamment quand ils se débattent encore dans l'âge de bronze de la petite enfance. Mais dans l'esprit des frères Pontecorvo la violence n'avait pas cessé d'occuper la même place d'honneur que dans celui d'un homme des cavernes avec massue et peaux de bêtes.

C'est pourquoi Semi, troublé un bref instant, s'était plié à la volonté de Filippo.

« Maintenant ça suffit. J'ai dit assez ! Calme-toi ! » continuait de lui ordonner Filippo en le poussant vers le canapé en cuir noir où s'asseyaient les patients de Rachel en attendant d'être examinés.

Semi avait la main sur le portefeuille glissé dans la poche arrière de son jean où il conservait sa relique la plus précieuse, la version plastifiée de la lettre qui innocentait Leo. Dieu sait combien Semi avait été tenté d'agiter sous le nez de sa mère la pièce à conviction irréfutable qui aurait mis en pièces un échafaudage accusatoire de presque vingt-cinq ans. Mais en s'apercevant qu'il n'avait pas encore retiré sa main il se rendit compte également qu'il n'avait plus la moindre envie de révéler son secret à sa mère et à son frère.

On dit que le meilleur moyen de se libérer de ce qui étouffe est de le cracher. Qu'il n'est rien de plus démystificateur que l'expression pure et franche. Parlez, et une seconde plus tard ça ira mieux. Ouvrez-vous, et vous vous sentirez fort…

Qui sait, c'est peut-être vrai en général. Semi comprit soudain que le truc n'avait pas marché avec lui ; le démon qui continuait à sautiller tout autour de la pièce l'exaspérait comme jamais auparavant. Le poids de l'événement survenu dans sa famille le soir du fatidique 13 juillet 1986 n'avait jamais été aussi oppressant. À présent qu'il s'était accusé d'avoir provoqué avec sa mère la mort de Leo, sans lésiner sur aucun détail répugnant, à présent qu'il avait conscience de l'avoir fait à portée de voix de la présence furtive de son frère aîné, Semi éprouvait un désir violent de disparaître de la surface de la terre. Le lambeau de lucidité qui lui restait lui suggérait qu'il était juste que tout finisse là où tout avait commencé. Que c'était là et pas ailleurs que le dernier acte devait être consommé. Dommage qu'il n'ait pas été en état de jouir du spectacle.

Filippo se chargea de le raviver (le spectacle) en invectivant les deux combattants.

« Vous êtes fous ? Vous avez perdu la boule ? »

Que Filippo ose leur faire la leçon, que Filippo joue le rôle du sage apparut à Semi d'une arrogance insupportable.

« Bravo, éclaire-nous un peu de ta sagesse !

— Ça ne me paraît pas le moment de faire de l'ironie

— Ah, excuse-moi, c'est vrai, j'oubliais. Tu as l'exclusivité de toute l'ironie de la famille.

— Ferme-la, bordel. Je ne suis pour rien dans cette histoire. Je sais seulement que j'arrive ici, je trouve tout dans le noir, je ne vois aucune voiture, je sonne et personne ne m'ouvre, je vais dans la cuisine et on dirait que personne ne s'en sert depuis un siècle, et finalement je vous trouve ici en train de vous étriper à propos de…

— À propos de quoi ? Allez, dis-le. Tu n'auras pas le courage.

— Ça n'est pas le courage qui me manque. Visiblement j'ai seulement plus de respect que toi pour la sensibilité de maman.

— Bien sûr, parce que cette affaire ne concerne que maman. Elle ne me concerne pas. Je ne suis qu'un passant, un spectateur. Alors c'est pour ça qu'ici on n'en parle pas, on n'en a jamais parlé. Je comprends tout maintenant. C'est parce que c'est une histoire qui regarde maman. Et tu oses parler de respect. C'est donc vrai, tu as changé. Ce qu'on dit de toi est vrai, que tu es un grand homme, un courageux philanthrope. Ainsi, je me suis toujours trompé : tu n'es pas seulement un parasite qui ne s'occupe que de lui depuis qu'il est né. Qui n'est jamais disponible. Qui ne fait jamais rien pour les autres. Je t'ai vu sur l'estrade de la Bocconi. Beau spectacle. Tous ces chiffres sur les enfants de Dresde. C'était réellement émouvant. Même si je me disais : mais pourquoi ce bavard s'occupe-t-il tellement des enfants de Dresde alors qu'il s'est toujours foutu de tout ? Comment l'individu le plus égocentrique et narcissique du monde peut-il passer pour le plus compatissant ? Quelque chose ne tourne pas rond sur cette terre. On marche vraiment sur la tête.

— Alors c'est pour ça que tu n'es pas resté ? Et moi qui pensais que tu n'étais même pas venu. Mais tu es venu et tu es reparti. Je comprends, ta rigueur morale t'interdisait de dîner avec ce prêcheur hypocrite, ton exigence d'authenticité protestait. Ça fait du bien de savoir que son frère pense comme ses pires détracteurs.

— Détracteurs ? Détracteurs ? Tu te rends compte que tu n'arrêtes pas de parler de tes détracteurs ? Sais-tu qu'avoir des détracteurs est un grand privilège ? Sais-tu que tu es la seule personne que je connaisse qui puisse se vanter d'avoir une multitude de détracteurs ? Et ça, ce serait une raison pour que j'aie de la peine pour toi ou que je respecte ce que tu fais ? Explique-moi : si tu baratines sur les enfants de Dresde dont, si je te connais bien, tu ne sais strictement rien, c'est pour te racheter aux yeux de tes détracteurs ?

— Il se trouve que les plus enragés de mes ennemis veulent me faire la peau. Mais il semble que ça inté-resse tout le monde, sauf ma femme et mon frère.

— Sans doute parce que ta femme et ton frère te connaissent.

— Ou peut-être parce que leurs sentiments pour moi ne sont pas clairs ?

— Ils ne sont pas clairs ? Et en quoi, dis-nous un peu...

— Je ne sais pas, à toi de le dire. Qu'est-ce qui ne va pas, Samuel, qu'est-ce qui te ronge ?

— Qu'est-ce que tu insinues, que je t'envie ? C'est ton diagnostic ? Le frère envieux et dépité. La ven-geance de Caïn. Eh bien, laisse-moi te dire que je res-semble autant à Caïn que toi à Abel. Cela dit, je ne sais pas, tu as peut-être raison. Il y a peut-être un peu d'envie, c'est humain. J'étais tellement heureux au début. Bon Dieu, comme j'étais fier. Mais ensuite je t'ai vu changer. Je ne croyais pas à toutes les conne-ries à propos du succès qui change les gens. Mais je t'ai vu toi, j'ai vu ton égocentrisme se transformer en paranoïa, ton ironie laisser place à la prétention... J'ai vu une chose que je pensais ne jamais voir : mon frère qui se prend au sérieux. Mon frère qui se pavane en prenant des airs. À ce stade, en même temps que la déception est venue un peu d'envie. C'est franchement bizarre d'envier un frère qu'on ne reconnaît pas. Mais j'ai tout fait pour chasser ce sentiment. Je me répétais : "C'est Filippo, bordel. La seule personne au monde avec qui tu partages tout. Mêmes parents, mêmes souvenirs, même enfance de conte de fées, même adolescence de merde... C'est lui. La personne la plus importante de ta vie. Il a fait pour toi ce que ton père n'a pas su faire. Il a cassé la gueule à ceux qui se moquaient de toi, il t'a toujours protégé..." Plus je me le répétais, plus ta personnalité déraillait. Tu te rends compte que je sais tout ce qu'il y a à savoir de ta vie et que tu ne sais rien de la mienne ? Que je sais tout ce que tu risques, parce que je lis les journaux, et que tu ne sais rien de ce que je risque parce que les journaux n'en ont rien à cirer de moi ?

— Si tu avais fait l'effort de m'attendre ce soir-là à la Bocconi...

— Il était tard, Filippo, il était déjà trop tard. Autant pour toi que pour moi. Je te courais après depuis un bout de temps. Mais chaque fois que j'essayais de te parler tu ne savais parler que de toi-même. "J'ai reçu un prix ici, on m'a donné un prix là", "Il paraît que Pixar veut produire mon prochain film", "Au Japon, *Hérode* a battu les records d'entrées". Toujours des vantardises, un tas de vantardises bêtes. Et pendant ce temps-là ma vie s'effondrait. »

Dans n'importe quelle autre circonstance, Rachel n'aurait pas pu se retenir d'intervenir. Mais ce à quoi elle assistait était tellement épouvantable que son corps paraissait secoué par deux impulsions égales et contraires, un pas en avant et un pas en arrière. Elle ne s'était montrée aussi irrésolue qu'une autre fois dans sa vie, lorsque la télévision l'avait informée que son mari n'était plus son mari. Et là, elle n'était pas sûre que ces hommes étaient ses fils.

« Tu devrais me remercier, Samuel, disait Filippo. Je parle sérieusement. Je t'ai donné un excellent prétexte pour jouer la victime. Je t'ai offert le rôle le mieux fait pour toi, celui de la victime sacrificielle. Condamnée à l'abattoir. C'est pour ça que tu as toujours tout bien fait, non ? Que tu as toujours été irréprochable, que tu travaillais si bien à l'école ? Que tu as presque épousé la femme qu'il fallait et que tu as tellement tardé à la lâcher ? Pour être à la hauteur du rôle de victime sacrificielle ? Car la victime est toujours innocente. La victime doit être sans tache… Mais maintenant ça ne te suffit plus. Maintenant que le frère dissipé obtient tout ce dont tu as toujours rêvé, tu te rappelles combien la vie est injuste. Maintenant que le martyre arrive, tu te plains parce que personne n'est disposé à te reconnaître ton rôle de martyr. Au contraire, ils s'émeuvent tous du martyre du frère bourreau. Dis-le que c'est ce que tu ne digères pas. Dis-le, dis-le, allons, admets-le et finissons-en !

— Tu l'as baisée, Filippo ?

— Qui donc ?

— Elle. Tu l'as baisée. Je n'arrive pas à le croire.

— Je ne sais pas de quelle "elle" tu parles.

— Elle, justement elle, l'unique, merde ! C'est absurde, tu as même osé lui donner une note. Tu l'as baisée et tu lui as donné une note. Et non content de ça tu as aussi éprouvé le besoin de m'informer de l'un et de l'autre. C'est indigne.

— Tu peux m'expliquer ?

— Expliquer quoi ? Le monde entier a accusé à tort mon père d'avoir sauté une gamine que je n'aimais pas. Et, ironie du sort, le même monde à présent couvre d'honneurs le frère qui a sauté la seule que j'aie jamais aimée.

— Je ne comprends toujours pas de quoi tu parles…

— Laisse tomber. C'est sans doute le pire de tout. Le pire c'est que vous ne savez pas de quoi je parle. Ni toi ni cette autre hypocrite. »

Semi indiqua Rachel qui était restée dans un coin et regardait fixement par terre comme une petite écolière.

« C'est ça qui me tue, reprit-il avec fougue. Que vous ne sachiez pas de quoi je parle. Vous avez d'abord chassé papa, et maintenant vous me faites me noyer. »

Semi sentit alors que les forces lui manquaient. Il n'avait plus envie de lutter. Il était épuisé. Depuis quand n'avait-il pas dormi ? Depuis quand n'avait-il pas fait un repas normal ? Depuis quand n'avait-il pas déféqué avec un peu de satisfaction ? Trahi par la physiologie comme par tout le reste.

Il regretta encore une fois d'avoir mis son cœur à nu. Il ne savait pas ce qui l'emportait dans cette nudité, l'obscénité ou le pathétique.

En tout cas elle paraissait inutile. Il devait y avoir une leçon à tirer du fait que toutes les paroles accumulées ce soir-là n'aient pas plus d'éloquence que le silence dans lequel il avait toujours vécu. Le malheur, c'est qu'il n'arrivait pas à la saisir.

430

Heureusement, son frère était là. Le m'as-tu-vu adoré des foules. Lui débordait encore d'énergie. Il donnait l'impression d'en avoir entendu davantage et moins dit qu'il n'aurait voulu.

« C'est de papa que tu veux parler ? Courage, parlons-en, dit-il sur le ton du défi.

— Ça ne m'intéresse pas. Je suis fatigué.

— Allons, parlons de ce lâche, de ce mollasson. Il n'était pour rien dans cette histoire ? Il aurait pu nous le faire savoir. Il aurait pu nous défendre contre ce qui se passait. Tu ne crois pas que c'était son devoir en tant qu'adulte ? Mais non, le grand ponte ne se salit pas les mains. C'est un homme convenable et délicat. Il ne cherche qu'à s'enfermer à la cave et se faire massacrer. Tu dis qu'il n'avait rien fait ? Qu'il n'avait commis aucun crime ? Tu as peut-être raison. Possible que jusqu'à ce moment-là il n'ait rien fait de mal. Mais comment savoir s'il n'a pas commis son crime après. Le crime de ne pas se défendre, de ne pas nous défendre nous, le crime de ne penser qu'à lui et non à sa famille... »

Semi comprit alors ce qu'il n'aimait pas chez son frère. Ce qu'il n'avait jamais aimé depuis qu'ils étaient petits, ce cocktail de partialité et d'impudence.

Il faudrait une loi pour empêcher les gens d'aller aussi loin dans la mystification. Après tout, les faits ont une importance, un poids spécifique. On ne peut pas les retourner à volonté au gré de besoins dialectiques futiles. Ne pas donner de poids aux paroles est un jeu dangereux. Et c'est encore pire de se griser de leur sonorité et de leur capacité de nier la vérité, en risquant qu'elles se trahissent elles-mêmes.

Confondre la victime avec le bourreau était un exercice rhétorique d'une telle malhonnêteté, d'une telle cruauté, que Semi ne pouvait pas croire que son frère s'y complaise avec autant de cynisme. Filippo pouvait-il aller aussi loin ? Certainement. Il poussait même bien plus loin encore.

« Maintenant je comprends, poursuivait Filippo imperturbable. Je comprends pourquoi tu fais tout pour lui ressembler. Pourquoi tu t'es toujours efforcé d'être comme papa. Regarde-toi : mêmes ambitions, mêmes bonnes manières, mêmes vêtements de frimeur, y compris la même coiffure à la con. Je n'ai jamais vu quelqu'un faire un effort aussi ridicule pour ressembler à celui qui a détruit sa vie. Je me demande si ce syndrome a un nom, Semi. Il explique tout, c'est sûr. La ressemblance a un rôle dans ton projet. Il est indispensable d'être comme lui pour marcher sur ses traces. L'intention est claire. Perverse mais claire. Si tu n'étais pas un homme bien comme lui ton martyre ne serait pas digne du sien. »

En se jetant sur Filippo pour essayer à tout prix de le faire taire, Semi se demanda si ce geste inconsidéré était dicté par la volonté de ne pas entendre jusqu'au bout la chose la plus vraie qui lui ait jamais été dite, ou la plus fausse.

« Pour l'amour de Dieu, assez ! Je vous en supplie, assez ! »

La voix de Rachel ne ressemblait en rien à celle d'une mère. Samuel ne l'avait jamais sentie aussi humble et implorante. Pendant tout ce temps Rachel était restée la tête basse à écouter ses fils s'écharper.

« Tout ce que j'ai fait je l'ai fait pour ne pas voir ça. Pour ne pas vous voir comme ça. J'ai fait un choix qui a pu vous paraître incompréhensible et cruel parce que j'ai cru que c'était le seul moyen de vous protéger. Et le plus absurde c'est que j'étais sûre que seul Leo aurait pu me comprendre. Que lui seul aurait été de mon côté. »

Bien que les paroles de Rachel aient été incroyables pour Semi, elles étaient certainement moins ahurissantes que le fait d'entendre prononcer le nom de son père. C'était un miracle aussi bouleversant que d'assister à la résurrection de Leo.

« Votre père... » reprit Rachel avant de s'interrompre encore, comme si c'était au-dessus de ses forces de poursuivre. Puis, sans doute pour exprimer son impossibilité de gagner la bataille contre sa propre loi du silence, Rachel se plia en deux et eut un léger hoquet étouffé.

Bien que Semi ait été le seul dans la pièce à n'avoir pas fait d'études de médecine, il comprit que la grimace de douleur de sa mère et sa main droite contre son bras gauche avaient une signification indiscutable.

Il se précipita vers elle. Il posa la main sur son poignet avec toute la délicatesse dont il était capable, comme s'il avait peur de la toucher.

« Maman, maman, qu'est-ce qui se passe, tu ne te sens pas bien ? »

Puis il lança un coup d'œil à son frère médecin pour chercher dans ses yeux un brin de réconfort. Il y vit sa propre panique, et surtout sa propre prière désespérée, implorante : non, Rachel ne devait pas mourir là. Pas maintenant. Pas de cette façon. Pas pendant qu'ils se battaient. Pas là où Leo était mort. Un parent, oui, deux, non. C'était trop. Même pour les Pontecorvo.

INSÉPARABLES

Pour une fois au moins la prière de Filippo et Samuel fut miséricordieusement exaucée. En effet, cinq ans passèrent avant que Rachel ne meure. Et quand ce fut le moment, elle le fit de la façon qui lui correspondait le mieux, un vendredi quelconque de décembre.

C'est à Samuel – qui les dernières années avait vécu avec elle dans la vieille maison de l'Olgiata – que revint le pénible devoir de la trouver un matin. Elle était là, dans son lit, horriblement inerte.

Pendant les heures qui suivirent Semi put constater que, même de là où elle venait de partir, Rachel continuait à exercer son influence bienfaisante en lui simplifiant la tâche. Dans le premier tiroir de la commode dans la chambre de sa mère, Semi trouva une enveloppe couleur moutarde portant un énigmatique POUR APRÈS.

Semi l'ouvrit, terrorisé à l'idée de découvrir Dieu sait quelle révélation déroutante. Mais la seule chose qu'il y trouva fut un programme d'obsèques impeccable. Tout était là, les instructions étaient tellement minutieuses qu'il suffit de deux coups de téléphone pour qu'un mécanisme très compliqué se mette en marche. Samuel aurait peut-être pu se demander si cet ultime service que lui rendait sa mère était une façon pour Rachel Pontecorvo de confirmer pour la dernière fois la supériorité de la

bureaucratie sur toute émotion ou, au contraire, de réaf-
firmer sa méfiance implacable envers le sens pratique
des hommes en général et de ceux de sa famille en particulier. Samuel aurait certes pu se poser cette question,
et mille autres encore. Mais cette fois il choisit d'écarter certaines interrogations gênantes. Il expédia tout
avec simplicité. Il conclut, non sans soulagement, que
Rachel Spizzichino n'était que le produit de ce qui lui
avait été inculqué. Depuis que sa mère et sa sœur aînée
étaient mortes, Rachel avait dû s'occuper de son père à
plein temps. Et bien que depuis elle ait fait tout un tas
de choses (diplôme, mariage, enfants, profession), elle
n'avait pas réussi à se libérer de l'idée que la tâche dont
l'avaient gratifiée le Tout-Puissant et l'Histoire consistait
à s'occuper obstinément des hommes de sa vie.

Quand, selon les instructions maternelles, Samuel
alla au cimetière régler les détails pour l'enterrement,
il fut accueilli par un monsieur décrépit, un certain
Tobia Di Nepi – dans un petit bureau glacial et en
désordre. La fréquentation de la mort était telle chez
ce petit vieux qu'elle donnait l'impression que son
corps, d'une maigreur déchirante, était déjà prêt à
être enseveli.

« Quelle femme, votre mère ! »

Semi crut d'abord que c'était la remarque habituelle
que Tobia Di Nepi réservait à tous les enfants boule-
versés qui se fiaient à lui pour répondre à de pénibles
obligations funèbres. Et qu'en réalité la seule chose
qu'il pouvait deviner de Rachel était qu'il devait s'agir
de la maman juive classique qui avait laissé orphelin
un rejeton d'un certain âge. Aussi Semi n'y accorda-t-il
guère d'importance. Ça faisait probablement partie de

la visite guidée que Tobia lui offrait en l'accompagnant dans les dédales fleuris du cimetière vers le caveau des Pontecorvo. Un caveau que Semi n'avait pas vu depuis des siècles. Il était assez surpris que sa mère ait décidé de passer l'éternité en compagnie de ces Pontecorvo avec qui, à partir d'un certain moment de sa vie, elle avait rompu tous les liens. Mais cette fois encore Samuel préféra ne pas se poser de questions trop difficiles.

Les haies qui délimitaient l'espace devant les tombes étaient tellement rouges et bien entretenues qu'elles faisaient penser aux veuves fraîchement sorties de chez le coiffeur pour rendre visite à leur défunt mari.

Le caveau était là. Ils étaient tous dedans. Il y avait Leo et ceux qui l'avaient précédé. Encore quelques heures et Rachel aussi s'y installerait. D'après ce que lui avait dit Tobia Di Nepi, après Rachel il ne restait plus qu'une place. Ce qui signifiait qu'un des deux frères Pontecorvo passerait l'éternité quelque part ailleurs, drapé dans sa solitude.

L'endroit laissait deviner deux choses sur l'identité de celui qui l'avait fait construire en son temps. Tout d'abord qu'il s'agissait d'un mégalomane, ensuite qu'il avait un faible pour le néoclassicisme.

« Vous voyez comme c'est bien entretenu ? Votre mère y tenait beaucoup. »

Rachel ne s'était jamais occupée de ce caveau à sa connaissance. Selon toute probabilité, son excellente condition était due à la diligence d'un autre Pontecorvo, peut-être le fils du cousin de Leo, enterré là lui aussi.

Pourtant Semi ne répondit pas. Il n'avait aucune envie de discuter avec cette espèce de fossoyeur plus qu'octogénaire.

« Excusez-moi de vous le dire, monsieur, mais je n'arrive pas à le croire… que votre mère… Pensez donc, j'en parlais hier avec ma sœur, juste après avoir appris la nouvelle. Je ne me rappelle pas un seul mardi pendant les trente dernières années où madame Pontecorvo ne nous ait pas rendu visite.

— Écoutez, j'ai l'impression qu'il y a un malentendu, répondit Semi piqué. Je crains que vous ne confondiez ma mère avec quelqu'un d'autre. Pour autant que je sache elle ne fréquentait pas ce cimetière ni aucun autre.

— Un malentendu ? Que je confonde ? Mais que dites-vous là, monsieur ? Madame Pontecorvo… Je vous jure que… »

Semi n'eut pas à en entendre davantage pour comprendre que la seule personne qui, pour la énième fois, avait omis de lui dire la vérité était celle qui venait de disparaître.

C'est ainsi que Semi découvrit que sa mère était une habituée du cimetière. Et comprit qu'il n'y avait là rien de surprenant. C'était bien d'elle. Semi se sentit humilié que ce Tobia Di Nepi en sache davantage que lui sur sa mère. Ou du moins, qu'il sache le plus important : qu'en trente ans Rachel n'avait jamais manqué son rendez-vous hebdomadaire avec Leo. Le secret de sa mère. Une folie parmi tant d'autres.

La nuit qui précéda les funérailles, Semi ne ferma pas l'œil. Et non pas parce qu'il était oppressé et obsédé par l'idée que le corps de Rachel était veillé par ses cousines dans la pièce à côté. Les humains meurent bien plus lentement que leur corps. Notre esprit a un

440

peu de mal à accepter l'idée que quelqu'un dont nous avons toujours considéré la présence comme allant de soi cesse tout à coup d'exister. C'est pourquoi le face-à-face avec la mort de sa mère survient quand on s'y attend le moins, longtemps après l'extinction effective de son organisme.

Ainsi, cette nuit-là, Semi, encore incapable de croire que Rachel n'était plus, n'arrivait pas à être désespéré aussi pleinement que l'affection et l'usage auraient dû l'imposer.

Il n'arrêtait pas de se retourner dans son lit parce qu'il ne savait pas si Filippo assisterait à l'enterrement le lendemain. Dans les instructions que lui avait laissées sa mère, tout un chapitre était consacré aux opérations à effectuer pour joindre Filippo. Il fallait appeler un certain numéro de téléphone appartenant au type du ministère de l'Intérieur qui avait servi d'intermédiaire entre Filippo et sa famille pendant toutes ces années. Il suffisait de lui laisser un message et d'attendre qu'il rappelle. Semi s'était conformé à ces directives. Bien qu'il ait été terrible de dire à un répondeur que Rachel venait de mourir, attendre, en vain, qu'il rappelle avait été encore pire.

Samuel n'avait pas revu Filippo depuis le soir de Pessah cinq ans auparavant, où si Rachel n'avait pas eu un malaise les deux frères se seraient étripés.

Deux jours après sa tapageuse démonstration de force, Filippo avait finalement rencontré les agents secrets du ministère de l'Intérieur. Lesquels lui avaient d'abord fait écouter en version originale puis lire en traduction les communications interceptées d'un petit groupe d'intégristes qui discutaient avec ardeur de la meilleure stratégie pour le tuer.

Ils lui avaient dit ensuite qu'il ne lui restait que deux choix difficiles : se résigner à vivre sous escorte (avec toutes les complications pratiques et logistiques que cela comporte) ou entrer dans un programme de protection des témoins.

Filippo était parvenu à grand-peine à convaincre Anna – qui pour rien au monde n'aurait voulu cesser tout rapport avec son père – que le meilleur moyen de se refaire une vie supportable était de choisir la seconde option, la plus radicale.

Ainsi, du jour au lendemain, Filippo Pontecorvo s'était exclu lui-même de la société. Mais avant de le faire, il avait annoncé dans une interview au *Monde* que sa carrière prenait fin, qu'il ne réaliserait pas d'autre film, que sa parenthèse artistique avait été précisément une parenthèse. Et il avait disparu. Personne ne l'avait plus revu ni entendu. Il s'était manifesté un jour par un dessin humoristique savoureux qui n'engageait à rien, publié dans le *New Yorker* (à propos de l'amour filial). Après quoi il avait sombré de nouveau dans le néant. Devinant encore une fois quelle était la manœuvre utile d'un point de vue promotionnel, il était parti au moment précis où on commençait à se lasser de lui. De cette façon, en allant à l'encontre d'une nature irrémédiablement vaniteuse, il avait fait de lui-même une légende. Choisir l'absence avait été son dernier coup de génie.

Rachel était la seule à avoir le privilège de parler de temps en temps au téléphone avec son fils aîné. La filière était compliquée, mais elle donnait quelques satisfactions.

Semi, qui après sa débâcle financière était retourné dans la maison de son enfance, préférait ne pas demander de nouvelles de son frère. Il laissait Rachel lui fournir les maigres informations dont elle disposait sur la nouvelle vie de Filippo. Semi se faisait un point d'honneur de ne pas poser de questions à son propos. Une juste vengeance pour toutes les années où elle lui avait interdit tacitement de parler de Leo.

Rachel ne désirait rien d'autre que la réconciliation de ses fils. Un jour elle leur avait tendu un piège en s'arrangeant pour que ce soit Semi qui réponde à un coup de téléphone de Filippo. En entendant la voix de son frère, Semi avait bien failli avoir une attaque. Mais il avait pu se contrôler, avait dit un « Ne quitte pas » poli et avait appelé sa mère. Depuis, Rachel n'avait plus utilisé d'autres ruses.

Le matin de l'enterrement Semi enfila une vieille chemise dont il allait devoir arracher la manche gauche, selon une coutume juive, à la fin de la cérémonie funèbre pour marquer le début de la semaine de deuil. Non qu'il se soit intéressé à certaines règles tribales, mais sur ce point aussi les dispositions de Rachel étaient plutôt rigides.

Quand il monta en voiture pour se rendre au cimetière avec pas mal d'avance la lumière incertaine du jour hésitait encore à l'horizon. Il avait dû beaucoup pleuvoir pendant la nuit ; la route devant la maison ressemblait à la rive d'un fleuve dont l'eau vient à peine de se retirer. En revanche l'éclat pervenche du ciel annonçait une de ces journées de décembre claires, bleues et froides comme les yeux d'une héroïne russe. Pendant le trajet Semi fixa son attention sur l'important assortiment d'arbres de Noël proposé par une pépinière au croisement avec la Trionfale. Quelques kilomètres plus loin il remarqua à l'arrêt du bus une jeune mère qui serrait les petites mains de ses deux enfants ensommeillés.

Quelques heures plus tard, la petite place devant le caveau des Pontecorvo était bondée. Le rituel se déroulait dans le calme et la sérénité.

Semi ressentit une forte émotion en voyant Silvia. Ils ne s'étaient plus parlé ces dernières années. Semi savait qu'elle et Rachel avaient continué de se voir de temps en temps et de se téléphoner souvent. Normal qu'elle soit là. Elle était beaucoup plus belle que dans son souvenir. Elle avait à peine plus de quarante ans et chaque centimètre carré de son corps disait que s'ouvrait pour elle la décennie de la reconquête. Le bel homme grisonnant et athlétique à côté d'elle avait l'air solennel d'un compagnon de vie qui a dû faire appel à ses sentiments amoureux pour participer à un événement embarrassant. Au début du Kaddish, Silvia fondit en larmes. Rien d'étonnant. Rachel et le judaïsme avaient toujours été pour elle une seule et même chose. Son compagnon la prit dans ses bras. Un geste qui ne provoqua aucune jalousie chez Semi, rien qu'un immense soulagement.

C'est plus ou moins à ce moment-là que deux voitures – plus précisément deux Lancia Thesis grises tous phares éteints – s'avancèrent lentement sur une allée latérale du cimetière et rejoignirent la petite place, ouvrant la foule en deux comme les eaux bibliques de la mer Rouge.

Alors il n'y eut plus de doute sur le fait que Filippo Pontecorvo était sorti de sa longue clandestinité pour venir rendre hommage à sa mère. C'était le coup de théâtre que tout le monde semblait attendre depuis que la cérémonie avait commencé. Il était plausible qu'un journaliste se trouve incognito dans la foule. Mais bien moins probable qu'il y ait un tueur sournois.

Deux enfants sortirent de la première voiture par la portière arrière. Timides, boudeurs. Bien que tout le monde ait été abasourdi devant cette apparition imprévue, personne ne le fut plus que Semi. Notamment parce que sa stupeur relevait du surnaturel. En effet, pendant une seconde, il eut l'impression que, par un renversement ironique des lois du temps, c'étaient Filippo et Rachel qui étaient descendus de la Thesis, tous deux revenus à l'âge de cinq ans. Pendant qu'il regardait la petite fille, Semi crut revoir une vieille photo sépia de sa mère enfant. Une ressemblance impressionnante. En outre, et parce qu'il avait passé son enfance avec son frère, il reconnut dans le petit garçon qui serrait la main de sa sœur un Filippo avec quarante ans de moins. Quelle absurdité ! Mais quand derrière eux il vit descendre Filippo et Anna, il comprit que ces ressemblances saisissantes étaient le seul tribut des chromosomes à eux-mêmes. La grande illusion de la perpétuation génétique.

Un autre choc pour Semi furent les rouflaquettes grises de son grand frère et cette allure de champion de boxe retraité. Filippo portait une vieille veste en velours et une cravate de laine, le maximum d'élégance acceptable pour lui. Il paraissait éprouvé. Quand Semi rencontra finalement le regard de Filippo, il perçut dans tout ce bleu une note d'égarement suppliant. Anna, de son côté, était égale à elle-même. Incapable de vieillir. Mais contrairement à ce qu'elle aurait fait en d'autres temps elle ne donna pas de représentation à l'intention du public. Elle se borna à caresser la nuque du petit garçon pour l'inviter à avancer un peu plus vite. Filippo sortit une kippa de sa poche et la posa sur la petite tête blonde. Puis il rejoignit son frère, se plaça à côté de lui sans oser le regarder.

Alors Semi comprit tout. Il comprit que la présence de Filippo était indispensable pour que lui-même prenne conscience du fait que Rachel, non, Rachel n'était plus.

Je joins cette dernière illustration.

Je compte sur vous, lecteur expert, pour avoir déjà compris que même si les dessins disséminés au cours du livre qui touche à sa fin rappellent le style de Filippo Pontecorvo, en réalité ils ont été exécutés par la main hésitante d'un imitateur. La même main, d'ailleurs, qui a pris la peine d'écrire cette histoire. Et qui maintenant éprouve quelque embarras à révéler son identité.

Mais qu'y faire ? Il est temps de lever le masque, de mettre à la retraite la parodie de ce narrateur omniscient. Il est temps de vous dire ce que certains d'entre vous auront peut-être déjà deviné.

Je suis le frère secondaire, le frère plusieurs fois trahi, le cadet dans tous les sens du terme. Je suis le plus éclectique des Pontecorvo. Tellement plein de talents qu'il n'en a aucun. Je suis l'impuissant, le raté, l'imposteur. Et je vous assure, parler de moi, de Samuel Pontecorvo, à la troisième personne pendant tant de pages a été moins gênant que de devoir maintenant révéler mon identité. Avais-je le choix ?

Je me console en pensant que je n'ai eu aucune honte à raconter ce que je savais sur moi ; le hic c'est que j'ai dû inventer tout ce que je ne savais pas sur les autres. Et j'ai peut-être eu autant d'audace parce que la plupart de mes proches que je me suis donné le mal de calomnier n'existent plus. Et grâce au ciel Filippo – autrement dit le seul individu qui pourrait réfuter mes insinuations – n'a aucun intérêt à remuer le passé. Je suis sûr qu'il considère les souvenirs comme ce qu'ils sont, une denrée périssable et surévaluée. Une affaire de rancuniers. Seuls les amers n'oublient jamais. Ce qui me pousse à croire qu'il n'y a pas tant de différence que ça entre l'oubli et le pardon.

Voilà pourquoi, après l'enterrement de Rachel, c'est lui qui a rompu la glace.

« Alors, lopette ?

— Alors, nous y voilà. »

Une habitude juive très civilisée veut qu'après un enterrement on se rince les mains et qu'on mange quelque chose. C'est Filippo qui m'a proposé d'aller prendre un cappuccino et un croissant au bar juste à la sortie du cimetière du Verano.

C'était surprenant de voir Filippo et Anna en parents raisonnables qui prennent la petite main récalcitrante de leurs enfants pour traverser la rue. C'était surprenant qu'Anna soit aussi taciturne et Filippo aussi bavard. Il m'a raconté qu'il vivait en Amérique du Sud depuis un bon bout de temps.

« Comme un vieux nazi, ai-je remarqué.

— Quelque chose dans le genre. »

Il m'a demandé : « Et toi, qu'est-ce que tu fabriques ?

— Laissons tomber. »

Nous étions assis à une petite table depuis quelques minutes. J'avais du mal à avaler mon croissant, alors que Filippo en était déjà à son deuxième feuilleté à la crème (« Putain, ce qu'ils me manquaient, ceux-là »). Anna s'est approchée de moi en tenant la petite fille par la main. Elle m'a dit : « Elle veut savoir qui tu es. Vas-y, Giorgia, demande-le-lui. » Après un peu d'hésitation la petite a trouvé le courage de me demander : « Tu es qui ?

— Je suis Samuel, l'oncle Samuel. »

La réponse ne lui a probablement pas plu puisque aussitôt après l'avoir entendue elle a filé vers son petit frère qui était resté près de la porte du bar. Un instant plus tard ils ont appelé leur père avec insistance. « Papa… Papa… Papa… » Cette manière de Filippo de ne pas répondre m'a rappelé comment, à une époque, il ne me répondait pas.

Je lui ai ordonné : « Allons, réponds-leur.

— Qu'est-ce qu'il y a ? »

Une fois obtenue la précieuse attention paternelle, les deux enfants se sont présentés dans un mouvement synchronisé que j'ai immédiatement reconnu. Puis, à l'unisson, ils ont crié :

« Et maintenant, à vous les *Inséparables* ! »

FIN

NOTE SUR LE TEXTE

Je crains de devoir me justifier de quelques libertés, la première de caractère chronologique. Dans la troisième partie deux personnages vont au cinéma voir un film. Nous sommes dans les premiers mois de 1985. En réalité, le film en question n'allait sortir en Italie que l'année suivante.

Venons-en à une question plus délicate, relative, celle-là, au discours de Filippo Pontecorvo, toujours dans la troisième partie, devant le public chaleureux de la Bocconi. Il s'agit d'une citation quasi littérale d'une magnifique conférence de W. G. Sebald, contenue dans *Storia naturale della distruzione* (Adelphi, 2004).

REMERCIEMENTS

Encore une fois, mes plus affectueux remerciements vont à Marilena Rossi pour ses années de patience, de perspicacité et de passion (en espérant qu'au moins elle ne touchera pas à cette allitération).

Je remercie Werther Dell'Edera pour avoir mis son talent au service de mon livre.

Je remercie Francesco pour ses années à la Citibank.

Je remercie Ninni et Paolo d'avoir partagé avec moi leurs expériences dans les avant-postes de la coopération humanitaire.

Je remercie Simone de m'avoir fourni la logistique.

Je remercie Chiara de m'avoir suggéré le titre.

Et enfin, je remercie Saverio qui a suivi la rédaction de ce roman (et du précédent) avec enthousiasme et générosité.

Le Livre de Poche s'engage pour
l'environnement en réduisant
l'empreinte carbone de ses livres.
Celle de cet exemplaire est de :
500 g éq. CO$_2$
Rendez-vous sur
www.livredepoche-durable.fr

PAPIER À BASE DE
FIBRES CERTIFIÉES

Composition réalisée par Belle Page

Achevé d'imprimer en mai 2014 en France par
CPI BRODARD ET TAUPIN
La Flèche (Sarthe)
N° d'impression : 3005801
Dépôt légal 1re publication : mars 2014
Édition 02 – mai 2014
LIBRAIRIE GÉNÉRALE FRANÇAISE
31, rue de Fleurus – 75278 Paris Cedex 06

31/7818/3